늦은 점심

늦은 점심

발행일	2018년 8월 29일		
지은이	장 준 혁		
펴낸이	손 형 국		
펴낸곳	(주)북랩		
편집인	선일영	편집	오경진, 권혁신, 최승헌, 최예은, 김경무
디자인	이현수, 김민하, 한수희, 김윤주, 허지혜	제작	박기성, 황동현, 구성우, 정성배
마케팅	김회란, 박진관, 조하라		
출판등록	2004. 12. 1(제2012-000051호)		
주소	서울시 금천구 가산디지털 1로 168, 우림라이온스밸리 B동 B113, 114호		
홈페이지	www.book.co.kr		
전화번호	(02)2026-5777	팩스	(02)2026-5747

ISBN   979-11-6299-305-7 03810 (종이책)   979-11-6299-306-4 05810 (전자책)

이 도서의 국립중앙도서관 출판예정도서목록(CIP)은 서지정보유통지원시스템 홈페이지(http://seoji.nl.go.kr)와
국가자료공동목록시스템(http://www.nl.go.kr/kolisnet)에서 이용하실 수 있습니다.
(CIP제어번호: CIP2018027434)

장준혁 장편소설

늦은 점심

오후 2시 늦은 점심을 함께하며
늦깍이 사랑을 키워나가는
두 남녀의 가슴 시린 사랑 이야기

북랩 book Lab

장준혁 'Good Morning!' 2012

오랜만이다. 이곳에서 그녀와 마지막 점심 겸 데이트를 한 지도…. 에스프레소 커피 향처럼 진했던 그 사랑의 달콤함과 쌉쌀함도 이젠 세월과 함께 희미해져 버렸다. 그녀와 마지막 식사를 하고 헤어졌던 식당이 있는 건물 앞을 우연히 지나가다 준민은 잠시 길을 멈추고 이 층 식당으로 향하는 오래된 낡은 계단을 바라본다. 계단도 나이를 먹어 예전보다 조금은 더 늙어 보였다.

일층 빵집에선 고소한 버터크림 향이 낡은 건물과 어울리지 않는 현대식 커다란 유리문이 열리고 닫힐 때마다 그 문틈 사이로 새 나와 고소하고 달콤한 향기를 행인들에게 한껏 뽐내고 있었다. 지금이라도 다시 이 층 식당 그 자리에 앉으면 그날의 가슴 아팠던 순간이 생생하게 되살아날 것 같은… 그 식당 테이블에서 그녀를 마지막으로 바라보던 그 순간들이 아침에 본 조조 영화의 스틸 사진처럼 생생히 떠올랐다.

이 층 식당에서 새어 나오는 군침 도는 각종 찌개의 냄새가 계단을 따라 개울처럼 쉼 없이 흘러 내려와 주변 도로를 그 냄새로 채워 가고 있었다. 식당 주방에서 보글보글 열심히 끓고 있을 그 냄비 속 국물에서 끓어 올라 공기 중으로 퍼져 버린 셀 수 없이 많은, 그렇지만 눈에 보이지 않는 미세한 물방울들이 거리로 흘러나와 사람들의 코를 자극하고 옷에 달라붙어 이 층 식당으로 어서 식사하러 올라오라고 열심히 호객 행위 중인 배고픈 저녁이었다.

그 셀 수 없이 많은 아주 작은 물방울들이 어떻게 그 찌개의 맛과 향을 각각의 물방울에 담은 채로 공기 중에 떠다닐 수 있는지 정말 신기하다고 준민은 생각했다. 화학 수업시간에 담배 연기도 전자 현미경으로 자세히 들여다보면 아주 작은 알갱이들로 보일 거라고 말씀하시던 교수님의 강의가 떠올랐다.

출출함을 느낀 준민은 버스정류장 옆 노점 가판대에 진열되어 있는 갓 구운 듯 진한 향을 내뿜고 있는 쥐포 한 묶음을 사서 주머니에 안 보이게 넣고 버스를 기다리는 동안 천천히 씹어 먹을까 잠시 고민하다 관두고 그 식당에서의 옛 추억을 다시금 떠올리며 가슴 아픈 추억의 짝사랑과 함께 마지막 식사를 했던 그 식당 그 테이블 그 자리를 품고 있는 지은 지 50년은 족히 넘었을 그 회색 건물 2층 유리창들을 말없이 바라봤다.

'京南삘딩' 준민이 태어나기도 훨씬 전에 음각으로 새겨졌을, 지금은 살아있는지 저 세상으로 영원히 쉬러 갔는지 모를 당시의 건물주에게는 꽤 자랑스러웠을 이 건물의 이름이 적힌 나무 간판이 아직도 옛 모습 그대로 검정 페인트칠의 색감과 윤기도 변함없이 세월을 버티며 무심히 계단 입구에 걸려 있었다.

준민은 건물 내부 쪽으로 들어와 1층 입구에서 2층으로 올라가는 계단을 바라봤다. 요새는 거의 볼 수 없을 정도로 귀해진, 클래식하고 빈티지한 느낌의 인테리어를 선호하는 술집이나 카페 업주들 사이에 홀 바닥으로 인기가 많다는, 테라조 스타일로 계단은 잘게 부순 돌과 시멘트가 섞여 바닥 공사가 되어 있었다. 계단마다 모서리는 수십 년간 이 계단을 밟고 지나간 무수한 사람들의 구두 굽에 닳아 가운데 부분은 조금 얇아져 꺼져버린 황금빛 동판 테두리로 치장돼 있었다. 요새 어느 신식 건물인들 계단마다 이렇게 멋스러운 동판으로 치장해 놓은 곳이 있을까? 준민은 종로 거리 백 년 가까이 된 옛날 건물들에서 가끔 발견할 수 있는 그 마무리 치장 단계에서의 그 정성스럽고 꼼꼼한 화려한 치장들을 떠올려 보았다.

한때는 너무도 짝사랑했던 그녀를 그래서 너무도 아팠고 잊을 수 없던 그날을 가끔 떠올리고 살지만 그래도 또 이렇게 그럭저럭 잘살고 있는 자신을 생각하며 준민은 어쩌면 인생에서 가장 소중하다고 느끼는 사랑의 달콤하고 아픈 추억들도 지금 이 도로 위 먹구름 가득 끼어 곧 비가 올 것 같은 하늘처럼, 여름날 소낙비를 몰고 오는 그 무시무시한 번개와 천둥같이 짧고 강렬한 찰나의 한순간처럼 덧없게 느껴졌다. 마지막으로 그녀와 함께 오르고, 식사를 하고, 함께 걸어 내려왔던 계단들을 한참 다시 바라보다 준민은 발길을 돌려 집으로 향했다.

추웠던 겨울도 지나가고 유난히 햇살이 좋았던 오후 준민은 아주 오랜만에 냉면 먹고 싶었다. 동네에 냉면을 시키면 숯불 고기를 함께 주는 프랜차이즈 식당이 있는데 그곳은 항상 붐벼서 준민이 혼자 식사를 하러 가본 적은 없었다. 집에서 조금 떨어진 우체국 근처 오래된 상가 이 층 구석에 그 프랜차이즈 메뉴를 베껴서 영업을 시작한 지 얼마 안된 작은 냉면집이 있었다. 이미 오후 두 시를 넘은 시간이라 건물 주변의 거리는 한산했고 개미 한 마리도 얼씬거리지 않을 것 같은 그 오래된 상가의 계단을 올라 고요한 오후 두 시의 적막을 깨고 식당 문을 조심스레 연다.

　언제부터 잤을까? 아직도 묵언수행 동안거 중인 머리를 빡빡 민 대머리 주인장 아저씨는 카운터 의자에 앉아 눈을 감고 식당 바닥을 바라보며 면벽수양 중이었다. 준민이 앉으려 철제 의자를 식탁 쪽으로 조심스레 끄는 작은 소리에 마치 오늘 처음 손님을 보는 양 놀랐다는 듯 크게 눈을 뜬 주인장은 자리에서 벌떡 일어선다. 벽에 걸린 메뉴판과 주인장의 졸린 눈을 번갈아 바라보며 준민은 눈빛으로 냉면을 주문한다

새로 찾아낸 한적한 식당에서 느끼는 산사의 고요함 같은 휴식을 깨기 싫어, 오랜만의 적막함을 즐기려 준민은 후루룩 소리도 내지 않고 조용히 냉면을 흡입하며 불편하지만은 않은 오후의 침묵을 즐겼다. 재채기 아니 잡념이라도 조금 할 것 같으면 죽도가 등 뒤로 날아올 것 같은 엄숙함 침묵 속에 끝난 냉면 발우공양. 국물 한 방울, 육수 위에 떠다니던 참깨 하나 남기지 않고 깨끗이 비운 냉면 그릇을 티슈 한 장 뽑아 엄숙한 마음으로 깨끗이 닦고 자리에서 일어섰다. 냉면 한 그릇의 사색을 끝내고 준민은 산사 문을 열 듯 식당을 나서며 만사에 여유로울 것 같고 맘 푸근해 보이는 노승 같은 주인장에게 합장 대신 조용히 목례를 했다. 주인은 이제야 잠이 깬 듯한 얼굴로 준민에게 염화미소로 화답을 했다.

준민은 오후 한 시 반이나 두 시경에 늦은 혼밥을 즐기는 편이다. 처음 혼밥을 하게 될 무렵엔 식당 문을 혼자 열고 들어가서 종업원이 "몇 분이세요?"라고 물으면 "혼자인데요…"라고 작은 목소리로 대답하는 것조차 쑥스러워했을 정도로 혼밥이 어색하고 쉽게 적응 안 되고 부끄럽게 생각됐었다. 처음 혼밥을 하러 갔던 동네 동태탕 집에서 아는 사람 있나 주변 시선 신경 쓰며 불편하게 식사를 하다가 구석 자리에 혼자 앉아서 동태탕에 소주를 마시던 여성이 실연을 당했는지 아니면 무슨 슬픈 일이 집에 생긴 건지 갑자기 우는 모습을 보고, 준민도 갑자기 서러워져 울컥해서 따라 울 뻔했던 적도 있었다. 하지만 자주 혼밥을 하며 그런 감정들은 점차 무뎌지고 지금은 고깃집이나 횟집, 레스토랑같이 혼밥하기 특별히 어려운 곳을 제외하곤 늦은 점심에 별 부담감 없이 자연스럽게 혼자 문을 열고 들어가 먼저 "혼자인데요…"라고 얘기하며 자리에 앉을 정도가 되었다.

맛객들로 북적대는 이름난 식당보다는 한가하고 여유롭게 먹을 수 있는 식당을 선호하기에 준민은 비교적 손님이 적은 식당들을 주로 다녔다. 그런 식당들은 몇 개월을 넘기지 못하고 문을 닫는 경우가 많았다. 덕분에 준민은 문을 열고 들어설 때 손님을 맞이하는 주인이나 종업원의 눈빛만 봐도 이젠 이 식당이 얼마나 잘 되는 식당인지 아니면 장사가 너무 안 돼 곧 문을 닫게 될 처지인지를 한눈에 알 수 있는 경지에 이르렀다.

처음에는 준민이 가는 식당들이 왜 오래 못 버티고 망할까 생각한 적이 있었는데… 답은 간단했다. 북적대는 식당을 꺼리는 준민이 찾는 식당들은 장사가 잘 안 되는 소위 파리 날리는 식당들이었고 그러니 계약된 임대 기간이 만료될 때까지 버티거나, 아니면 기간 만료 전에도 주인장이 두 손 들고 그만둬 버리기 때문이었다. 준민은 지난번 냉면집에서도 혼자 맛있게 냉면을 먹고 나오며 그렇게 되지 않으리란 걸 너무 잘 알면서도 그 식당이 오래 버텨주기를 맘 속으로 기원했었다.

준민이 혼밥을 한 지도 어느덧 삼 년이 되어 간다. 준민은 광화문에서 잘 나가는 여행사 팀장으로 근무했었다. 짝사랑에 실패하고 여러 이유로 마음의 병도 얻어 회사를 그만두고 작은 호프집을 열었다가 바로 망하고 얼마간은 아무것도 하지 않았었다. 그렇게 쉬다가 요리를 배워 작은 식당을 열고 싶다는 꿈이 생겨 친구 소개로 동네 오래된 레스토랑에 나가 주방 일을 시작했다. 오후 늦게 출근해서 새벽 세 시가 넘어 집에 오거나 가끔 술 생각이 나는 날이면 동네 편의점에 들러 혼자 술을 마시다 남들이 출근 준비를 위해 일어나 씻는 시간에 집에 돌아와 잠이 드는 생활을 한 지도 벌써 이 년이 되어 간다.

오징어볶음밥이요! 오후 2시 무렵이면 한가해지는 단골 식당 구석 자리에 앉아 준민은 작은 목소리로 주문을 했다. 보통 이 시간엔 일이 바빠 점심시간을 놓쳐 급하게 점심을 먹고 가는 직장인들이나, 인근 상점에서 바쁜 런치 타임 근무를 끝내고 유니폼을 입은 채로 점심을 먹으러 온 알바생들이 이어폰을 귀에 꽂은 채 휴대폰을 바라보며 조용히 혼자밥을 먹고 간다. 예전엔 조간, 석간신문이 놓여있는 식당들이 많았지만, 요새는 주인이 나이 든 아저씨인 경우를 빼곤 신문이 놓여있는 식당은 매우 드물다.

최근 준민은 오징어볶음밥을 주로 먹으러 오는 이 식당에서 그리고 순대국밥을 먹으러 자주 들르는 건너편 식당에서 가끔 마주치는 여인이 있다. 어딘가 낯이 익은 얼굴이다. 그렇지만 어디서 그녀를 봤었는지 그녀가 누구인지는 기억이 나지 않았다. 군에서 같이 근무했을 리는 없고 절이나 교회를 다니지도 않으니 그곳도 아닐 테고 남자 중학교를 나왔으니 아마 고등학교나 초등학교 동창일 가능성이 큰데 잘 기억이 나지 않았다.

오징어볶음밥이 입맛에 맞아 준민이 자주 들르는 이곳 주방에선 손맛 좋기로 유명한 팔순의 노모가 음식을 만들고 주방 보조는 40대로 보이는 딸이 그리고 홀 서빙은 아들인지 사위인지 나이 든 친절한 아저씨가 보고 있다. 오래된 식당의 내부는 넓은 편이지만 인테리어는 세련됨과는 거리가 멀었고 반찬도 한꺼번에 세 가지 반찬을 한꺼번에 담을 수 있는 아이용 반찬 그릇 같은 곳에 담겨 나오는 고급스럽지 않은 식당이지만 가격이 부담스럽지 않고 항상 들어오고 나갈 때마다 노모와 아저씨가 환한 웃음과 인사로 반겨주는 하숙집 같은 정겨움이 느껴져서 좋은 곳이다.

오늘도 준민은 그녀를 식당에서 마주쳤다. 언제 한 번 말 걸고 인사를 하고 싶었던 그녀가 오늘도 비슷한 시간에 쓰고 있던 마스크를 벗으며 혼자 식당에 들어왔다. 내 자리를 스쳐 지나가며 그녀는 텔레비전이 잘 보이는 주방 쪽 자리로 가다 손에 쥐고 있던 하늘색 방한 마스크를 바닥에 떨어뜨렸다. 순간 준민의 기억 속에 떠오른 소녀가 있었다. 준민은 얼른 마스크를 주워 들고 자리에 앉아 메뉴를 고르는 그녀에게 다가갔다. 초등학교 6학년 때 겨울이면 자주 마스크를 쓰고 다니던 옆 반 여학생인 것 같았다. 옆 반 출입문 맨 앞줄에 앉아 있던 아담한 체구의 가녀리고 예뻤던 그 친구가 맞는 것 같았다. 불치병에 걸려 병상에 누워 있다 학교에 나온 아이 같은, 슬픈 영화 속 비련의 주인공 여학생 같은 보호 본능을 일으키는 이미지의 착한 친구였다. 그런 이미지 때문에 남학생들한테 인기가 많았던 거로 기억을 한다.

"저기요…. 여기 마스크 떨어졌는데요."

"아… 네…. 고맙습니다."

가볍게 목례를 하며 부끄러운 듯 웃으며 그녀가 감사의 말을 했다.

"얼마 전에 순대국밥집에서도 제 근처에 앉았던 것 같은데 이 시간에 식사를 자주 하시나 봐요?"

"…"

그녀는 대답 없이 경계심 어린 눈빛으로 준민을 바라봤다.

"아… 아니 그냥 두세 번 식당에서 본 것 같고… 다시 보니 반가워서 저도 모르게 인사가 나온 것 같아요."

"아, 네…. 저는 처음 뵙는 것 같은데요. 기억이 잘…"

"아, 네…. 그쪽이 눈에 확 띄는 분이라서…. 미모가요."

준민이 말했다.

"네. 감사합니다."

그녀가 아직 경계를 풀지 않는 눈빛으로 어색하게 웃으며 말했다.

"그런데, 혹시 영희 초등학교 나오지 않았어요?"

"네. 그런데요."

"87년도에 졸업하지 않았어요? 혹시 6학년 9반?"

"네. 맞아요? 같은 반이었나요?"

"아니요. 전 6학년 8반이었어요."

"그런데 어떻게 저를 기억하시죠?"

"2학기 때 9반 담임 선생님이 어딘가 아프셔서 수술하신다고 병원에 입원했던 적이 있었는데 그때 9반 학생들이 다른 반으로 몇 명씩 분산 배치됐었잖아요. 그때 우리 반에 왔던 다섯 명 중 한 명이었던 같아요. 맞죠?"

"네. 6학년 때 담임 선생님이 암에 걸리셔서 수술하시고 한참 못 나오셨었죠. 그때 저는 바로 옆 반으로 가서 수업받았던 것 같아요. 기억력이 좋으시네요. 저는 전혀 못 알아봤는데…"

"워낙 예쁘셨고 인기도 많았잖아요. 옆 반에 있을 때도 우리 남학생들한테 인기가 많았던 거 아시죠?"

"제가요? 아니요…. 쑥스럽네요. 어쨌든 반가워요."

"점심을 늦게 드시네요. 전 이곳에 오면 늘 오징어볶음밥을 먹어요. 다른 곳 오징어볶음은 너무 청양고추나 매운 고춧가루를 많이 써서 매워서 먹지 못하는데 여기 오징어볶음은 간장과 고춧가루를 섞어서 만드는 것 같은데 맵지 않고 맛도 독특하고 쫄깃쫄깃한 식감이 너무 좋아요. 지난번엔 주인 아주머니께 어떻게 오징어 손질하시길래 이런 식감이 나오냐고 물어본 적도 있어요. 혹시 생물 오징어를 일정 크기로 손질해서 소쿠리에 담아 햇빛이나 그늘에 일정 시간 건조했다가 요리하는 건 아닌지 비법에 대해 여쭤봤는데, 옆에 계신 따님이 그건 우리 엄마만의 비법이라 가르쳐줄 수 없다고 웃으시면서 거절하시더라고요. 그만큼 맛있어요."

"아? 그래요? 오징어볶음은 한 번도 안 시켜봤네요. 담에 꼭 한 번 먹어 볼게요."

그녀가 말했다.

"오늘은 뭘 시키려고요?"

"제육볶음이요."

"아… 그래요?"

"제육볶음도 아주 맛있어요."

그녀가 말했다.

"제육볶음 하면 저는 자꾸 안주로 생각돼서 시켜본 적이 없네요. 그러고 보니 이곳은 점심때만 왔네요. 저녁에 한 번 들러서 제육볶음에 소주 한잔 해야겠어요."

"제육볶음은 애들이 좋아해서 가정에선 인기 많은 반찬인데… 안주로 떠올리시는 걸 보면 집에서 식사를 잘 안 해 드시나 봐요. 술도 좋아하시고…."

그녀 옆에 서서 대화를 이어가던 준민은 주문한 오징어볶음이 주방에서 나오는 걸 보고 "식사 맛있게 하세요!"라고 가볍게 목례를 하며 말하고 자리로 왔다. 식사하는 그녀의 뒷모습을 바라보며 준민은 오늘도 변함없이 쫄깃하고 맛있는 오징어볶음의 맛을 음미하며 천천히 식사를 했다. 얼마 후 그녀는 식사를 마치고 작은 플라스틱 물통을 들어 컵에 물을 따랐다. 그 모습을 보고 있던 준민은 서둘러 식사를 마치고 빠르게 물로 입속을 헹구고 그녀가 계산하고 문을 열고 나간 직후 여느 때와는 달리 카드 대신 현금을 신속히 건네고 그녀를 따라나섰다.

"저기요…."

"네?"

"지금 바쁘세요?"

"아니요."

"저랑 차 한 잔 할 시간 있나 해서요?"

"무슨 차요?"

"시간은 있으신가 봐요? 커피 좋아하시죠? 여자분들 중에 커피 싫어하시는 분 없는 것 같던데…. 근처에 케냐 원두 맛있게 내려주는 커피숍 있는데 잠깐 들렀다 갈래요? 제가 살게요."

그녀도 준민이 싫지는 않은 눈치였다. 사실 준민은 커피를 그다지 좋아하지 않았다. 혼자서 커피숍을 잘 가지도 않고 밥값만큼 비싼 커피를 습관처럼 즐겨 먹는 사람들을 잘 이해하지도 못했다. 밥값보다 훨씬 비싼 술값은 아끼지 않으면서….

"네, 커피 좋죠."

그녀가 대답했다.

"사실 저는 커피 좋아하게 된 지 얼마 안 됐어요. 제가 짙은 색의 음료를 별로 안 좋아해서요. 이상하게 들리겠지만, 검은색 음료를 마시면 치아가 그 색깔에 잘 물드는 편이어서. 적포도주도 거의 안 마셔요. 콜라도 그렇고, 커피도 진하게 내려준 거 마시면 치아가 좀 커피색으로 변하는 것 같아서 자주 마시지는 않고 마셔도 하루에 한 잔 정도만 마셔요."

그런 준민이 마흔이 넘어 커피를 마시게 된 건, 여자들이 좋아하는 커피에 대해 조금이라도 알아 두어야 나이 들어 장가도 못 가고 혼자 산 지 20년이 다 되어 홀아비 냄새 풀풀 나는 이 지긋지긋한 솔로 생활을 벗어날 수 있지 않을까 하는 생각 때문이었다. 그리고 여자를 사귈 때 아이스 브레이커로 커피만큼 좋은 게 없으니 커피에 대해 알아두는 게 좋을 것 같다고 추천해준 친구 때문이기도 했다. 처음 만난 여자들하고 축구, 야구, 격투기 이야기로 대화의 주제를 삼기는 어려울 테니….

"이 케냐 커피가 참 바디감도 좋고 산미도 제 입맛에 딱 맞는 것 같아요."

준민은 여기저기서 주워들은 커피 관련 상식들을 섞어 커피 전문가처럼 멋지게 보일 요량으로 그녀에게 말했다.

"어떤 커피를 주로 드세요?"

그녀가 물었다.

"아이스커피요."

"네? 그럼 캔 커피나 자판기 커피도 자주 드시겠어요?" 웃으며 그녀가 물었다.

"아니요."

"어떤 종류의 커피를 좋아하시는지 물어본 거예요. 에스프레소, 카푸치노, 카페라떼 같은 거 있잖아요."

"아, 네… 그런 거요? 카페라떼를 좋아하는데 오늘은 그냥 아메리카노나 카푸치노 마시면 될 것 같아요. 너무 스윗한 분이 제 앞에 앉아 있으니까…. 설탕 안 넣고 마셔도 얼굴 보고 마시면 아주 달달할 것 같아요."

"어머… 이런 농담 자주 하세요?"

"오늘 처음 써본 유머인데요. 이런 농담을 할 상대가 없어요."

"다른 데 가서 이런 농담하면 안 되겠어요."

그녀가 말했다

"왜요? 갑자기 시베리아에 온 것처럼 썰렁했나요?"

"아니요. 재미없다는 게 아니라, 여자들이 그런 말 들으면 괜히 맘이 흔들릴 것 같아서요."

처음 봤을 때 훤칠하고 잘생긴 외모와 달리 커피 이야기를 하며 보이는 어딘가 모를 어수룩함과 빈틈 그리고 농담을 하는 모습에서 느껴지는 순수함에 그녀는 왠지 모를 편안함과 호감을 느꼈다.

"네?" 준민은 웃었다.

"저기요…."

갓 내려 뜨거운 김이 모락모락 올라오는 커피를 한 모금 마시고 준민은 그녀에게 말을 건넸다.

"혼자 밥 먹는 것도 외롭고 심심할 텐데, 일주일에 한 번만이라도 우리같이 식사하는 거 어때요? 혼자 먹으니까 밥맛도 덜한 것 같아서요. 나머지 날들은 각자 편하게 알아서 먹고 일주일에 한 번 친구처럼 아니 지인이나 동료처럼 그렇게 같이 밥 먹는 건 어때요? 둘이 함께 다른 자리 사람들 눈치 안 보며 여유롭게 먹는 늦은 점심…. 좋지 않을까요? 그런데 사실 새벽에 혼술하고 늦게 일어나서 먹는 첫 끼인 경우가 많아서 제 겐 늦은 점심보단 늦은 아침이란 표현이 더 맞겠네요."

"아니 몇 시까지 술을 마시는데요?"

"늦게까지 술을 마시는 건 아니고, 일이 늦게 끝나요. 시장 먹자골목 근처에 있는 오래된 레스토랑에서 주방을 봐요. 언젠가 내 식당을 오픈 하고 싶은 꿈이 있어서 요리를 배울 겸 해서요…. 일이 끝나면 세 시가 넘고 가끔 퇴근 후 술을 마시면 남들 일어날 시간에 집에 들어가 잘 때 가 많죠. 그래서 남들과는 생활 패턴이 조금 달라요."

"힘드시겠어요. 늦게까지 일하느라… 그렇게 늦은 시간에 술을 드시 면 혼자 드시겠네요. 혼밥에 혼술까지…."

그녀가 말했다.

"네, 대부분 그렇죠. 예전엔 광화문에 있는 여행사에서 근무했었어요. 회사 그만두고 모아뒀던 돈으로 작은 호프집 열었다가 망해서 한동안 쉬다가 친구 소개로 지금 다니는 레스토랑에서 일하게 되었죠. 십몇 년 모은 돈을 몇 개월 만에 다 날렸어요. 모으는 건 시간이 걸려도 날리는 건 한순간이더라고요. 지금 이곳에서 일한 지는 얼마 안 되었어요. 가 끔 쉬는 날에 친구들 연락해서 술 함께 마실 때도 있어요."

"그래도 식사도 혼자 하는데, 술도 혼자 마시면 좀 그렇지 않아요? 너 무 쓸쓸할 것 같아요. 광화문에선 아직도 가끔 연락 오나요?"

"광화문이요?"

"예전에 같이 근무했던 그 여행사 동료들한테서요…"

"아… 네. 가끔 오죠. 옛 동료들한테 말고 자주 다니던 술집에서요."

"그래요?" 그녀가 웃는다.

"네, 요새 왜 안 놀러 오냐고 문자가 가끔 와요. 그럼 비번인 날 옛날 직장 생활했던 시절처럼 좀 차려입고 광화문 나가서 한잔 하고 오기도 하죠."

"아니, 그만뒀다고 말을 하죠."

"왜요?"

"네?"

"그만뒀다고 하면 미안해서 놀러 오란 문자 안 보낼 수도 있잖아요. 유일하게 제게 문자 보내주고 가끔 전화도 주는 곳인데요."

"아 그런 건가요?"

그녀가 웃었다.

"주방에서 일하시면 요리는 잘하시겠어요?"

"아니요. 그게 다 조리법이 간단한 요리들이라 몇 분 튀기고, 몇 분 굽거나 몇 분 전자레인지에 돌려 다시 튀기고 이런 음식들이 많아서 매뉴얼에 따라 조리해서 그릇에 예쁘게 담아 손님들에게 내놓는 정도죠.

참, 그런데 이름이 뭐죠? 우리 통성명도 아직 안 했네요. 저는 준민이라고 해요. 장준민."

"예나에요."

"미안해요. 이름을 늦게 물어봤네요. 하기야 초등학교 때도 이름은 몰랐던 것 같네요. 얼굴만 몇 번 반에서 보고 이름을 물어볼 정도로 친하진 않았으니까요. 예나 씨가 우리 반에서 수업받다가 금방 다시 원래 반으로 돌아갔으니까요. 그런데… 예나 지금이나 이렇게 예뻐도 되는 거예요?"

"어머, 또 농담하시는 거예요? 제가 어디가 예쁜데요?"

"이마가 예뻐요. 말할 때 입술 움직이는 것도 예쁘고 밥 먹을 때 그 작은 입으로 오물조물 씹는 모습도 귀엽고…."

"어머, 그런 건 언제 봤어요?"

"식당에서 주인아주머니하고 이야기하는 것 몇 번 몰래 쳐다봤었죠. 밥 먹는 모습도요…."

"아! 그랬구나. 미안해요. 전 준민 씨를 그렇게 눈여겨 바라본 적은 없는 것 같아요. 아까 마스크 제게 집어 주실 때도 다른 식당에서 봤었는지 전혀 몰랐어요. 저도 점심시간 지난 조용한 식당에서 혼자 늦은 점심을 먹은 지가 그리 오래되진 않았죠.

처음에는 어색하고 부끄러워서 늘 다니던 식당 말고 새로운 식당에 들어가는 게 쉽지 않았었는데 이젠 많이 익숙해진 것 같아요. 저는 작은 식당도 좋지만 혼자 식사할 때는 아까 그 식당처럼 홀도 넓고 테이블도 많은 식당이 좋아요. 테이블 몇 개 없는 작은 식당은 갑자기 손님이 여러 명 들어오거나, 한가하다가도 자전거 동호회 회원 같은 분들 단체로 들어오기라도 하면 가게 안이 금방 꽉 차버려서 주인이 자꾸 눈치 주는 것 같기도 하고 괜히 나도 모르게 숟가락을 빨리 움직이게 되고…. 그런데 그냥 조금 넓은 식당은 그런 부담도 적고 주인 아주머니 시선으로부터도 좀 더 자유로워서 좋은 것 같아요. 그래서 아까 그 식당에 자주 가는 편이에요. 그리고 저는 시장에 있는 옷 수선 가게에서 일해요. 아니 잠시 쉬고 있어요."

예나가 말했다.

"혼자… 사나 봐요?"

준민이 물었다.

"네. 지난해 어머니가 돌아가시고 나서…."

순간 예나의 얼굴이 약간 어두워졌다.

준민이 동창이라 편하게 생각돼서 그랬는지 예나는 묻지도 않은 이야기까지 불쑥 꺼내고 말았다.

"아… 미안해요. 제가 괜한 걸 물었네요.

저도 혼자 살아요. 아버지는 오래전에 돌아가셨고 어머니는 지방에서 직장 생활하는 형 집에 계시죠."

"그렇군요. 그러니까 준민 씨도 혼밥을 하겠죠.

저도 그렇지만요… 저희 아버지도 오래전에 돌아가셨어요."

예나는 덤덤한 표정으로 말했다.

"그럼 아침이나 저녁도 혼자 먹겠네요?"

준민이 물었다.

"아침은 일어나서 집에서 간단하게 우유에 토스트를 먹거나 가게 나오면서 빵집에 들러 빵하고 커피 사서 마시곤 해요. 그래서 제대로 된 식사를 위해 점심은 꼭 식당에서 한식을 사 먹죠. 저녁도 집에 가서 라면 끓여 먹거나 간편 식품 데워 먹곤 하기 때문에, 하루 한 끼라도 제대로 반찬 곁들여 식사하려고 식당을 가요. 아무리 바쁘고 궁해도 하루 한 끼는 제대로 먹어야 하지 않겠어요? 잘 먹고 잘살려고 일하는 건데….

여름엔 출근 전 아침 일찍 편의점이나 빵집에서 샌드위치와 커피 사서 공원 벤치에 앉아 식사할 때도 있죠. 가끔 이름 모를 예쁜 새들이 나무 위에서 지저귀며 멋진 노래를 불러줄 때 그리고 아침 안개 사이로 햇살이 퍼져나갈 때, 그렇게 상쾌한 아침을 맞으며 커피를 마실 때가 정말 행복한 것 같아요. 그런 아침을 느낄 수 없는 겨울이 저는 싫어요. 너무 춥고 아침이 와도 어둡고….

저녁은 가끔 해먹어요. 아주 가끔이요. 김치찌개나 된장찌개 그런 간단한 거 만들어서 반찬 가게에서 사온 밑반찬들 꺼내서 간단히 먹곤 하죠."

예나가 말했다.

"점심도 혼자 나와서 사 먹고 저녁도 집에서 혼자 만들어 먹으면 심심하지 않아요? 동네에 친구 없어요? 가끔 돌아가며 집에서 식사 만들어서 같이 먹으면 좋을 텐데요." 준민이 말했다.

"네. 그러면 좋은데… 예전에 그랬던 친구가 있어요. 지금은 그 친구가 직장 때문에 서울로 이사를 가 버려서…."

"저도 쉬는 날 저녁은 가끔 해먹을 때가 있어요. 거의 나가서 사 먹을 때가 많지만… 현미밥이 좋다고 해서 전기밥솥으로 밥을 해서 그릇에 담아 냉동실에 얼려 놓고 전자레인지에 데워 먹곤 해요. 예전에 좋아하는 동태찌개를 해 먹거나 고등어도 집에서 구워 먹어 본 적이 있는데 딱 한 번 해 먹어 보곤 안 해 먹게 되더라고요."

"왜요?"

예나가 물었다.

"만드는 과정이 너무 번거롭고 버리는 것도 많고 무엇보다 음식을 만들다 보면… 이건 전혀 예상치 못했던 건데 조리를 하면서 음식 냄새를 계속 맡게 되잖아요. 동태찌개를 만들며 경험했던 건데, 내가 동태찌개를 만들며 한 30분 넘게 그 냄새를 맡다 보니 정작 밥을 먹으려고 식탁에 동태찌개를 놓고 숟갈을 들려 하니까 벌써 그 냄새에 질려서인지 먹고 싶은 마음이 안 생기더라고요. 한 번 그러고 나니까 그 후론 생선 찌개는 내가 직접 해먹지 못하겠더라고요.

예전에 어머니가 밥을 해주실 때 같이 식사하시죠?라고 말하면 '난 입맛 없다. 나중에 먹을게'라고 자주 말하셨는데… 그게 이해가 되더라고요. 음식을 만들며 그 냄새를 맡고 간을 보면 입맛이 덜해지는 것 같아요.

그때 그런 생각도 했었죠. 정말 내가 나중에 레스토랑을 차려서 손님들에게 맛있는 음식을 내어놓으려면 홀에 기다리는 손님들이 음식 냄새를 미리 맡지 못하게 해야겠다는 생각을요. 주방에서 기다리던 음식이 나왔을 때 비로소 그 음식 냄새를 처음 맡을 수 있어야 진정 그 음식 맛을 제대로 느낄 수 있을 것 같다는 생각이 들었어요. 고등어도 구울 때 기름 튀고 연기 나고 그 과정을 생각하면 조금 힘들더라도 밖에 나가서 사 먹는 게 훨씬 이득이라고 생각해요. 그래서 집에서는 아주 간단히 먹어요. 거의 재료 상태 그대로요."

"재료 상태 그대로라면…?"

궁금하다는 듯 예나가 물었다.

"조리를 거의 하지 않고 그냥 재료 그 상태로 먹을 때가 많아요. 오뎅을 사면 그 오뎅을 칼로 일정 크기로 잘라서 프라이팬에 넣고 기름 두르고 간장이나 고추장 넣고 볶아 먹는 게 아니고, 그냥 오뎅 봉지를 뜯고 접시에 그 오뎅을 가위로 적당히 잘라서 그냥 그 상태로 먹어요. 당근, 양파, 오이를 사다가 조리 안 하고 그냥 썰어서 먹을 때가 더 많고, 애호박은 살짝 불에 데운 프라이팬에 익혀서 간장 찍어 먹으면 맛있어요. 햇반에 참치 캔 하나로 그냥 밥을 먹을 때도 있어요. 캔에 든 참치가 이미 양념이 다 되어 있잖아요. 저는 김치가 꼭 있어야 밥을 먹을 수 있는 사람은 아니라서 그렇게 간단히 먹을 때가 많아요. 처음에는 귀찮아서 그렇게 했는데… 그게 양념을 거의 안 하고 기름을 두르고 익히는 과정이 없으니까 칼로리도 낮고 저염식 식단인 것 같아요. 밑반찬도 사뒀다가 한두 번 꺼내 먹은 적이 있는데… 똑같은 거 계속 먹으려니까 금방 질려 버릴 때가 많아서 그다음부턴 사놓지 않게 되더라고요."

준민이 말했다.

"저도 햇반에 다른 반찬 없이 와인 안주로 오래 전에 사두었던 올리브

로만 밥 한 끼 먹은 적도 여러 번 있어요. 병에 담긴 그 올리브 알죠? 반찬 없을 땐 저도 참치 캔 하나 따서 그걸로만 밥 먹은 적도 많고요."

예나가 부끄러운 듯 살짝 웃으며 말했다.

"저도 마트에서 파는 작은 봉지 김 하나 뜯어서 다른 반찬 없이 한 끼 때울 때도 있어요. 애들 좋아하는 그거 있잖아요. 김 위에 밥 얹어서 돌돌 말아 김말이 같은 거 만들어서…. 아니면, 아예 밥이나 햇반도 없이 두부 사다가 윗 포장 비닐만 뜯고 플라스틱 용기에 담긴 그대로 간장 조금 숟가락으로 두부 위에 부어서 퍼먹을 때도 있어요. 아주 고소하고 맛있어요. 그리고 얼마 전 이런 꿈을 꾼 적도 있어요.

늦가을 추운 밤에 공원에 산책을 나갔는데 이상하게 저만 여름옷을 입고 있는 거예요. 그래서 조금 산책을 하다 추워서 근처에 따끈한 칼국수를 파는 집이 있어 들어가 앉았는데 , 에어컨에서 시원한 바람이 나오는 거예요. 다른 사람들은 옷을 따뜻하게 입어서 그런지 추운 표정을 짓고 있는 사람은 없었어요.

얼른 뜨끈한 국물 마시면 나아지겠지 생각하고 칼국수를 주문했는데 주인 아저씨가 칼국수는 방금 다 팔리고 시원한 물냉면만 된다는 거예요. 그래서 밖으로 나와 다시 공원 편의점 파라솔에 앉아 술을 마시면 몸이 좀 따뜻해질 것 같아 컵라면에 소주 한 병 마시고 공원 벤치에 누워서 별을 보다가 나도 모르게 잠이 들었어요. 차가운 아침 공기에 깨어나 새벽 추위에 한껏 몸을 웅크리고 느린 걸음으로 집에 가서 배고픈데 뭐 먹을 거 없나 찾아보니까 냉장고에 먹다 남은 찬밥 한 공기가 있는 거예요. 그래서 그걸 물에 말아 먹고 침대에 누워 이불 덮고 눈 좀 붙이려는데 배가 갑자기 차가워지더니 너무 아픈 거예요.

그래서 혼자 참아 보려고 안간힘을 쓰는데 서러워서 갑자기 눈물이 막 나오는 거예요. 그래서 그 눈물을 손으로 닦았는데… 눈물도 너무 차가운 거예요. 그래서 너무 놀라 벌떡 일어나면서 꿈에서 깼죠…"

"참 희한한 꿈이네요."

예나가 조금은 황당하다는 듯한 표정을 지으며 말했다. 그리고 '어떻게 먹고 지내길래 저런 희한한 꿈을 다 꿀까?' 속으로 생각했다.

"그런데 우리 지금 뭐 하고 있는 거죠? 궁상 배틀 중인 건가요? 이쯤에서 멈춰야 할 것 같아요. 안 그랬다간…"

예나가 말했다.

"하하! 그러네요. 초면에 우리 너무 부끄러운 이야기들을 아무 생각 없이 막 한 것 같아요. 초등학교 동기라 편해서 그랬나 봐요.

어때요? 일주일에 한 번 함께 식사하는 거…?

일주일에 한 번 우리 그 식당에서 오후 두 시쯤 만나 늦은 점심 같이 해요.

목요일 어때요?"

준민이 용기를 내서 물었다.

"…

네. 저도 좋아요."

예나가 잠깐 생각하는 척 말이 없다가 준민을 쳐다보며 수줍은 듯 웃으며 답했다.

그렇게 준민과 예나의 목요일 늦은 점심은 시작되었다.

　레스토랑에 출근해서 점심에 있었던 일을 떠올리며 기분이 좋아진 준민은 콧노래를 흥얼거리며 음식들을 만들었다. 수락할 것이라고는 기대하지 않고 그냥 던졌던 제안이었는데 매주 그녀를 볼 수 있게 되어서 너무 기뻤다. 평소보다 손님이 많아서 바쁜 하루였지만 앞으로 목요일마다 그녀와 함께 식사를 한다고 생각하니 설레기도 하고 어떻게 그녀와의 점심 만남을 잘 해나가야 할지 걱정도 조금 되었다.

　주방 일을 끝내고 조리 기구를 닦고 바닥을 청소하고 나오는데 홀에서 청소 중인 알바생이 커다란 대용량 쓰레기봉투에 홀에서 나온 온갖 쓰레기들을 꾹꾹 눌러 담고 있었다. 옆에는 비닐 봉투와 플라스틱 용기를 담은 작은 재활용품 쓰레기봉투가 놓여 있었다. 기분 좋은 준민은 평소와 달리 알바생에게 말했다.

　"도와줄까? 내가 한 개 들어줄게. 하나씩 들고 나가자."

　"네?"

　평소와 다른 준민의 친절에 다소 놀란 알바생이 "네 고맙죠…."라고 답한다.

"가벼운 거 들어. 내가 무거운 거 들어줄 테니까."

준민이 말했다.

그러자 알바생은 언뜻 보기에도 훨씬 가벼워 보이는 재활용 쓰레기봉투를 들고 문 쪽으로 향한다.

"아니… 어떻게 그게 더 가벼운 거야? 내 눈엔 이쪽 게 더 가벼워 보이는데…."

"네? 이게 훨씬 가벼운데요."

준민은 농담하듯 말했다.

"잘 들어. 앞으로 사회생활 잘하려면 말이야. 이 두 개의 봉투 중에서 네가 들어서 마음이 더 가벼운 게 가벼운 거란다. 알았니?"

"네? 무슨 말인지…."

"아니야… 농담이야.

이러다 나중에 너한테 또 꼰대 소리 듣겠다."

웃으며 준민은 무거운 봉투를 들고 알바생과 가게를 나섰다.

집으로 돌아가는 길에 느리고 애잔한 옛 가요가 한 주점에서 흘러나왔다.

"스잔, 찬 바람이 부는데…."

준민의 중학교 시절 애창곡이었다. 얼마 만에 듣는 것일까? 바로 얼마 전 즐겨 들었던 노래 같은데…. 중학교 동창을 오랜만에 우연히 길에서 만난 것처럼 반갑고 애틋했다. 저 노래 속 가수의 변하지 않는 음성처럼 우리들의 젊은 시절도 어떤 저장 공간에 녹음해 둘 수 있으면 얼마나 좋을까 준민은 잠시 서서 생각을 했다. 버튼을 누르면 예전 젊었던 그 순간들로 언제든 되돌아갈 수 있는 그런 플레이 버튼이 달려 있는….

　예나는 커피숍에서 나와 준민과 헤어진 후 오랜만에 초등학교 근처를 혼자 산책하다 집으로 돌아왔다. 한동안 잊고 지냈던 초등학교 시절의 여러 추억들이 오늘 준민을 만나면서 다시 떠올랐다. 그리고 책장에서 초등학교 졸업 사진을 꺼내어 어릴 때 친구들의 얼굴을 유심히 살펴보았다. 옆 반이었다던 준민의 모습도 금방 찾을 수 있었다. 더부룩한 바가지 머리에 시커먼 얼굴을 하고 환하게 웃고 있는 어린 준민의 모습이 나왔다.

　그 바로 옆에는 8반 부반장이었던 재윤이가 서 있었다. 재윤이는 예쁘고 공부도 잘해서 인기가 많았던 아이였다. 재윤이네 어머니가 예나네 집 근처에서 문구점을 하셔서 재윤이와 예나는 친했다. 갑자기 중학생 때 예나가 재윤이네 집에 놀러 가서 졸업 앨범 사진을 같이 보는데 재윤이 준민을 가리키며 이 아이가 자기를 좋아했는데 조금 엉뚱한 면이 있는 친구라고 말해주었던 기억이 났다.

　6학년 2학기 졸업 무렵 체육 시간에 첫눈이 내렸는데 학교 운동장에서 준민이 자기에게 다가오더니 첫눈이 오는 날은 좋아하는 친구한테 고백을 해야 된다고 들었다면서 자기랑 둘이서 먼 데로 함께 여행가지 않겠냐고 물었다는 것이다. 재윤이는 아무런 대답도 하지 않고 그냥 웃기만 했었다고 말했다. 그리고 재윤이가 졸업하고 여중으로 진학했는데 한 번인가 두 번 준민한테서 편지가 왔었다고 했다. 내용은 자기는 운동을 열심히 해서 운동선수가 될 테니 너는 공부 열심히 하라는 내용이었다고 했다.

예나는 오래전 재윤이처럼 오늘 준민의 제안을 그냥 웃어넘겼어야 했던 건 아닐까 속으로 생각했다. 그래도 오늘 본 준민의 얼굴이나 웃는 모습을 생각하면 적어도 누구에게 피해를 주거나 고집스러운 성격의 사람은 아닐 거란 생각이 들었다.

그리고 무엇보다 예나도 그동안 너무 길고 외로웠던 혼밥 생활에 지쳐 있었는지 모른다.

준민이 처음 혼밥을 먹기 시작한 건 중1 때였다.

운동선수가 되길 바랐던 아버지의 권유로 집에서 멀리 떨어진 숙소에서 운동하는 형들과 합숙하며 지냈기 때문에 도시락을 제대로 챙길 형편이 안 되었다. 당시에는 중학교에서 급식이란 것이 없었기 때문에 도시락을 갖고 오지 않으면 굶거나 교내 매점에서 빵과 우유를 사 먹어야 했다.

채워져 있는 거라곤 빵, 과자 그리고 음료수뿐인 그 작은 학교 매점은 뭐 대단한 거라도 들어 있는 곳처럼 마치 은행 창구나 전당포처럼 학생들이 맘대로 물건을 고를 수 없게 진열대가 철창으로 가로막혀 있었다. 귀중품이 오고 가는 전당포 작은 구멍 같은 통로로 빵, 우유와 돈이 오고 갔다. 그 시절엔 빵과 우유도 훔쳐갈 만큼 어렵고 배고팠던 시절이었는지도 모른다.

매일 빵과 우유로 점심을 때울 수가 없어 어느 날 준민은 학교 정문 수위실로 용기를 내어 찾아가 형편상 도시락을 싸올 수 없는데 점심시간 종료 전에 꼭 돌아올 테니 점심 사 먹게 외출을 허락해 달라고 아저씨께 부탁을 했다. 그렇게 준민의 혼밥은 시작됐다. 주로 학교 정문 건너편에 있던 분식집에서 점심을 사 먹곤 했다. 지금의 혼밥과 달랐던 점은 그래도 점심시간을 지켜서 먹었다는 것과 그 분식점의 주된 손님이 학생들이라 저녁 시간에나 좀 붐비었지 점심시간에는 한가한 편이어서 자리 걱정 안 하고 비교적 편하게 점심을 먹을 수 있었다는 것이었다.

준민은 그 식당에서 비빔국수를 즐겨 먹었다. 소면을 삶아서 김치 잘게 썬 고명을 얹고 마늘 다진 것과 간장 그리고 고춧가루, 참기름, 김 가루, 오이 채 썬 것 등이 얹어져서 나왔는데 주인아주머니가 항상 면을 넉넉하게 주셔서 비록 국수였지만 먹고 나면 늘 배부르고 속이 든든해져서 식당을 나와 흰 우유를 사 마시고 소화도 될 겸 늘 운동장을 몇 바퀴 빠르게 돌고 교실로 돌아가곤 했다.

그렇게 3년을 혼밥을 하며 준민은 남보다 일찍 혼자 식사하는 것에 익숙해졌는지 모른다. 공부 대신 운동을 하며 남과 다른 중학교 시절을 보낸 준민은 점심시간도 그렇게 친구들과는 다르게 보냈었다. 중3 때는 담임선생이 성적표를 교단에 서서 한 명씩 호명해서 나눠주셨는데 제일 뒷자리에 앉아있던 준민은 앞에 나가 성적표를 받자마자 뒤돌아 걸어들어오며 성적표를 손으로 구겨 뒷주머니에 넣었는데 그걸 선생님이 마침 보시고 준민을 불러내서 혼을 내고 엄청 때렸던 적도 있었다. 그렇게 준민은 성적표를 누구에게 보여줄 필요가 없는 중학 시절을 보냈었다.

점심은 주로 혼자 먹었었지만 그래도 저녁은 운동을 마치고 숙소 식당에서 형들, 누나들과 함께 먹었다. 숙소 식당엔 점심과 저녁을 챙겨주러 오시던 파출부 아주머니가 계셨다. 아주머니가 자주 만들어 주시던 국이 있었는데 저녁 무렵 출출해질 때면 식당에서 흘러나오던 그 국 끓이던 냄새를 잊을 수가 없다.

가장 많이 먹었던 국은 김치 무국이었다. 가장 쉽게 만들 수 있어 가장 자주 먹었던 그리고 누구나 다 좋아했던 김치 무국. 무를 잘게 썰어 소고기와 넣어 볶고 끓이다가 김치와 파, 두부를 듬뿍 썰어 넣은 그 국이 끓기 시작하면 다들 운동을 하다가도 멈추고 숙소 옆 식당에 모여 이런저런 얘기꽃을 피우며 식사 시간이 되길 기다렸었다. 어린 준민에게 특히 잘 대해주셨던 아주머니는 고등어나 꽁치를 밀가루에 묻혀 프라이팬에 튀겨 주시거나 계란말이, 새우 멸치볶음, 오뎅볶음 같은 반찬들을 자주 해주셨는데 운동하던 형들과 누나들이 함께 모여 먹었던 그 꿀맛 같은 저녁 식사의 추억이 아직도 가끔 생각날 때가 있다.

"좋잖아요. 이렇게 같이 마주 보고 식사를 하니까… 한꺼번에 반찬 두 가지도 먹을 수 있고… 와! 오징어볶음과 제육볶음이 동시에 식탁 위에 올라오다니… 이런 사치스러운 점심을 이곳에서 먹게 될 줄이야…."

늦은 점심을 함께하기로 한 첫 번째 목요일.

둘이 처음 만나 인사를 했던 그 식당에서 준민은 두 가지 반찬을 번갈아 바라보고 웃으며 예나에게 말했다.

사실 준민은 늦은 점심 데이트를 예나에게 제안하고 나서 오늘이 오기까지 거의 일주일 동안 밤마다 설렘과 기대감 그리고 혹시 오늘 예나가 나타나지 않거나 영영 이 식당에 다시 오지 않으면 어떡하나 하는 불안감에 제때 잠을 못 이룰 때가 많았었다.

준민은 초등학교 6학년 때 같은 반 부반장이었던 재윤이를 좋아했지만, 재윤이는 공부도 잘하고 야구도 잘하는 야구부 투수 다른 아이를 좋아했었다. 짝사랑에 맘 아파하던 준민이 동경하던 아이가 바로 옆 반 맨 앞줄에 앉아있던 가녀린 이미지의 예나였다. 작고 예쁘고 조용했던 예나를 좋아하던 아이들도 많았다. 준민이 말을 걸어 볼까 고민만 하다가 용기를 내지 못해 지나쳐 버리고 만 예나를 우연히 다시 만나 인사를 하고 말을 걸고 식사를 같이하게 될 줄을 누가 알았을까? 사실 오늘 아침 너무 긴장되어서 준민은 식당으로 걸어오며 편의점에 들러 팩 소주를 사서 원 샷을 했다. 예나가 그런 준민의 마음을 알 리는 없었겠지만…

늘 혼자 조용히 식사하던 다른 날과 달리 예나와 함께하는 식사는 푸짐해진 반찬만큼이나 다양한 대화들로 넘쳐났다.

"우리 나온 초등학교에 가 본 적 있어요? 학교 다닐 때 우리 군것질 사 먹던 곳이 아직도 있을까요? 대부분 없어졌겠죠?"

식사를 하며 예나가 갑자기 초등학교 이야기를 꺼냈다.

"학교 끝나고 교문을 나서 왼편 시장 가는 길에 작은 연탄 난로 하나 무릎 사이에 놓고 번데기와 소라 그리고 쥐포를 팔던 아주머니가 기억에 남아요. 그 옆 시장 골목 안에서 떡볶이도 가끔 사 먹었는데 나는 떡보다는 파를 더 좋아했어요. 그래서 아주머니가 떡볶이를 담아 주실 때 파도 많이 넣어달라고 꼭 얘기했던 기억이 나요. 그러면 아주머니가 어른도 아닌데 파를 좋아하네? 하시며 파를 듬뿍 주시곤 했어요. 그래도 난 떡볶이보다는 소라나 번데기를 더 자주 사 먹었던 것 같아요. 철 지난 신문지나 잡지 오려둔 걸 둘둘 말아서 번데기나 소라 담아서 팔던 거 기억나죠? 요새는 소라나 번데기를 종이컵에 담아 주던데 그때는 그냥 종이를 콘 모양으로 말아서 길고 높게 포개어 쌓아 놓고 한 개씩 꺼내어 그 안에다 소라나 번데기 담아서 팔았었잖아요. 가끔은 소라 껍질 속 국물들이 흘러내려 뜨겁기도 했고, 그리고 손에 그 국물이 젖어 소라의 그 짠 비린내가 종일 손에서 나기도 했었죠.

얼마 전 우연히 초등학교 근처를 지날 일이 있었는데… 그 소라 번데기 파시던 아주머니가 삼십 년 전 그 자리에 예전 모습 그대로 앉아 계셨어요. 주변 상가나 건물들은 거의 다 바뀌었는데 그 아주머니는 변함없이 같은 자리에 앉아 소라와 번데기를 팔고 계셨죠. 그렇지만, 머리 색이 하얗게 변하고 많이 늙으셨죠. 그리고 물론 나를 전혀 알아보시지 못했고요. 그 할머니께 소라를 사서 먹었는데 예전과 달리 종이컵에 담긴 소라가 너무 알맹이가 작게 느껴졌고 빼먹기 수고스럽기만 하고 손에 냄새도 나고 해서 다시 사 먹고 싶다는 생각은 안 들 것 같았어요. 어쨌든 그리운 얼굴과 맛이었어요. 쪽쪽 빨아 먹으며 옛 추억에 잠시나마 잠겼죠. 그리고 삼십 년도 더 지나 우연히 보게 된 아주머니의 얼굴을 내가 기억한다는 사실에 나도 좀 놀랐어요."

준민이 말했다.

"오래전 어느 라디오 프로그램에서 진행자 분이 읽어 줬던 어느 책 속의 글이 떠오르네요. 중남미를 여행하던 어느 여행객이 광장에서 양파를 길바닥에 깔아 놓고 파는 어느 할머니에게 그렇게 물었다고 해요. 내게 이 양파를 다 파시죠. 내가 다 살 테니 대신 좀 싸게 해달라고⋯. 어서 다 파시고 일찍 집에 들어가시라고⋯. 그랬더니 그 할머니가 그렇게 말했대요. 왜 그렇게 한꺼번에 많이 사려 하냐고? 필요한 만큼만 사라고. 양파가 필요한 다른 사람들도 사야 할 것 아니냐고⋯ 그리고 나는 지금 양파를 팔러만 이곳에 나와 이러고 앉아 있는 게 아니라 내 하루의 일상을 즐기며 시간을 보내고 있는 중이라고⋯. 조금 있으면 아이들이 학교를 마치고 나와 조잘거리며 웃으며 지나가는 모습을 바라볼 것이고, 한두 시간 후면 늘 나오는 동네 노인 분들과 인사도 하고 이야기도 나눠야 하고, 그리고 해가 질 무렵엔 저 종려나무 뒤에 아름답게 지는 그림 같은 저녁노을도 바라보다 하루를 정리하고 집에 가야 하는데⋯.

왜 당신이 이 양파를 다 팔고 나보고 빨리 집에 들어가란 말을 하느냐고."

"아름다운 이야기네요. 혹시 책 제목 기억나요?"

준민이 물었다.

"아니요. 오래돼서 책 제목은 기억 안 나요."

"네. 그 소라 파시는 아주머니도 그 이야기 속 할머니처럼 그 자리에 앉아 하루하루의 일상을 즐기며 삶을 살아가고 계신 것일 수도 있겠죠. 그날 소라를 먹으며 초등학교 운동장을 한 바퀴 둘러 봤는데 어릴 적 추억들이 많이 떠올랐어요. 학교 근처에 살던 친구네 집에 놀러 갔던 기억들 하고 생일 파티에 초대받아 친구들하고 함께 친구 집에 놀러 가던 기억들… 우리 초등학교 때 생일 때면 친한 친구들 초대해서 생일 파티 여는 친구들 있었잖아요. 나는 어릴 때 그렇게 인기 많던 아이가 아니라서 초등학교 6년 동안 생일 파티에 초대를 받아 갔던 건 몇 번밖에 없었어요."

준민이 생일 파티 이야기를 꺼냈다.

"3학년 때, 예쁘고 공부 잘해서 인기가 많았던 민아라는 아이가 생일 파티한다고 집으로 친구들을 초대한 거예요. 그때 내가 민아를 좋아했죠. 부반장이었던 민아네 집에 열 명 정도 놀러 갔었는데 남자애들이 더 많았어요. 집도 아주 잘 살고 친구들 환영한다고 엄마, 아빠 두 분 다 집에 계셨는데 민아는 공주 옷을 입고 황금색 종이로 만든 왕관도 썼었죠. 테이블 세 개를 연결한 상 위에는 케이크와 맛있는 음식들이 푸짐하게 놓여 있었어요. 다들 먹고 떠들며 즐거운 시간을 보내고 파티가 끝나 집으로 돌아갈 무렵 난 어린 꼬마였음에도 불구하고 어떻게 그런 생각을 했는지 다들 인사하고 집으로 돌아가는데 일부러 청재킷 상의를 민아네 거실에 몰래 놔두고 나왔어요. 그리고 한 이십 분 후에 다시 민아네 집에 갔죠. 그리고 초인종을 눌렀죠.

민아가 옷을 들고 나왔어요. '이 옷 니 꺼니?' 물으며 건네주길래⋯.

'다시 한 번 생일 축하해. 오늘 즐거웠어.'라고 멋있게 말을 하고 청재킷을 받아 들고 민아 앞에서 빠른 속도로 휘익 돌려 멋지게 입고 집으로 갔었죠."

"열 살 꼬마가 참 조숙했네요⋯. 그래서 그 학생하고 잘됐어요?"

예나가 웃으며 물었다.

"잘되긴요⋯ 애들이 잘되어봐야 뭐⋯. 그냥 그러고 말았죠.

민아는 나한테 별 관심이 없었어요."

"짝사랑은 아프죠.

저도 잘 알아요. 그 마음."

예나가 말했다.

"그리고 얼마 후 또 다른 친구의 생일이 있었죠. 외자 이름을 가진 친구였는데⋯ 다른 친구들보다 덩치가 한참 커서 그런 소문이 있었어요. 우리보다 서너 살 많은데 집에 사정이 있어서 학교에 늦게 보낸 아이라고⋯. 아버지가 그 친구 어릴 때 돌아가셔서 홀어머니랑 같이 산동네에서 산다고 들었는데 집이 가난해서 학용품 살 돈이 없어 애들 때리고 돈도 잘 빼앗고 친구들 집에 그 아이가 놀러 오면 없어지는 물건들이 생겨서 엄마들이 같이 어울리지 말라고 신신당부하던 친구였어요.

그런데 어느 날 갑자기 그 친구가 애들한테 오늘이 자기 생일이니까 자기 집 가서 놀자고 말하는 거예요. 그런데 아무도 따라가겠다고 하는 애들이 없었어요. 그 친구가 안 돼 보여서 나는 같이 가겠다고 했죠. 한참을 걸어가서 작은 집들이 다닥다닥 붙어있는 좁은 골목을 따라 계단을 오르기 시작했는데 십 분쯤 걸어 올라가니까 친구 집이 나왔어요. 작은 집이었는데 방이 여러 개 있고 여러 가족이 사는 것 같았어요. 친구네 방에 들어갔는데 아무도 안 계셨어요. 한참 후에 친구 어머니가 머리에 수건을 두른 채로 일터에서 돌아오셔서 별말씀 없이 부엌으로 가시더니 밥을 해주셨어요.

그날이 생일이 맞는 건지 아니면 그 친구가 거짓말을 한 건지 모르겠는데 친구 어머니가 작은 상에 차려 온 음식이라곤 접시에 담긴 썬 오이, 고추장 종지 그리고 김치가 전부였죠. 그래도 밥을 새로 냄비에 지으셨는지 아주 따끈하고 맛있었어요. 친구와 나는 밥을 맛있게 먹고 근처 공사장 공터에서 한참을 같이 놀았었죠.

아직도 그 생일상을 잊을 수 없어요. 고등학교 때 김소운 선생의 수필에 그런 말이 나오잖아요. '왕후의 밥, 걸인의 찬.' 고등학생 때 그 글을 읽으며 그 친구네 집에 놀러 갔던 그때 일이 생각났었죠.

그리고, 그 친구를 어른이 되어서 아주 우연히 한 번 만났었죠. 내가 여행사 다닐 때 서류를 급히 보낼 곳이 있어서 퀵서비스를 불렀는데… 비 오는 날이었어요. 퀵서비스 배달 아저씨가 하도 늦게 왔길래… 오토바이 헬멧 쓴 아저씨가 나타나자 조금 화를 냈는데… 갑자기 헬멧을 벗더니 내게 반갑게 인사를 하더라고요. 너무 익숙한 얼굴이었어요. 그 친구였죠. 놀랐던 건… 정말 나이가 나보다는 한참 많은 그런 아저씨 얼굴이었고, 키도 예전에는 나보다 더 컸는데… 오랜만에 다시 보니 몸도 되게 왜소해 보였어요. 응접실로 가서 잠깐 커피 마시며 옛이야기 좀 나누다가 헤어졌죠. 과일 가게 하다가 사기를 당해서 망했다고 했는데 다시 가게 차린다고 여러 아르바이트 하며 돈을 모으고 있다고 했어요."

준민이 말했다.

"정말 그 친구 분이 또래보다 몇 년 늦게 학교에 입학했을 수도 있겠네요. 그렇게 나이가 들어 보였다면…"

"네. 나도 그렇게 생각해요. 열심히 일해서 돈 모아 다시 가게 차리라고 응원해 줬죠. 그 이후론 연락이 끊겨서 소식은 못 들었지만요.

초등학교 생각하면 늘 생각나는 고마운 아저씨도 한 분 있어요."

준민은 초등학교에 대한 추억이 많이 떠오르는 듯 말을 이어갔다.

"정문 옆에 큰 문구점이 하나 있었어요. 안쪽으로 커다란 서가들이 몇 개 있었는데 거기 내가 좋아하는 공상 과학 소설 그리고 추리소설 위인전 이런 전집류 책들이 많이 진열돼 있었죠. 완구와 인형도 팔고 공책, 필기구, 미술 도구 그런 거까지 다 팔았던 것 같아요. 수업 끝나고 특별한 일 없으면 그 문구점 들러서 그 서가 앞에 서서 책을 한 권씩 꺼내 읽고 집에 가곤 했어요.

아이들 들락날락거리며 떠드는 소리가 잦아질 무렵이면 문구점 밖도 어둑어둑해졌는데 그때쯤이면 문구점에 남은 사람이라곤 주인 아저씨하고 나뿐이었죠. 한 번도 그 주인 아저씨가 왜 책은 안 사고 맨날 거기 서서 읽기만 하냐고 내게 뭐라 했던 적이 없었어요. 나는 특히 추리소설을 아주 좋아해서 셜록 홈즈나 괴도 뤼팽 시리즈들은 다 읽었었죠. 지금 생각해보면 책이 더럽혀지거나 구겨진다고 뭐라 했을 법도 한데 어린 학생인 나한테도 아주 친절하게 대해주셨죠. 그 아저씨 얼굴이 아직도 기억이 나요. 늘 양복바지에 하얀 와이셔츠를 입고 계셨는데 머리도 포마드 발라 가르마 잘 정리한 단정한 모습이었죠. 당시 유명했던 개그맨 배일집 아저씨와 아주 비슷하게 생기셨었어요.

문구점에서 나올 때면 배가 조금 출출했는데 문구점 바로 앞에서 수레에 사과를 잔뜩 싣고 팔던 아저씨가 있었어요. 그 사과 장수 아저씨는 늘 밀짚모자를 썼었죠. 오십 원 동전 내고 아주 윤기 나고 새빨간 홍옥 사과를 사 먹던 기억이 나요."

준민이 말했다.

"문구점에 대한 추억은 누구에게나 있을 거예요. 재미있는 이야기였어요. 문구점에서 군것질거리도 팔았었잖아요. 참, 우리 어릴 때 과자나 풍선 껌 사면 그 안에 작은 플라스틱 인형이나 만화책 같은 사은품도 들어있던 거 기억나요?"

예나가 물었다.

"기억나죠. 풍선 껌 사면 그 안에 손가락 크기의 아주 작은 만화책이 들어 있었잖아요. 그거 인기 많아서 모으는 친구들도 많았죠. 감동적인 내용의 만화도 많았어요. 우리 어릴 때 매점에서 껌을 까서 낱개로도 팔았던 기억이 나네요."

"풍선 껌 만화 중에 기억나는 거 있어요?"

"많죠. 어느 가난한 딸이 아픈 엄마에게 고깃국을 끓여주고 싶은데 돈이 없어서 집 앞을 지나가는 생선 장수한테 가격 물어보는 척하며 이 생선 저 생선 만지작거리다 생선은 못 사고 집으로 돌아와서 부뚜막에서 냄비에 물을 끓여 그 생선 만진 손을 담가서 비록 생선은 없지만, 엄마에게 생선 맛이 나는 국을 끓여 드렸다는 그런 효도에 관한 만화가 가장 기억에 남아요. 지금 생각하면 어떻게 어린 학생들이 보는 만화에 그런 내용을 실었을까 하는 생각도 들지만요."

준민이 말했다.

"네. 저도 그 만화 본 기억이 나요. 저는 풍선 껌보다는 사은품 들어있는 과자나 아이스크림 같은 걸 더 좋아했어요. 우리 어릴 때 취미로 우표 모으는 친구들 많았잖아요. 그래서 보석콘인가 사면 그 안에 외국

우표 한 장씩 사은품으로 들어 있기도 했었죠. 그리고 동네 가게에서 어떤 과자를 사 먹었는데 그 안에 사은품으로 아주 작은 플라스틱 인형이 하나 들어 있었어요. 짙은 푸른색 플라스틱으로 만든 귀여운 인형이었는데….

우리 고등학생 때 텔레비전 명화극장이나 주말의 명화에서 여러 번 방영해 주었던 영화 '애수' 거기에 나오는 작은 마스코트 인형 비슷했어요. 명화극장 기억나시죠? KBS에서 일요일 밤에 하던 영화 프로그램… 예고편에 검은 테 안경 쓰고 '놓치지 마십시오.'라고 말하시던 그 평론가 아저씨도 생각나네요. 제가 집에서 학교를 혼자 왔다 갔다 하면서 너무 심심했었는지 어느 날 집에서 그 인형을 주머니에 넣어 와서 내가 늘 지나다니던 골목에 있던 오래된 돌담 작은 틈에 그 인형을 넣고 이제부터 이곳이 너의 집이니까 잘 지내야 돼. 앞으로 내가 여길 지날 때마다 인사할 테니까 외롭다고 생각하지 말고… 내 눈높이에 있던 그 작은 돌 틈 속의 공간이 그 인형의 집이라도 되는 것처럼 그 작은 인형을 집어넣고 사람이 지나다니지 않을 때만 몰래 들여다보고 인사하고 가곤 했죠.

가끔 그 돌 틈 안에 작은 헝겊 조각으로 인형 침대를 새로 깔아 주기도 했고 학교를 다니며 그 앞을 지날 때면 잊지 않고 안을 들여다보고 그 인형과 얘기를 나누고 지나치곤 했어요. 혹시 누가 보면 그 인형을 꺼내 갈 것 같아서 주변에 아무도 없을 때만 그랬었죠. 돌이켜 보면 그 인형이 거기 있어서 혼자 다니던 등하굣길이 심심하지만은 않았던 것 같아요."

예나가 말했다.

"그럼 그 인형이 아직도 그 돌담에서 잘 지내고 있나요? 그 돌담은 어디에 있어요?"

준민이 물었다

"아니요. 지금은 그 돌담이 헐리고 그 자리에 새로운 건물과 철제 펜스가 들어섰죠. 제가 초등학교를 졸업하고 그 길을 자주 다니지 않게 되면서 그 인형하고 아주 가끔 인사하고 지내다 고등학생 되고 알바하고 공부한다고 바빠지면서 그 인형을 잊게 되었죠. 그리고 한참 후에 그곳을 다시 지나게 되었는데 그 돌담이 아예 없어졌더라고요. 너무 아쉽고 그리고 그 인형한테 미안했는지 그날 이후 몇 번 그 인형이 내 꿈에 나타났었어요."

"안타깝네요. 그 인형이 예나 씨를 많이 그리워했겠어요. 다시 만날 수 있으면 좋겠어요."

준민은 소녀 같은 감성을 가진 예나의 이야기를 듣고 위로의 말을 건넸다.

"그래서… 제가 그 인형 꿈을 꾸고 나서 그 인형을 위해서 짧은 동화를 썼어요. 그냥 제가 쓰고 저만 읽은 동화지만요."

"어떤 줄거리인데요? 짧게라도 이야기해줘요. 궁금해요."

"그래요? 남자한텐 별 재미 없을 것 같은데요."

"아니요. 궁금해요. 어서 들려줘 봐요. 짧게라도요."

준민의 재촉에 예나는 기분이 좋은 듯 반짝이는 눈빛으로 웃으며 말했다.

"그럼 준민 씨가 제 동화의 첫 독자가 되어 주는 거네요. 그냥 그 인형의 시각에서 쓴 작은 일대기 같은 동화예요. 제 휴대폰에 저장되어 있으니까 이따 집에 가면서 찾아보고 카톡으로 보낼게요. 길지 않으니까 한번 읽어 봐요."

"네, 꼭 보내줘요. '꼭'이요."

예나는 준민과 헤어지고 집으로 걸어가며 괜히 아직 초안 수준의 어설픈 내용의 동화를 준민에게 보낸다고 말한 건 아닐까 하는 걱정이 들었다. 글을 읽고 준민이 실망하면 어떡하나 하는 생각에… '생각해 보았는데… 아직 동화가 완성이 안 돼서 나중에 보내야 될 것 같아요.' 아니면 '휴대폰에 있는 줄 알았는데… 찾아보니 없네요. 미안해요.'라고 문자를 보낼까도 고민을 했는데 '내가 쓴 글을 세상에 읽어 줄 누군가가 있을까? 내가 유명 작가도 아닌데, 내가 글을 쓰거나 그림을 그린다고 누구 하나 관심 가져 주는 것도 아니고… 그리고 어쩌면 이 동화를 읽어 줄 사람이 앞으로도 없을 것 같다.'는 현실적이고 슬픈 생각이 들어 예나는 맘을 고쳐먹고 준민에게 동화를 보내기로 했다.

갑자기 자기의 동화를 읽고 싶다며 눈이 동그래져 꼭 보내 달라고 졸라대던 준민의 모습이 귀엽고 고맙게까지 느껴졌다. 그래… 적어도 내 글을 읽어 준 한 명의 독자는 생기는 거니까… 내가 예전에 잃어버린 그 플라스틱 인형처럼 내 동화도 그렇게 쓸쓸하게 잊히는 외톨이가 되어서는 안 되니까….

잠시 후 준민은 예나의 카톡을 받았다. 그리고 얼굴에 잔뜩 미소를 띠고 예나가 보내온 예쁜 동화를 읽기 시작했다. 이야기는 이랬다.

오늘 그 아이가 또 인사를 하고 갔다.

그 아이는 거리에 사람이 다니지 않아 발자국 소리조차 들리지 않는 조용한 때에만 살금살금 이곳으로 다가와 저 커다란 돌 틈 사이로 예쁜 큰 눈을 조심스레 갖다 대고 내가 있는 이곳을 들여다보곤 한다. 이 돌담으로 내가 이사를 온 지도 벌써 몇 년이 되어 간다. 그 아이는 주말을 빼곤 거의 매일 저 돌 틈 사이로 내게 인사를 하고 가곤 했다. 그렇게 세월이 흘러 난 이 작은 동굴 안에서 벌써 몇 번의 겨울을 지내고 봄을 맞았다.

첫 겨울을 보낼 때 그 아이는 내가 추울까 걱정이 되었는지 작은 헝겊을 집에서 가져와 내 집 바닥에 깔아 주기도 했었다. 그렇게 다정했던 그 아이가 초등학교를 졸업하고 나서는 거의 나를 찾아오지 않았다. 교복을 입은 그 아이가 아주 가끔 들러 잘 지내냐고 인사를 했던 적은 몇 번 있었다.

그 아이가 나를 자주 찾아오지 않기 시작한 그해에 아주 커다란 벌레가 내 집 속으로 기어들어와서 놀랐던 적이 있었다. 난 너무 무서워서 숨죽이고 그 벌레가 조용히 돌아 나가길 기도했다. 다행히 아무 탈 없이 그 위기를 넘길 수 있었다. 어느 무더운 여름날에는 매미가 나의 집 근처에서 며칠을 울며 지내는 바람에 너무 시끄러워 잠을 잘 수가 없었다. 다행히 그 매미는 얼마 후 벽에 붙은 채로 더 이상 울지 않고 조용히 잠을 자기 시작했다. 나는 시끄럽던 매미가 더 이상 울지 않는 이유를 알 수는 없었다.

한 번은 병정개미들이 갑자기 들이닥쳐 내가 먹을 수 있는 먹이인지 아닌지 여기저기를 막 깨무는 바람에 아주 아프고 무서웠던 적이 있었다. 그때 처음 내가 움직일 수 없다는 사실이 슬펐다. 그냥 생각조차 할 수 없고 느낄 수조차 없다면 좋았을 텐데… 그런데 작은 플라스틱 인형인 내가 생각을 할 수 있다는 사실을 그 아이는 알았을까? 그 아이가 더 이상 나를 찾지 않은 후에 내게 닥친 그 힘들고 어려운 시간들을 그 아이는 알 수 있었을까?

그리고 한참의 세월이 더 흘러 그 아이가 어른만큼 커져서 돌담이 있던 그 자리에 다시 왔을 때… 그러니까 그 아이가 문득 내가 생각나서 그 돌담을 살펴보러 온 그날엔 이미 난 그곳에 더 이상 없었다. 두 달 전쯤 그곳에 새 건물이 들어서고 멋진 철책을 세우기 위해 그 오래된 낡은 돌담은 헐리고 말았다. 그 돌담이 헐리던 날, 내 집을 둘러싼 커다란 돌들이 부서지고 무너져 내리던 그날, 난 너무 무섭고, 그리고 그 아이를 다시 볼 수 없을지도 모른다는 생각에 그 아이가 갑자기 너무 보고 싶어서 많이 울었다.

그 아이가 내게 인사하러 꼭 다시 찾아올 것만 같은데… 그 아이가 만들어 준 이 소중한 나만의 보금자리가 결국 파괴되는 걸 난 어쩔 수 없이 지켜봐야만 했고 난 결국 돌, 흙들과 마구 섞여서 커다란 트럭에 실려, 한참을 이동해 아주 낯선 곳에 버려졌다. 정말 무서웠지…

거기서 나와 함께 트럭에 실려 왔던 큰 돌들은 잘게 부수어져 다른 곳으로 또 실려 갔고… 난 아주 작은 돌들과 흙과 함께 푸른 서해가 보이는 어느 낯선 매립지에 실려 왔다. 난 운이 좋게도 뻘 속 깊은 곳이 아닌 비교적 수면이 낮은 해안가에 버려져 내 몸의 반만 땅에 묻힌 상태로 바닷속에 잠겼지. 물속에서 지내보는 건 그때가 처음이었는데 나는 고요하고 잔잔한 물속에서 작은 조개, 소라, 새우 들과 놀며 잠깐이나마 즐거운 시간을 보냈지.

조개, 소라, 새우들이 계속 놀자고 해서 난 심심할 틈도 없었다. 그렇게 며칠을 보내다 밀물 썰물의 반복된 움직임에 내가 묻힌 모래들이 쓸려 내려가서 나는 수면 위로 떠올라 둥둥 바다 위를 떠다니게 되었지. 그렇게 바다에 떠서 한참을 표류하다 서해 소이작도라는 작은 섬의 해변 모래사장에 떠내려오게 되었지. 잘게 부서진 하얀 조개 껍질들과 모래가 섞여 아주 예쁘게 반짝거리는 해변이었어.

그리고 거기서, 물론 그 아이는 기억을 전혀 못 하겠지만… 아니 그 아이라고 부르면 안 될 정도로 어른처럼 커버린 그 아이가, 그 섬으로 야유회를 온 적이 있었지. 회사 동료들과 함께 아주 행복해 보였어. 그리고 정말 놀라고 설렜던 건 그 아이가 내가 누워 있던 그 모래사장에 동료들과 산책을 나와 웃으며 거닐다 나를 살짝 한 번 밟고 지나갔다는 사실이야.

그 아이는 정말 많이 컸더라고… 오랜만에 느껴 보는 촉감이었어. 그 아이 발 감촉이 너무 보드랍고 좋았어. 어릴 적 그 아이 손이 나를 만진 적은 많지만… 그 먼 외딴 곳에서 그 아이 발바닥의 감촉을 느끼게 될 거라곤 전혀 생각 못 했지… 그때가 아마 2002년도 여름이었던 것 같아.

그 짧은 만남 후론 난 그 해변가에서 낮에는 뜨거운 태양 아래 하늘을 날아다니는 갈매기들을 바라보고 밤이면 잔잔한 바다 위로 떠오르는 달과 별을 바라보며 그 아이를 다시 만날 수 있을까? 하는 슬픈 생각을 하며 시간을 보냈지. 그 섬은 서해의 외딴 작은 섬이었기 때문에 그 아이가 다시 그 섬에 놀러 올 거라고는 생각이 들지 않았지만 그래도 그땐 그런 생각을 했었지. 그 아이가 계속 살아 어딘가에서 잘 지내고 있다면… 어느 날 한 번은 더 가족을 데리고 이 섬에 놀러 올지도 모른다고… 나는 플라스틱 인형이니까 죽지도 늙지도 않을 테니 언젠가는 우리 둘이 이 섬에서 다시 만날 날이 올 거라는 그런 희망 가득한 생각을.

그런데 어느 날 내가 모래사장에 누워 일광욕을 즐기고 있는데… 이름도 모르는 커다란 새가 바다 위를 날다 반짝반짝 빛을 내며 해변에 누워 쉬고 있는 나를 발견하곤 사람들이 먹다 흘린 과자인 줄 알았는지 나를 꿀꺽 삼킨 채 머나먼 곳으로 날아가 버리고 만 거지. 그렇게 또 오랜만에 나는 그 아이를 만난 곳으로부터 먼 곳으로 긴 여행을 시작하게 되었지…

어릴 적 만화 영화에 등장하는 콘도르 같았던 그 커다란 새의 컴컴한 몸속에서 난 어디로 가는지 알 수 없는 상태로 며칠을 보냈지. 그래도 난 생각했어. 난 영원한 삶을 살 것이다. 나 같은 작은 플라스틱 인형은 사라지지 않을 것이다. 난 너무 작은 플라스틱 인형이라 설사 다시 인간의 세계로 떨어져 돌아간다 하더라도 눈에 띌 염려도 적고 설사 사람 눈에 띄어 발견되더라도 너무 작아 재활용으로 분류될 가능성이 없어 원래의 플라스틱 물질로 녹여 사라질 가능성은 없을 거라 생각했지. 다만 청소기에 빨려 들어가 쓰레기봉투에 들어가는 날엔 곧 소각장으로 끌려갈 될 운명이니… 난 청소기를 가장 무서워해야 했어. 다행히도 지금껏 청소기 속으로 빨려 들어가 본 적은 없지만.

새들이나 물고기가 날 먹는다고 해도 난 쉽게 분해되지 않고 다시 배설되어 바닷속이나 땅 위 세상 밖으로 다시 살아 나올 거야. 그 큰 새가 날 삼켰던 그때에도 난 그 새의 입에 잠깐 머물다 식도와 위를 거쳐 소장, 대장으로 굴러떨어져 그곳에서 아주 잠깐 지내다 어느 날 다시 그 새의 몸 밖으로 던져져 버렸지. 사실 나는 그 새의 몸속에 들어 있었다고 생각했지만, 내가 그 새의 몸속으로 들어간 적은 없었던 거야. 새의 몸 안에 있는 바깥세상과 연결된 아주 기다랗고 좁은 통로를 여행하다 어느 순간 휘익 하고 그놈의 배설물에 싸여 바깥으로 던져진 거지…

그러니까… 난 영원히 사라지지 않을 거야. 이렇게 아이들의 검지 손톱만 한 작은 볼품없는 플라스틱 인형이지만, 나는 항상 기도했어. 나도 그 아이도 오래오래 살게 해달라고… 언젠가 우리 다시 만날 수 있게 해달라고…

아, 참… 그 커다란 새의 몸에서 나와 난 바다 위를 떠돌다가 소설『모비딕』에도 나오는 그 커다란 향유고래가 날 삼키는 바람에 그 녀석의 뱃속을 또 떠돌다가 어느 따뜻한 해양성 기후를 지닌 바닷가에 버려졌지. 그리곤 바닷가에서 기진맥진 상태로 쉬고 있는 나를 갈매기가 물고 날아가다가 휴스턴이란 도시의 우주항공연구소 근처 어느 가정집 마당 한가운데 나를 떨어뜨렸지.

그 집에는 소행성 탐험을 위해 다음 날 우주선을 타고 지구를 떠날 예정인 한 우주인이 살고 있었지. 짐을 다 싼 우주인은 우주 비행 때 신을 신발을 현관에서 한 번 신어 보고는 바깥 공기도 마실 겸 마당을 산책하러 신발을 신은 채로 걸어 나온 거야. 내일 비행을 떠나면 한참을 못 보게 될 사랑하는 아내와 딸을 꼭 다시 볼 수 있도록 무사 귀환하게 해달라며 모래와 작은 자갈이 깔린 마당 한가운데 서서 두 손을 모으고 기도를 했지. 그런데 그때 내가 그 비행사의 신발 바닥 문양 틈 속으로 쏙 끼어 박혀 들어가게 된 거야. 결국 다음 날 아침 난 그와 함께 그 집을 떠나 로켓을 타고 소행성으로 향하게 되었지. 소설『어린 왕자』에 나온 그 작은 별 같은 소행성에 도착한 그 우주인은 지표면을 걸어다니며 임무를 수행하던 중 나를 그 소행성 표면에 떨어뜨리고 말았어. 내가 그렇게 된 줄도 모르고 그 우주인은 열심히 자기 임무를 더 수행하고 우주선에 탔어. 그리고 우주선은 부웅 하고 뜨더니 어딘가 먼 곳으로 날아가버렸지.

그래서 난 지금 이름도 모르는 작은 소행성에 지금 서 있어. 다행히 이곳에서도 아름답고 푸른 지구가 아주 잘 보여. 그 아이는 내가 지금 여기 있는 걸 알까? 아니 그 아이가 초등학교를 졸업하며 우리가 헤어진 후로 단 한 번이라도 내가 어디에 있는지 생각해 본 적이 있을까? 난 지금도 저 아름답게 빛나는 지구를 바라보며 그 아이는 뭘 하고 있을까

요새는 밤 하늘 별을 보며 어떤 생각을 할까 온통 그 아이 생각만 하며
지구를 바라보고 있는데…

예나의 동화는 그렇게 끝났다.

아직 결말이 없는 미완성 작품인 것 같기도 했고 열린 결말의 작품인
것도 같았다. 준민은 독특하게 스토리가 전개되는 예나의 동화를 아주
빠르게 읽었다. 예전 학교 앞 문구점에서 읽었던 SF 소설을 다시 읽고 있
는 듯한 그런 재미와 감동을 느꼈다. 작은 돌 틈 속 플라스틱 인형이라
는 아주 독특한 소재로 재미있게 이야기를 풀어나가는 글의 힘이 느껴
졌다. 고3 때 형편없는 국어 성적 때문에 많이 좌절했던 준민은 예나의
글 재능에 놀랐고, 부럽다는 생각까지 했다. 전문가의 도움을 받아 내용
을 수정 보완해서 늘려나가면 한 편의 소설로도 만들 수 있을 것 같다
는 생각도 했다. 예나는 이런 자기의 재능을 제대로 모르고 있을 것 같
다는 생각을 하며 나중에 꼭 예나가 글을 쓸 수 있도록 도와줘야겠다고
준민은 다짐을 했다.

이렇게 둘의 목요일 점심 데이트는 시작되었다. 목요일마다 함께 만나
식사를 같이하면서 단조롭고 쓸쓸하던 둘의 일상은 서서히 바뀌기 시작
했다. 둘이 함께 식사를 하는 목요일뿐만 아니라 금요일과 주말엔 점심
데이트 추억의 여운에 젖어 행복했고 월요일부터 수요일까진 목요일 만
남을 준비하고 기다리는 설렘 속에 즐겁게 하루하루를 보낼 수 있게 되
었다. 늦은 점심을 함께하며 둘의 일주일은 그렇게 바뀌어 갔다.

　이번 주 목요일 준민은 약속 시간보다 한 시간 일찍 나와 미용실에 들러 이발을 하고 단골 식당 주변을 산책했다. 준민이 오래 다닌 미용실은 단골 식당 근처에 있었다. 지금의 나이 드신 주인 아주머니는 이 미용실을 인수하신 분이고 처음에 미용실을 오픈하셨던 분은 노처녀인지 유부녀인지 알 수 없는 젊고 세련된 외모의 여자였다.

　대학교 1학년 때 반포에 사는 친구가 집에 놀러 왔는데 이 미용실 앞을 지나다 문 앞에서 햇볕에 말린 수건을 걷고 있던 그 사장님을 보고는 느닷없이 나 좀 머리 좀 깎고 가야겠다고 말하더니 미용실로 바로 들어가 이발을 했던 일이 생각났다. 머리가 단정했는데도 이발을 갑자기 한 이유가 궁금해 물었더니 그 친구는 역시나 "저 아줌마 멋지지 않니? 난 이상하게 나이 많은 누나들이 좋더라…" 하며 웃으며 말했다.

　그 후로도 그 친구는 반포에서 한 달에 한 번은 이 동네까지 일부러 와서 그 사장님에게 이발을 하고 갔었다. 그 친구가 그 미용실에서 이발을 처음 했던 날 난 미용실 소파에 앉아 그 친구 머리 깎는 모습을 지켜보다 테이블 위에 놓여 있던 잡지를 읽었다. 보통 미용실엔 주간

경향이나 여성동아 같은 잡지가 놓여 있었는데 거기엔 《코스모폴리탄 (Cosmopolitan)》이란 외국 잡지가 놓여 있었다.

거울에 비친 그 아주머니의 예쁜 얼굴과 그 영어로 쓰인 잡지를 번갈 아 가며 보았는데, 잡지 중간 부분엔 한 편의 멋진 시가 실려 있었다. Pub에 혼자 앉아 칵테일을 마시고 있는 여인이 맞은편 자리에 앉아 있 는 한 멋진 남성과 계속 눈빛 교환을 하며 유혹을 하는 내용의 시였다. 그 미용실 한쪽 구석에는 커튼이 쳐져 있었고 그 커튼 사이로 은은한 조명 아래 놓여 있는 침대가 살짝 보였다.

사장 누나는 미용실에서 일하며 혼자 살고 있는 듯했다. 그때 그 영어 로 쓰인 로맨틱한 시를 읽으며 잠깐 그런 상상을 했었다. 내 친구 녀석이 어느 늦은 밤 장미꽃을 들고 미용실을 찾아와 저 누나에게 사랑 고백을 하고 그녀와 함께 침실로 향하는…. 그런 상상을 하며 혼자 웃다가 계속 잡지를 읽었었다.

잡지 맨 마지막 부분에는 어느 중년 남자의 수필이 한 편 실려 있었 다. 한때 큰 사업을 해서 커다란 저택에 아내와 아이들과 남부럽지 않게 행복하게 살았는데 한순간 사업이 망해 지금은 슬럼가 어느 작고 낡은 아파트에서 가족과 함께 살고 있는 남자의 이야기였다. 사업 실패로 한 순간에 모든 게 변했지만 유일하게 변하지 않은 한 가지가 있다는 말로 그 수필은 끝을 맺었다.

이제는 예전처럼 여름이면 고급 차를 타고 멋진 리조트가 있는 휴양 지로 가서 아내와 아이들과 즐거운 시간을 보낼 수는 없지만, 자주 다 니던 고급 레스토랑에도 아내와 이젠 갈 수 없지만, 그렇게 모든 것들이 변했지만… 그 유일하게 변하지 않은 단 한 가지는… 매일 아내를 위해 장미꽃 한 송이를 사와 창가에 놓인 꽃병에 꽂고 창가에서 불어오는 산들바람에 실려오는 그 장미꽃 향기를 맡으며 사랑하는 아내의 잠든 모습을 바라보다 잠이 든다는 것이었다. 매우 로맨틱한 이야기였다.

문득 준민은 생각했다. 사람의 기억이란 무엇일까? 잊힌 듯 잠자고 있던 이십몇 년 전 이곳 미용실에서 있었던 일과 그때 읽었던 잡지 속 시와 수필의 내용까지 미용실 앞에 서니 마치 어제 일들처럼 생생히 기억나는 걸 보면… 정말 사람의 기억이란 신비롭고 놀라운 것이라 생각됐다. 마치 주차타워 같은 어떤 공간 속에 특정 규칙과 체계에 따라 분류 저장되어 있던 수많은 기억들이 그 기억을 연상시켜 주는 장소, 물건, 음악, 향기, 촉감 같은 신호들에 의해 호명되어 마치 버튼이 눌려 주차타워 출구로 차들이 빠르게 소환되어 나오는 것같이 우리 기억에 떠오르는 건 아닐까 하는 생각이 들었다.

동네 좁은 식당가 골목에는 가게 입구마다 작은 화분들이 몇 개씩 예쁘게 놓여 있었다. 가끔 불어오는 산들바람에 예쁜 꽃들이 흔들리는 모습이 마치 손님을 반기며 손을 흔드는 모습 같다는 생각이 들었다. 예나를 기다리며 그 골목 식당 아주머니들이 키우는 화분 속 꽃들의 이름을 맞춰 보다 문득 군 시절 꽃을 무척 좋아하던 후임병이 생각났다. 농고 원예과를 졸업하고 입대한 친구였는데… 꽃을 좋아해서 부대 막사 앞 화단 빈 곳에 꽃씨를 구해와 심곤 했었다.

야외 훈련을 하며 산길을 행군하거나 사역 작업을 나가 가끔 쉴 때면 그 친구를 따라 준민은 꽃 구경을 가곤 했다. 준민이 모르는 어떤 꽃들의 이름도 그 친구한테 물어보면 마치 수십 년 약초를 캔 약초꾼이 약초 이름을 바로 맞추듯 막힘 없이 꽃들이나 나무들의 이름을 준민에게 알려 주었고 그들의 생태에 대한 재미있는 이야기도 들려주곤 했다.

한번은 먹구름 잔뜩 낀 컴컴한 밤에 야간 침투 훈련을 하다가 어마어마한 반딧불 무리와 마주친 적이 있었다. 준민은 그 신비한 광경에 취해 한참을 따라갔다. 그리고 뭔가 좋은 일이 곧 일어날 것 같다는 생각을 하다 잠이 들었었다. 다음 날 아침 그 후임병과 함께 배식통을 들고 안개 낀 숲길을 따라 강가에 있는 배식차로 걸어가는데 그 친구가 갑자기 "와! 미모사 꽃이 여기 피었네요!" 하며 가던 길을 멈추고 안갯속에서 이슬 잔뜩 머금은 아주 작게 핀 분홍 꽃을 내게 가리켰다.

"와… 야생에서 이 미모사는 만나기도 쉽지 않고 더구나 이 미모사의 꽃을 보는 건 정말 흔치 않은 일인데…"

머리를 수그리고 쭈그리고 앉아 그 친구는 그 꽃을 마치 귀한 산삼 다루듯 조심스러운 손길로 어루만지며 말했다.

준민도 그 옆에서 신기한 듯 대파 꽃처럼 둥근 모양의 분홍빛 작은 꽃이 피어 있는 그 미모사 꽃을 바라보았다. 안갯속에 피어 있어 그런지 그 꽃은 더욱더 신비로워 보였다. 작은 풀이었는데 잎은 거대한 메타세쿼이아 나무의 잎과 닮았고 꽃은 대파 꽃처럼 둥근 모양의 독특한 풀이었다. 그 미모사 잎을 살짝 건드렸더니 마치 수줍음 타는 처녀처럼 그 작고 가녀린 잎들은 몸을 낮춰 고개를 숙이듯 오므라들었다. 신기한 꽃이었다.

화분에 핀 예쁜 작은 꽃들을 바라보다 준민은 미모사 꽃을 처음 봤던 그때의 신비했던 기억을 떠올리며 그때 어둠 속에서 영롱한 불빛으로 반딧불 무리가 준민을 안내해 만나게 하려 했던 것이 결국은 그 분홍빛 신비한 꽃으로 준민을 단숨에 사로잡았던 미모사처럼 부끄럼 많고 눈에 잘 띄지 않는 그런 신비한 매력을 지닌 예나가 아니었을까 생각을 했다.

요새 일본 라멘이나 베트남 쌀국수가 유행이지만 준민은 아직도 면 요리 중에서는 칼국수를 가장 좋아했다. 멸치와 다시마를 듬뿍 넣어서 끓인 육수에 호박, 파를 썰어 넣고 계란을 풀고 그 위에 김 가루와 고춧가루를 뿌린 멸치 칼국수와 바지락을 듬뿍 넣어 끓인 바지락 칼국수를 가장 좋아했다.

마침 예나가 식당 쪽으로 걸어 왔다. 골목 화분의 꽃들을 감상하고 있던 준민은 손을 흔들어 예나에게 인사를 하고 단골 식당으로 들어와 오랜만에 바지락 칼국수를 시켰다. 예나도 칼국수를 잘 먹었다.

"우리 어릴 때는 칼국수를 식당에서 사 먹기보다는 할머니 댁에 가면 할머니가 해주시거나 아니면 집에서 엄마가 자주 만들어주셨잖아요. 요새는 칼국수 전문점들도 많이 생기고 어느 분식점에 가든 칼국수 메뉴가 있으니까 집에서는 잘 안 해먹게 된 것 같아요. 마트에서 칼국수 면을 사다가 금방 끓여 먹어도 되니까요."

예나가 말했다.

"그렇죠. 예전에 어머니가 밀가루 반죽해서 하얀 밀가루 뿌린 커다란 나무 도마 위에 그 반죽을 빈 소주 됫 병으로 굴리면서 얇게 펴고 칼로 면을 썰어 넣어 끓여 주던 그 손칼국수가 생각나네요. 사실 반죽 과정만 빼면 누구나 쉽게 만들어 먹을 수 있는 요리인데 정말 요샌 집에서는 잘 안 해먹는 것 같아요. 나라도 한 번 주말에 직접 반죽 만들어 해 먹어봐야겠어요… 아니면 면만이라도 마트에서 사다가…."

"예나 씨는 명동에서 칼국수 먹어봤어요? 그 유명한 명동교자 있잖아요?"

준민이 예나에게 물었다.

"아니요."

"성탄절이나 구정, 이런 연휴에 명동 자주 가지 않았나요? 우리 학생 때는 성탄절이나 구정 때 명동에 많이 갔었죠. 그러면 명동교자에 가서 그 따끈한 명동칼국수와 만두를 먹고 오곤 했죠. 그 집 김치가 아주 맛있잖아요. 마늘 냄새 아주 강한 그 겉절이 비슷한 김치… 생각만 해도 또 군침이 도네요. 그 명동 칼국수는 우리가 흔히 접하는 멸치 칼국수나 바지락 칼국수하고는 맛이 많이 다른 것 같아요.

얼마 전에도 시내 갔다가 밤늦게 혼자 먹으러 간 적이 있었는데 그 늦은 시간에도 자리가 만석이라 혼자 오신 어떤 모르는 분과 합석해서 먹었죠. 그곳 칼국수는 국물 맛이 특이하죠. 우리가 흔히 먹는 칼국수 국물에다가 불고기 먹고 나면 남은 그 양파와 채소 곁들여진 그 국물을 조금 넣어서 먹는 느낌이랄까? 그런 맛이라고 생각됐어요. 불고기 양념은 정말 맛있잖아요. 그리고 거기 김치는 정말 최고죠. 그 김치 때문에 칼국수 먹으러 가는 사람들도 많을 거예요. 그렇지만 먹을 때는 좋은데 먹고 나서 입에서 마늘 향이 몇 시간 동안 너무 강하게 나서 데이트하는 커플들은 먹기 곤란하겠다 생각했는데… 혼자 먹으며 주위를 삥 둘러 봤더니 나 빼고 다 커플들인 거예요…. 외국인 커플도 많았고… 그거 먹고 또 조금 이따 키스하고 그럴 텐데… 참 오묘한 향기가 나겠다 생각하며 웃었죠. 하긴 사랑에 빠지면 그 사람에게서 나는 모든 향기와 냄새가 다 사랑스러울 거예요…."

라고 말하며 준민이 웃었다.

"명동에서 칼국수를 먹으면 항상 습관처럼 거기서 조금 더 걸어서 명동성당에 가요. 예전에 대학생 때 좋아했던 여자애가 성당 바로 옆에 있는 계성여고를 나왔거든요. 요새 성당의 모습은 예전하고 많이 달라졌죠. 새롭게 부속건물들이 많이 생겨서 더 멋있고 커졌죠. 그렇지만 본당의 모습은 백 년이 훨씬 넘도록 변함없는 것 같아요."

"준민 씨 몇 년 생이죠?"

예나가 농담하듯 물었다.

"아… 내가 백 년을 살아오며 지켜봤다는 얘긴 아니고요… 옛날 사진 속 모습과 변함이 없단 얘기였어요."

준민은 웃으며 말했다.

"그 여자애와 명동에서 만나면 칼국수를 함께 먹고 성당에 가서 그 친구는 기도를 드리고 난 멍하니 그 성당 내부를 올려 보거나 주변을 둘러보다 오곤 했어요. 나는 종교를 믿지 않았지만 그런 경건하고 엄숙한 분위기가 좋았어요.

가끔 늦은 밤에 신부님인지 성당 관계자 분인지 알 수는 없었지만, 그 성당 안의 거대한 파이프 오르간을 연주하던 분이 있었어요. 아마도 연습하는 것 같았어요. 바흐의 '토카타와 푸가' 그런 음악들을 연주했죠. 작은 카세트테이프로만 듣던 푸가 음악을 실제 라이브로 성당 안에서 들으니까 그 감동은 정말 대단했어요. 요새도 그때처럼 늦은 밤에 파이프 오르간 연습하는 분이 있으면 예나 씨 데리고 꼭 한 번 가보고 싶네요. 그 웅장하고 장엄하고 경건한 파이프 오르간 소리를 직접 듣게 해주고 싶어요."

"네. 꼭 그랬으면 좋겠네요."

예나가 웃으며 답했다.

"명동 중국 대사관 근처에는 화교들이 하는 오래된 작은 식당들이 많아요. 저는 혼자서도 가끔 가요. 꽃게 튀김 요리, 대만식 우육탕면, 바지락볶음 요리 같은 걸 주로 먹는데 그런 음식에는 꼭 술이 필수죠. 안주가 나오기 전에 맘씨 좋은 주인 아주머니가 땅콩 볶은 걸 작은 종지에 담아서 내어 주시는데 그 중국 사천 지방 매운 고추와 함께 볶아서 엄청 매콤하고 고소해요. 그래서 그 땅콩 기본 안주만으로도 소주 한 병은 거뜬히 마실 수 있을 정도예요. 메인 요리보다 그 별거 아닌 볶은 땅콩 안주 때문에 내가 그곳에 자주 가는 건 아닐까 하는 생각이 들 때도 있어요.

어쩌면 우리는 사소한 것들에 의해… 아니면 어떤 조금은 사소하거나 못된 기억들에 의해 어떤 특정 장소나 사건들을 기억하게 될 때가 있는 것 같아요. 내가 예전에 터키 이스탄불에 갔었는데 늦은 밤에 도착해 숙소에 짐을 풀고 출출해서 시내로 나와서 노상에 테이블이 몇 개 있는 작은 주점에 자리 잡고 맥주에 샐러드 안주를 시켰어요. 그 술집 화장실 벽에 눈 오는 날 검은 기차가 검은 연기를 뿜으며 달려가는 그림이 걸려 있었는데 그 그림이 너무 좋아서 한참을 그 앞에 서서 바라보던 기억도 나네요.

나이 드신 친절한 주인 아저씨가 시원한 생맥주를 따라 주시고 그리고 한 십 분 후에 샐러드 안주를 가져다 주셨는데… 원래 레시피가 그런 건지 아니면 늦은 밤이어서 남은 야채와 과일이 토마토, 사과, 오이뿐이었는지… 토마토는 우리가 일반적으로 아는 모양으로 잘라서 나왔는데 사과는 해장국집 가면 주는 왜 일정한 모양도 없이 한입에 안 들어갈 정도로 아주 크게 막 썬 커다란 무 깍두기 같은 거 있잖아요. 그런 모양으로 나온 거예요. 오이도 어슷 썰지 않고 그냥 직각으로 아주 두껍고 투박하게 썰어서 접시에 그 세 가지 야채와 과일이 나왔는데… 소스도 뿌렸는지 안 뿌렸는지 알 수 없을 정도로 아주 조금 뿌려서 잘 버무려지지도 않는 그 야채 샐러드를 먹으며 조금 놀랐었어요.

원래 샐러드 요리가 이 동네에선 이렇게 나오는 건지… 아니면 주방 담당 직원이 오늘 안 나와서 카운터에서 늘 졸기만 하던 사장님이 직접 메뉴를 만들어 내온 건지…

어쨌든 내가 맛있는 음식들이 많은 터키에서 삼 일 동안 아주 많은 맛있는 음식들을 먹었는데…. 이스탄불만 떠올리면 다른 맛있는 음식들은 하나도 생각이 안 나고 그 샐러드가 먼저 생각이 나요. 처음 보고 놀라서 그랬는지 모르겠지만… 그래서 그때 생각했죠.

때로는 가장 멋지거나 좋은 기억보다 우리의 기억을 쥐고 흔드는 건 그런 조금은 못 되거나 안 좋거나 슬픈 기억일 수도 있다고요. 그런 약간은 부정적인 느낌으로 각인된 기억들 말이죠…."

"맞아요.

저도 예전에 영화 '쉘부르의 우산'을 처음 봤을 때 그런 비슷한 걸 느꼈던 기억이 있어요…."

예나가 말했다.

"네 그 유명한 프랑스 뮤지컬 영화 저도 여러 번 봤었죠."

"그 영화 마지막 장면 기억나요? 눈 오는 날 주유소 장면?"

"아니요."

"사랑했던 그 두 남녀가 오랜 세월이 흐르고 나서 남자가 운영하는 주유소에서 우연히 만나게 되잖아요. 그 남자의 옛사랑이었던 여자가 딸을 차에 태우고 주유소에 기름을 넣으러 왔는데 그 주유소 사무실 안에는 그 남자와 그의 아내가 있었죠. 그 남자가 사무실에서 나와서 그 차로 다가가서 인사를 하죠. 그렇게 둘이 만나죠. 전혀 극적이지 않잖아요? 그렇게 그리워하던 사람들이 만나는 곳이 주유소라니… 그런데 그때 그 남자의 대사 중 잊혀지지 않는 것이 있어요."

"어떤 대사요?" 준민이 물었다.

"그 남자가 그 여자를 보며 그랬어요.

'고급 휘발유를 넣어 드릴까요? 아니면 일반 휘발유를 넣어 드릴까요?'

그걸 물었어요….

그 장면에서의 다른 대화들은 기억에 잘 남지 않았는데… 전혀 그 장면과 어울리지 않는 다소 생뚱맞은 그 대사가 계속 기억에 남았어요.

작가는 왜 그런 대사를 넣었을까? 오십몇 년 전의 영화인데… 그때도 고급 휘발유란 게 유럽엔 있었구나… 참 신기하기도 했고….

예전 제임스 딘 영화 '이유 없는 반항'을 볼 때도 신기하다고 느꼈던 게 있어요. 처음에 제임스 딘이 경찰서 잡혀가는 장면에서 경찰서 안에 요새 사무실 가면 흔하게 볼 수 있는 그 커다란 생수통 거꾸로 박혀 있는 그런 생수기가 경찰서 안에 있는 거예요. 제작된 지 육십몇 년 된 영화인데… 미국에선 그런 생수기가 그 옛날에도 있었구나 하고 신기해 했던 기억이 나요. 그러고 보니 정말 그 경찰서 안에서의 대사나 다른 장면들은 잊혔는데… 영화 내용과 상관없는 그 생수기가 놓여 있던 경찰서 내부 모습은 아직도 생생해요."

"그렇죠. 영화를 보다 보면 다소 영화 흐름과 상관없는 엉뚱한 대사들이 기억에 남을 때가 많은 것 같아요."

준민이 맞장구를 쳤다.

"왜 그 '나 돌아갈래!'란 대사로 유명한 영화 알죠? 철길에서 두 팔 벌리고 소리치는…."

"네…. 저도 감명 깊게 봤죠."

"저는 그 영화 속 대사 중에서 가장 인상적이었던 대사가 하나 있어요."

"뭔데요?"

예나가 물었다.

"왜 남자주인공이 형사로 일할 때 출근 전에 부인이 차려 준 밥상을 앞에 두고 아무 말 없이 신문을 보며 식사를 하죠. 말 한 마디도 안 하고 신문만 보며 식사를 하자 옆에 앉아서 남편을 쳐다보고 있던 부인이 그때 그런 말을 해요. .

'뭐라 말 좀 하며 먹어요.'

그래도 남편은 말 한마디 없이 식사만 하죠. 그리고 출근하려고 남편이 갑자기 벌떡 일어나 문 쪽으로 걸어가는데 그 부인이 그 뒤에 대고 소리치죠….

'뭐라 얘기 좀 하고 가라고…!'

그때 그 남자 주인공이 했던 말이 그 영화 속 대사 중에서 가장 기억에 남아요.”

예나가 웃는다.

“왜 웃어요?”

“아니… 저도 기억이 날 것 같아서요….”

“아, 그래요?”

“네…. '전화하지 마!'라고 그 주인공이 소리쳤던 것 같아요. 맞죠?”

“네….”

준민과 예나는 함께 웃는다.

“명동성당에 가면 입구 근처에 아주 오래된 카톨릭 회관이란 멋진 건물이 있어요. 어렸을 때 아버지하고 영화를 보러 충무로에 오던 길에 아버지가 잠깐 들를 곳이 있다고 말씀하시고 나를 데리고 그 건물에 갔죠. 그때는 그 건물이 병원이었어요.

병원에 들어서면서 아버지 표정이 어두워지고 난 잠깐 병실에 들어가 인사하고 병실 분위기가 어색해서 그 병원 복도에 나와서 아버지가 나올 때까지 기다렸죠. 아주 긴 복도였어요. 벽이 하얀색으로 칠해져 있었고 아주 조용했고 환자가 짚고 다니라고 긴 손잡이 난간이 내 키만 한 높이로 아주 길게 벽에 붙어 있었죠. 그때 그 조용한 병실 복도 분위기와 평소와 달랐던 아버지의 슬픈 표정이 지금껏 기억에 남아요. 복도에서 아버지 나오길 기다리며 혼자 놀며 기다리던 그 기억이… 명동에서 즐겁고 재미있었던 추억들도 많은데 지금도 명동성당을 가면 혼자 병원 복도에서 기다리던 그 기억이 가정 먼저 생각나요.”

쨍그랑!
옆 테이블에서 식사를 마치고 일어나는 손님의 가방에 밀린 유리 접시가 바닥에 떨어져 산산조각 났다. 미안해 어쩔 줄 몰라 하는 손님에게 마음씨 좋은 주인 아주머니가 다가와 “어디 다친 데 없어요? 괜찮아요. 내가 치울 테니 바쁠 텐데 어여 가봐요.”라고 말했다.
순간 준민은 생각했다.
예나를 알게 되고 그녀를 만나면서 그녀와 함께하는 모든 순간들이 너무 즐겁고 행복한데 혹시나 지금의 이 행복한 순간들이 저 유리 그릇처럼 갑자기 산산이 깨어진다면, 신기루처럼 사라진다면, 다시 예전의 어둠 속 길고 긴 터널 같았던 그 쓸쓸하고 외롭던 혼자의 시절로 다시 돌아가게 된다면…. 가끔 그런 불안한 생각이 들 때면 준민은 지금 이 정도 관계의 행복한 순간에서 그녀와의 사랑을 멈추거나 아니면 더 깊어지지 않는 게 좋을 수도 있다는 생각을 했었다. 계속 이렇게 만나다가 둘의 관계가 더 깊어지고 서로 집착을 하게 되는 사이가 된다면, 나중에 사소한 오해나 아니면 서로 싫증이 나서 둘의 관계가 어떤 이유로든 깨져버리면 또 긴 고통의 시간을 겪을 텐데 그러기 전에 지금 이 행복한 상태에서 만남을 끝내 버리는 게, 아니 이 정도 관계에서 서로 거리를 두는 게 서로를 위해 낫지 않을까 하는 용기 없는 생각을….

그런 생각이 들 정도로 준민은 예나와의 만남을 늘 설레며 기다리면서도 또한 언젠가 둘의 만남이 갑자기 끝나게 되는 날을 생각하며 불안함에 잠 못 이룰 때도 있었다. 예나를 알게 돼서 행복해진 만큼 준민은 예나로 인해 점점 더 예민해지고 힘든 순간도 많았다. 세상에 좋은 일은 좋은 것만 가져다주는 법은 없다는 생각이 들었다.

그런 생각이 심해질 때면 그녀와 헤어지자마자 바로 그녀가 보고 싶다가도 가끔은 다시 예나를 만난다는 것이 두렵게 느껴질 때도 있었다. 만나서 함께 있으면 좋지만, 헤어지고 나서 가끔 밀려오는 그 격심한 공허감과 불안감이 예나를 아무렇지 않게 다시 웃으며 만나는 것을 몹시 어렵게 만들기도 했다. 예나와의 데이트 후에 그녀를 다시 만나기까지 그 짧은 며칠간의 그녀를 기다리는 그 공백기도 이렇게 견디기 힘든데 혹시나 정말 준민이 염려하는 것처럼 예나를 다시 볼 수 없게 된다면….

　이번 주 목요일은 흐렸던 지난주와 달리 날씨가 맑고 상쾌했다. 준민은 오늘도 단골식당에서 예나와 식사를 주문하고 대화를 나눴다.

　"예나 씨, 날씨 좋은 아침이면 가끔 공원에서 새소리 들으며 샌드위치와 커피로 아침을 먹을 때가 있다고 했었죠?

　오늘도 '공원에서의 아침'과 즐거운 시간 보내다 오셨나요?"

　"어머 그런 표현 재미있고 멋져요.

　예전 영화에서 봤던 인디언들의 이름 짓는 방식과 비슷한 걸요…"

　예나가 웃으며 말했다.

　"네. 오늘은 날씨가 너무 좋아서 공원에서 커피 마시며 설레는 목요일의 아침을 즐기다 왔죠."

　"왜 목요일 오전이 설레었을까요?"

　준민이 웃으며 말했다.

　"날씨 좋은 날엔 공원에서 새 소리 감상하며 커피와 샌드위치를 즐기기도 한다는 얘기를 지난번에 들었을 때 사실 군 시절이 잠깐 떠올랐었어요."

"그래요? 새 소리 때문에요?"

예나가 물었다.

"네. 강원도 산악 지대나 강이나 호수 주변에서 야영하고 훈련할 때면 이른 아침에 종달새와 박새 그리고 이름 모를 많은 새들이 우는 소리에 잠이 깨곤 했어요. 종달새 우는 소리를 가까이서 들어본 적 있으면 알 겠지만 정말 그 노래소리가 아름다워요. 우리 부대 뒤로는 산이 있었고 앞에는 강이 흘렀어요. 아침마다 다양한 새들의 노래소리를 들으며 깼 었죠.

예나 씨처럼 커피가 있는 우아한 아침은 아니었어도 여름이건 추운 겨울이건 군인들은 웃옷을 완전 탈의하고 연병장에서 출발하여 부대 전 체를 크게 한 바퀴 구보로 돌고, 맨손 체조하며 아침을 시작하고 그리고 단체로 아침식사를 하러 가죠. 특히 겨울 아침에 식당에 들어가면 밥을 찌는 기계에서 나오는 수증기 때문에 식당 내부가 목욕탕 습식 사우나 처럼 수증기로 가득했죠. 추우니까 창문을 열어 환기를 시키지도 않아 서 식당 안은 뿌연 안개가 짙게 낀 것 같이 앞이 잘 보이지 않을 정도였 어요.

건더기라고는 찾기 어려운 별맛 없는 된장국에 가끔 정체를 알 수 없 는 잡어 같은 가시 많은 낯선 생선들이 반찬으로 나오곤 했지만, 운동 후에 다 함께 모여 식사를 하니까 그것들도 다 맛있게 느껴졌죠.

처음 훈련소 들어왔던 날은 군인들이 짬밥이라 부르는 그 찐 밥에 적 응이 안 되어서 처음 두 끼는 아예 식사를 못 했어요. 보통 사람들이 생 각하는 집 밥이나 식당 공깃밥 같은 그런 맛있고 쌀과 쌀이 온전한 형태 를 유지하고 젓가락으로 건들면 각각 분리가 가능한 그런 쌀밥이 아니 고 가래떡 질감에 군데군데 열에 타서 갈색으로 변색된 떡 같은 그런 진밥이었어요.

 그래도 허기가 반찬이라고 입소 하루 만에 적응이 돼서 이튿날부턴 저도 대부분의 다른 훈련병들처럼 밥을 산처럼 퍼서 허겁지겁 먹기 바빴죠. 워낙 훈련 강도가 세서 그렇게 먹지 않으면 체력적으로 버티기 힘들었으니까요. 식판에 다들 밥을 많이 담으니까 때론 반찬이 모자라 간장을 뿌려서 비벼 먹기도 했어요. 군대 식당에 가면 항상 플라스틱 작은 소스 통에 간장이 담겨 테이블마다 놓여 있었어요. 고추장이 있었으면 좋았을 텐데… 그건 없었죠. 아마도 비싸서 그랬을 거예요. 고참들은 PX에서 판매하는 볶음 고추장을 사다가 밥맛없을 때 비벼 먹곤 했죠.

 닭백숙이라도 나오는 날이면 배식 순서가 중요했어요. 닭백숙을 담아 오는 배식 통이 큰 김장 통만 한 뚜껑 없는 드럼통 모양의 국 통이었는데 처음 배식받는 순번의 군인들은 저 깊은 해저 밑바닥에 낮게 깔린 난파선 속 진주 보물 같았던 그 하얀 백숙의 살코기는 아예 구경도 못 하고 위의 멀건 국물만 배식을 받았죠. 취사병과 친해도 국자 길이보다 더 깊은 그 뜨거운 백숙 국물 밑에 살코기가 있으니까 퍼주고 싶어도 퍼줄 수 없었죠. 대개 닭백숙이 나오는 날이면 고참들은 늦게 밥을 먹으러 갔어요. 뜨거운 국물이 다 사라지고 건더기만 수북하게 남겨진 국 통에서 국자로 몇 번씩 살코기만 건져 내서 식판 가득 그 보물들을 담아 배터지게 먹곤 했어요.

 토요일 아침에는 라면이 나왔었는데 봉지라면 수십 개를 큰 솥에 한꺼번에 끓여서 배식을 하다 보니 나중에 면발이 불어서 이게 라면인지 우동인지 구분이 안 될 정도로 굵어지고 국물은 면에 다 빨려 들어가서 국물 한 방울 없는 우동 같은 라면을 먹곤 했죠. 봉지 라면은 곧 컵라면으로 바뀌었어요. 맛은 좋았지만, 면발이 얇아 그런지 그걸 먹는 아침이면 배가 금방 꺼지곤 했죠.

고참들은 봉지 라면을 관물대 속에 숨겨 두었다가 밤에 출출하면 꺼내서 면에 침 발라서 라면 수프 뿌려서 먹기도 했어요. 고참들이 먹는 모습 보고 처음에는 뭐가 맛있다고 저걸 먹나 했는데… 내가 고참 되어서 그렇게 먹어 보니 맛있더라고요. 참 시골 출신 고참이 생라면 씹어 먹으면서 자기 어렸을 때는 배고파서 논에서 메뚜기 잡아서 날로 먹기도 하고, 엄마 몰래 쌀 뒤주에서 생쌀 꺼내서 씹어 먹기도 했다는데 그땐 거짓말하는 줄 알았어요. 아주 맛있었다고 하더라고요.

그거 알아요? 군대에선 양파 농사가 풍년이라 양파 파동이라도 일어나면 양파로 된 반찬들이 쏟아져 나왔어요. 배추농사가 흉년이 들면 비싼 배추 대신 양배추로 담근 김치가 배식되었고. 고등어나 도루묵 같은 생선이 많이 잡혀 가격이 하락해서 어민들이 울상이란 뉴스가 나오면 어김없이 얼마 후 그 물고기 반찬들이 식탁에 오르곤 했죠. 당시엔 군대 짬밥이 물가 조절에 많은 도움이 되었을 것 같아요."

"지금 숙녀 앞에서 군대 이야기 하고 있는 거 알죠? 다음은 축구 얘기? 그리고 군대에서 축구한 얘기로 이어지나요?"

예나가 웃으며 말했다.

"미안해요. 재미없어요? 이상하게 군대 이야기는 내 의지와 상관없이 나도 모르게 튀어나올 때가 많아요. 그리고 일단 한 번 시작되면 꼬리에 꼬리를 물고 이야기가 길어지는 특성도 있고요. 이건 저만 그런 게 아니고 다수의 예비역을 대상으로 한 국가 비밀 기관의 임상실험을 통해 입증된 사실이래요.

물론, 농담이고요."

"저도 농담이었어요."

예나가 웃으며 답했다.

"어쨌든 군대 이야기 시작한 김에 디저트로 군대에서 마셨던 커피 이야기도 조금 할게요. 괜찮겠어요?"

"네. 커피 이야기라면 관심 많죠."

예나가 말했다.

"PX를 혼자 맘대로 갈 수 없었던 이등병 때였는데, 갓 들어온 신병들은 고참 인솔 하에만 PX를 갈 수 있었어요. 아주 추운 날 밤 경계 근무 끝나고 막사로 복귀하는데 그날은 외곽 경계 근무가 아닌 간부 숙소 보초 근무여서 혼자서 근무 교대하고 막사로 내려오던 길이었어요. 마침 주머니에 동전 몇 개가 있길래… 걸리면 혼날 각오를 하고 용기를 내어 그 새벽에 PX까지 한참을 달려가서 자판기에서 따뜻한 커피를 연속으로 석 잔인가 넉 잔 마셨어요.

몇 개월 만에 처음 커피를 마신 건데 아직도 그 맛을 잊을 수 없어요. 정말 누가 따뜻한 손길로 나를 위로해 주는 것 같았죠. 그 커피를 마시며 겨울밤 하늘에 맑게 빛나는 별들을 바라보다가도 혹시 주변에 간부나 고참이 있지 않나 해서 화단 뒤에 안 보이게 숨어서 커피 마셨던 기억이… 아마 내 인생 최고로 맛있었던 커피 같아요.

그리고 신병 티를 벗고 일병 달고 나서 대대장 관사 사역을 나간 적이 있었어요. 대대장 사모님이 미인이셨죠. 화단 보수 작업이었는데 갑자기 사모님이 오시더니 미안한데 마당에서 키우는 닭 좀 몇 마리 잡아줄 수 있겠냐고 부탁을 하시더니 커다란 식칼을 하나 가져다주시더라고요.

그래서 나랑 내 바로 위 고참 둘이서 큰놈으로 닭 몇 마리를 잡아서 뒷마당에 가서 그 닭들을 잡았죠. 내가 도저히 못 찌르겠다고 말하고 고참한테 칼을 주었는데 그 고참도 못하겠다고 우기다가 결국 내가 닭을 잡고 그 고참이 칼을 들고 서로 눈 딱 감고… 아직도 닭들이 마지막으로 파닥파닥대던 그 순간이 가끔 생각나요.

작업 끝나고 나무 그늘 아래서 쉬고 있는데 사모님이 수고했다며 커피를 타서 가져오셨어요. 그때까지 난 자대 배치받고 한 번도 외출을 못해 봤었는데 사모님이 부대 안에서는 볼 수 없는 아주 고급스러운 찻잔과 쟁반에 커피를 타 오셨어요. 접시에 사과도 예쁜 모양으로 깎아서 담아오셨죠.

비록 비포장도로 흙길에 앉아 그 커피를 마시고 사과를 먹었지만, 늦은 오후 산들바람 시원하게 불어오고 어마어마하게 큰 상수리나무 그늘 아래서 그 멋진 잔에 담긴 향도 고급스러운 커피를 마시는데… 캬아! 정말 일품이더라고요. 다들 그랬죠. 당분간 PX 앞 자판기 커피는 못 마실 것 같다고….

그때 처음 그런 생각을 했어요. 여자들은 그런 거에 익숙하겠지만, 난 그때 처음으로 음식도 중요하지만, 그것을 담아내는 그릇과 그것을 전해주는 사람과 태도가 그 음식의 맛과 가치를 훨씬 더 높여줄 수 있구나 하는 생각을 했죠."

예나는 좋아하는 커피에 관한 이야기라 그런지 준민의 커피 이야기를 흥미 있게 들었다.

"참, 예나 씨는 못 먹는 음식 있나요?"

준민이 갑자기 화제를 돌리며 물었다.

"아니요. 특별히 좋아하는 음식도 없지만 그렇다고 못 먹는 음식도 없는 것 같아요. 그다지 좋아하지 않는 음식들이 있긴 하지만…"

준민은 가리는 음식이 조금 있는 편이다.

예전 여행사를 다닐 때 준민이 못 먹는 음식들이 많으니까 뭐 먹으러 가자고 동료들끼리 서로 이야기하다가도 준민이 막판에 '난 그거 못 먹는데….' 이렇게 얘기해서 김빠지게 했던 적이 여러 번 있어서 그 후론 동료들은 '네가 먼저 골라.'라고 준민에게 점심 메뉴나 회식 메뉴를 고를 수 있게 배려를 해주기도 했었다.

"난 우선 비주얼이 너무 튀거나 거부감이 드는 음식을 잘 먹지를 못해요. 닭발 같은 거요. 닭발 들고 자세히 그 모양을 쳐다본 적 있어요? 난 닭발을 보면, 내가 취미로 데생이나 스케치를 가끔 해 버릇해서인지는 몰라도, 그걸 보면 닭발 잘린 부분 위로 다리 윗부분이 그려지고 몸통이 연이어 그려지고 그러다 보면 온전한 한 마리 닭이 내 눈앞에서 아른거리는데 실상은 나는 잘려나간 다리만 들고 있으니… 그것도 오므린 형태도 아니고 확 벌린 그 닭 발가락들을 쥐고 있다는 생각이 들면 맛이 없다 있다의 차원이 아니라 그냥 거부감이 느껴져요.

다른 부위는 덜한데 다리를 쥐고 있으면 그 다리의 끊어진 부분 위로 그 동물의 온전한 모습이 마치 3D 프린터가 스캔된 원형을 순식간에 복제해서 만들어 내는 것처럼 그렇게 생생하게 내 눈앞에 나타나는 느낌이에요."

예나가 신기하다는 듯한 표정으로 준민을 쳐다보다 웃으며 말했다.

"그냥 우리 어릴 때 유행했던 말 있잖아요. '쿵따라닥닥 삐약삐약 닭다리 잡고 뜯어뜯어.' 그 주문 한 번 외우고 눈 딱 감고 먹어 봐요. 피부에도 좋고 매콤해서 스트레스 해소에도 좋을 거예요. 그럼 족발은요?"

"예나 씨도 그런 유행어 알아요?"

준민이 웃으며 말했다.

"우리 어릴 때 땅딸이 이기동 아저씨 인기 많았죠. 소풍 가면 친구들이 다 배삼룡 아저씨 개다리 춤 흉내 내곤 했잖아요. 네, 한 번 그래 볼게요. 눈 딱 감고 꿀꺽."

"족발도 어렸을 때는 잘 못 먹었는데 그래도 족발은 부피가 커서 보통은 잘게 썰려져 나오니까 닭발 같은 그런 강렬한 느낌은 덜 하죠. 족발은 좋아해요. 살코기 말고 특히 껍질 부분이 좋아요. 그리고, 제가 곰장어는 잘 먹는데 희한하게 커다란 붕장어는 먹지 못하겠어요.

예전에 잠실에서 친구들과 붕장어 소금구이를 먹을 때 주인 아주머니가 수족관에서 커다란 붕장어를 꺼내어 바로 껍질을 벗기고 칼로 토막을 내고 손질하는 모습을 우연히 봤는데 그 장면이 자꾸 떠올라서 그런 것 같아요. 그때 그 모습 보다가 속이 안 좋아져서 잠깐 공원에 가서 앉아 있다가 애들이 붕장어 집에서 나올 때쯤 다시 합류했죠. 해산물 마니아인 내가 못 먹는 게 또 하나 있죠.

개불이요. 멍게나 해삼은 아주 좋아하는데, 개불은 그 생김새 때문에 도저히 못 먹겠어요.

그리고 예전에 동네 형들과 산으로 박쥐 잡으러 갔다 내려오다 산기슭 냇가에서 할아버지들이 나무 밑에 모여서 웃고 떠들고 계신 걸 봤어요. 볏짚 거적인지 볏짚으로 만든 옛날 그 쌀가마니 같은 걸로 뭐를 감싸서 나뭇가지에 매달아 불을 붙여서 태우는 장면을 봤죠. 불길이 확 타오르더니 연기가 나고 사방으로 고기 타는 냄새가 진동했어요. 근처에서 한 할아버지는 큰 돌들을 모아 임시로 화덕 같은 걸 만들어서 그 위에 솥을 얹어 물을 끓이고 있었어요. 할아버지들은 막걸리를 드시면서 노래도 부르고 어깨춤도 추셨어요. 그때까지 난 할아버지들이 뭘 하고 있는 건지 알 수 없었죠. 그런데 나무 기둥 밑에서 주인 잃은 기다란 개 목걸이 하나가 버려져 있는 걸 봤어요. 너무 놀라서 난 먼저 산을 뛰어내려

왔어요.

그 후론 마당에서 풀어 키우던 개들 목줄 단속도 더 신경 쓰게 됐죠. 어린 마음에 혹시 풀려서 집 밖으로 나가면 혹시라도 그 할아버지들 눈에 띄면 큰일 난다고 생각을 했었나 봐요."

"네, 저도 아주 어릴 적에 외가에 내려가서 냇가 근처에서 그런 장면들을 몇 번 본 기억이 나요. 지금은 정말 상상도 할 수 없는 일이지만요.

그런데 못 먹는 음식은 갑자기 왜 물어본 거죠?"

예나가 물었다

"우리 함께 늦은 점심 시작한 이후로 줄곧 이 식당에서만 만났잖아요. 동네 다른 식당에도 함께 가봤으면 해서요…. 혹시 예나 씨 못 먹는 음식 있나 참고하려고 물어본 거예요."

"네. 좋죠. 우리 다음에는 다른 식당에 가보기로 해요."

준민은 동네 일본 라멘 식당에 처음 들어와 봤다.

예전 여행사를 다닐 때는 같이 근무하는 여직원이 일본 라멘을 좋아 해서 가끔 먹었었는데…. 그러고 보니 회사를 그만둔 이후 처음 먹는 일본 라멘인 것 같았다. 이십 년 전 처음 오사카를 갔을 때 라멘을 처음 먹어 봤는데 돼지 뼈를 우려낸 육수가 너무 기름기가 많고 느끼해서 면만 조금 건져 먹고 바로 나왔던 기억이 있다.

그리고 다음번 도쿄 출장 때 숙소 바로 앞 라멘 가게에서 라멘에 시원한 맥주를 즐기는 일본 직장인들의 모습이 흥미로워 들어가 라멘을 주문했는데 역시나 너무 느끼해서 테이블 위에 놓여있던 고춧가루를 듬뿍 넣어 짬뽕처럼 맛을 내서 그 뜨거운 국물을 일본 숟가락으로 떠먹으며 시원한 생맥주를 마신 기억이 있다. 뜨거운 국물과 시원한 맥주의 어울리지 않는 조합이었지만 나름 괜찮았던 걸로 기억된다.

그 이후로 일본 라멘의 맛을 조금 알게 된 것 같고 가끔 동료들이 라멘을 먹자고 하면 따라가서 먹는 정도였는데, 3년 만에 동네 작은 라멘 가게에서 다시 먹어 본 일본 라멘 맛은 준민의 입맛을 이십 년 전 처음 오사카에서 라멘을 먹었을 때로 되돌린 듯한 느낌이었다. 자주 먹으러 올 것 같은 생각은 안 들었다. 아주 걸쭉하고 느끼한 음식이 당길 때 아주 가끔 일 년에 한두 번 먹으면 좋겠다는 정도의 느낌이었다.

그러고 보니 최근 먹었던 연어 회도 그렇고 만둣국도 그렇고 예전에 준민이 좋아했던 음식들이 더 이상 입맛이 당기지 않는 그저 그런 음식으로 변해버리는 변덕을 부릴 때면 준민은 문득문득 두려워질 때가 있었다. 사랑하는 사람이 떠나가는 것처럼 좋아하던 음식들이 그 매력을 차차 잃어갈 때면 인생에서 중요한 무언가를 상실한 것 같은 그런 허전함과 쓸쓸함이 느껴지곤 했다.

동네 어르신이나 친척 분들이 생을 마감할 즈음엔 식사를 하셔도 거의 밥이나 반찬, 건더기에는 손을 안 대고 국물만 조금 떠드시며 술만 드시다가 가시는 모습을 종종 보며 식욕을 잃어가면 살 날이 얼마 남지 않았다는 신호일 수도 있다는 생각이 들어 두렵기도 했고 나이 들어 힘겹고 지루할 수 있는 남은 인생에서 먹는 즐거움까지 사라져 간다면 얼마나 서러울까 생각했었다.

준민은 예전에 책에서 그런 글을 읽은 적이 있었다. 벌교에는 노인들이 꼬막에 대한 입맛마저 놓아버리면 갈 때가 된 거라는 말이 있다고….

'벌교 노인네들의 마지막 입맛이라는 그 꼬막과도 같은 최후의 음식이 내겐 무얼까? 마지막까지 내 곁을 떠나지 않고 내 입을 즐겁게 해줄 인생의 반려자 같은 최후의 음식들은 무얼까?'라고 준민은 그 글을 읽으면 생각했다.

때론 음식이 그 음식을 즐겨 먹던 사람에 대한 기억을 소환시켜 줄 때가 있다. 누군가 오징어볶음밥을 먹으면 자기를 생각할지도 모르겠다고 준민은 생각했던 적이 있다. 실제로 몇 달 전 집에서 낮잠을 자고 있는데 친한 후배가 가족과 동네 식당에서 식사를 하다가 갑자기 형 생각이 나서 전화를 걸었다고 했다. 오징어볶음을 시켜서 먹고 있는데 너무 맛있어서 오징어볶음밥이면 사족을 못쓰는 형 생각이 났다고 말하면서….

그런 일을 경험하고 준민은 앞으로 좋아하는 음식을 누군가에게 말하거나 중요한 모임에서 메뉴를 주문할 때 좀 더 신중히 자기의 품격이나 위신까지 고려해서 말해야 하는 건 아닐까 하는 조금은 위선적인 생각을 한 적도 있었다. 조금 과장해서 말하면 자기가 좋아하는 음식이 그 사람을, 그 사람의 환경이나 살아온 과거를 일정 부분 대변해 줄 수도 있는 거니까…. 랍스터나 철갑상어 알을 즐겨 먹는다고 말하는 사람과 순대볶음이나 오돌뼈가 세상에서 가장 맛있고 좋다는 사람을 사람들이 어떻게 생각하는지에는 분명 차이가 있을 테니까….

오늘은 수요일, 내일 예나와의 맛집 투어를 위해 새로운 메뉴와 식당을 고르기 위해 들른 라멘집에서 준민은 오랜만에 일본 라멘을 먹으며 예나와의 데이트를 위해 이렇게 새로운 식당을 미리 찾아와 음식을 먹어 보는 새로운 즐거움도 생겨서 좋다는 생각을 했다.

"어… 머리핀 색깔이 바뀌었네요…. 지난번에는 좀 더 붉은 보라였던 것 같은데… 이번 핀은 곤색 빛이 도는 보라색 핀이네요!"

어제 미리 들렀던 일본 라멘집에 들어와 자리에 앉으며 준민이 예나를 보며 인사한다.

"기억력이 좋으시네요. 여자 화장품 가게에서 립스틱 판매하는 아르바이트해보셨어요? 색감에 대한 분별력이 뛰어난 것 같아요."

예나가 놀란 듯한 표정을 지으며 말했다.

"기억력이요? 그럼요. 우리 같이 식사한 게 오늘이 일곱 번째인가요? 매번 만났을 때 예나 씨가 입고 왔던 옷들 그리고 머리 스타일, 예나 씨가 걸어 들어오며 나와 눈이 마주칠 때 내게 얼마나 환하게 웃어 줬는지 모든 날마다 그 미소의 크기와 차이들을 다 구별하고 기억할 수 있어요.

예나 씨가 날 보고 가장 환하게 웃었던 날은 전날 밤에 오랜만에 중학교 친구들 만나서 평소에 잘 마시지 않는 막걸리 몇 잔 마시고 늦잠 자서 약속시간보다 조금 늦게 헐레벌떡 뛰어왔던 날… 그날이잖아요. 술이 덜 깨서 그랬는지 숨이 차서 일부러 더 크게 웃었는지… 하여튼 그날이 예나 씨가 가장 환하게 웃으며 내게 인사했던 날 같아요. 그때 그 환한 웃음은 한동안 잊지 못할 것 같아요."

준민이 웃으며 말했다.

"어머, 남자가 너무 섬세하다. 정말 그날 내가 그렇게 환하게 웃었어요?"

"그날 덜 깬 술기운 때문이었는지 몰라도 예나 씨 기분이 아주 좋아 보였어요."

"정말이요? 그런데 정말 기억력이 좋네요."

"기억력이 좋다기보단 그런 잊지 못할 기억들을 내게 주니까요. 예나 씨의 모든 눈빛, 이야기, 말투, 표정, 숨소리, 걸음걸이까지요. 내가 앞으로 평생 잊지 못할 기억들이죠."

"어머! 너무 예쁜 말이에요."

부끄러운 듯 예나는 웃는다.

"그런데… 너무 안 그랬으면 좋겠어요. 너무 자세히 보고 세심하게 기억하진 말아줘요. 그럼 내가 조금 숨 막혀 할지도 몰라요. 우리가 꽃다운 나이의 젊은 청춘들도 아닌데 그냥 좀 편하게 지냈으면 해요. 안 그러면 매일 준민 씨 만나러 올 때마다 무슨 옷을 입을지 어떤 구두를 신을지 고민이 많아질 것 같아요. 물론 행복한 고민이겠지만요."

예나가 웃으며 말했다.

"아니… 예나 씨는 옷이나 헤어 스타일, 화장 이런 거 전혀 신경 쓰지 않아도 돼요. 지금처럼 그냥 편하게 수수하게 차려입고 나오면 돼요."

"아니… 오늘도 예쁘게 보이려고 화장하고 머리 혼자 집에서 한다고 시간 꽤 많이 들인 건데요. 숙녀에게 그런 실례의 말을…"

예나가 조금 화가 난 듯한 뾰로통한 표정으로 준민에게 말했다.

"아니요. 예나 씨는 볼 때마다 약국 들러서 예뻐지는 약을 사 먹고 오는지 매번 너무 예뻐져서 내가 혹시 예나 씨 못 알아볼 수도 있을 것 같으니까 옷이나 머리 그리고 화장이라도 늘 같아야 내가 예나 씨를 알아볼 수 있을 것 같다는 뜻이었어요.

그리고 나도 매번 거의 같은 복장으로 예나 씨를 만나러 오지만, 그래도 매일 다른 옷으로 갈아입는 거니까 너무 외모에 신경 쓰지 않는다고 생각하지 말아줘요. 내가 자주 빨래하는 걸 싫어해서 맘에 드는 옷이 있으면 같은 옷을 여러 벌씩 사거든요. 그래도 매번 옷을 갈아입는 거예요. 모양이 똑같은 다른 옷으로… 나도 매일 매일 계속 잘생겨져서 사람들이 날 못 알아볼까 걱정돼서요."

"어머… 그런 농담도 해요?"

예나가 웃는다.

"그런 말 있죠? 요새 광고에 나오던데… 좋은 구두는 여자를 좋은 곳으로 데려간다, 뭐 그런 말이요. 나도 좀 그런 게 있는 것 같아요. 아주 가끔 전날 술 안 마시고 일찍 자서 얼굴이 갸름해 보이고 피부도 매끈한 것 같고 머리 스타일이 잘 나오는 아침이면 갖고 있는 옷들 중에서 에이급 옷을 입고 나갈 때가 있어요. 좋은 옷을 입고 좋은 신발 신고 머리도 신경 쓰고 그러면 이상하게 그날은 좋은 곳에 가고 싶은 맘이 생겨요. 예전 광화문에서 일할 때 자주 들렀던 양주 파는 그런 비싼 술집들이요.

지난번 쉬는 날 봄바람이 내 맘에 불었는지 평상시와 다르게 재킷도 입고 구두를 신고 내가 일하는 레스토랑 근처에 술 마시러 갔던 적이 있어요. 레스토랑 사장님하고 우연히 마주쳤는데… 왜 이렇게 멋있게 입었냐? 오늘 어디 놀러 가냐고 물으시더라고요. 맨날 예비 노숙자 같은 복장에 기름때 검게 묻은 운동화 신은 모습만 보다 저의 그런 모습 보고 놀라셨나 봐요.

근처 이자카야에서 술 마시다 사장님 칭찬이 자꾸 떠올라 갑자기 필 받아서 택시 타고 예전 광화문 직장 근처 단골 바에 놀러갔었죠.

그런데 그런 술집 가서 한 잔 두 잔 마시다 보면 금방 한 병이 비워져요. 마담하고 바텐더들이 얘기 들어주고 말 걸고 이런저런 대화하면서 같이 마시니까요. 잠깐 이야기하다 다른 손님들 들어오면 다른 자리로 흩어졌다가, 내 앞에 놓인 술병이 거의 비어갈 때쯤이면 어떻게 알았는지 바텐더나 마담이 다시 내 자리로 와서 잔을 권하고 한 병을 더 시키게 아주 기술적으로 스무스하게 분위기를 잡죠.

그래서 그렇게 좋은 곳에서 술을 마시면 내가 한 달 동안 먹는 점심값보다 많은 금액이 한 번에 나올 때도 있어요. 예전에는 돈도 많이 벌었고 좋은 정장도 입고 다녔지만, 업무가 많고 실적 스트레스도 많아서 가끔 그런 멋진 곳에서 멋진 여자들과 이야기 나누며 사는 재미도 느끼곤 했는데….

이제는 홀과 떨어져 밖에서는 안 들여다보이는 레스토랑 주방에서 일하니까 좋은 옷 입을 일도 없고 신발도 금방 기름때 묻어서 더러워지니까 좋은 신발보다는 그냥 시장에서 멋보다는 신기 편안한 운동화 위주로 사서 신고 또 위생상 모자도 써야 하니까 멋보다는 무조건 스포츠형 머리로 짧게 깎고 다니니까 머리 관리할 필요도 없고… 드라이나 헤어젤 같은 거 바른 지도 꽤 오래됐어요.

그러니까 내 외모가, 내 머리 스타일이나 옷이나 신발이 맘에 좀 안 들어도 이해해 줘요. 내가 괜히 머리 신경 쓰고 또 좋은 옷 입고 멋진 구두 신으면 또 예전처럼 그런 좋은 술집 가서 하룻밤에 큰돈 펑펑 쓰고 오고 그러면 정작 예나 씨와 맛있는 점심 데이트하러 나올 돈이 없을 수도 있는 거니까요.

내가 옷을 후줄근해 보이게 입고 다닌다는 건 그런 좋은 곳에 이젠 안 가려고 하는 굳은 의지이자 처절한 몸부림이라고 생각하고 예쁘게 봐줘요. 이젠 그런 곳 가서 펑펑 쓸 돈 있으면 아껴뒀다 예나 씨와 조금 더 멋지고 맛있는 곳에 함께 가고 싶으니까요."

준민이 말했다.

"네, 잘 알았어요."

예나는 준민이 귀엽다는 듯 웃으며 말했다.

"그런데 준민 씨는 회사 그만둔 거는 후회해 본 적 없어요? 물론 지금 식당에서 일 배우는 것도 재미있겠지만… 뜨거운 불 앞에서 음식 만드는 일도 고되고 주방에서 혼자 종일 보내야 하니까 저같이 내성적인 성격이면 몰라도 국내 해외 좋은 곳 자주 다니던 일 하다가 작은 주방에 갇혀 종일 일 하려면 힘들 것 같아 보여서요. 예전처럼 광화문 고층 빌딩 멋진 사무실, 그리고 주변의 멋진 식당과 술집들 그리고 밤이면 함께 어울려 놀던 맘에 맞는 직장 동료들이 있던 그런 시절이 그립지 않아요?"

"네. 후회가 될 때가 있죠. 왜 더 일찍 관두지 않았을까 하는…. 제가 야행성이라 지금 생활 패턴이 내게 더 맞는 것 같아요. 여행사 다닐 땐 항상 졸렸어요. 예전 직장 생활하던 시절이 가끔은 생각이 나죠. 왜 안 나겠어요. 제가 그만둔 게 아니라 더 다닐 수 없었다고 얘기하는 게 맞을 거예요."

준민은 지난 삼 년 동안 아무에게도 말하지 않았던 자신이 회사를 그만두게 된 이야기를 처음으로 예나에게 꺼내기 시작했다.

"아주 더운 여름날이었는데… 그때까지만 해도 여행사에서 팀장을 맡고 더 좋은 실적을 내기 위해서 팀원들을 다그치고 독려하며 일밖에 모르고 살 때였는데… 아주 더운 날 고객사 회의실에서 우수 성과자 가족 동반 해외 투어 관련 미팅을 하고 있는데 그 회사가 절전을 한다고 실내 온도를 높게 설정해 둬서 너무 더웠던 거예요. 내 양복 상의 안의 셔츠가 땀으로 다 젖었죠. 더운데 넥타이도 풀 수도 없고… 땀을 뻘뻘 흘리면서 보고하고 나서 고객사 매니저분에게 지적사항을 듣고 있는데… 갑자기 모든 게 다 귀찮고 그냥 잠시 쉬고 싶다는 생각이 들었어요.

원래 정장에 넥타이 매는 걸 좋아하지 않았는데 그 더웠던 여름날 그곳 회의실에서 에어컨이 빵빵하게 잘 나왔다면 그런 생각이 들지 않았을 수도 있는데… 어쨌든 너무너무 후텁지근하고 땀이 나고 고객은 장황하게 잔소리하니까 갑자기 그 자리를 벗어나고 싶었어요. 용케 회의를 잘 마치고 다른 날과 달리 술집도 들르지 않고 일찍 집에 가서 옷 벗고 쉬는데 나도 모르게 잠이 들었어요. 그리고 꿈을 꿨죠.

어릴 적 돌아가신 아버지가 이십몇 년 만에 꿈에서 나타나셨어요. 뭐라고 내게 얘기를 하는 것도 아니고… 정말 희한한 꿈이었는데… 아버지가 꿈속에서 나를 바라본 적은 한순간도 없었어요. 그냥 바닷가에서… 모래사장이 있는 바다는 아니었고 주변이 온통 검은 바위로 덮인 그런 바닷가였는데 바다색이 푸른색이 아닌 녹색에 가까운 맑은 바다였는데 아버지가 그 바다를 바라보고 계시다 갑자기 옷을 벗으시더니 그 바닷속에 뛰어들어 수영을 하시는 거예요. 바닷가 근처에서 수영을 하다가 갑자기 먼 바다 쪽으로 방향을 돌리더니 헤엄쳐서 멀리멀리 가버리셨죠. 그리곤 어느덧 내 시야에서 사라지셨어요. 그런 꿈을 꿨어요.

아버지가 돌아가시고 나서 한 번도 꿈에 나타나신 적이 없는데… 꿈에서 본 아버지 모습은 내가 기억하는 나이 든 아버지의 모습이 아니었고 예전 아버지 사진 앨범에서 봤던 젊은 시절 아버지의 얼굴이었어요. 왜 그런 꿈을 꿨을까 생각했어요. 옷을 훌훌 벗어 던지고 자유롭게 헤엄치는 모습…. 아버지가 내게 무슨 말을 하려고 하신 걸까 생각하지 않을 수 없었죠.

예전 고등학생 때 아버지가 돌아가시고 그 추웠던 겨울 발인 날 산소로 올라가던 그 장의 버스 맨 앞자리에 앉아 아버지께 했던 내 맹세가 떠올랐어요.

슬프지만, 내가 마냥 슬퍼하고 있어서만은 안 될 것 같고 아버지 나이가 될 때까진 내가 아버지를 덜 생각하고 덜 미안해 하고 그 대신 열심히 공부해서 훌륭하고 멋진 사람이 되겠다고 다짐했던 맹세요. 돌이켜보면 어린 나이에 생각하기 쉽지 않은 조금 모진 다짐이었는데… 하여튼 그때 그렇게 결심했었죠. 내가 커서 아버지 나이가 되면 그때부턴 아버지를 더 많이 생각해 주겠다고….

그래서 꿈에서 깨어나서 내 나이를 생각해 보니까 그 아버지 꿈을 꾼 그해 내 나이가 아버지가 돌아가셨던 그해 아버지의 나이였던 거예요. 그리고 그때부터 신기하게 아버지 생각이 많이 나고 꿈도 가끔 꾸기 시작했죠.

그동안 참아왔던 아버지에 대한 생각들이 한꺼번에 누적되어 밀물처럼 밀려드는 것 같았어요. 내가 어렸을 때 아버지가 한 번도 나보고 공부 열심히 하라고 한 적이 없었어요. 하여튼 그 꿈에서의 아버지 모습이 내게 이젠 사회에서의 무거운 짐 그리고 불편한 옷을 훌훌 벗어버리고 조금 자유롭게 살라고 얘기하시는 것 같았어요.

그리고, 결정적인 사건이 그즈음 또 터졌죠."

준민은 계속해서 말을 이어 갔다.

"그 여행사에 나랑 친했던 여자 매니저가 있었는데… 이 동네에 같이 살아서 아주 친하게 지냈죠. 그분은 일찍 결혼하셔서 아이가 넷이나 있었어요. 아이 커가는 모습 보는 낙으로 살고 아이들 생각해서 직장 생활 힘들다고 생각할 겨를도 없이 열심히 일했던 동료인데….

그날도 아침에 나랑 회사에서 커피 타임 하면서 막내가 아주 노래도 잘 부르고 영리하고 똑똑하다고 자랑했었죠. 그날 저녁 비가 많이 왔는데, 그 부서 회식이 있었어요. 그런데 그날 밤 집에서 자정 뉴스를 보는데 택시가 강변도로를 달리다 빗길에 미끄러져 택시 기사와 승객이 함께 강물로 추락했다는 뉴스가 나왔어요. 나는 전혀 몰랐죠. 그 택시 안에 타고 있던 승객이 그녀였다는 걸….

다음 날 회사에 출근해서야 난리가 난 걸 알았죠. 나랑 친했던 동료였는데… 그 전날 아침까지 그렇게 밝게 웃으며 아이들 자랑하던 그녀가 그렇게 허무하게 갔다고 생각하니… 너무 안타깝고 사람 운명이란 게 정말 한 치 앞도 내다볼 수 없구나란 생각에 너무 허무하고 두려웠죠.

그날 이후로 비가 오는 날이면 새벽이나 늦은 밤 어두울 때 강변도로를 차를 몰고 지날 때마다 두려움이 몰려 왔어요. 막 숨이 막히고 도로 난간을 뚫고 강물로 빨려 들어갈 것 같은 그런 악몽도 많이 꿨어요. 그리고 불면증이 찾아왔죠. 잠을 자다가 누가 목을 조르는 것 같아서 벌떡 일어나며 잠을 깬 적도 여러 번 있었죠.

한 번은 그런 적도 있었어요. 여름날이었는데, 회사 워크숍이 양평 근처에서 있어서 새벽 일찍 일어나 차를 몰고 강변도로를 달리는데 반포대교 근처에서 갑자기 한 여자가 한강 쪽에서 차도 쪽으로 뛰어 다가오는 거예요. 머리가 앞으로 길게 풀어 헤쳐져 얼굴은 자세히 보이지 않았는데 내 차를 보고 팔을 막 흔드는 거예요. 그녀는 온몸이 젖어 있었죠.

너무 놀라서 그녀를 처음 발견하고 그녀 앞을 스치고 지나기까지 약 이백 미터를 달리는 그 짧은 주행 시간 동안 난 그녀를 내 차에 태워 줘야 하나 아니면 그냥 못 본 척하고 지나쳐 버릴까 고민을 했었죠. 그렇지만 너무 꺼림칙하고 차들이 뒤에 따라오고 있어 급정거하는 것이 위험할 수도 있어 어떻게 할지 고민하다 그냥 지나치고 말았죠.

운전을 하고 양평으로 가는 내내 계속 그녀가 생각이 났어요. 그 여자는 누군데 이 새벽에 온몸이 젖어서 강변도로에서 히치하이크를 하고 있는 걸까? 내가 태워줬어야 했나? 그녀가 차 사고라도 났으면 어쩌지?… 몹시 추웠을 텐데… 물에 젖은 머리를 길게 늘어뜨려 얼굴이 보이지 않는 그녀의 모습이 계속 시야에 아른거려 고속화 도로를 빠져나와 좁은 국도를 지나 목적지로 향하는 길을 찾다 결국 길을 잃고 낮은 산길로 들어서고 말았어요.

차를 돌릴 만한 충분한 폭의 도로가 나오지 않아 계속 달리다 보니, 안갯속에서 희미하게 공동묘지 입구 안내 표지판이 나왔어요. 너무 놀랐죠."

"정말이요?"

가만히 듣고 있던 예나가 두 팔로 가슴을 감싸며 믿을 수 없다는 표정으로 준민에게 물었다.

"꿈을 꾼 거라고 생각하고 싶었지만… 정말 있었던 일이에요. 그런데 놀랍게도 그 후 그런 비슷한 일이 한 번 더 있었어요. 야근 마치고 집에 가는 길이었는데… 그날도 비가 내렸어요. 역시 강변도로를 달려 집으로 가던 길이었는데 지난번과는 반대 방향으로 가던 중이었죠.

강변도로에서 벗어나 주유소들만 간간이 몇 곳 있는 좁은 도로로 들어섰는데… 한 여자가 비를 맞으며 우리 동네 방향으로 걸어가고 있었어요. 웃옷도 안 걸치고 얇은 블라우스 차림으로 구두도 신지 않고 맨발로 비에 흠뻑 젖어 걸어가고 있길래… 마침 천천히 운전 중이어서 잠깐 차를 그녀 옆에 멈추고 물었죠.

어디 가느냐고. 왜 이 컴컴한 밤에 위험하게 차도 옆을 걷고 있는지 물었죠. 아무 대답이 없었어요. 그래서 내가 태워 주겠으니 어서 타라고 했더니… 갑자기 차 문을 열고 뒷좌석에 타는 거예요.

어두워서 얼굴을 잘 보지 못했는데… 우리 동네에 있는 어느 모텔에 내려 달라는 거예요. 그래서 그녀가 말해 주는 길을 따라 그녀를 그 모텔 앞에 내려다 줬어요. 아무 말 없이 술에 취한 듯한 걸음으로 비틀거리며 빠르게 걷더니 모텔 쪽으로 사라지더라고요. 그 동네가 예전 한강에서 사고가 났던 그 여자 동료가 살던 곳이었죠.

한강에서 사고가 났던 그 동료와는 아무 상관이 없는 일이라고 생각했고 그렇게 믿어야 했지만, 그 두 사건 이후로 자꾸 악몽을 꿨어요. 첫 번째 반포대교에서 있었던 일은 너무도 생생해서 현실 속에서 분명히 일어났던 일이라고 확실하게 기억되는데….

두 번째 비 오는 날 내 차에 탔던 그 여인 사건은 어느 순간부터는 그게 정말 실제 있었던 일인지… 아니면 내가 신경과민 상태에서 꾼 꿈인지도 분간이 안 되는 거예요. 그녀가 신발도 안 신고 걷고 있었다고 했잖아요? 그런데 다시 기억을 더듬어 보니… 그녀가 신발을 안 신은 게 아니라 그녀 발이 아예 없었던 것 같은 거예요.

어둠 속에 발이 안 보였던 건지… 아니면 발이 안 보이는 상태로 약간 공중에 떠서 걷듯 그렇게 걷고 있었던 건지… 그런 경험 없어요? 어떤 기억들이 꿈처럼 느껴졌던 그런 기억이요. 우리 인생이 긴 꿈이라고도 하잖아요. 아주 긴 꿈.

불면증과 악몽이 심해지고 밤에 차를 운전하는 것에 대한 두려움이 커져서 차도 팔고 대중교통을 이용해서 출퇴근하다 어느 날 정신과 의사를 찾아갔죠. 의사 선생님께 그간의 이야기를 말씀드렸죠. 두려움 때문에 운전할 수 없다고 얘기했죠. 여행사를 다니는데 운전을 못 하면 일하기가 힘들 것 같아서… 급히 치료가 필요하다고 부탁을 했죠. 나의 증상들이 불면증과 우울증 그리고 공황장애일 거라고 하시면서 우선 운전할 때 강변도로가 차선이 여러 개 있으니 될 수 있으면 가운데 차선으로만 달려보라고 하시더라고요.

그래서 그때 제가 뭐에 잠깐 씌웠는지, 의사 선생님께 버럭 화를 내며 소리를 질렀어요.

선생님은 의술을 글로만 배웠냐고? 왜 사람 말 길을 못 알아듣냐고… 내가 운전하다 실수해서 아니면 미끄러져 물에 빠질까 봐 그게 두려운 게 아니고, 강물 속에서 자꾸 누가 나를 불러서… 아니 부르는 것 같아서… 내가 강물 속으로 뛰어들고 싶다는 생각이 자꾸 드는 게… 그게 무서운 거라고 소리치며 화를 냈죠."

"…"

"결국은 회사를 그만뒀죠.

지금은 이렇게 편하게 얘기할 수 있지만, 한동안은 공황장애와 우울증 그리고 불면증이 심해서 별의별 생각마저 다 했었죠."

심각한 표정으로 얘기하는 준민의 이야기를 예나는 말없이 듣고 있었다.

"아주 추운 겨울이었는데…. 소설『만다라』읽어 본 적 있어요?"

"아니요."

"그 책 속에 내가 생각하는 가장 이상적인… 아니 자세히 말은 안 하겠어요. 나중에 시간 되면 읽어봐요. 그냥 그렇게 우울하고 사는 게 힘들기만 했던 그해 겨울 어느 날, 술을 너무 많이 마신 거예요. 단골 술집에서요. 술김에 그날 처음 출근한 어린 여자 바텐더에게 인사 겸 악수를 건네고 손을 꽉 잡았죠. 꽉이요. 그리고 그냥 아무 생각 없이 한마디 했어요.

'손이 참 촉촉하다'고…

그런데 그때 그 바의 매니저가 성격이 좀 깐깐했는데… 갑자기 나한테 잠깐 밖으로 나오라고 하더니… '요새 애들 뽑기가 얼마나 힘든데… 뽑아도 일 잘할 만하면 그만둬서 미치겠는데… 왜 처음 출근한 알바생한테 야한 농담을 하냐… 앞으로 오지 말라'고 신경질을 내는 거예요. 그래서 나도 화를 냈죠. '손이 촉촉하네… 라고 말한 게 그렇게 해선 안 될 말이냐?'고. 나도 기분 나빠서 다신 안 오겠다고 말했죠.

그런데… 내가 회사를 열심히 다녔던 가장 큰 이유 중 하나가 밤에 그 단골 바에서 술 마시는 낙으로 다녔던 건데… 그냥 술에 너무 취해서 그랬는지 갑자기 내가 왜 사는지 한심하다는 생각이 들었어요. 외투도 안 걸치고, 계산하고 그곳을 뛰쳐나와서 어두운 밤거리를 한참을 정처 없이 걷는데 갑자기 졸린 거예요.

굉장히 추운 밤이었어요. 새벽 두 시 넘어 사람 한 명 다니지 않는 밤거리 구석진 곳 청소용 리어카가 세워진 곳 뒤에 가서 멍하니 앉아 있었어요. 꾸벅꾸벅 졸다가 결국은 잠이 들어 버렸죠. 그렇게 갈 뻔했어요.

그런데, 어느 술 취한 아저씨가 천천히 내가 있는 곳으로 걸어와서 그 리어카 뒤에서 지퍼를 내리더니, 뜨거운 물줄기를 뿜어 대는 거예요. 내 얼굴에도 튀면서 잠에서 깨어났죠. '아저씨, 여기서 오줌 싸면 어떡합니까'라고 화가 나서 소리를 질렀더니 어둠 속에서 갑자기 사람 목소리가 들리니까 아저씨는 깜짝 놀랐는지 뒷걸음질 치더니 달아나 버렸어요.

옷으로 대충 얼굴을 닦고 갑자기 한강이 보고 싶어 새벽 네 시가 다 돼서 택시를 타고 마포대교로 갔어요. 우리나라에서 점핑을 가장 많이 한다는 그곳으로요."

"점프요?"

예나가 물었다.

"로프 없이 뛰는 번지점프요. 난간에 서서 한참 한강을 내려다봤어요. 갑자기 동네 친한 선배 이야기가 떠올랐어요. 예전에 아버지가 불치병 걸려서 수술비하고 병원비 대느라 집도 팔고 나중에는 사채까지 빌려 쓰다 결국 아버지는 돌아가시고, 그리고 건달들한테 돈 갚으라는 협박에 너무 시달려서 소주 다섯 병인가 마시고 취한 상태에서 울컥해서 추운 겨울날 마포대교에서 뛰어내렸다는 거예요.

그런데 보통은 뛰어내리는 과정에서 의식을 잃는다고 하는데… 해병대 나온 그 선배가 수영을 아주 잘했는데 차가운 강물에 딱 빠지는 순간…. 딱 그 생각이 들었대요. 얼어 죽겠다는 생각이… 죽으려고 뛰어들었는데…. 죽고 살고는 나중 문제고 너무 추웠대요. 더 이상 버틸 수 없어서 헤엄쳐서 나왔다는 거예요. 추운 강물이 그 선배를 살린 거죠.

그래서 그 선배가 그랬어요. 겨울날 뛰어 내려서 자기가 살아 돌아온 거라고… 얼마 안 되는 빚 때문에 정말 바보 같은 짓 할 뻔했다고… 지금은 결혼해서 애 둘 낳고 잘살고 있죠.

난간에 기대어 서서 한참을 흘러가는 시커먼 강물을 바라보다 왔었죠."

"…"

예나는 잠깐 아무런 말도 하지 못했다. 그리고 준민에게 위로의 말을 건넸다.

"우울증이나 공황장애 그런 거 극복할 수 있대요⋯. 저는 잘은 모르지만 그런 정신적인 불안감 같은 마음의 병은 누구에게나 있는 잇몸 속 사랑니 같은 거예요.

다만 누구는 그 사랑니가 밖으로 드러나며 통증을 느껴 치과에 가서 뽑아야 하고 누구는 그냥 있는 듯 없는 듯 평생 문제없이 조용히 넘어가기도 하고 그런 고통스러운 시간들을 겪는 사람들도 그게 일상이 되어버리면 그러한 아픔들이 점차 익숙해지고 무뎌지고 그러다 보면 우리가 살며 맞닥뜨리는 다른 시련들처럼 점차 극복할 수 있게 되는 것 같아요."

예나가 준민을 위로하듯 진지한 눈빛으로 말했다.

"아⋯ 그리고요. 아까 그 아저씨 참 고마운 분이네요."

"누구요?"

준민이 물었다.

"준민 씨 향해 뜨끈한 오줌 발 날리신 그 아저씨요."

예나가 웃었다.

"앗⋯ 그런가요? 그렇게 생각해야 되는 건가요?"

준민도 따라 웃었다.

"덕분에 제가 지금 준민 씨를 마주 보고 앉아 있을 수 있는 거잖아요. 이렇게요⋯."

"네."

준민이 미소를 지으며 말했다.

"사실⋯ 군 제대 무렵에 말년 고참이 되면서 시간적 여유도 많이 생겨서 밤에 책을 많이 읽었었죠. 생각을 많이 하게 되는 책들⋯ 그런 책들이 위험한 거예요. 내가 가끔 몰래 혼자서 술을 마시던 아지트 같은 장소가 있었어요. 부대 후미진 곳 담벼락을 넘으면 마을 공동묘지가 있었는데, 외출할 때마다 소주와 새우깡 같은 과자를 사서 검정 비닐봉지에 넣어 묶어서 거기 제단들 밑에 숨겨 놓곤 했어요.

어느 겨울 눈 내리는 날, 생각도 많고 잠이 안 오길래 혼자 담을 넘어 눈 쌓인 봉분에 기대어 달을 보며 술을 마셨는데… 정말 너무 좋은 거예요. 새하얀 눈밭에서 편하게 등을 기대고 달을 친구 삼아 술을 마시니까… 비록 안락한 소파 대신 주인이 누구인지도 모르는 무덤 봉분이었지만… 그래서 숨겨 놓은 술들을 결국 다 마셔 버린 거예요. 그러다 달을 보며 잠이 들었나 봐요.

새벽에 불침번이 침상 위 머릿수 세다가 난리 났죠. 장 병장이 사라졌다고… 그래서 우리 소대원들이 새벽에 나 찾는다고 부대 안을 다 뒤지고 돌아다닌 거예요. 마침 나랑 나이가 같았던 두 달 후임이 부평 자동차공장 다니다 입대한 친구인데… 그 친구만 내 아지트를 알고 있었어요.

그 덕에 살았죠. 그때는 고맙다는 생각도 안 들었어요. 생각이 많아 머리가 복잡했던 때였고 그리고 내가 그 정도 추위에 얼어 죽을 거라곤 생각도 안 했고….'

"하마터면 큰일 날 뻔했네요. 정말 사고뭉치였네요. 그 후배가 준민 씨 생명의 은인이네요."

"아니요. 별로 그렇게 생각해 본 적 없어요."

"네? 무슨 말이에요?"

"아니… 그렇다고요. 살아보니까…."

"자꾸 이상한 소리 할래요? 아까도 얘기했지만, 그때 뭔 일 났으면 지금 저랑 이렇게 같이 있지도 못했을 거 아네요?"

"미안해요. 농담이죠.

그리고 사실 오래전에 아까 그 리어카가 있었다는 그곳 근처에서 비슷한 사건이 또 하나 있었어요. 제대하고 얼마 후 예비군 훈련 다녀와서 친구들과 술을 마셨어요. 거기서 조금 떨어진 주점에서 막걸리를 마시다 장소를 옮겨서 소주를 마셨죠. 새벽 두 시가 다 되어서 헤어졌는데… 내가 소변이 급해서 그 근처 골목 어두컴컴한 전봇대 근처에서 오줌을 누려고 하는데 어둠 속에서 뭔가 물컹거리는 게 제 발에 스쳤어요.

그때도 12월이라 굉장히 추운 날이었는데…. 군복을 입은 학사장교 한 명이 거기 누워서 자고 있었어요. 그때는 휴대폰도 없던 시절이라, 주위에 불 켜진 가게도 없고 공중전화 부스도 안 보이고… 그냥 놔두면 얼어 죽을 것 같아서 막 흔들어 깨웠죠. 그런데 얼마나 취했는지 정말 꿈쩍도 하지 않더라고요. 그래서 뺨도 때리고 주먹으로 얼굴도 몇 대 치고 그러다가 포기하고 군에서 부상자 어깨에 메고 가는 법 배운 대로 그 친구를 어깨에 걸쳐 메고 몇백 미터를 뛰어 여관 유리문을 열고 입구 복도에 내려놓았죠.

주인 아주머니한테 모르는 사람인데 길에서 자고 있길래 얼어 죽을 것 같아서 데려왔다고 말하고 빈방 있으면 좀 재우라고 말하고 나오는데… 아직도 그 아줌마 소리치던 모습이 생생히 기억나요. 수고했단 말 대신, "돈 내고 가!", "돈 내고 가라고!" 계속 부르길래 그냥 문을 확 열고 도망쳐 나왔죠. 물론, 아주머니 입장에선 여관비 받는 게 중요했겠지만요…. 그날 일 생각하면 그 추운 날 땀 뻘뻘 흘리며 그 학사장교 어깨에 메고 오르막길 뛰어 올라가던 기억과 그 아줌마가 나보고 소리치던 그 장면이 너무 생생히 기억나요….

돈 내고 가!

정말 군인 정신 소환해서 내가 전장에서 부상병 업고 야전병원으로 달려가고 있는 중이라고 최면을 걸면서 뛰어갔으니까요…. 아마 그때 얼어 죽을 뻔한 사람 하나 살려서 아마도 저승사자가 가상히 여겨 내게 그 아저씨를 보내 주셨을지도 몰라요. 오줌통 가득 채워서…."

준민이 얘기하는 동안 예나는 라멘을 거의 다 비웠다. 준민도 젓가락을 휘이휘이 저어 남은 면발을 다 건져 올려 입속에 넣고 국물을 마셨다. 예나는 밥보다는 면 요리를 좋아하는 것 같았다. 공깃밥은 다 먹지 못하는 편인데 오늘 라멘은 거의 다 비웠다.

"덕분에 오랜만에 일본 라멘 먹었어요. 국물이 진하고 면발도 좋았어요." 예나가 냅킨으로 입을 닦으며 말했다.

"네. 나도 오랜만에 먹어 봤어요. 좋은데요. 국물이 조금 느끼하지만, 가끔 먹으면 괜찮겠어요…."

어제도 이곳에서 같은 라멘을 먹었던 준민이 표정 연기를 하며 말했다.

"그리고 아까 해준 조언 고마워요. 명심할게요. 예나 씨를 만나고 나서 예나 씨와 즐거운 시간 보내고 그리고 또 다음엔 어딜 갈까? 내일은 어떤 메뉴를 먹을까? 그런 생각들 하고 또 다음번 만남을 설레며 기다리면서 요새는 그런 공황장애나 우울증 같은 증세가 많이 좋아진 것 같아요. 다 예나 씨 덕분이에요. 정말 덕분에 내가 여러모로 많이 좋아지고 있는 것 같아요. 고마워요."

준민이 예나의 눈을 바라보며 말했다.

예나도 말없이 준민을 바라보며 웃었다.

갑자기 울린 휴대폰 진동소리에 준민은 카톡 메시지를 확인한 후 휴대폰을 테이블 위에 내려놓으며 예나에게 물었다.

"참, 그리고 예전부터 묻고 싶었던 게 하나 있었는데요. 예나 씨 카톡 프로필 사진 말이에요…. 왜 그 꽃 축제 가서 커다랗고 멋진 화단 앞에 앉아 찍은 사진 있잖아요. 지금도 프로필 사진으로 되어 있는 그 사진이요. 예나 씨도 예전에 사귀었던 남자가 있었나 해서요. 꽃 축제를 혼자 가지는 않잖아요? 아주 멋 내고 갔던데…."

"아, 그 사진이요?"

"예나 씨 카톡에 그 사진하고 어릴 적 사진 두 장밖에 없던데요."

"그 사진 꽤 오래전에 찍은 거예요. 아주 젊었을 때죠. 한창 꾸미는 거 좋아하고 남자랑 사귀어도 보고 싶고 그럴 때였죠. 그때 친구들이 다 남자가 있었는데 전부 싸이월드 프로필에 남자 친구랑 다정하게 찍은 사진을 올리거나 아니면 어디 놀러 가서 남자 친구가 찍어준 사진들을 올려놓은 거예요. 꽃을 들고 카메라를 보고 환하게 웃는 그런 사진들이요…. 그래서 저도 그런 사진 하나 올리고 싶었는데… 그때 의류회사 다닐 때 꽃 축제가 열리는 그 동네에 업무차 외근 갔다가 오는 길에 그 축제에 잠깐 들러 꽃들 구경하고 화단 근처에서 쉬고 있는데 커플들이 다 그 멋진 화단 앞 의자에 앉아서 커플 사진을 찍고 있길래 그 화단이 멋지기도 하고 저도 사진 한 장 남기고 싶어서 혼자 오신 어느 아주머니한테 부탁해서 그 화단을 배경으로 찍은 사진이에요.

남자가 찍어 줬으면 부끄럽고 어색했을 텐데, 나이 드신 푸근한 인상의 아주머니가 찍어 주셔서 그랬는지 사진이 아주 자연스럽게 잘 나온 것 같아요. 제가 어디 놀러 가는 일도 별로 없고 더구나 사진 남기는 일도 별로 없는데… 그 사진이 그나마 날씬하게 잘 나온 것 같아서 제 프로필 사진으로 쓰고 있는 거예요."

"네… 그렇구나."

"저의 과거가 궁금했나 봐요?"

"아니요. 그냥… 사진이 잘 나와서 예나 씨가 그 축제에 누구랑 갔을까, 누가 그 사진을 찍어 줬을까 궁금했었죠."

준민은 어색하게 웃으며 말했다.

예나가 보고 싶을 때면 준민은 휴대폰에 캡처해서 저장해 둔 그 예나의 카톡 프로필 사진 두 장을 틈 날 때마다 보곤 했다. 지금까지 아마도 족히 수백 번은 넘게 봤을 것이다. 사실 준민은 그 꽃 축제 사진보다는 예나의 어릴 적 사진에 더 눈길이 갔었다.

예나가 여섯 살이나 일곱 살쯤 되어 보이는 흑백 사진이었는데 고개를 살짝 왼쪽으로 기울여서 아주 환하게 웃는 사진이었다. 그 어린 시절에도 지금의 예나의 모습이 얼굴 곳곳에 보이는 게 너무 신기하고 귀여웠다. 아마도 예나의 아버지가 카메라를 잡고 엄마는 아빠 옆에서 예나에게 웃으라고 같이 포즈를 취하며 밝게 웃고 있었을, 그 사진이 찍히던 그 순간의 오래전 행복했던 풍경이 사진을 보면 바로 영화처럼 되살아날 것 같은 그런 생동감 넘치는 사진이었다.

그 어린 예나의 밝고 순진무구한 웃음 속에는 예나가 커가며 맞닥뜨렸을 그 많은 이별과 슬픔, 두려움 그리고 걱정들을 전혀 떠올릴 수 없는 그런 거짓말 같은 완전한 행복이 보였다.

지금 홀로 된 예나의 모습을 전혀 상상할 수 없는… 준민은 처음 그 사진을 봤을 때 그런 생각들이 떠올라 예나가 너무 불쌍하다는 생각에 하마터면 주방에서 일을 하다 눈물을 쏟을 뻔했다. 그 어릴 적 행복한 예나의 사진과는 너무도 대비되는 고된 삶을 살아왔을, 이제는 더 이상 어리지 않은 예나 걱정에… 세상의 티끌 하나 묻혀 보지 않은 듯 한없이 해맑은 얼굴로 웃고 있는 사진 속 어린 예나를 무조건적으로 사랑해 주셨을 예나의 부모님 대신 이젠 준민이 홀로 남겨진 예나를 더욱 더 소중히 아끼고 사랑해 줘야겠다고 그 사진을 보며 준민은 다짐했다.

"뭔 생각을 그리 골똘히 해요?"

예나의 어릴 적 사진을 떠올리며 생각에 잠긴 준민에게 예나가 물었다.

잠시 예나의 얼굴을 쳐다보던 준민이 말했다.

"예나 씨, 행복해요?"

"네? 행복하냐고요?"

"네. 지금 사는 게 행복하냐고요?"

"어떻게 사는 게 행복한 건데요?"

예나가 되물었다.

"하루의 일과 중에 행복한 일들이 더 많으면 행복하다고 할 수 있겠죠."

잠시 생각을 하고 준민이 답했다.

"제가 그렇게 행복한지를 생각해 볼 일과가 별로 없어요. 이렇게 목요일에 준민 씨를 만나서 식사하는 게 일주일에 있는 유일한 일정이겠네요. 보통은 혼자 식사하고 혼자 공원 산책하고 텔레비전 보고 그리고 커피 마시고…"

예나가 말했다.

"혼자 식사하고 산책하고 커피 마시고… 그 순간들이 행복하면 행복한 인생이죠. 하루에 행복한 순간들이 더 많다면요…"

준민이 말했다.

"행복을 느끼게 하는 일들을 더 많이 하란 얘기네요. 예를 들면 어떤 게 있을까요?"

"예를 들면… 틈나는 대로 내 생각을 해봐요…"

준민이 웃으며 말했다.

"에이… 그런데 우리 무슨 이야기하다가 여기까지 온 거죠?"

예나가 웃으며 말했다.

"그 얘기였죠. 외모에 대한 이야기. 좋은 구두는 여자를 좋은 곳으로 안내한다… 그리고 내가 옷을 대충 입고 다녀도 이해해 달라…. 뭐 그런 이야기하다가 여기까지 왔네요.

어쨌든, 우리 서로의 형편을 이제 어느 정도 알게 된 것 같은데…. 괜히 멋 부린다고 부담스러운 옷 사 입고 화장품 사 바르고 그러지 말고 그럴 돈 있으면 그냥 같이 맛있는 거 더 먹고 좋은 곳 더 구경 가고 그래요.

나는 예나 씨의 옷이나 헤어 스타일보다 예나 씨의 눈빛, 입가의 미소 그런 거만 볼 테니까요. 예나 씨의 눈빛, 미소, 시선, 손짓, 몸짓 하나하나가 내겐 늘 신비하고 소중해요. 그리고, 우리 만난 지 벌써 두 달이 다 되어 가는데, 예나 씨가 처음보다 약간 야윈 것 같아요.

얼굴 둘레가….

무슨 고민 있어요? 요새 밤마다 누구 생각나서 잠 못 이루는 건 아니죠?"

준민이 웃으며 물었다.

"아니… 여자한테 그런 표현을 쓰는 게 어디 있어요? 제가 천 년 묵은 용문사 은행나무도 아니고…. 얼굴 둘레라뇨?"

"농담이에요…. 얼굴 살 빠졌다고 하면 여자들은 다 좋아할 줄 알았는데…"

오늘은 처음으로 둘이 분식집을 찾은 날이다. 예나가 좋아한다는 쫄면과 떡볶이 그리고 순대를 시켰다. 준민은 매운 걸 좋아하지 않아 쫄면과 떡볶이는 몇 개씩만 집어 먹고 주로 순대를 먹었다. 나이 들어 눈이 침침해지며 준민은 순대를 한 달에 두세 번은 꼭 챙겨 먹는다.

순대를 주문하면 내장도 드릴까요? 묻는데 그럴 때마다 '네, 내장 주세요. 간, 염통 다 좋아해요.'라고 준민은 대답한다. 어려서부터 간을 먹으면 눈이 좋아진다는 어른들 말을 자주 듣고 자라 그런지 최근 눈의 노화 현상을 경험하며 간을 먹기 위해 먹는 순대가 준민이 가끔 즐기는 유일한 분식 메뉴가 되었다. 예나는 떡볶이를 아주 맛있게 먹었다. 이 분식집 떡볶이에는 깻잎이 들어 있었다. 깻잎 향이 은은히 배어나와서 이곳 떡볶이가 유명한 것 같았다.

준민의 군 시절, 부대 담벼락 너머 농가에서는 옥수수, 깨, 파 그리고 콩을 많이 심었다. 되 옥수수는 축사에서 키우는 소의 사료로 주로 쓰였고 깨는 기름을 얻기 위해서 심었다. 가끔 부대 밖을 나갔다 복귀하는 고참들이 그 밭을 지나치며 깻잎 여러 장을 몰래 따서 군복 주머니에 넣어

가지고 들어와서 새벽 출출할 때 페치카에서 반합에 라면을 끓여 먹을 때 그 깻잎을 잘게 찢어 넣으면 라면 국물 맛이 일품이었다. 고참이 라면 하나 끓여서 건더기 먹고 나면 국물은 졸병 여럿이서 반합 뚜껑 돌려가며 맛보곤 했었다.

깻잎을 생각하다 보니, 준민은 예전 운동하던 시절 찐 호박잎을 먹어 본 기억이 갑자기 났다. 중학생 때 함께 운동하던 형, 누나들과 방학을 이용하여 지방에 있는 리조트로 전지훈련을 간 적이 있었다.

원래는 시내에 있는 모텔에 숙소를 잡을 예정이었는데 일행 중에 그 동네 출신 누나가 한 명 있었고 그 누나의 친구들이 그 리조트에서 근무를 하고 있어서 자연스럽게 운동이 끝나고 시내까지 멀리 나가지 말고 리조트 바로 옆에서 하숙하던 그 누나들 집에 가서 일주일간 묵자는 의견이 나왔다.

그 누나 친구들의 숙소는 커다란 논 한가운데 있는 마을에 있었다. 누나들을 따라 도착한 농가에는 여러 개의 별채 같은 작은 방들이 있었는데 누나들은 그곳에서 하숙을 했다. 각방을 쓰던 누나 친구들이 일주일간 한 방에서 함께 자고 방 두 개를 내어 주었다. 대신 누나들에게 숙소 비용으로 쓸 예정이었던 돈을 줬고 남자 셋이 한 방을 쓰고 여자 둘이 다른 한 방을 쓰고 그렇게 숙소를 얻었다.

장난기 많던 남자 선배는 밤에 그 방 옷장 서랍들을 열어 보고 여자 속옷과 팬티를 꺼내 향기를 맡고 머리에 뒤집어쓰고 장난을 치기도 했었다. 오래된 농가 별채의 방문은 나무 격자에 창호지를 붙인 오래된 문이었는데, 첫날 밤에 비가 억수로 쏟아지고 바람까지 세게 불어서 그 창호지 문으로 비가 들이닥쳐 자다 깨어 졸린 눈으로 비에 젖은 그 창호지 문을 바라보던 기억도 떠올랐다. 소나무 가지가 바람에 흔들리는 모습이 창호지 문에 그림자로 비쳐 한참을 누워 바라보다 준민은 잠이 들었었다.

다음 날 운동을 마치고 그 집에 들러 땀에 젖은 옷을 갈아입고 근처 식당으로 식사를 하러 가기로 되어 있었다.

그런데 그 집 마당 한가운데 있는 평상에서 주인 아저씨가 방금 텃밭에서 따온 상추, 깻잎 그리고 찐 호박 잎을 큰 대나무 소쿠리에 담아 쌈을 싸 드시고 계셨다. 특히 커다란 호박잎에 밥을 담고 그 위에 강된장을 얹어 싸 드시는 모습이 너무 맛있게 보여 마루에 앉아 운동화 신발끈을 묶던 준민이 빤히 그 모습을 쳐다보다 주인 아저씨와 눈이 마주쳐서 덕분에 태어나 처음으로 아저씨가 싸주신 호박잎 쌈을 먹어볼 수 있었다.

처음에는 잔가시 같은 것들이 잎에 붙어 있어서 꺼끌꺼끌하고 따끔해서 먹기 불편했지만, 강된장과 호박잎의 맛의 조화가 너무 좋아 준민은 쌈을 몇 개 더 얻어먹었다.

"뭔 생각을 해요?"

찐 호박잎 생각에 잠긴 준민에게 예나가 물었다.

"네, 예전 어렸을 때 찐 호박잎에 강된장 얹어 밥 싸먹던 기억이 나서요. 여기 이 떡볶이에 들어 있는 깻잎 조각을 보니까 갑자기 호박잎이 떠올랐어요."

"호박잎이요? 서울에서는 본 적이 없는 것 같은데… 마트에서도 잘 안 팔잖아요? 전통시장 같은 곳에 가면 팔지도 모르겠네요…. 저는 한 번도 못 먹어 봤어요. 맛있어요?"

예나가 물었다.

"아주 오래전에 딱 한 번 먹어 봤는데 아주 맛있었어요. 그때 먹어 본

후론 호박잎을 본 적이 없는 것 같아요. 그런데 오늘 떡볶이는 어땠어요? 맛있게 먹던데 떡볶이를 아주 좋아하나 봐요?"

"네… 여자들은 매콤한 것 좋아하잖아요. 그리고 쫄깃한 식감이 좋아서 그렇기도 하고요. 매운맛도 좋고 씹으면서 스트레스 해소도 되는 것 같아요."

예나가 말했다.

"김밥도 좋아해요? 내 친구가 근처에 김밥집을 차렸는데 프랜차이즈는 아닌데 아주 독특하고 맛있다고 소문났어요. 이따 가면서 김밥 한 줄 포장해 갈래요? 집에 가서 저녁에 출출할 때 먹어 봐요. 라면 끓여서 같이 먹으면 더 맛있겠네요."

"…"

예나는 말이 없었다.

"아… 김밥 안 좋아해요?"

"…"

잠시 침묵하던 예나의 눈가에 갑자기 살짝 눈물이 고였다.

"잠깐만요".

냅킨으로 눈가의 눈물을 닦으면서 예나가 말했다.

"문득 엄마 생각이 나서요…"

"어… 미안해요. 엄마가 김밥을 좋아하셨나 봐요?"

"네….

예전에 엄마가 처음이자 마지막으로 몇 개월간 일하셨던 곳이 있는데 집 근처 큰 마트였어요. 점심 무렵인가 엄마가 늘 들고 다니시던 작은 손가방을 집에 놔두고 오셨다고 문자가 와서 마트로 전해 드리러 갔죠.

마트 근처에 작은 공원이 하나 있어요. 그때 마침 점심시간이었는데…

저 멀리 벤치에 한 여자분이 혼자 앉아서 뭘 들고 계신 거예요. 조금 더 다가가서 보니 엄마였죠. 벤치에 앉아서 검정 비닐봉지에 담긴 김밥을 혼자 드시고 계셨어요. 준민 씨가 김밥 이야기를 하니까… 그 모습이 갑자기 생각났어요. 너무 쓸쓸해 보였거든요.

집 밖에서 엄마 혼자 식사하는 모습을 본 건 그게 처음이었어요. 한참이 지나도 그 모습이 잊히지 않아요.

집에서 혼자 식사하시는 모습을 가끔 봤어도 별생각이 없었는데 사람 많은 공원에서 혼자 벤치에 앉아 조용히 김밥 한 줄 놓고 식사하는 모습을 멀리서 보고 있자니 너무 안돼 보여서 저도 모르게 눈물이 났던 것 같아요.

원래 성격이 조용하신 데다 혼자 되시고 나서는 우울증과 대인 기피증이 심해져서 사회 활동을 거의 안 하셨는데… 제가 학생 때부터 아르바이트도 하고 취업도 빨리해서 돈을 벌었으니까요. 수선 일 하기 전 작은 의류 회사 다닐 때 제가 심하게 아팠던 때가 있었어요. 그때 일을 그만두고 병원에 오래 입원을 하게 되어서 엄마가 일해야만 했었죠.

병원비와 생활비를 대야 했으니까요. 죄송했어요. 사람들과 잘 어울리지 못하는 성격인데, 마트 다른 직원 분들하고도 잘 어울리지 못했고 가끔 갑질하는 손님들한테 상처도 많이 받으셨을 거예요. 내가 건강했다면 그러지 않아도 됐을 텐데…. 자식은 건강한 게 효도란 말이 맞는 거 같아요.

그날 이후로 김밥을 안 먹은 것 같아요. 엄마 생각이 나서요. 언젠가는 괜찮아지겠죠.

세상에는 혼자 밥을 먹는 사람들이 많을 거예요. 우리가 몰라서, 우리가 보지 못해서, 그들이 말을 안 해서 그렇지… 우리 엄마 아빠들은 살며 집에서 아니면 밖에서 얼마나 많은 혼밥을 했겠어요. 그런 생각을 한 번도 해본 적이 없었는데 그날 멀리서 혼자 벤치에 앉아 식사하는 엄마의 모습을 보고 그런 생각이 들었죠.

우리 엄마는 낯가림도 심하고 부끄러움도 많이 타는 편인데. 아이들 놀고 사람들 운동하는 그곳 공원 벤치에서 혼자 식사하기가 쉽지 않았을 거예요. 잠깐 마트에서 일하셨지만 일을 하시면서도 많이 힘들었을 것 같아요. 그런 생각도 했어요. 남들 흔히 하는 직장 회식 같은 것도 엄마는 한 번도 못 해봤을 것 같다고… 직장 생활을 해본 적이 없으니까요. 그 흔한 회식, 사람들 어울려 사는 곳에서 흔히들 누리고 사는 그런 즐거움도 엄마는 한 번도 경험해보지 못했을 거란 생각이 들어서 맘이 더 아팠죠.

지금 이렇게 준민 씨와 식사를 함께하게 되면서 많이 후회돼요. 이 가까운 곳에도 이렇게 맛있는 음식들을 맛볼 수 있는 식당들이 많은데 도대체 얼마나 바쁘게 살았다고 엄마랑 이런 곳에 함께 와서 식사를 같이 할 생각을 못 했을까…. 차가 없으면 차라도 렌트해서 교외나 멀리 바닷가에라도 한 번 모시고 가서 엄마랑 식사를 할 생각을 왜 한 번도 못 했을까…. 엄마 가시고 나서야 그런 후회를 자주 했어요. 이제 와서는 다 소용없는 일이지만요…."

예나는 아버지가 돌아가시고 홀로된 엄마가 한동안 실의에 빠져 집에서만 지내다 어느 날 갑자기 교회에 다시 나가고 성지 순례, 봉사 활동, 공원에서의 선교 활동과 기부 활동을 다시 열심히, 아니 전보다 더 적극적으로 하기 시작했을 때, 건강도 안 좋고, 집 형편도 넉넉지 않은데 무슨 기부를 하고 힘들게 멀리 봉사 다니고 공원에서 낯선 사람들에게 선교한다고 그리 고생하며 오래 서 있다 오냐고 화를 낸 적도 여러 번 있었다.

엄마가 얼마나 쓸쓸하고 외로웠으면, 아니 그 외롭고 절망적인 상황에서도 의지하고 마음 둘 곳을 찾아 다시 한 번 열심히 살아 보려고 노력했던 엄마만의 몸부림일 수도 있었는데 그걸 몰라주고 차갑게 엄마에게 했던 말들이 떠올라 예나는 가슴이 아팠다.

"엄마를 생각하면 가슴 아픈 기억들이 많아요."

예나가 말했다.

"고등학생 때 알코올 요양원에 계시던 아버지가 갑자기 돌아가시고 장례 치르고 나서 엄마가 한동안은 정말 힘들어 하셨어요. 저는 아직 어려서 헤어진다는 게 뭔지 잘 실감도 안 났고 엄마처럼 아빠랑 함께 많은 시간을 보낸 추억이 없어서 그랬는지 그렇게 슬픈 줄은 몰랐어요.

하지만 제게 엄마는 아빠랑은 달랐죠. 엄마는 내 인생의 전부이자 사는 목적과도 같은 분이었는데 그런 엄마가 약해지고 힘없이 무너지는 모습을 옆에서 지켜보는 건 정말 고통이었죠.

그렇게 엄마가 많이 힘들어 하실 때 어느 날 전화가 한 통 왔어요. 아버지 친구분이었어요. 아버지가 젊고 건강하셨을 땐 엄마랑 같이 놀러 많이 다니셨거든요. 주로 그 친구분 가족하고 함께 다니셨죠. 아버지 친구분이 직장에서 승진도 하고 집도 새로 사서 이사를 했다고 집들이 겸 축하 모임을 하는데 엄마가 꼭 와주셨으면 좋겠다고 아주머니가 연락을 주셨어요. 마침 엄마가 외출 중이어서 제가 대신 전화를 받았죠.

주소를 받아 적고 엄마에게 말씀드렸는데… 엄마는 가기 싫어하는 눈치였어요. 그런데, 그 아주머니가 하도 내게 당부를 하셔서 내가 가기 싫다는 엄마를 설득해서 택시를 함께 타고 그 아저씨네 동네로 갔어요. 주소를 확인하고 아저씨네 새집 대문 앞에 엄마를 내려 드리고 잘 놀다 오시라고 인사하고 저는 택시를 다시 타고 그 자리를 떴는데….

기사 아저씨가 그 동네를 처음 가봐서 지리가 익숙지 않았는지 큰 차도를 찾아 골목길을 헤매다가 막다른 골목에 다다라서야 결국 차를 다시 돌려서 왔던 길로 되돌아 나왔어요. 십 분 넘게 길을 헤매다 다시 그 아저씨네 집 앞을 택시가 지나치게 되었어요….”

갑자기 예나의 눈에 눈물이 고였다.

“엄마가….

엄마가 거기 그 대문 앞에… 아까 그 모습 그대로 서 계셨어요. 그냥 멍하니 초인종을 바라보고 서 계셨어요. 초인종은 누르지도 않은 것 같았어요.

택시 안에서 조용히 엄마의 그 모습을 바라보다 그 골목길을 빠져나왔어요.”

예나의 눈물이 두 볼을 따라 흘러내렸다.

“엄마는 그날 저녁 일찍 집에 돌아오셨는데…. 저는 결국 엄마한테 물어보지 못했어요. 엄마 얼굴을 보니까 잘 놀고 오셨냐는 그 말을 도저히 못 하겠더라고요.”

“….”

준민이 아무 말 없이 손을 뻗어 예나의 손등 위에 살짝 손을 얹었다. 예나는 눈물을 닦고 다시 말을 이어 갔다.

“그리고 제가 몇 년 전 병원에서 수술받고 입원해 있을 때 엄마가 고향 진주에 사는 사촌 언니 소개로 그 동네에서 크게 고추 농사를 짓는 이장님 동생네 밭에 가서 고추 수확하는 일을 도와주고 오랜만에 고향 분들도 만날 겸 해서 그렇게 열흘간 돈을 벌러 고향에 내려가셨어요.

엄마가 잠깐 고향에 다녀오겠다고만 말을 하셔서 돈 벌러 가신 줄은 몰랐죠. 퇴원이 얼마 남지 않은 때여서 엄마가 미안해 하며 진주에 다녀오시겠다고 말했죠.

퇴원하고 집에 와서 혼자 있으니까 심심하고 엄마도 보고 싶고 그래서 바람도 쐴 겸 버스를 타고 진주에 내려갔어요. 엄마한테 얘기도 안 하고요. 언니한테 주소를 물어 그 이장님 동생 분 댁에 도착했는데… 늦은 저녁에 도착해서 해도 지고 주위는 컴컴했는데 엄마가 안 계신 거예요.

깜짝 놀래 드리려고 얘기도 안 하고 갔는데, 엄마가 날 보고 얼마나 반가워할까 버스에서 생각하며 갔는데… 아주머니께 여쭤봤는데, 오후에 집 앞 고추밭 수확을 다 끝내서 엄마보고 저녁 식사하러 들어오시라고 말했는데 배가 안 고프다며 저 위 산비탈에 있는 고추밭에 가서 조금 더 고추를 따고 오시겠다고 하셨대요. 그리고 혼자 올라가셨다는 거예요.

산비탈의 밭은 아직 수확을 시작도 못 했는데 거기도 다 따려면 며칠 더 걸린다고 말렸는데, 엄마가 빨리 집에 가고 싶다고 일당 더 받기로 하고 저녁에도 일을 하겠다며 올라가셨대요. 아주머니가 얘기해 주셔서 그때야 엄마가 돈을 벌러 고향에 고추 따러 가신 걸 알았어요.

아주머니가 알려준 길을 따라 천천히 풀들이 무성하게 자란 길을 따라서 올라갔어요. 그런데, 그날은 달도 그믐달이라서 어두컴컴했어요. 그리고 나무들이 우거진 산속이라 더욱 더 컴컴했죠. 얼마 남지 않은 스마트 폰 배터리를 아껴 가며 가끔 조명으로 산길을 비추며 엄마가 있다는 그 고추밭에 도착했어요…

그런데…"

예나의 목소리가 떨렸다.

"그런데 그 고추밭이 너무 넓은 거예요. 정말 넓었어요. 좁은 산길을 걸어 올라가며 밭도 크지 않을 거라 생각했는데 낮은 구릉이 나오더니 아주 넓은 고추밭이 어둠 속에 희미하게 나타나는 거예요. 너무 넓어서… 그리고 엄마가 보이지 않아서 엄마를 못 찾는 건 아닌가 하고 순간 두려운 맘이 들어 나도 모르게 눈물이 났어요.

이 어둠 속 넓은 고추밭 어딘가에서 엄마가 저를 위해 허리 한 번 제대로 못 펴고 일하고 있을 거란 생각을 하니 엄마를 빨리 찾아야 했어요.

하지만 산길을 걸어오느라 숨도 차고 다리에 힘도 빠지고 막막한 심정에 잠깐 오솔길 옆 바위에 걸터앉아 어둠 속에서 조용히 그 고추밭을 바라보고 있었어요. 그런데 갑자기 저 멀리 고추밭 한가운데서 고춧잎들이 세게 흔들렸죠. 그리고 누군가 일어서더니 내 쪽으로 다가오는 게 보였어요.

엄마였어요.

엄마를 부르지도 못하고 그냥 멍하니 잠깐 쳐다봤어요. 그리고 고개를 돌렸어요. 그 모습을 눈에 담아 두면 나중에 또 생각나서 맘이 너무 아플까 봐 그냥 고개를 돌려 버리고 말았죠. 커다란 나무가 빽빽이 들어서 있어 어둠조차 비집고 들어갈 틈조차 보이지 않는 그 암흑 같은 어둠 속을 바라보며 속으로 다짐했어요.

'엄마… 미안해… 무슨 일이 있어도 내가 끝까지 엄마 곁을 지켜줄 거야…'라고.

차마 엄마를 부를 수 없어, 그리고 몸도 성치 않은데 멀리 진주까지 내려왔다고… 그리고 이 비탈길을 이 밤에 왜 혼자 걸어 올라왔냐고 분명히 혼낼 것 같아서… 아니 마음 아파할 엄마를 생각하니 그냥 내려가는 게 좋을 것 같아 조용히 올라왔던 길을 따라 되돌아 내려갔어요.

아주머니께는 올라가다 길을 잃어 그냥 내려왔다고 말씀드렸죠. 엄마는 밤 아홉 시가 조금 넘어서 내려오셨어요."

"엄마가 많이 힘드셨을 텐데… 그래도 예나 씨 얼굴 보고 많이 반가우셨겠어요."

"아니요. 왜 힘들게 여기까지 말도 안 하고 내려왔냐고 혼났죠. 속으론 반가우셨겠죠. 다음 날 엄마를 강제로 끌다시피 모시고 집으로 올라왔어요. 그런데 올라오면서 버스 안에서 그런 생각이 들었어요. 어쩌면 진주에서 엄마가 했던 일이 가장 엄마에게 맞는 일이었을지도 모른다는 생각이요. 사람 상대하지 않고 혼자 묵묵히 고추 따는 일이… 그렇게 혼자 할 수 있는 일이 엄마에겐 가장 편하고 어쩌면 즐거운 일이었을지도 모른다는 생각이요.

엄마가 떠나시고 나선 제가 엄마한테 잘 해드렸던 일들은 하나도 생각이 안 나는데 엄마 마음 아프게 했거나 힘들게 했던 일들 그리고 방금 얘기한 그런 아픈 기억들만 떠올라요."

"미안해요. 내가 괜히 김밥 얘기 꺼내서 엄마 생각나게 한 것 같네요. 시간이 지나면 그 미안한 마음도 많이 무뎌질 거예요. 예나 씨 어머니도 그러길 바라실 거예요."

"네… 그래야죠. 그래도 엄마 생각만 해도 딸들은 다 눈물부터 나온다고 하잖아요. 그래요. 세월이 흐르면 나아지겠죠. 엄마 생각해서 더 즐겁고 밝게 살아야겠죠."

"그래요. 내가 불경이나 성경, 코란은 읽어 본 적 없지만, 세상을 살아가며 신념처럼 따르는 말 세 가지가 있어요. 내게는 불경, 성경, 코란 만큼이나 중요한 말들이죠."

준민이 말했다.

"뭔데요?"

예나가 물었다.

"궁금해요?"

"네…"

"웃을지도 몰라요. 특이하다고 생각할 수도 있고요…"

"더 궁금한데요."

예나가 눈가의 물기를 손으로 닦아내며 조금 진정된 듯한 얼굴로 말했다.

"첫째, 세월이 약이다.

둘째, 사람은 생긴 대로 논다.

셋째, 인생은 고해다.

내가 지금껏 사회 생활하며 그리고 인생을 살아오며 들었던 말 중에서 가장 맘에 와닿고 그리고 맞는 말이라고 생각되는 것들이죠."

"웃기지까진 않는데… 그냥 좀 이상해요."

예나가 말했다.

"잘 생각해봐요. 나중에 혼자 있을 때 다시 한 번 생각해 봐요…"

"첫 번째, 세 번째는 좀 생각해 봐야겠는데, 우선 두 번째… 사람은 생긴 대로 논다 그 말은 준민 씨만 봐도 잘 와닿지가 않아요."

"왜요?"

"준민 씨는 키도 크고 멋지게 생겼잖아요."

"네? 칭찬이에요?"

둘은 웃었다.

"'생긴 대로 논다'라는 의미는 사람은 자기 얼굴 생긴 대로 행동한다는 그런 일반적인 뜻도 있지만, 제가 말하고 싶은 건 사람은 생겨진 대로 논다. 즉 원래 만들어진 그 모습 그대로 산다는 뜻이었어요. 사람은 잘 안

바뀐다는 말이 있잖아요. 그러니까 너무 자신을 바꾸려 하지 말고, 안 맞는 일이나 환경에 자신을 너무 옭아매어 힘들게 살지도 말자는 뜻이에요. 자신이 태어난 그 모습 그 성격 그대로 그걸 받아들이고 편하게 살자는 말이죠."

"네…? 준민 씨 말 들으니까 무슨 말인지 더 모르겠어요."

　오늘은 준민이 가끔 들르는 동태탕 집에서 예나를 만나기로 했다. 예나를 기다리며 준민은 문득 이곳 식당에서 처음 식사했던 때의 일이 생각났다. 동태탕을 한 그릇 시켰는데 삶은 감자 그리고 양배추와 사과를 마요네즈에 버무린 요즘 식당에서 잘 내놓지 않는 샐러드 반찬과 오뎅볶음, 멸치 볶음, 물 김치 그리고 낙지 젓갈 등이 반찬으로 나왔다.

　주인 아주머니가 손이 크신 분인지 아니면 2~3인용으로 미리 반찬을 담아둔 걸 내오신 건지 낙지 젓갈의 양이 상당히 많았다. 동태탕을 맛있게 다 먹었는데 낙지 젓갈 반찬이 거의 그대로 남아 아깝기도 하고 혼자 사는 준민에게 저 정도의 양이면 몇 끼는 충분히 반찬으로 먹을 수 있을 것 같다는 생각이 들어 준민은 쑥스러움을 무릅쓰고 용기를 내서 말했다.

　"아주머니, 비닐봉지 작은 거 하나 있나요? 저 여기 남은 이 낙지 젓갈 좀 싸주실 수 있겠어요?"

　아주머니는 부끄러운 듯 작은 목소리로 얘기하는 준민이 안 돼 보였는지,

"아니… 그거 얼마 되지도 않는 거 싸가지고 가봐야 뭐하겠어…"

웃으며 말씀하시더니 부엌에 들어가 낙지 젓갈을 한 움큼 큰 수저로 더 퍼서 비닐봉지가 아닌 플라스틱 포장 용기에 담아 주셨다.

"아니요, 이러시지 않아도 되는데… 그냥 놔두고 가면 어차피 버릴 것 같아서 아까워서 남은 것만 싸 달라고 말씀드린 건데… 이렇게 많이 안 주셔도 돼요…"

준민이 손사래를 치며 말하자,

"괜찮아요. 반찬으로 내놓아도 손도 안 대고 가는 손님들 때문에 그냥 음식물 쓰레기통에 버리는 경우도 많은데… 맛있게 먹는 손님 더 주는 게 뭐가 아깝겠어요?"

라고 답한다.

"네. 감사합니다. 사장님, 그런데 목소리가 아주 크시네요."

준민은 주변 테이블의 손님들을 의식하며 아주머니께 작은 목소리로 말했다.

"괜찮으니까 나중에 또 먹고 싶으면 말해요. 내가 또 싸 줄게."

역시 또 큰 소리로 말하며 인사를 하셨다. 다른 손님들 보는 눈도 있어서 조용히 담아 가려 했는데 아주머니의 우렁찬 목소리와 웃음소리 덕분에 준민은 순간 시선 집중이 되어 얼굴이 붉어져 감사하다는 말만 남기고 얼른 가게를 빠져나왔다.

평소 음식을 짜게 먹지 않는 습관 덕에 준민은 마치 동냥해 얻어 온 것 같이 되어 버린 그 낙지 젓갈을 거의 열흘 넘게 반찬으로 먹을 수 있었다.

그러나 그때 그 부끄러웠던 기억 때문인지 준민은 그 후로 그 식당에 동태탕을 먹으러 갈 때면 좋아하는 반찬이 조금 남아도 그냥 놔두고 나오거나 아니면 억지로라도 좀 더 먹다 남기고 나오게 되었다.

동태탕은 준민이 너무 좋아하기 때문에 자주 먹지 않는 음식이다. 좋아한다고 자주 먹다가 혹시 질리게 되면 그 음식과의 인연도 끝날 수 있을 테니까…. 준민은 예나가 오길 기다리며 둘이 일주일에 한 번씩만 만나기로 한 것도 잘한 일이라고 생각했다.

너무 좋다고 너무 빨리 연애에 속도가 붙으면 혹시라도 서로에게 싫증을 느끼게 되는 순간이 빨리 올 수도 있을 테니까.

언젠가 레스토랑에서 잠깐 일했던 대학생 알바에게 연애 상담을 해준 적이 있는데… 그 친구는 여자친구가 생겨도 몇 달만 지나면 금방 싫증이 나서 새로운 여자를 찾게 되는데 자기에게 무슨 문제가 있는 건 아닐까 걱정을 했다. 그때 준민은 그 학생에게 이런 말을 해줬다.

"임마, 너한테 문제가 있는 건 아니고 요새 젊은 연인들이 너무 자주 만나서 그렇지. 아니 항상 붙어 있으니 문제지…. 일단 사랑에 빠지면 서로 떨어져 있질 못하잖아.

너는 여자친구 얼마나 자주 만나는데?"

"네? 얼마나 자주요? 매일 보죠."

"그리고 매시간 카톡도 하고?"

"네… 카톡 응답 조금만 늦어도 난리 나는걸요…."

"매일 보고 매시간 카톡하고 그렇게 네 말대로 3개월이나 5개월 만나다 헤어지면… 그걸 옛날 우리 대학 시절 연애하고 비교하면… 그때는 누군가 내 맘 속에 들어오면 혼자 한참을 설레고 그 여자에 대해 알아가는 데만 몇 주 또는 몇 개월이 걸렸고, 용기를 내서 찾아가 고백을 하거나 아니면 쪽지 전달을 통해서 서로 직접 얼굴 보고 만나는 데도 시간이 꽤 오래 걸렸지.

일단 첫 만남이 이뤄져도 서로 연락할 방법이 그녀의 집 전화로 전화를 걸어 어머니나 아버지가 받으시면 바꿔 달라고 해야 통화가 가능했기 때문에 전화 연락을 하기 쉽지 않았고 주로 대학교 학보를 주고받는 그런 서신 왕래가 대부분이었어… 학보를 보내면 또 며칠 후에 그녀 학교의 학보가 담긴 회신이 오고… 그렇게 몇 번 서신 왕래가 오고 가고 빵집 같은 곳에서 만나서 영화를 보러 가거나 공원을 산책하고 그랬지. 휴대폰이란 게 없었고 SNS나 PC 통신도 나오기 전이었으니까… 그렇게 서로를 알아가고 서로 사랑하고 서로 헤어지는 데도 시간이 많이 걸렸지.

요새 젊은이들처럼 좋다고 매일 만나고 매일 붙어있고 쉽게 여관 함께 가고 그런 시절이 아니었으니까… 네가 다섯 달을 매일 만났으면 150번을 만났다는 거잖아? 그걸 우리 시절 연애로 환산하면 우리 때 일주일에 한 번 만났다 치면 삼 년 이상의 연애를 요즘 애들은 몇 달 만에 빠르고 진하게 하고 끝낸다는 계산이지? 내 말이 틀려?"

"아… 정말 그럴 수도 있겠네요. 그런데 휴대폰이 없이 살 수 있었다는 게 믿어지지 않아요. 불편해서 어떻게 연애를 했어요? 참 신기하네요. 참 불편한 시대를 사셨네요. 어떡해요? 갑자기 불쌍해 보여요."

"이 녀석이… 없으면 없는 대로 또 살게 돼 있어. 너도 군대에선 휴대폰 못 썼을 거 아냐? 그때는 너도 휴대폰 쓰고 싶어서 환장했겠구나."

"네, 그땐 그랬죠. 늘 손에 쥐고 살던 휴대폰을 맘대로 쓸 수 없었으니까… 정말 답답했죠. 그래도 부대에 전화가 있어 가끔 집에 전화도 할 수 있었고 인터넷으로 세상과 소통하고 살았으니 괜찮았죠."

"우리 땐 부대 내에 일반 전화기란 게 없었지. 공중전화도 없었고, 행정반에 가봐야 기다랗고 네모난 군용 전화기가 한 대 있었지. 통화하려면 옆에 손잡이를 자전거 바퀴 돌리듯 손으로 돌려야 했어….

너처럼 사랑 열병을 앓다가 애인을 놔두고 입대한 고참이 하나 있었는데… 그땐 컴퓨터라는 게 없어서 인터넷도 안 되고 부대 내에 전화기도 없으니까 그 고참이 애인 생각이 너무 간절한데 연락할 방법이 없어서 해서는 안 될 짓도 했었지.

경계 근무 마치고 나서 내무반 복귀하다가 가끔 월담해서 신작로 같았던 흙길을 한참을 뛰어가서 마을버스 정류장 근처 매점 앞에 있던 주홍색 공중 전화기에 가서 애인한테 전화를 하고 오곤 했었지. 사람이 안 다니는 심야나 아주 이른 새벽에 주로 담을 넘었는데… 그러다 결국 걸려서 영창을 갔어. 어떻게 걸렸는지 알아?"

"형님이 신고했어요?"

"아니, 이놈이….

너도 군 생활 해봤으면 알겠지만, 군부대 담벼락 안쪽 바닥에 철침판을 곳곳에 설치해 두잖아. 외부 침입자들 담 넘어 뛰어내리다 발바닥 관통상 입으라고… 그 고참이 늘 넘던 자리에는 원래 철침판이 없었는데 하루는 그 고참이 아주 컴컴한 밤에 전화하고 그곳으로 다시 넘어오려는데 옆 소대 고참들이 담벼락 근처에서 담배를 피며 얘기하고 있었나 봐. 그래서 다른 곳으로 뛰어넘어 오다가 하필 그 철침판 위로 뛰어내린 거지. 그 철침 높이가 십 센티미터는 족히 됐을걸. 그 철침들이 군화 깔창을 뚫고 들어와서 그 고참 발바닥을… 그래서 걸렸지. 의무대에서 파상풍 치료받고 병원에 입원했다가 영창 갔지.

얼마나 보고 싶었으면 그 위험 무릅쓰고 담을 넘어 그 먼 길을 달려 애인하고 통화하고 오고 그랬을까? 생각했지. 목소리를 잠깐 듣는다는 것만으로도 상당히 위안이 되었을 거야. 그땐 휴대폰이 없었고 전화한다고 미리 문자 메시지 보낼 수 있던 시대도 아니었으니까.

그렇게 고생해서 공중전화기까지 달려가서 전화해도 허탕 칠 때가 많앗지. 애인이 집에 없거나 깊은 잠에 빠져 있으면 전화 연결이 안 되었으니까… 철침판 사건 전에 그 고참하고 야간 경계 근무를 가끔 같이 섰는데 그 고참이 들려준 애인과의 통화 이야기 중에서 인상적이었던 게 하나 있었어. 애인이 노래를 불러줬던 얘긴데.”

“무슨 노래요?”

“하루는 새벽 안개가 짙게 끼어서 경계 근무 마치고 내려오다 월담해서 공중전화까지 교도소를 탈주한 도망자처럼 주위를 살피며 뛰어가서 전화를 걸었는데… 잠을 자고 있던 애인이 전화벨 소리에 깨어서 졸린 목소리로 전화를 받더니 아무 말 없이 그냥 노래 한 곡을 불러 줬대. 그 고참도 그 노래가 끝날 때까지 가만히 듣고만 있었대.”

“그래서 어떤 노래인데요?”

“애인이 불러준 노래는….

오늘처럼 따사로운 아침에

너의 목소리 들려오는 전화기에 대고

사랑해 사랑해 사랑해

얘기하고 싶어….

어젯밤에 한밤중에 깨어나

꿈꾸고 난 뒤 밀려드는

서글픔 때문에 또 한 번

너의 사진 밤새껏 쳐다보았었지….

가수 이상은의 '사랑해 사랑해'란 노래였지.”

준민이 낮은 목소리로 노래를 부르다 멈추고 말했다.

"그 고참이 애인 얘기하다 가끔 내게 그 노래를 불러주었어. 상남자 중의 상남자처럼 보였는데… 애인 얘기만 하면 울었어. 참 눈물이 많은 고참이었지. 괴짜이기도 했고….

보고 싶네."

예전 알바생과 나눈 대화를 떠올리며 준민은 오래되어 보이는 카운터 위에 놓여 있는 식당 전화기를 바라보았다. 준민도 딱 한 번 월담을 해서 버스 정류장 그 공중전화에서 전화를 했던 기억이 났다.

외할머니가 집에 놀러 오셨다는 편지를 어머니한테 받고 외할머니 목소리가 듣고 싶어 밤 10시가 넘어 버스 정류장까지 달려가서 어머니와 외할머니와 짧은 통화를 했었다.

통화를 떠올리며 외할머니 생각에 잠겨 있는데 예나가 갑자기 문을 열며 들어왔다. 그리고 얼마 후 동태탕이 나왔다.

"예나 씨, 동태 간하고 이리를 여기 겨자 푼 간장 소스에 찍어서 먼저 먹어봐요. 저는 동태 살보다 이 내장들이 더 맛있는 거 같아요. 특히 이 간의 쓴 듯 고소한 독특한 향이 너무 좋아요."

"저는 이런 건 안 먹어 봐서… 준민 씨가 제 것까지 먹어요. 자…. 여기요."

"한 번 먹어보라니까요."

"아니요. 못 먹겠어요. 저는 동태 살만 먹을게요. 간하고 이리는 준민 씨가 다 먹어요."

예나는 내장을 원래 안 먹는지 아니면 그걸 좋아하는 준민에게 양보하려는 건지 숟가락으로 떠서 준민에게 건네주었다.

"한 번 먹어보면 분명 예나 씨도 좋아할 텐데…."

"아니요. 준민 씨 어서 먹어요. 나중에 한 번 도전해 볼게요."

"그럼 여기 낙지 젓갈 반찬 한 번 먹어봐요. 아주 맛있어요."

준민은 그 말을 하다 지난 일이 생각나서 살짝 웃었다.

"왜 웃는데요?"

"아니요. 그럴 일이 있어서요."

"같이 웃어요, 준민 씨. 뭔 일이요?"

"네… 나중에 얘기해 줄게요."

"어때요? 이곳 동태탕… 국물은 입에 맞아요?"

"네… 예전에 아버지가 동태탕을 좋아하셨죠. 엄마가 아버지 드시라고 동태탕을 가끔 끓여 주셨어요. 저 어릴 때요. 아버지가 술에 의지하기 전까진 우리 집도 화목했었죠…."

"아버지가 돌아가신 지 오래됐다고 했죠?"

"네. 오래됐죠. 이젠 기억도 가물가물해요.

준민 씨는요?"

"아주 오래전에 돌아가셨어요. 제가 열다섯 살 때요.

아버지 돌아가셨을 때 처음엔 아버지가 이젠 안 계신다는 사실이 도무지 실감이 나지 않아 울지를 않았어요. 그런데 발인 날 산소로 가는 버스 안에서 그때 매우 졸렸는데… 그날 너무 따뜻하게 햇살이 버스 창을 통해 들어오는 거예요. 제가 영정사진을 안고 있었고 그때 밖은 아주 추운 겨울이었는데 너무 그 햇살이 따뜻해서 난 너무 피곤하고 졸렸었는데도 아버지 마지막 가시는 길 춥지 말고 따뜻하게 가시라고 영정사진을 들어 햇빛을 쬐어드렸죠. 이제 곧 땅에 묻히면 더 이상 햇빛을 못 보실 텐데 이 밝은 빛 조금이라도 더 보고 가시라고….

그때 갑자기 어릴 적 어떤 영화에서 봤던 장면이 떠올랐어요. 영화 속에서 할아버지가 돌아가셨는데… 산길 따라 꽃상여 타고 온 할아버지 관이 땅에 묻히는 순간 갑자기 화면이 흐릿해지더니 그 할아버지가 양복을 곱게 차려입으시고 투명인간처럼 봉분에서 일어나 산 정상으로 난 길을 따라 걸어 올라가시는 거예요. 그러다가 뒤를 한 번 돌아보시더니 자손들을 향해 환하게 웃고 다시 산 정상으로 난 길을 따라 마치 하늘을 향해 올라가듯이 걸어가는 장면이 오버랩되어 나타났는데 감동스럽게 보았거나 인상적인 영화도 아니었는데 나도 모르게 영화 속 그 할아버지가 북망산 같은 곳으로 걸어가는 듯했던 그 장면이 문득 생각났어요.

그런데 우리 아버지는 그 할아버지처럼 늙지 않았거든요. 지금의 나처럼 아니 지금의 내 나이 정도 살다 가셨으니까…. 그래서 슬펐나 봐요. 그때 갑자기 눈물이 났어요. 아버지 돌아가시고 그때 처음 눈물이 났어요. 맨 앞자리에 앉았었기 때문에 남 신경 쓸 필요도 없이 그냥 조용히 울었어요. 그렇지만, 그때 전 다짐했었죠. 지난번 말했던 것처럼 내가 그때의 아빠 나이만큼 나이를 먹을 때까진 다시는 이렇게 슬프다고 울지 않겠다고…. 강하게 살아나가겠다고 다짐했었죠.

아버지가 돌아가시기 몇 년 전부터 갑자기 약해지셨다는 생각을 했었어요. 예전에 안 그랬는데… 눈물도 자주 보이시고 친구들이 하나둘 떠나간다고 슬퍼하셨고 술 드시면 한국전쟁 때 참전했다 실종되신 바로 윗 형 이야기하시며 불쌍하다고 많이 우셨죠.

내가 운동선수가 되길 원하셔서 어려서부터 운동을 시키고 초등학교 고학년 때부터는 아예 집을 나가서 살아서 아버지하고는 조금 서먹한 사이였어요. 고 1 때 어깨를 다쳐서 집에 와서 그때부터 방에 틀어박혀 공부만 했어요. 남들보다 늦게 공부를 시작했으니까 비중이 높은 과목 위주로 공부했어요. 내가 운동을 관두게 된 걸 안타깝게 생각하셨고 실망도 크셨던 것 같아요.

돌아가시기 전 내게 마지막으로 당부했던 말이 하나 있어요. 내가 고2 때까지 성적이 좋았는데 그때까지 아버지가 한 번도 공부 관련해서 내게 이래라저래라 말씀하신 적이 없었어요. 그런데 갑자기 내게 그러시는 거예요.

'준민아 너무 열심히 공부 안 해도 돼. 그리고 난 네가 의사나 판사가 되는 건 원치 않는다. 그러니까 너무 열심히 안 해도 돼.'

단 한 번도 내게 공부를 하라고 말씀했던 적이 없는 분이셨는데… 딱 한 번 내게 공부에 대해 말씀을 하신 거예요.

'공부 열심히 안 해도 된다고…. 그 말씀하시고 며칠 후에 돌아가셨죠.

나 스스로도 가끔 남들과 다른 독특한 면이 많다고 생각되는데, 아버지도 정말 독특하셨던 것 같아요. 그때는 아버지가 무책임하고 너무 나약해진 건 아닌가 하고 조금 원망스럽기도 했는데 지금 생각해보면 그냥 아버지가 생각이 참 많은 분이셨구나 하고 생각해요. 그냥 자기 자식 너무 힘든 일 안 하고 살았으면 하는 바람 같은 거 아니었을까요? 돈이고 명예고 뭐 다 부질없는 것이다. 살아보니 그렇더라. 뭐 그런 말씀하려고 하셨던 것 같아요."

"아버님이 준민 씨를 많이 아껴서 그랬을 거예요."

예나가 말했다.

"어머니는 건강하세요? 떨어져 살아서 더 보고 싶겠어요. 같이 살거나 근처에 살았으면 준민 씨가 이렇게 혼자 식당에서 밥 먹는 일은 거의 없었겠죠. 그래서 우리 둘이 만나게 되었지만요…. 어머니 음식 중에 특별히 좋아하는 거 있어요?"

"건강하시죠. 요새는 나이 드셔서 반찬도 예전처럼 자주 만들지 않으시고 가끔 형님 집에 놀러 가면 제가 잘 먹는 동태탕이나 두부찌개 같은 거 만들어 주시죠."

"어머니가 해주는 음식들은 다 맛있죠?"

"아니요. 그저 그래요. 아버지가 혈압이 높으셨었는데 그래서 소금 간을 거의 안 하고 국이나 찌개도 아주 싱겁게 만들었기 때문에 맛이 아주 좋거나 그렇지는 않았어요. 그래도 가끔 생각나곤 하죠. 어머니가 가끔 만들어 주시던 두부찌개는 아주 간단하게 만들 수 있는 건데 맛도 괜찮은 편이에요.

재료는 두부, 새우젓, 어묵, 청양고추만 있으면 돼요. 두부하고 어묵 썰어서 끓이다가 청양고추 조금 썰어 넣고, 새우젓으로 간을 한 건데… 초간편 요리인데 어묵과 새우젓에서 우러나는 국물이 청양고추의 매콤한 맛과 어우러져 아주 맛있어요.

나는 동태찌개나 두부찌개 한 가지에 꽁치나 고등어 같은 생선 한 토막만 있으면 아주 맛있게 밥 먹을 수 있어요. 우리 집 식구들이 고기를 그렇게 좋아하지는 않아서 집에서 고기를 구워 먹거나 볶아 먹는 일은 거의 없었던 것 같아요.

예전에 고기 다이어트가 살 빼는 데 좋다고 해서 백화점에서 소고기를 여러 팩 사서 구워 먹으려고 샀는데… 집에서 막상 구워 먹으니까 고기에서 나는 피 냄새가 갑자기 역하게 느껴져서 몇 점 먹다가 뜯지도 않는 남은 팩까지 통째로 버린 적도 있어요. 그 이후론 집에서는 고기를 구워 먹거나 하지 않았죠. 밖에서 친구들이나 동료들과 어울려서 시끌벅적한 분위기에서 먹을 땐 덜 익은 등심구이 이런 것도 맛있게 집어 먹곤 하는데 집에서 혼자 조용히 소고기를 구워 먹으니까… 맛을 제대로 음미하게 되고, 그 고기에 밴 피 냄새가 진하게 느껴져서 몸에서 받지를 않았던 것 같아요.

그렇지만 난 설렁탕이나 곰탕에 들어 있는 푹 삶아진 고기 건더기들은 아주 좋아해요. 친구 중에서 물에 빠진 고기는 먹지 않는다는 친구들도 많은데 나는 반대로 푹 고아진 국물 속에 있는 고기들이 좋아요.

참… 지금껏 살아오며 어머니가 차려 준 식사 중에 영원히 잊지 못할 음식이 하나 있어요."

"어떤 음식이요?"

준민의 음식 이야기가 흥미롭다는 듯 가만히 듣고 있던 예나가 물었다.

"학력고사 전날이었죠.

마지막으로 기출문제 풀어보려고 동네 책방에서 문제집 사 들고 집으로 걸어오다 아주 충격적인 교통사고를 목격했어요. 한 남자아이가 횡단보도 앞에서 신호를 기다리다가 신호가 파란불로 바뀌면 바로 뛰어나가려고 보도 경계석 부근에서 육상선수들 달리기 준비 자세로 두 팔을 바닥에 대고 고개를 들고 건너편 신호등을 쳐다보고 있었어요. 그 아이의 친구들 몇 명도 그 자세로 건너편 신호등을 바라보고 있었죠.

저는 한 십여 미터 떨어진 곳에서 그 건널목을 향해 걸어가고 있었는데… 그 아이들 너머 뒤로 몇십 미터 떨어진 곳에서 아이들 쪽으로 파란색 트럭이 아주 빠르게 달려오고 있었어요. 순간 위험하다는 생각이 들어 아이들한테 소리를 막 지르려고 하는 순간에 신호등이 파란 불로 바뀌면서 그 아이 중 한 아이가 앞만 보고 먼저 달려나간 거예요."

"…"

준민은 기억하기 힘든 장면이 다시 떠오른 듯 잠깐 말을 멈추고 침을 삼켰다.

"그리고, 쿵 하는 소리와 함께 그 아이가 그 트럭에 받혀서 붕 뜬 채로 날라 와서 저의 다리에 부딪혀서 제 앞에서 쓰러졌죠. 바로 조금 전까지 친구들하고 웃으면서 달리기 출발 전 준비 자세로 엎드려서 엉덩이 씰룩거리며 장난치던 아이가 내 앞에서 축 늘어지더니 경직된 자세로 엎어져 있는 거예요.

트럭 운전사 아저씨가 얼른 그 쓰러진 아이를 안아 차에 싣고 병원으로 갔는데… 아이들은 울며 집으로 다들 뛰어가고 나는 너무 놀라서 한동안 멍하니 거기 서있다가 집으로 돌아왔죠. 그 문제집은 풀지도 못했어요. 놀란 가슴을 진정시킬 수 없어 다음 날이 학력고사 시험 보는 날인데 도저히 잠을 잘 수가 없었죠. 계속 그 생각이 들었어요.

'그 아이가 혹시 살아났을까?'

더 무서웠던 생각은…

'그 트럭 아저씨가 병원으로 갔을까?' 하는 생각이었죠…. 그 생각을 하니 너무 무서웠어요.

그땐 정말 놀랐었죠. 방금 전까지 그렇게 생기발랄하게 촐랑대며 까불던 아이가 갑작스러운 찰나의 순간에 그 생명의 기운이 사라졌다는 게 믿어지지 않았어요. 조금 전까지 그 아이 몸에 붙어 있었던 그 아이의 생명은… 그 아이의 영혼은 어디로 간 걸까? 그런 생각들이 들었죠.

빠르게 달려오던 트럭에 받히는 순간 그 아이의 몸이 너무 빠른 속도로 튕겨져 나가서 그 아이의 영혼이 담긴 생명의 기운이 그 튕겨져 나가는 몸을 따라가지 못해서 순간 분리된 건 아닐까? 물리 과목을 좋아했는데… 작용 반작용, 관성의 법칙 뭐 이런저런 공식 다 생각하며 삶과 죽음 그리고 그 삶과 죽음의 알 수 없는 그 경계는 무엇인가? 그런 걸 생각하며 학력고사 전날 밤을 보냈어요.

도저히 머리가 복잡해서 잠이 오지 않을 것 같아 걱정돼서 누구에게 얘기도 못 하고 속으로 끙끙 앓다가 새벽 3시가 넘어서 어머니를 깨워 내가 잠이 안 와서 그러는데 혹시 늦게 일어날 수도 있으니 내일 아침 내가 못 일어나더라도 꼭 일찍 깨워 달라고 말을 했어요.

내 예상처럼 역시 잠이 오지 않아 거실 소파에 앉아 있었는데… 어머니가 배가 든든하면 잠이 올지도 모르겠다 얘기하시면서 새벽 4시쯤에 라면을 끓여 주셨어요…. 억지로라도 먹어보라고…. 아무 생각 없이 먹었는데 그 라면을 먹었더니 몸도 따뜻해지고 배도 부르고 정말 5시가 될 무렵 나도 모르게 스르르 잠이 든 거예요.

다행히 한 시간 반 정도 잠을 자고 시험 장소로 가서 졸린 상태였지만 시험을 봤죠. 오전 수학이나 영어 이런 과목들은 괜찮게 봤는데…. 오후 시간 국어나 암기 과목들은 망쳤죠. 그래도, 운 좋게 대학에 합격했죠. 그때는 2지망이라는 제도가 있었는데 다행히 2지망으로 합격했어요.

안 그랬으면 대학에 안 가거나 못 갔을 거란 생각이 들어요. 3학년이 되면서 공부에 흥미를 잃어가고 있었거든요….

수학이나 과학 과목을 좋아했는데 평생 연구만 하는 과학자가 되고 싶지는 않았고 정확히 뭐가 되고 싶은 게 없었어요. 그리고 내 성격이 꾸준함보다는 한순간 몰입해서 열정적으로 뭔가를 하지만 또 금방 그 열정이 식어 사라져 버리곤 하는 성격이라서 운동을 하며 공부를 잊고 지내다 고등학교 들어가서 운동을 관두게 되고 책을 다시 잡으니까 공부가 너무 재미있어서 정말 재미있어서 열심히 공부했던 거예요. 어느 대학 무슨 과를 가겠다 그런 생각은 없었어요.

그 과를 나오면 뭐가 되는지도 알 수 없었으니까요. 그때 운 좋게 시험에 안 붙었으면 아마 예술한다고 다른 길을 걸었거나 아니면 삼촌한테 다시 붙들려 가서 운동을 했을지도 몰라요. 재수를 선택하지는 않았을 것 같아요. 저는 어떤 일에 크게 미련을 두는 성격이 아니어서요. 배를 타고도 싶었어요. 어쩌면 부산 내려가서 원양어선 타고 세계를 떠돌았을지도 몰라요. 그랬다면 백경 같은 멋진 소설을 썼을지도 모를 일이죠. 사람 인생은 모르는 거잖아요.

중학교 때 어느 미국 드라마에서 주인공이 했던 말이 생각나요.

'인생은 게임의 연속이야. 선택이라는 게임의 연속이라고…'

그런데 지금도 큰 원양어선 배를 타고 바다를 누비는 건 저의 꿈이자 로망이에요.

그 교통사고를 목격하고 한동안 악몽에 시달렸어요.

끼이익… 쿵!… 휘이익 하며 그 꼬마가… 그 꼬마의 얼굴이… 그 꼬마의 눈이 내 눈앞으로 가까이 다가오는…. 그리고 나와 부딪히는 그런 악몽을요…. 그 아이가 나와 부딪히며 그 아이의 영혼이 내게 달라붙은 건 아닐까 하는 이상한 생각도 했었죠. 아주 오랫동안 죽음에 대한 생각과 공포에 휩싸여 있었어요.

그러다 제대하고 어느 날 등산을 가서 깊은 산 속 산사 계단에 앉아 산들바람에 풍경 흔들리는 그 청아한 소리를 들으며 지는 노을을 바라보는데 그 아이 생각이 떠올랐죠. 그때 그런 생각이 들었어요.

아니야. 그 아이와 그때 부딪힌 건….

그 아이의 죽음의 기운이 내게 달라붙은 게 아니라…. 그 아이가 미처 살아 내지 못한 그 아이 인생의 안타까운 나머지 몫까지 내가 열심히 대신 살아 주라고… 그래서 그 아이의 남은 생명이 내게 와서 붙은 것이라고….

그렇게 극적으로 생각의 변화가 오고 나서 그 아이의 죽음을 잊게 된 것 같아요. 그 아이를 생각해서라도 더 건강하고 열심히 살아야겠다고….

얘기가 길어졌는데… 그때 그 새벽에 어머니가 끓여 주신 라면 한 그릇이 내겐 가장 고맙고 그리고 기억에 남는 음식이었던 것 같아요.

예나 씨 어머니는 어떤 음식을 좋아하셨어요? 아버지가 동태탕을 좋아하셨고, 어머니가 고기류를 좋아하셨으면 예나 씨가 육지와 바다 음식을 골고루 먹을 수 있어 좋았겠네요."

준민이 말했다.

"엄마와 함께했던 마지막 식사가 기억이 나요. 병원에서 돌아가시기 전 기력이 조금 있으실 때 마지막으로 바깥에서 식당 음식을 함께 먹은 적이 있는데… 엄마가 마지막으로 드시고 싶어했던 음식이 우거짓국이어요. 그걸 다 못 비우셨죠. 가장 드시고 싶은 음식이 그냥 우거지 해장국이었다는 것도 가끔 생각하면 슬프고, 그 마지막 함께했던 식사도 제대로 다 못 비우고 가신 것도 자꾸 생각이 나서 맘에 걸려요.

얼마 전 친구랑 우거지 뼈 해장국을 먹으러 갔었는데 그 식당이 있는 건물 4층에 요양병원이 있어요. 정말 뼈만 앙상하게 남으신 환자복 차림의 60대 아저씨가 혼자서 우거지 뼈다귀해장국을 먹으러 온 거예요. 뼈만 앙상하게 남은 분이 뼈다귀해장국을 시키면서 식당 아주머니에게 부탁을 하더라고요. 뼈다귀는 안 넣어 주셔도 되는데 대신 우거지 좀 더 넣어 달라고… 정말 뼈다귀는 빼고 아주머니가 우거지를 듬뿍 담아주셨는데 아저씨가 공깃밥은 뚜껑도 안 여시고 소주를 한 병 시키더니 다른 반찬은 손도 안 대시고 그 우거지를 안주 삼아 소주 한 병을 혼자서 조용히 다 드시고 가셨어요.

그 모습 지켜보다가 우거지 좋아하시던 엄마 생각이 나서 잠깐 화장실 다녀온다고 친구에게 말하고 화장실 가서 울다 왔죠.

혼자 우거지를 맛있게 드시던 그 아저씨를 보면서 엄마와 자주 함께 식사 못 했던 것, 그리고 이젠 아무리 같이 식사를 하고 싶어도 엄마가 내 곁에 없다는 것, 가끔 식당에서 제 또래 여자분과 엄마가 함께 대화하며 식사하는 걸 볼 때마다 그런 생각이 들어 가슴이 아파와서 시선을 돌리거나 고개를 숙이고 먹곤 해요. 특히 엄마가 아프시고 나서 같이 갔던 식당들을 지나치거나 함께 먹었던 음식들을 먹게 되면 너무 마음이 아파요."

준민은 손을 뻗어 예나의 손을 꼬옥 감싸 쥔다.

"예나 씨 힘내요. 이제 내가 옆에 있잖아요."

예나도 준민의 손을 꼬옥 잡았다.

"어머니와 함께했던 식사 중에서는 군 시절 첫 휴가 나왔다가 부대 복귀하던 날 함께 강원도 버스 터미널까지 버스를 타고 가서 터미널 2층 식당에서 칼국수를 먹었던 게 가장 기억에 남아요. 그때는 졸병으로 군 생활 하느라 힘들었던 시기였죠. 군사정권 시절이었으니 요새 군대와는 많이 달랐던 때라 구타도 심했고 사건 사고도 많았죠.

나를 아주 괴롭히던 고참이 있었는데…. 후임병 군기 잡는다고 나를 엄청 팼죠. 그 고참이 상병 3호봉 군기 담당이었거든요. 매일 하루에 백 대씩 세면서 맞고 잤어요. 중간에 제대로 카운트 못 하거나 통증 때문에 쓰러지거나 발이 땅에서 떨어지거나 움직이면 군기 빠졌다고 처음부터 다시 시작하곤 했죠. 태권도 고단자였는데 주로 날 세워놓고 샌드백 발차기 연습하듯 발로 때렸어요."

"왜요?"

예나가 물었다.

"군대에서 이유가 어딨어요? 그냥 때리면 맞는 거죠. 자기도 그렇게 이

병 시절 보냈다고 하더라고요. 밤마다 맞으면서… 하나 짚이는 게 있기는 한데, 내가 처음 자대 배치받고 점호 시간에 고참들 앞에서 자기 소개하며 신병들 노래 부를 때 그 고참이 신나는 노래 부르라고 시켰는데 내가 그냥 정태춘의 '촛불'이란 노래를 불렀어요. 그래서 맞은 것 같기도 하고… 그래서 때렸냐고 물어보지는 못했죠. 더 맞을 것 같아서….

서울 출신 졸병들을 뺀질이라고 불렀는데… 난 뺀질거린 적 없는 것 같은데…. 하여튼 신병 때는 내무반 고참들 중에 서울 사람은 거의 없었고 거의 모두 전라도, 경상도, 충청도 출신들이었는데 내가 서울 출신이라고 다 내 이름 대신 뺀질이라고 불렀어요.

그래도, 일병 이후엔 그렇게 안 부르더라고요. 내 밑으로 후임병들이 들어오니까 대우를 해준다고 어느 순간부터는 뺀질이라고 안 불렀어요. 하여튼 그 임 상병한테 하도 맞아서 온몸이 멍과 상처투성이었죠.

당시는 구타 사망 사건이나 구타로 인한 자살 사건들이 많아서 원래 정기적으로 점호 시간에 사병들 알몸검사를 지휘관들이 했는데… 우리 부대는 규모가 큰 상급 부대가 아니어서인지 거의 알몸검사를 나온 기억이 없어요. 그리고 때리는 고참들도 군복으로 가려지는 신체 부위만 때리죠. 얼굴이나 팔 같은 곳은 손 안 대고 옷으로 가려지는 부위를 주로 때렸어요.

제일 싫었던 건 발차기하다 지가 힘들면 군화 밑창 앞쪽 모서리 부분의 플라스틱처럼 딱딱한 고무 부분으로 정강이 조인트를 많이 깠는데 하도 많이 까여서 진물인지 고름인지 계속 흘러나와 정강이 상처가 군복 바지에 딱 달라붙어 말라버려서 딱지가 지는 바람에 야간 경계 근무 마치고 컴컴한 내무반에서 옷을 벗을 때면 마치 접착제처럼 딱딱하게 굳어버린 고름 딱지 때문에 군복 바지가 잘 벗겨지지 않았어요.

그래서 불침번 고참에게 발 좀 씻으러 잠깐 세면장 다녀오겠다고 보고하고 세면장에서 물로 그 달라붙은 부위를 적셔 천천히 불려서 떼어 내고 다시 들어와 옷을 벗고 자곤 했죠. 안 그러면 고름 딱지가 옷에 붙어 떨어져 나가 피가 흐르고 엄청 아팠어요. 처음에는 사나이답게 참고 맞아 줬는데… 점점 더 구타 강도가 심해져서 맞다 고꾸라지고. 쓰러지고 그러면 다시 일으켜 세워 또 때리고 그래서 하루는 한 번 눈을 부릅뜨고 물어봤어요.

'임 상병님… 그런데 저를 왜 때리시는 겁니까?'라고….

답이 그거였어요. '나도 이렇게 맞으며 졸병 시절을 보냈어.' 그게 답이었어요.

때리는 이유를 말해달라니까 그렇게 답을 하니 어이가 없었죠. 정말 고참이 되려면 이런 통과 의례를 거쳐야 하는 건지 아니면 내가 이상한 싸이코 군기 담당을 만나 나만 이렇게 유별나게 고생을 하고 있는 건지 누구에게 하소연할 수도 없었죠. 그래서 정말 조금만 더 내가 열 받으면 M16 소총으로 그놈 머리통을 갈길 수도 있겠다는 걱정을 하던 시기에…

마침 아까 말했던 첫 휴가를 나오게 된 거죠. 집에서 군대 이야기는 전혀 안 하고 잘 지내고 있다고 어머니에게 말씀드렸는데…. 평소와 내가 다르게 보였는지 어머니가 부대 복귀하는 날 강원도까지 나를 따라오셨어요. 내가 집에 계시라고 말렸는데도요… 입대할 때도 집에서 군대 다녀오겠다는 인사만 하고 혼자 강원도로 갔는데…."

"그래서, 그 때리던 고참과는 어떻게 되었나요? 궁금하네요."

예나가 물었다.

"그때 그 인간 때문에 얼마나 부대 복귀하기 싫었던지… 첫 휴가 후 복귀라서 그랬을 것 같기도 하지만… 읍내에서 버스 타고 산길 달려 부대 근처 언덕을 넘으면서 부대 막사와 연병장이 눈에 확 들어오는데… 정말 눈물이 핑 돌 것 같은 거예요…. 저길 또 들어가야 하나…그런 생각이 들어서.

부대 복귀 후 내가 참다 참다 더 이상 참을 수 없어 경계 근무 끝나고 둘이서 내무반으로 내려오는 도중에 임 상병에게 한마디 했죠.

'임 상병님…'

'왜…'

'저…. 삼 일만 더 채우면 벌써 한 달째 매일 밤 백 대씩 맞고 있는 것 같은데… 그만 때리시면 안 될까요? 이제 한 번만 저를 더 때리면, 한 번만 더 제 몸을 건드리면…, 저도 참을 수 없을 것 같습니다…'

'니가 어쩔 건데?'

임 상병이 눈이 동그래져서 물었어요.

그래서 잠깐 아무 말도 없이 눈을 바라보다가 M16 소총으로 상병님 머리통을 날려 버리겠다고 말했죠.

그러자 갑자기 주먹이 날라오길래 그 주먹을 피하고 한바탕 했죠. 새벽에 부대 탄약고 근처 풀밭에서 둘이서 UFC 경기 진하게 한 번 했죠. 우리 둘이 소대에서 제일 컸어요. 내 키가 조금 더 컸죠. 체중도 내가 더 나가서 한참을 엎치락뒤치락 구르다 그 고참이 내 밑으로 깔렸죠. 한 대 주먹으로 면상을 갈겨 줄까 고민하다 참고 일어나며 내가 말했어요.

'명심해, 아까 내가 했던 말… 니 머리통 날아가기 전에…'

정확히는 대갈통이라고 말했던 것 같아요. 그 다음 날부터…. 정말 거짓말처럼 구타는 더 이상 없었어요. 그 고참은 나랑 눈도 안 마주쳤죠. 내 눈을 피했어요. 내가 하도 정색을 하고 이야기해서 정말 사고 칠지도 모르겠단 생각을 했었나 봐요.

그 일로 배운 게 하나 있죠. 할 말은 하고 살아야 된다고… 너무 참아도 안 된다고… 그랬다간 내가 다치거나 더 큰 문제가 생길 수 있다고….

하여튼 어머니가 강원도까지 따라오셔서 버스터미널 근처에서 칼국수를 같이 드시고 가셨는데… 그때 그 어머니 모습 생각하면서 힘든 군 생활을 잘 참으며 마무리 잘한 것 같아요. 군인들이 대개 엄마 생각하며 힘들 일들을 참아 내니까요.

당시에는 누구 하나 맞아 죽어도 사고사로 위장해 버리면 모를 만한 시대여서… 전혀 자살할 수 없을 것 같은 높이에서 이등병이 목을 매 자살했다는 소문들도 돌았고… 고참한테 두들겨 맞다가 내무반에 수류탄 던진 사건도 처음엔 텔레비전 시청하다 과열로 인해 텔레비전이 폭발한 거라고 알려지기도 했고… 우리 내무반에서도 괴짜 고참이 있었는데 더운 여름날 상의 벗고 반바지 차림으로 탄약고 제초 작업하다 후배하고 시비가 붙어 몸싸움이 일어났는데 갑자기 들고 있던 낫을 휘두르기 시작해서 다 도망갔던 적이 있었어요. 그러더니, 내무반에 아무도 모를 만한 곳에 칼을 하나 숨겨 뒀으니 조심하라고… 자기 말 잘 들으라고 협박하고 그랬었어요. 국가를 지키기에 앞서 먼저 내 몸 지키기 위해 다들 체력 훈련 하나는 정말 열심히 했던 것 같아요. 나도 지금은 별로 운동 안 하지만 군 시절엔 체력 단련장에서 운동 엄청나게 많이 했었죠. 나를 우선 지키려고요.”

준민이 무거운 표정으로 말했다.

“군대 얘기 같지 않고, 어디 미국이나 남미 교도소 배경 영화에서나 있을 법한 이야기를 들은 것 같아요.”

예나가 믿기지 않는다는 표정으로 말했다.

“그거 알아요? 옛날 군대 짬밥 일 인당 식재료 비가 교도소 재료비보다 적었다는 가… 예전에 그런 기사가 났었던 것 같아요. 요새는 안 그렇겠지만요. 교도소 얘기하니까 생각났어요.

아… 그 임 상병이 제대하기 전날 나를 찾아왔었어요. 아니 제대 무렵이었으니까 임 병장이었죠. 그때는 다른 소대에서 서로 군 복무 중이었었는데 나보다 일 년 정도 먼저 제대했어요. 그냥 미안하다고… 자기가 괴롭혔던 거 다 잊어달라고… 그때 자기가 좀 제정신이 아니었던 것 같다고, 미쳤었던 것 같다고, 미치지 않고 어떻게 삼십 개월을 군대에 갇혀서 지낼 수 있겠냐… 뭐 이런저런 소리하더니… 마지막엔 정말 정중하게 사과를 하고 악수를 청하고 가더라고요. 그래서 나도 이젠 다 잊었으니 과거는 잊고 사회에 나가 열심히 살라고 얘기해줬죠.

임 병장의 말 중 그 미치지 않고 어떻게… 그 말이 어느 정도 이해가 됐었죠. 나도 상병 달고 군기 담당이라는 완장을 달고 나니까 나도 모르게 조금씩 변하더라고요.

그렇게 신병 때 맞으면서 고참이 되면 절대 후임병들 때리지 않겠다고 다짐했었는데 한 번은 연병장에서 무슨 무술 훈련 중이었는데 신병 한 명이 너무 행동이 굼뜨고 구령 소리가 작아서 여러 번 주의를 줬는데 계속 그러길래 나도 모르게 그 후임병한테 다가가서 그 친구 턱이 돌아가도록 주먹을 휘두른 적이 있었죠. 뒤에서 고참들이 쳐다보고 있어서 더 그랬던 것 같기도 하고… 하여튼 그날 밤 많이 반성하고 그다음부터는 절대 구타는 하지 않겠다고 다짐했었죠.

그리고 남은 군 생활은 열심히 즐겁게 보낸 것 같아요. 힘든 순간도 있었지만 즐거웠던 일들이나 추억이 더 많았던 것 같아요. 오죽했으면 제대하고 한 이 주간은 집에 와서 밤에 혼자 방에서 잠을 자려는데… 소대원들이 생각나고 그립고… 뭔가 가슴이 텅 빈 것 같아서 잠을 제대로 못 잤었어요. 작은 막사에서 이십 명이 매일 같이 살 비비고 가족처럼 지내다가 막상 혼자 되니… 그 기분이 잠깐 휴가 나왔던 때와는 다르게 묘하게 허전하고 가슴이 뻥 뚫린 것 같더라고요.

군 시절 우리 부대가 행군을 많이 했던 부대였어요. 훈련이 많고 그래서 군기도 세고… 무릎 도가니가 다 닳아야… 그렇게 오래 무거운 군장 메고 행군하고 또 경계 근무를 서야 제대한다는 말이 있을 정도였죠. 행군하며 넘던 깔딱고개 같은 악명 높던 고개 이름들이 지금도 생각이 나네요.

일병 때인가 훈련 나가서 이틀을 밤낮으로 행군하는데… 출발할 때 쇠 냄새 풀풀 나는 그 하얀 알루미늄으로 만들어진 수통에 물을 한 번 채워 나가서 더 이상 물을 제대로 배급받지 못했던 적이 있어요. 내 수통이 2차 세계대전 때 쓰던 수통이었어요. 수통 뒷면에 1942 US Army 란 마크가 음각으로 새겨져 있었죠. 그 수통을 볼 때마다 그런 생각을 했어요. 이 수통의 최초의 주인은 2차 세계대전에 참전했던 미군이었는데 그 베테랑은 한국전에도 참전하게 되었고 이 수통이 우리나라에 들어 와서 여러 전장을 돌고 돌다 결국 몇십 년의 세월이 흘러 내 손에 들어오게 되었을 거라고…

행군 시작 초반부에는 정말 그 수통의 얼마 안 되는 물을 조금씩 아껴 먹었죠…. 그러다 해가 중천에 뜨고 더위가 극에 달하면서 그 수통의 물은 금방 사라졌죠. 그 후에는 닥치는 대로 아무 물이나 다 마셨어요. 수백 명이 방금 군화로 밟고 지나간 뿌연 흙탕물 웅덩이에 군인들이 아프리카 초원의 누 떼처럼 서로 머리를 맞대고 흙탕물을 마시기도 했어요.

계속 행군하며 가는데 밤에 하얀 배꽃이 흩날리는 배나무가 길 양옆으로 쭈욱 길게 늘어선 어느 산골 길을 걸어 올라가는데 갑자기 작고 예쁜 마을이 나왔어요. 태어나서 배꽃을 그때 처음 봤죠. 어두운 밤 달 빛 아래 그 하얀 배꽃들이 불어오는 바람에 흩날리며 달빛에 반사되어 반짝이는 모습을 바라보니까 정말 종일 행군하며 느꼈던 피로나 고통이 순간 사라지는 것 같았어요. 멋진 풍경도 진통제처럼 우리의 고통을 잠시나마 잊게 해줄 수 있구나… 그때 그런 생각을 했죠.

조금 더 걸어 올라가니 민가가 몇 채 나왔어요. 짚으로 지붕을 엮은 작은 초가집들이었는데 그 집들 중에서 한문으로 '약(藥)' 자를 크게 한 지에 적어 나무로 된 대문에 붙여 놓았던 조금 큰 집이 있었는데… 그 집 대문이 밤인데도 열려 있었어요. 마당에 펌프가 하나 있었죠. 옛날 시골에 가면 볼 수 있던 펌프 알죠? 마중물 넣고 손잡이를 빠르게 위아래로 움직이면 신기하게 물이 콸콸 나오잖아요. 그 마을의 한약방이었는지 아니면 약국이었는지 모르겠지만 어쨌든 그 집 주인 양반께서 군인들 물 마시고 가라고 그 야밤에 문을 열어놓으신 것 같았어요.

나는 당시만 해도 졸병에 속해서 그 펌프 근처에는 가지도 못하고 고참들이 물 마시고 얼굴 적시고 수통에 물 담는 모습을 근처에서 지켜보며 기다렸어요. 거기서 잠깐 목을 축이고 휴식도 없이 바로 행군을 계속했는데… 콸콸 쏟아져 나오는 펌프 물을 작은 수통 입구에 급하게 담으려니 물이 제대로 담아질 리가 없었죠. 그래서 나처럼 물을 제대로 못 담아온 병사들은 금방 수통의 물이 또 동이 나 버렸죠.

계속 행군을 하다 보니 아침이 오고 해가 다시 중천에 떠올랐는데, 아무리 걸어도 민가는 물론 냇가 하나 물웅덩이 하나 나오지를 않았어요.

절망하던 차에 갑자기 평지가 나오고 커다란 논들이 나오는 거예요. 그 논에 물이 가득 차 있었죠. 봄이라 거름 준다고 소똥을 그 논에 잔뜩 뿌려 놔서 소똥이 둥둥 떠 있는 논이었는데… 한 병사가 그 논 앞에서 행군을 멈추고 그 논의 물을 바라보고 서 있으니까 다른 병사들 몇 명이 그 옆에 같이 멈춰 섰어요. 서로 눈치 보며 쳐다보고 있었죠. 너무 목이 말라서 정말 이러다 탈수 증세로 죽겠다 싶었는데….

그런데 그 무리 중의 한 명이 갑자기 바닥에 엎드리더니 머리를 논에 처박고 그 물을 먹기 시작했어요. 그러니까… 정말 하나둘씩 따라서 논으로 가서 엎드리더니… 조금 있으니까 수십 명이 머리를 논에 처박고 그 똥물을 마셨어요… 소똥이 둥둥 떠다니는 물을…. 물론 안 마시고 참은 병사들이 더 많았죠.

나는 어떻게 했을까요?"

준민이 이야기를 멈추고 예나에게 물었다.

"아이고… 듣는 것만으로도 속이 불편해요. 준민 씨는 깔끔한 편이라… 절대로 안 마셨을 것 같아요. 잘 참았겠죠."

"네…. 역시… 아직 나를 잘 모르는군요. 예나 씨.

답은 비밀로 할게요…."

준민은 알 수 없는 쓸쓸한 미소를 지었다. 그리고는 금세 다시 표정을 바꿔 "나는 그 물을 벌컥벌컥 들이켜 마시고 수통에 담기까지 했어요…." 라고 말했다.

"졸병 때 그렇게 힘들게 여러 차례 훈련을 받고 나니까…. 그 후로는 아무리 힘들어도 웬만한 일들은 다 무난하게 넘겼던 것 같아요.

아 참 그리고 기나 긴 행군 끝에 결국 야영지에 도착했는데 너무 덥고 온몸이 땀으로 젖어 야영지 근처 무릎 깊이의 냇가로 가서 단체로 다 발가벗고 씻었어요. 근처에 민가가 몇 채 있었는데… 그 냇가에 아주머니 몇 분이 빨래하고 계셨어요. 아주머니들이 웃으면서 가끔 우릴 쳐다보기도 했는데… 봄철 부대 훈련 시즌이면 으레 보는 장면이라 그랬는지 별로 크게 관심 안 두고 쿨하게 빨래하시다 가셨죠."

"군대에서 고생이 많았겠네요…."

예나가 불쌍하다는 눈빛으로 준민을 바라봤다.

"아니요…. 더 힘들게 고생하는 부대들이 많이 있잖아요. 우리 중대장이 훈련 때 우리가 힘들어하면 늘 하던 말이 있었어요. 이건 훈련도 아니다. 사나이가 이것도 못 해내면… 뭐를 떼어 내 버려야 한다고…."

준민이 말했다.

"아니… 말을 왜 그렇게 해요… 덜 힘들고 더 힘들고의 차이이지 힘든 건 마찬가지잖아요."

예나가 말했다.

"아니요. 나도 그 말을 처음 듣는 순간은 기분 나쁘고 말을 뭐 저렇게 하나 생각했는데… 그분이 특전사를 나와 UDT를 거쳐 갑종 출신으로 대위까지 되신 분이라서 군복에 여러 특수 부대 마크가 달려 있었죠. 더 힘든 부대의 훈련에 비하면 이건 장난이다. 아무것도 아니다. 뭐 그런 식으로 얘기하셨죠.

지나고 보니 그분의 말이 군 생활하는 데 많은 도움이 되었던 것 같아요. 특전사나 해병대 같은 더 힘든 훈련을 하는 군인들을 생각하며 내가 그나마 덜 힘든 훈련 받으며 군 생활한다고 생각하니까 불평도 덜 하게 되고 잘 이겨내게 되더라고요…. 예나 씨도 치과 가는 것 싫죠? 예나 씨가 친구랑 치과 가는데 예나 씨는 스케일링 받으러 가는 거고 친구는 임플란트 수술받으러 간다고 생각해 보세요? 친구 생각해서라도 치과 가는 거 힘들다고 엄살 부리지 못하겠죠?"

"비유가 정말 좋은데요…. 이렇게 귀에 쏙 들어오는 비유 좋아요."

예나가 웃으며 말했다.

오늘은 동네 돼지국밥집에서 예나를 만나기로 한 날이다

예전에 잡아 둔 고등학교 친구와의 점심 약속이 있어 준민은 서울 종로에 갔다가 급하게 돌아오는 길이었다. 약속을 미뤄 볼까도 생각했다가 혹시 그녀가 금요일이나 토요일 안 된다고 하면 열흘 넘게 못 보게 될 것 같아 친구와는 원래 약속시간보다 삼십 분 먼저 만나서 낙원상가 근처 식당에서 먹어도 덜 배부를 냉면을 한 그릇씩 먹고 급하게 지하철을 타고 다시 동네로 돌아왔다. 다시 또 예나와 점심을 먹기 위해⋯.

"예나 씨⋯ 돼지국밥 좋아해요? 혹시 별로 안 좋아하는 거 아녜요?"

"아니요. 가끔 먹어요. 순댓국 먹는다고 생각하고 먹어요. 순댓국에서 순대만 먼저 건져 내면 돼지국밥 비슷하게 되는 것 같던데⋯."

"아니죠. 조리법이나 재료가 다르니까 맛도 다르겠죠. 사실 나도 잘 구분 못 헤요⋯. 실은 갑자기 며칠 전에 후배한테 들었던 이야기가 생각나서 이곳에 오자고 했어요."

"어떤 이야기요?"

"예전 내 직장 후배 아는 분이 개인택시를 하셨는데⋯ 서울에서 아주

특이한 손님을 태우고 부산에 갔던 이야기예요. 60대 후반으로 보이는 나이 드신 손님이 그 아저씨 택시를 타더니 뜬금없이 그러더래요…

부산 갈 수 있냐고. 왕복 얼마면 되냐고.

기사 분은 흔쾌히 그분을 모시고 몇 시간 밤길을 달려 부산역 건너편 시장에 있는 어느 돼지국밥집에 그분을 내려 드렸대요. 그런데 그 아저씨가 같이 들어와서 식사하자는 얘기도 없이 뭔 생각에 골똘히 잠겨 혼자 가게 문을 열고 들어가더니 돼지국밥에 소주를 마시고 나오더라는 거예요.

그 기사 분도 건너편 식당 입구 쪽에서 혼자 식사를 하며 그 아저씨 식사하는 모습을 보며 기다렸대요. 그 손님이 소주 한 병을 다 비우고 나와 다시 서울 가자고 해서, 그 먼 길을 새벽 내내 달려 아침에 서울에 내려 드렸대요.

그 이야길 듣고 어떤 사연이 있었길래 그 손님은 부산까지 내려가서 돼지국밥 한 그릇을 먹고 왔을까? 그 돼지국밥집에 아니면 그 돼지국밥에 어떤 사연이 있는 건 아닐까? 생각을 했죠.

후배와 그런 이야기를 했어요. 너무도 사랑한 여인이 있었는데… 그 아저씨가 갑자기 시한부 선고를 받았거나 아니면 그 여인이 하늘나라로 갔다는 소식을 전해 듣고 그 여인과 국밥을 먹던 행복했던 시절의 어느 날의 기억이 떠올라 그 아저씨가 부산까지 갔다 왔을 거란 얘기를 했었죠.

그 이야기 듣고 부산에 출장 갈 일이 생겨 그 시장 골목을 찾아가서 돼지국밥을 먹어 봤는데… 난 설렁탕이나 곰탕에 익숙해서 그런지 아니면 처음 먹어 봐서 그런 건지 돼지국밥의 맛을 잘 모르겠더라고요. 오늘처럼 아주 가끔 먹으면 별미이긴 하죠.

그래도 돼지국밥이란 이름이 참 정겹고 투박하죠. 돼지라는 이름이 통째로 들어가니까 그런 것 같아요. 어느 부위도 아니고 그냥 돼지라는 이름이 통째로 들어가잖아요. 소 꼬리곰탕, 소머리 국밥은 있어도 소 국밥은 없잖아요?

그리고 돼지국밥 하니까 떠오르는 추억이 하나 있네요. 군 시절 식당에서 남은 잔반들을 근처 돼지 키우는 축사 아저씨들이 수거해 가서 돼지들 사료로 썼는데, 추석 같은 명절이면 고맙다고 부대에 돼지 한 마리씩 선물하곤 했어요. 그러면 부대장이 체육대회 같은 거 열고 그 뒤풀이로 선물받은 돼지로 바비큐를 해서 병사들 오랜만에 돼지고기 포식시켜 주곤 했죠.

내가 상병 때였는데 그해에는 축사 두 군데서 돼지 한 마리씩 추석이라 보내와서 두 마리나 선물이 온 거예요.

돼지들이 막사 뒤편 화장실 가는 길 중간에 있는 나무에 굵은 밧줄로 뒷다리 한쪽만 묶여서 나무들에 매여 있었는데… 한 마리씩 각기 다른 나무에 조금 떨어져 있게 묶여 있더라고요. 두세 걸음 정도….

밤에 소변이 마려워서 깨어나 화장실을 다녀오다 별이 맑게 빛나던 새벽에 그 돼지들이 꿀꿀거리고 있길래 다가가 앉아서 돼지들하고 잠깐 대화를 나눴죠. 등도 쓰다듬어 주고, 꼬리도 잡아보고…

그런데, 한 마리가 자꾸 다른 돼지한테 가까이 가려고 하는 거예요. 그래서 밤중이라 잘은 안 보였지만 어두운 달빛 아래 그놈 다리 사이를 보니… 그놈은 수컷이었어요. 반대편 돼지는 암컷이었고… 그때 처음 돼지 수컷 물건을 봤는데 성말 희한하게 생겼더라고요… 길고 가느다란 코일 모양으로 아주 희한하게 생겼는데….

앗 미안해요. 숙녀 앞에서 별말을….

하여튼 내일이면 둘 다 저세상으로 갈 불쌍한 운명들이라 생각하니 너무 안 돼 보이는 거예요. 참 그땐 돼지도 우리 사병들이 직접 잡았어요.

식당 근처에서 해머로 머리의 이마 부분을 한 번에 정확히 가격해서 잡았죠. 나도 한 번 봤어요. 상주가 고향인 후임병이 예전에 동네에서 아저씨들 잡는 걸 봤다면서 그렇게 잡더라고요. 그래서 그 수컷 놈 묶은 밧줄을 풀어 그 암컷 나무에 같이 묶어 줬어요. 그랬더니 바로 달려들 더니…

둘이 막 사랑을 나누더라고요…

그 모습이 지금도 너무 눈에 선해요. 달빛 아래 곧 죽을 목숨의 돼지 커플이 사랑을 나누던 모습이… 둘이 뭘 알았겠어요. 내일 죽을 운명인 지 전혀 몰랐겠죠. 이제 막 사랑이 시작됐다고 생각했을 텐데…

다음 날 체육대회 끝나고 돼지고기가 푸짐하게 저녁으로 나왔는데… 전날 밤 돼지들 사랑하는 장면이 자꾸 생각나서 처음에는 먹지 않겠다 고 생각을 했는데…

소대장님이 왜 안 먹고 쳐다만 보고 있냐고 내게 한 소리 하는 바람에 한 젓가락 먹었는데… 돼지들한테는 너무 미안하게도… 너무 맛있어서 결국 두 접시나 먹었죠."

"너무 슬퍼요. 돼지들이 만나자마자 이별을 했네요… 사랑의 이별 그 리고 세상과의 이별까지…

그래도, 준민 씨가 그 돼지들을 위해 좋은 선물을 해줬네요…이승에 서의 마지막 뜨거운 밤을…"

"그렇게 생각해주면 고맙죠…"

준민이 웃으며 말했다.

"참…. 오늘 일찍 친구와 종로에서 만났는데 삼일빌딩을 지나쳐 낙원 상가 쪽으로 걸어갔는데 아주 오랜만에 삼일빌딩을 올려다봤어요. 정말 오랜만에요.

아홉 살 때 우리 가족이 여름 휴가차 섬으로 여행 간다고 택시를 타고 인천항에 가고 있었는데 그 빌딩 앞에 고가도로가 있었어요. 지금은 없어진 것 같은데… 삼일빌딩 사거리 근처에서 남산터널 쪽으로 좌회전하는 고가도로 위에서 교통체증으로 차들이 멈춰 서 있었어요. 내가 그때 바로 그 삼일빌딩이 올려다보이는 바로 그 지점에 있었는데… 그때 그 빌딩을 보고 큰 소리로….

'와!… 이 빌딩 엄청 높아요! 아빠 이거 몇 층이에요?' 하고 물어봤던 기억이 나요.

'어… 그 빌딩 이름이 삼일빌딩이니까 31층이겠지?'라고 아버지가 답해 주셨죠. 날씨가 굉장히 맑았던 여름날이었는데 정체된 그 고가도로 위에서 그 빌딩을 올려다보며 몇 층인지 숫자를 세던 기억이 너무 선명해요. 아까 그곳을 오랜만에 지나며 어릴 때 그 기억이 생각났어요.

덕적도란 섬에 갔었는데 섬으로 여객선을 타고 가다 배 안의 작은 매점에서 탄산음료를 사서 마셨는데 탄 맛이 나서 마시고 나서 그 병 속을 들여다보니 담배꽁초가 몇 개 들어 있는 거예요. 당시에도 병을 재활용을 했던 것 같은데 세척이 제대로 안 되었나 봐요.

섬에 처음 가본 거였는데, 덕적도는 당시만 해도 제대로 된 접안시설이 없어서 큰 배가 섬으로 가까이 가지 못해서 작은 통통배가 섬 근처 바다 위에 떠있던 여객선으로 와서 손님들을 실어 날랐는데 여객선에서 그 작은 통통배로 옮겨 타는 순서를 기다리며 다른 승객들이 통통배 아저씨가 내민 손을 잡고 작은 배로 위험하게 뛰어 타던 모습을 숨죽이고 긴장하면 바라봤던 기억, 섬에 내려 맨발로 한 번 걸어 봤는데 땡볕에 데워진 모래가 너무 뜨거워서 깡총 걸음으로 뛰어갔던 기억도 나고, 그 섬에 있던 등대에 예쁜 소라들이 그 하얀 칠로 덮인 등대 기둥에 다닥다닥 붙어 있던 걸 신기하게 쳐다봤던 기억도 나요.

숙소 이름도 기억나요. 리라여관이었는데 문지방에 개미 몇 마리가 놀고 있길래 빵가루를 던져주었더니 수십 마리의 개미들이 몰려오는 거예요. 그래서 그때 생각했죠. 이 개미들은 이 섬까지 어떻게 왔을까? 나처럼 배를 타고 온 걸까? 아니면 바다를 둥둥 떠서 헤엄쳐 왔을까? 아니면 바람에 날려서? 어린 나이에도 개미가 섬에 있다는 사실이 참 신기했던 것 같아요. 육지로부터 그렇게 멀리 떨어진 섬에 개미가 있었다는 게.

리라여관 2층에 묵었는데 아침 일찍 깨어 문을 열고 나와 베란다에서 마당을 내려다보는데… 1층에 묵었던 가족이 마당 한가운데 평상 위에서 휴대용 가스레인지 위에 프라이팬을 올려놓고 계란 프라이를 만들어 먹고 있었어요. 그 고소한 냄새가 아침 바다바람에 실려 내가 서있던 2층까지 올라오더라고요. 나도 먹고 싶어서 그 가족이 계란 프라이 해 먹는 모습을 혼자서 가만히 바라보던 순간이 지금도 생각나요."

"준민 씨 얘기 듣다 보니까… 계란 프라이 먹고 싶네요. 계란말이, 계란찜도 만들어 먹어본 지 오래됐네요….

학생 때 우리 집 앞에 계란 트럭이 가끔 와서 한참 서 있다 가곤 했어요. 그 녹음한 거 틀어놓는 계란 파는 트럭 알죠? 처음에는 그 아저씨가 '계란이 왔어요. 타조 알만한 계란이 왔어요…'라고 녹음해서 틀고 장사를 하셨는데… 나중에는 그걸 '공룡 알만 한 계란이 왔어요.'로 바꿔서 녹음하셨더라고요. 낮잠 자다가 그 아저씨 트럭이 와서 그 녹음 소리에 깬 적도 있어요. 그런데 그 녹음 내용이 웃겨서 그런지 별로 화는 나지 않았어요. 그런데 공룡 알은 얼마나 컸을까? 공룡 알로 계란 프라이를 하면 얼마나 많은 사람이 먹을 수 있을까? 그런 생각도 했어요.

가게에 가면 계란을 파는데 왜 저 아저씨는 트럭에 계란을 싣고 다니면서 팔까? 정말 가게에서 파는 계란보다 훨씬 큰 계란을 파는 걸까 하고 한 번은 트럭까지 가서 계란 크기를 본 적이 있는데… 그냥 흔한 계란 크기였어요."

예나가 웃으며 말했다.

"그런데… 아까 종로 나갔다 돌아오며 전철에서 생각한 건데… 우리 이 동네 식당만 다니지 말고 가끔 서울에 나가서 서울 맛집들 투어하는 건 어때요? 서울에 오랜만에 나가니 옛 추억들도 많이 떠오르고 그리고 서울엔 맛집들도 다양하고 오래된 식당도 많아서 좋을 것 같아요. 우리 계속 이 동네에서만 만났었잖아요. 서울 맛집 투어 어때요? 예나 씨?"

"네! 그래요. 좋죠. 그럼 우리 당분간 목요일은 서울에서 만날까요…?"

예나가 말했다.

그렇게 서울에서의 식사를 위해 둘이 처음 만나기로 한 곳은 남산이었다. 준민과 예나는 아직 전화번호를 교환하지 않았다. 예나가 카톡 아이디만 알려 줘서 둘은 카톡으로만 연락을 하고 만난다. 이렇게 서울에서 만나는 날은 예나의 집으로 준민이 찾아가거나 아니면 동네 공원이나 지하철역이나 버스 정류장에서 함께 만나 같이 가면 좋을 것 같았지만 예나는 그냥 서울에서 만나기를 원했다.

을지로입구역에 내려 롯데백화점 정문 앞에서 만나기로 했다. 명동에서 택시를 함께 타고 케이블카 타는 곳에서 내려 둘은 초등학생 때 이후 처음 타보는 케이블카 안에서 수풀처럼 부드럽게 흔들리는 남산의 나무들을 내려다보고 주변 경치를 감상하며 남산 타워에 올라왔다.

잠깐 카페에서 멀리 보이는 한강을 바라보며 커피를 마시고 봉수대 근처 케이블카 타는 건물 옥상에 있는 루프탑 식당에서 자리를 잡고 파스타를 시켰다. 예나는 낮에는 술을 마시지 않는다고 해서 준민만 맥주를 시켰다. 명동과 종로의 빌딩들을 바라보다 북쪽에 길게 늘어서 있는 산들을 바라보며 준민은 예나에게 안산, 인왕산, 북악산 그리고 북한산과

도봉산 그리고 수락산, 불암산으로 이어지는 봉우리들에 대해 설명을 해주었다. 예나는 준민의 이야기에 별 관심이 없어 보였다.

"와, 정말 서울에 빌딩들이 많죠?

나는 건물들을 볼 때마다 그 건물들의 외관보다도 그 건물 속이 더 궁금할 때가 더 많아요. 건물 안에 설치되어 있을 배관과 전선들, 화장실의 배수관들, 환기시설 그런 것들이요. 건축가가 건물을 짓는 일은 정말 대단한 일이라고 생각해요. 공대를 나왔지만, 건물처럼 멋지고 큰 조형물을 만들어 내잖아요. 마치 미대 나온 예술가가 거대한 설치 미술작품이나 조형물을 만들어 내듯이… 외관도 멋지지만, 예를 들어 화장실만 해도 그래요. 저 큰 건물들 안에 얼마나 많은 화장실이 있겠어요? 그 안에 많은 변기와 세면대들이 있을 테고 그것들을 원활하게 작동하게 하는 길고 긴 무수한 배수관들이 모두 다 연결되어서 아래로 흘러내려 한 곳에 모여서 정화되고 다시 한강을 거쳐 바다로 흘러가겠죠.

아까 커피숍에서 내려다본 아름다운 서울 모습 아래에 인간의 모세혈관만큼 많고 복잡한 배수로 속 물줄기들이 흐르고 콩팥 같은 하수 처리장을 거쳐 다시 한강을 유유히 흘러 바다로 떠내려가고 뜨거운 태양빛에 증발해 구름이 되어 하늘로 올라가서 구름으로 지내다 비가 되어 다시 땅으로 내리고 연못이나 강을 흐르던 물들이 정화되어 다시 거대하고 복잡하고 섬세한 상수도 수로들을 통해 건물들로 전달되어 우리가 화장실에서 손을 씻을 수 있고… 참 신기하고 대단하다고 생각되지 않아요? 저 건물 속 물이 순환되는 시스템 하나만 생각해 보아도…"

"준민 씨는 참 독특한 것 같아요. 저 멋진 빌딩들을 바라보며, 화장실과 세면대의 배수관을 생각하는 사람이 얼마나 있을까요? 아니 그런 걸 궁금해 하는 사람은 거의 없을 거예요. 그런 게 왜 궁금하고 생각이 나죠? 준민 씨는 사람을 볼 때 외모보다는 그 사람의 내면을 더 볼 것 같아요."

"그럴지도 모르죠. 사람의 내면을, 그 사람이 얼마나 알차게 지어졌는지, 오랜 세월 동안 내면의 세계가 얼마나 꼼꼼하고 성실하게 다져져 왔는지 그런 걸 더 볼지도 몰라요."

준민이 말했다.

"저도 외모보다는 내면에 끌린 거예요?"

예나가 웃으며 물었다.

"아니요….

예나 씨는 물론 외모에 먼저 끌렸어요. 이제 앞으로 예나 씨의 내면을 서서히 알아가야겠죠…."

준민은 얼떨결에 재빨리 답을 하긴 했지만 예나의 기분이 상하지 않게 적절히 대답을 잘한 것 같다고 속으로 생각하며 안도했다.

날씨는 쾌청한데 바람이 조금 불어서 조금 전 나온 파스타가 어느새 식어버렸다. 원래 준민은 파스타를 좋아하지 않았지만 예나가 좋아할 것 같아 이 루프탑 식당에 오기로 했었다. 하지만 예나도 파스타를 별로 좋아하는 것 같지 않았다. 바람에 파스타가 식어 버려서일까… 아니면, 이곳 옥상 날씨가 오래 앉아 있기엔 다소 추워서 그랬는지 예나는 파스타를 반 정도만 비우고 준민에게 말했다.

"아까 걸을 땐 너무 좋았는데 산 정상 부근이라 그런지 가만히 앉아 있으니까 바람 때문인지 생각보다 춥네요. 우리 이만 갈까요?"

"네. 그래요. 오늘 날씨는 좋은데 이곳 옥상은 바람이 조금 세네요."

준민은 조금 아쉽다는 듯한 표정을 지으며 자리를 일어났다.

둘은 올라온 길을 따라 다시 내려와서 예나는 지하철을 타고 집으로 갔고 준민은 오랜만에 교보문고에 들러 책을 읽다가 집에 가겠다고 예나에게 말하고 그녀와 을지로입구역에서 헤어졌다.

사실 준민은 며칠간 예나를 위해 고민해서 짠 오늘의 데이트 코스와 식사에 보인 예나의 덤덤한 반응에 서운해서 그녀에게 함께 집에 가자는 말을 하지 않았다. '파스타 말고 케이블카를 타고 내려와서 남산 왕돈가스를 먹을 걸 그랬나? 예나 씨가 돈가스를 좋아하는 건 아닐까? 남산에 가자고 해서 남산 왕돈가스를 먹을 생각을 하고 온 건 아닐까?' 그런 쓸데없는 생각들을 하며 길을 걷다 고개를 들어 맑고 푸른 하늘을 바라보다 저 멀리 보이는 남산을 다시 바라보았다.

그리고 예나에게 잘 들어가고 있냐고 카톡을 보낼까 말까 잠깐 고민하다 대신 준민은 예나에게 오늘의 날씨 일기와도 같은 글을 적어 카톡으로 보냈다.

맘 설레며 한참을 정류장까지 걸어가
손 흔들며 반갑게 맞아주고 싶은 날씨
시원한 청포도 주스 한 잔의 청량함이 느껴지는…
비틀스의 음악이 저 멀리 흘러가는 구름 따라
그곳에도 전해질 것만 같은 멋진 음악 같은 하늘…
헤어지기 싫어 꼭 잡은 손 못 놓고
망설이며 보내주고 싶지 않은 날씨…
…

한참을 기다려도 예나에게서 응답은 오지 않았다. 준민은 발길을 돌려 교보문고로 내려가 서가를 이곳저곳 둘러보다 건성으로 시집 몇 권

을 꺼내어 넘기는 척 읽으며 예나의 카톡을 기다리다 그냥 집으로 돌아
왔다.

지난번엔 예나 위주로 생각해서 코스와 메뉴를 정했다면 이번 주는 준민 자신을 위한 메뉴와 산책 코스로 일정을 짜고 싶어 준민은 대학 시절 단골집에 예나를 데려가기로 마음먹었다.

학생 시절 주로 고추전과 닭 곱창 볶음 안주에 막걸리를 마시던 곳. 안주들이 맛있어서 졸업생들도 주말이면 가끔 가족들을 데리고 와서 먹고 가거나 안주 재료를 포장해 가기도 하는 곳이었다. 다만 하나 걸리는 건 건물이 오십 년은 넘은 건물이라 화장실이 남녀 공용에 옛날식 쪼그려 앉아서 용변을 봐야 하는 구식 양변기 하나만 있다는 점이었다. 가게 안의 분위기는 오래된 영화 속 대폿집의 분위기를 느낄 수 있는 그런 곳이어서 그 점 때문에 이곳을 찾는 나이 든 손님들도 많았다.

오늘은 이동 거리가 먼 편이라 동네 지하철역에서 만나 함께 얘기하며 가자고 준민이 예나에게 말했다. 준민은 예나 옆자리에 앉아서 학창 시절 있었던 재미난 일들을 예나에게 들려주었다.

"우리 친구들이 시골에서 올라온 애들이 많았어요. 집에서 한 달에 한 번 돈을 부쳐 주면 애들하고 술 사 먹고 당구 치고 노름하고 그러느라 금방 돈이 떨어지곤 했죠. 여자친구가 있어서 데이트하느라 돈을 쓰는 친구는 거의 없었죠. 그렇게 돈이 떨어진 친구들이나 아니면 늘 돈이 궁한 친구들은 밥만 싸와서 학생 식당에서 50원에 팔던 국물을 사서 친구들 식사하는 자리에 합석해서 반찬을 나눠서 같이 먹기도 했죠.

아니면 학교에서 라면을 100원에 팔았어요. 돈 없는 학생들은 줄 서서 그 라면만 먹기도 했는데 워낙 그 라면을 먹는 학생들이 많으니까 대기 인원들이 많아서 라면 끓이는 아주머니가 대충 빨리 끓여서 면발이 익기도 전에 나오기 일쑤였어요. 라면 면발이 조금 덜 삶아져서 항상 꼬들꼬들 쫄깃했어요. 약간 덜 익은 라면 먹을 때 그 면발의 식감 알죠? 그런데 의외로 그 조금은 질긴 듯 쫄깃한 식감이 좋아서 그 맛에 라면을 사먹는 친구들도 많았어요.

한 번은 그런 적도 있었어요. 학생 식당에서 친구들끼리 모여서 저녁을 먹는데 한 친구가 혼자서만 비싼 함박스테이크를 시켜서 먹고 있었어요. 학생식당 함박스테이크 크기가 엄청 컸어요. 그런데 한 친구가 그 친구한테 그 함박스테이크를 한 번에 입속에 넣으면 자기가 술을 사겠다고 내기를 걸었죠. 못 먹으면 그 친구가 사야 했고… 그래서 그 친구가 황소개구리처럼 입을 크게 벌리고 그 커다란 함박스테이크를 입속에 넣기 시작했어요. 친구들이 옆에서 박수치고 소리치며 응원했죠. 결과는 어떻게 되었을까요?"

준민이 물었다.

"입속에 넣다가 숨이 막혀서 다시 뱉었을 것 같아요."

예나가 말했다.

"아니요. 그 친구 입 벌리다가 입이 찢어져서 피가 줄줄 흘러 의무실로 달려갔어요…"

준민이 웃으며 말했다. 예나도 크게 소리를 내며 준민을 따라 웃었다.

"그리고, 아예 돈이 없는 친구들은 4교시 수업 끝날 때쯤 친구들 수업이 있는 건물 출구 계단에 미리 앉아서 친구들이 나오길 기다리는 경우도 있었죠. 수업 끝나고 점심 먹으러 나가려면 그 출입구를 통과해야 하는데… 돈 떨어진 친구들이 그 계단에 앉아서 처량한 눈빛 연기를 하며 친구들 들으라고 노래를 부르곤 했어요. 그때 이런 가사의 노래가 유행했었어요. '모든 것을 주는 그런 사랑을 해봐~' 그 가사를 조금 개사해서 불렀죠.

'먹을 것을 사주는 그런 사랑을 해봐~' 그러면 친구들이 데리고 가서 십시일반 걷어서 친구 몫까지 밥값 내고 같이 먹곤 했죠. 옛날 생각나네요.

참 내가 학교 다닐 때 외국 이름 별명이 하나 있었어요. 어느 나라 이름일까요? 한 번 맞춰 봐요. 예나 씨…"

"어느 나라인데요? 미국? 프랑스? 스페인?…"

"아니요. 못 맞출 것 같으니까 그냥 말할게요. 이탈리아에요. 푸치니 알죠?"

"전혀 의외인데요."

예나가 웃으며 말했다.

"학교 다닐 때 내 별명이 몇 개 있었어요. '여덟 시'란 별명도 있었어요. 수업 끝나자마자 잔디밭에서 막걸리에 새우깡으로 낮술을 먹기 시작해서 저녁 8시가 되면 항상 술집이나 학교 벤치나 길가에서 뻗어 자고 있어서… 8시 이전에만 의식이 존재하는 인간이라고 애들이 여덟 시란 별명을 지어 줬죠. 8시면 꿈나라로 간다고.

술집이나 학교 산디밭에서 자다 일어나면 애들은 다 집에 가고 없고 나만 혼자 새벽 1시나 2시에 깰 때도 있었어요. 그러면 학교 강의실이나 학생회관 건물 빈 동아리 방이나 아니면 친구들 하숙집으로 가서 자곤 했는데… 아침에 일어나서 그날 학교 수업 시작까지 시간이 많이 비는 날이 있었어요. 특히 오전 수업 없을 때는… 그럼 갈 곳이 별로 없었어요. 돈 안 들고 휴식 취하기 가장 좋은 곳이 대학 신문사가 있던 음악감상실이었어요.

어두운 커튼도 쳐져 있고 의자도 편하고 잠자기 좋은 클래식 음악이 계속 흘러나오고… 그렇게 술 마시고 집에 못 간 다음 날 오전에 음악감상실에서 시간 때우기 시작하다가 그냥 아무 생각 없이 흘러나오는 음악들을 듣다 보니 처음에는 몰랐는데… 들었던 음악을 몇 차례 반복해서 감상하니까 멜로디들도 익숙해져 나도 모르게 흥얼거리게 되고… 그렇게 클래식 음악에 빠져들게 되었어요. 그래서 고전 음악 관련 책들을 사서 읽으며 점차 체계적으로 음악을 듣기 시작했죠.

고등학교 2학년 때 나를 좋아했던 후배 여학생이 있었어요. 그 아이가 내게 선물했던 모차르트의 클라리넷 협주곡 LP 음반이 가장 처음 소장하게 된 클래식 음반이었어요.

그 후배는 나를 '키다리 아저씨'라고 불렀죠. 아니 그 호칭으로 직접 부른 적은 없죠. 만난 적은 없고 서신 왕래만 했으니까… 졸업할 때 그 LP 음반을 선물받았죠. 몇 번 편지를 받았던 것 같은데… 영어로 'Dear Daddy-Long-Legs'라고 항상 시작했어요. 그 후배가 보내온 쪽지 중에 전날 영화를 보고 너무 많이 울었는데 그 영화 속 배경 음악이 미국 작곡가 바버의 '현을 위한 아다지오'였다고 썼던 글도 기억에 남네요. 그땐 고등학생이었으니까 바로 그 음악을 들을 순 없었고 아주 한참 후에 바버의 음악을 찾아서 들었죠. 인터넷이 없었을 때였으니까요.

내가 소장한 첫 클래식 앨범이 모차르트의 음반이었다면 가장 먼저 좋아하게 되었던 클래식 곡은 차이콥스키 작품이었어요. 차이콥스키의 작품이었다는 사실은 아주 늦게 알게 되었지만요…

고등학생 때 '한지붕 세가족'이라는 시트콤이 있었어요. 휴일에 그걸 보고 있는데… 그 드라마 속에서 임채무 아저씨 부인으로 나오는 여자 분이 가을을 타는 내용이었어요. 레인코트를 입고 스카프를 머리에 두르고 상념에 젖어 낙엽이 바람에 흩날리는 거리를 걷고 있었는데… 그 때 배경 음악이 흘러나왔어요. 슬픈 음악이었죠. 그 드라마 장면과 너무 잘 어울렸어요. 처음 듣자마자 그 멜로디를 외울 수 있을 정도로 반해 버렸죠.

그래서 대학교 들어가고 어느 날 도서관 지하에 있는 음반 매장을 지나가는데 갑자기 그 음악이 생각나서 나도 모르게 흥얼거리며 매장에 들어가서 고등학교 갓 졸업한 듯 보이는 어린 여자 알바생에게 물었죠.

'혹시 이 음악 알아요?'

그리고 그 음악을 흥얼거렸어요.

마침 매장에 아무도 없어서 여러 번 반복해서 들려줬죠. 아까도 얘기했던 것처럼 그때는 인터넷이 없던 시절이라 그 어린 친구가 어떻게 내가 흥얼거리는 멜로디로만 듣고 어떤 작곡가의 어떤 음악인지를 알아맞출 수 있었겠어요? 그래도 항상 아래는 검정 스커트, 위에는 흰색 블라우스 유니폼을 단정하게 차려입고 근무했던 그 친구가 진지하게 내 콧노래를 들어 주곤 했어요. 그렇게 거기 음반 매장의 아가씨하고 친해지고 돈만 생기면 들러서 앨범들을 시 곤 했는데… 결국 거기서는 내가 고등학생 때 사랑에 빠졌던 그 음악의 정체를 알 수 없었어요."

"그럼 지금도 몰라요? 참 답답하셨겠어요. 너무도 궁금한데 알 수 없다는 게…"

예나가 말했다.

"아니요….

몇 년 후에 우연히 알게 되었어요. 동네 형 집에 놀러 갔는데… 사십 년도 더 되어 보이는 아주 오래된 클래식 음반 전집이 있었어요. 기악곡과 성악곡 들이 고루 들어 있었는데… 오래돼서 그 음반들을 버리려고 해서 내가 집에 가져와 들었는데… 가장 마지막 앨범 그것도 뒷면에 그 음악이… 정확히 그 노래가 들어 있었죠. 정말 소름 돋았죠. 내가 그렇게 찾아헤매던 음악의 정체를 알아낸 순간이었으니까….

내가 태어나기도 전에 녹음된 곡이었어요. 그때 그 가곡을 부른 소프라노 이름이 아직도 기억이 나요. 슈바르츠코프란 성악가였죠.

괴테의 『빌헬름 마이스터의 수업시대』란 소설에 나오는 시 '그리움을 아는 이만이'에 차이콥스키가 곡을 붙인 거죠. 노래 가사는 러시아어가 아니라 원래 소설 속에 쓰인 대로 독어로 되어 있어요. 정말 좋아했기 때문에 그 음반을 구하고 나서 독문과 친구에게 발음을 정확히 배워서 그 가곡을 독어로 혼자 부르곤 했죠. 누구 앞에서 부른 적은 거의 없고요. 딱 한 번 술을 마시고 친구들 앞에서 부른 적은 있지만요…. 분위기 깬다고 뭐라 해서 끝까지 부르지는 못했죠.

그때는 슬라브 민요 기반의 우수 어린 러시아 고전 음악들을 좋아했어요. 차이콥스키나 라흐마니노프의 곡들은 거의 모든 앨범을 찾아서 듣고 사서 모았죠. 그리곤 바흐와 모차르트, 베토벤, 그리고 쇼팽의 순서로 음악들을 들었고 학창시절 끝날 즈음엔 이탈리아 오페라들을 많이 들었는데… 푸치니의 오페라들에 완전히 꽂혀서….

내가 메고 다니는 가방 이름표에다 내 이름 대신 알파벳으로 Puccini라고 쓴 거예요. 노트에도 필통에도 책에도 내 이름 대신 Puccini라고 쓰고 다녔었죠. 그런데 웃긴 게… 그 이름을 제대로 발음하는 친구들이 거의 없었어요. 퍼시니, 퍼끼니, 가끔 푸치니라고 정확히 발음하는 친구들도 있었지만… 하여튼 그래서 친구들이 저를 푸치니란 별명으로도 부르기도 했어요. 푸치니의 오페라는 다 사랑해요. 라 보엠은 특히 좋아하고요.

그런데 당시 우리 학교는 농악 동아리가 인기가 많아서 꽹과리나 장구를 배우는 학생들이 많았어요. 고전음악을 듣는 친구들은 거의 없어서… 친구들과 음악에 대해 이야기를 나누거나 서로 음반을 추천해 주거나 그런 거 없이 음악감상실에서 주로 혼자 듣고 가끔 자주 듣고 싶은 곡들은 밥값을 아껴서라도 음반을 사서 모으며 클래식 음악과 친해지게 됐죠."

"의외인데요. 준민 씨는 락이나 재즈 같은 걸 좋아할 것 같은데…"

"락이나 재즈도 좋아하죠. 피아노 재즈 음악들을 특히 좋아해요.
예나 씨는 피아노 칠 줄 알아요?"

준민이 물었다.

"아니요. 아주 어릴 때 그거 뭐더라. 체르니… 뭐 이런 거 아주 잠깐 배우다 말았죠."

"그래요? 난 어렸을 땐 피아노를 접해 볼 기회도 없었어요. 여행사 그만두고 쉬면서 피아노를 배우기 시작했어요. 혼자서요. 처음에 같은 동네 사는 음대 다니는 피아노 전공 학생한테서 악보 읽는 법을 몇 시간 동안 배웠죠. 높은음자리 악보는 우리가 어렸을 때 학교에서 배웠으니까 금방 읽었는데… 물론 낮은음자리 악보도 우리가 배웠겠죠. 낮은음자리 아보 읽는 게 처음에는 좀 헷갈렸는데… 차차 익숙해지더라고요.

그리고 인터넷 동영상을 보면서 따라 쳤어요. 자세하게 설명해 주는 동영상들이 많이 있더라고요. 요새 인터넷에는 없는 게 없잖아요. 예나 씨도 그렇고 나도 그렇고 우리가 지금 이 나이에 피아노 열심히 쳐서 음대 입학할 것도 아니고 오케스트라 입단해서 협연할 것도 아니고 그냥 취미로 즐겁게 칠 정도라면 혼자서도 얼마든지 배울 수 있는 것 같아요.

나도 한 몇 개월 연습하고 차이콥스키나 리스트, 쇼팽의 쉬운 버전 악보 구해서 연주를 했어요. 치면서도 제대로 연주하고 있는 건지 확신은 안 들었지만… ”

“그래요? 피아노 꼭 쳐보고 싶었는데… 준민 씨 말을 들어보니, 그렇게 어려운 것만은 아닌 것 같네요. 조금 희망이 생겼어요.”

“그래요. 어렵다는 생각은 하지 말아요. 나도 처음엔 두 손으로 동시에 두 음자리 악보 보며 연주하는 게 가능할까 생각했었는데… 내게 악보 읽는 법 가르쳐 준 그 학생이 그런 말을 했어요. 지금은 오래돼서 기억 안 나겠지만, 처음에 컴퓨터 자판 두 손으로 치는 것 연습했을 때도 분명 힘들었을 거라고…. 조금 지나면 컴퓨터 자판 치듯 편하게 건반도 두 손으로 치게 될 거라고… 처음에는 반신반의했는데 정말 금방 자연스럽게 치게 되더라고요. 먼저 오른손 연습하고, 그리고 왼손 연습하고, 같이 치고… 그런 식으로 연습했죠.

그리고 직접 내가 피아노를 쳐보니 내가 평소 듣던 연주자들의 음악이 다르게 들리더라고요. 와… 정말 이 부분의 연주는 대단한 거구나… 이 연주자는 이 음악을 이렇게 해석해서 연주하는구나. 그런 걸 생각하게 됐어요. 최근에 가장 자주 듣고 있는 음악이 쇼팽의 ‘녹턴’인데 쇼팽이 연주하는 ‘녹턴’이랑 연주자들이 연주하는 거랑 어떤 차이가 있을까? 쇼팽이 살아 있을 때 녹음한 음반이 있으면 들어보고 싶었어요. 작곡을 한 사람의 연주는 어땠을지….

피아노 콩쿠르에서 우승한 사람들의 연주는 다 같은 걸까 아니면 조금씩 다른 걸까? 그런 생각도 했죠. 악보는 하나니까 당연히 같아야 하는 거 아닌가 생각했죠. 멜로디나 리듬이 악보에 적혀 있으니까 만약 연주자가 그대로 친다면요… 그렇지만 나중에 예나 씨도 들어봐요.

어떤 장르의 피아노 곡이든 연주자가 바뀌면 그 연주가 같을 순 없어요. 어느 연주자는 어떤 음을 좀 더 부드럽게 아니면 좀 더 강하게 격정적으로 터치하고 그리고 음은 즉 멜로디는 맘대로 고쳐 칠 수 있는 게 아니니까 음을 다르게 칠 순 없어도 음과 음 사이 그 터치의 간격, 쉼의 길이 즉 리듬감… 그 음과 음 사이의 리듬감 차이의 연속적인 조합과 아까 말한 음들의 각각의 터치 강도 차이의 오묘하고 절묘한 조합이 결국은 다른 연주를 만들어 낸다고 생각해요. 결국 어떤 연주도 같을 순 없겠죠. 그런 조합 중에서 사람들은 자기에게 가장 맞는 음악을 찾아 듣게 되는 것 같아요.

제가 피아니스트 손열음의 팬인데 그녀의 연주가 그래요. 아주 독특한, 뭔가 말로 표현할 수 없는 그녀만의 아주 엇박 비슷하면서도 유려하고 끈적거리는 듯한 묘한 리듬감이 있어요. 강하게 터치해야 할 음들과 조금은 부드럽게 달래줘야 할 것 같은 음들의 구별에 대한 해석도 좋고 정말 그녀는 어떤 음 하나도 허투루 치는 것 같지가 않아요. 굉장히 사색적이죠. 그녀가 해석하는 음들의 간격과 터치의 강약 조합들이 내 기호에도 가장 잘 맞는 것 같아요.

특히 최근 자주 듣는 그녀의 쇼팽 '녹턴' 전집 연주를 듣다 보면 그 리듬감이… 우리 어릴 때 많이 갖고 놀던 그 매직스프링이란 완구 있잖아요? 계단을 혼자 굴러서 내려오는 그 스프링 놀이 기구요. 눈을 감고 그녀의 연주를 듣는데 그녀 연주의 리듬감이 그 매직스프링이 계단을 타고 내려오는 듯하다는 생각이 들었어요. 휘익 빠르게 내려오다 잠시 속도가 느려지다가 갑자기 에너지가 다시 응축돼 모이면 그걸 다시 빠르게 풀어내듯 갑자기 휘익 빠른 속도로 내려오는 그 신축적이고 탄력적인 묘한 리듬감이 정말 매력적이에요."

음악에 관심이 많은 듯 예나는 준민의 음악 이야기를 관심 있게 들었다.

"저는 고전 음악에 대해선 문외한이라 지휘자가 어떤 역할을 하는지도 잘 모르겠어요. 앞에서 지휘봉 흔들며 열정적으로 단원들을 코칭하고 리드하는 역할인 것 같은데 정확히 지휘자마다 어떤 차이가 있는 건지 어떤 지휘자가 명 지휘자가 되는 건지 이해가 잘 안 돼요."

예나가 말했다.

"나도 처음 교향곡이나 협주곡을 들을 때 지휘자가 다르면 연주에 어떤 차이가 있을까 궁금했던 적이 있어요. 그런데 쉽게 답을 찾았죠. 나도 이론은 잘 모르니… 그냥 단순하게 접근했죠. 여러 지휘자가 연주한 같은 곡을 여러 번 들어봤어요.

가장 빨리 그 차이를 이해하는 방법은 나처럼 음악을 들어보면 돼요. 하여튼 제가 대학 신입생 때 차이콥스키 음악에 완전 빠져 있었는데… 우연히 번스타인이 뉴욕 필을 지휘해서 녹음한 차이콥스키 6번 교향곡 앨범을 선물받았어요. 그 앨범을 여러 차례 듣다가 갑자기 그런 생각이 들었어요. 세계 최고의 지휘자라고 칭송받는 카라얀이 연주하는 6번 교향곡은 어떨까?라는… 그래서 카라얀이 베를린 필과 연주한 앨범을 친구한테 구해서 여러 차례 들어봤어요. 물론 번스타인과 카라얀 둘 다 너무 좋았죠.

그런데… 크리스마스즈음에 당시 명동에 새로 생긴 미도파 백화점 지하 음반 매장 구경을 갔었는데 그 6번 교향곡 최신 앨범이 내 눈에 띈 거예요. 우선 앨범 재킷 사진이 좋았어요. 지휘자가 연주하는 모습의 커다란 흑백 사진이었는데 저는 처음 들어본 이름의 지휘자였어요. 로린 마젤이라고… 비엔나 필과 연주한 앨범이었는데 돈을 내고 그 6번 교향곡 앨범을 사와서 들었죠. 그런데 그 음반이 정말 정말 좋았어요. 다른 앨범들에 비해 악기 편성에서 관악기의 비중이 훨씬 컸던 것 같아요. 훨씬 웅장하고 장엄하고 힘있고 그리고 속도감도 좋았고… 먼저 구한 두 앨범은 한 열 번씩 들은 것 같은데 로린 마젤의 그 앨범은 아마 백 번 이상 들었을 거예요. 그 세 장의 앨범을 차례대로 들어보면 예나 씨도 바로 느낄 수 있을 거예요.

'아… 지휘자가 다르면 이렇게 연주가 달라지는구나.' 하고…

우선 악기 편성을 달리하는 것 같아요. 그리고 어느 특정 파트에서 어느 악기를 더 강조한다든지… 연주의 속도나 세기도 조금씩 차이가 있어요. 커피 애호가들도 쓴맛, 신맛 아니면 단맛의 다양한 커피를 좋아하듯 기호가 다 다르잖아요.

그러니까 누구의 연주가 가장 훌륭하다고 하는 말은 잘못된 말인 것 같아요. 누구의 연주가 내게 가장 잘 맞다거나 아니면 가장 잘 와닿는다. 이 표현이 가장 정확한 표현인 것 같아요.

나도 음악 수업을 받아 본 적도 없고 이론도 따로 공부해 본 적이 없으니까 내 얘기 너무 그렇게 열심히 듣지는 말아요. 틀린 것도 많이 있을 거예요. 그렇게 눈 동그랗게 뜨고 쳐다보니까 부담되네요. 음악하는 분들이 들으면 그냥 야메로 배워서 제대로 알지도 못하면서 이상한 소리 한다고 할 수도 있어요."

준민이 웃으며 말했다.

"그리고 내 음악 이야기 들어줘서 고마워요. 이렇게 누구 앞에서 음악 관련 이야기를 해본 적은 처음인 것 같아요. 예나 씨는 끝까지 흥미 있게 들어줄 것 같았어요."

"아니요. 준민 씨 말이 체계적이거나 이론적이지는 않아도 저처럼 음악을 잘 모르는 사람한테는 쉽게 와닿고 이해되는 설명인 것 같아요. 누가 리듬감을 말하며 매직스프링 같다는 표현을 쓰겠어요? 그런데 제가 궁금한 게 하나 더 있는데… 제가 피아노 같은 악기를 어느 정도 연주할 수 있게 되면 노래도 만들 수 있을까요? 사람들이 노래를 어떻게 만들까 궁금하기도 했고 저도 언제 한 번 곡도 만들어 보고 싶었어요."

예나가 물었다.

"아니요."

준민이 바로 답했다.

"네?"

"아… 만들 수 없다는 말이 아니고… 노래는 지금도 만들 수 있단 말이었어요.

악기를 몰라도 멜로디를 만들 수 있단 말이죠. 예나 씨가 콧노래를 흥얼거릴 수 있다면… 음을 콧소리로 흥얼거릴 줄 안다면 언제든 노래를 만들 수 있겠죠. 목소리와 콧소리도 피아노 못지않은 멋진 악기고 성악가의 악기는 그 사람의 목소리잖아요. 아리랑 민요를 음대에서 작곡을 전공한 선생님이나 음대생이 만든 것도 아니잖아요.

러시아나 동유럽 고전 음악들 중에서 많은 곡들이 슬라브 민요에서 영감을 받아 그걸 모티브로 만들어졌대요. 그냥 한과 흥과 정서를 콧노래로 흥얼거리며 서민들이나 집시가 노래로 부른 것이 그 민요들이었겠죠. 그러니까 누구나 노래는 만들 수 있겠죠. 많은 사람들이 좋아해 줄지, 아닐지는 그 후의 문제겠지만요.

예나 씨도 할 수 있어요. 음악을 좋아하는 사람은 피아노도 빨리 배울 수 있고 언젠가는 노래도 만들 수 있을 거예요. 그러려면 음악을 우선 많이 들어야 돼요.

좋은 음악을 많이 듣다 보면 멋진 멜로디가 사랑이 다가오듯 예나 씨에게 불쑥 찾아올 거예요. 그림을 많이 본 사람이 그림도 그리게 되잖아요. 소설가나 시인들도 어려서부터 책을 많이 읽은 사람들이고….

그런데 작곡한다는 말도 어딘가 맞지 않다고 생각해요. 어떤 멜로디를 만들어야지 하고 프로그램 짜듯 음악이 만들어지는 건 아닐 테고… 그냥 어떤 순간에 어떤 환경 아래서 그 사람을 위한 고유한 멜로디가 불쑥 찾아오는 거란 생각이 들어요. 누구에게나 그런 영감이 찾아오기 좋은 환경이나 분위기 같은 것들이 있을 거예요.

그런 영감이 찾아와도 감정이 무뎌서, 아니면 너무 지치거나 바빠서 그걸 잡아내지 못하는 사람들이 물론 훨씬 더 많겠죠."

예나는 진지하게 준민의 이야기를 들었다. 재미없고 이상한 군대 이야기할 때의 준민의 모습과는 사뭇 달라 보였다. 그리고 준민이 군대 이야기할 때처럼 중간중간 딴지를 걸지 않으니까 정말 막힘 없이 장황하게 달변가나 그 분야의 전문가처럼 이야기를 잘도 쏟아 내는구나 하는 생각도 들었다. 마치 이십몇 년 동안 음악과 관련해서 하고 싶었던 말들을 오늘 하루에 다 쏟아낼 것처럼…

"참 그런데… 예나 씨는 취미가 뭐예요?"

준민이 갑자기 물었다.

"저요? 저는 의류 회사 다닐 때 디자이너들이 스케치북에 멋진 옷과 모델들을 그리는 모습을 많이 보며 지내서 그런지 그림에 관심이 많았어요. 지난번에 준민 씨도 그림에 관심이 많다고 하셨는데… 저도 처음에는 스케치나 데생 이런 것 위주로 혼자서 그렸는데 시간 내서 화실 다니며 그림을 제대로 배우고 싶다는 생각은 여러 번 했는데 아직 학원에 가본 적은 없어요.

아직은 미술학원이나 화실 다닐 만큼 시간적 여유도 없었고 부끄럽기도 해서 그냥 인터넷 검색해서 재료 사다가 혼자 좋아하는 화가들 그림 보고 따라 그리는 정도의 수준이죠. 틈틈이 연습해서 내가 좋아하는 꽃들이나 동네에서 가끔 마주치는 고양이나 강아지 찍어 둔 사진들 보고 그림으로 그리고 싶어요.

그리고 실력이 늘면 내가 좋아하는 사람들 인물화도 그려 줄 수 있으면 좋겠다는 생각을 해요."

"언제 한 번 예나 씨 그림들 좀 보여줘요. 스케치 같은 것도 좋고요. 궁금해요. 어떤 그림을 그리는지. 휴대폰에 저장해 둔 그림은 없어요?

지난번 플라스틱 인형 동화처럼 또 나중에 나 놀라게 하는 건 아네요? 그 동화 너무 좋았어요. 예나 씨는 재능이 많은 것 같아요. 그림까지 그려서 그림 동화 작가 하면 좋을 것 같아요."

"아니요…. 아직은 실력이 형편없어서… 보여주기가 좀 그래요."

"아니… 실력은 중요하지 않아요. 난 예나 씨가 어떤 그림을 그리는지가 궁금해요. 어떤 주제를 갖고 어떤 대상을 그리고 어떤 색들을 주로 쓰는지 그런 거요. 자꾸 그리다 보면 테크닉은 좋아지겠죠.

그림에서 가장 중요한 건 작가가 그리는 대상 그리고 그림 속에서 우리가 읽을 수 있는 작가가 말하고자 하는 스토리인 것 같아요. 너무 잘 그리려고 하지 말고 예나 씨만의 개성이 잘 드러나는 독특한 그림을 그렸으면 좋겠어요.

그리고 좀 실력이 늘면… 내 초상화도 하나 그려 줘요. 예나 씨가 내 얼굴 그려주면 정말 기쁠 것 같아요."

사실 준민은 얼마 전 예나와의 여행을 꿈꾸다 갑자기 떠오른 멜로디로 '여행'이란 노래를 만들고 있었다. 나중에 완성되면 예나와 함께 멋진 곳에 여행 가서 서프라이즈 이벤트를 열어 들려줄 생각이었다.

"아⋯ 네⋯."

아주 기어들어가는 목소리로 부끄러운 듯 예나가 웃으며 답했다.

"와! 예나 씨가 날 그려주는 그날까지 얼굴 관리 좀 해야겠어요.

더 이상 늙지도 말고, 삭지도 말고⋯."

"그럼 뭐해요. 제 실력으론 그 멋진 얼굴을 온전히 담아내지도 못할 것 같은데요⋯ 그냥 편히 사세요⋯."

예나가 웃으며 말했다.

"아니 그렇다고 편히 살란 말은 무슨 말이에요⋯ 나도 소중한 사람이에요. 아니 소중한 사람이고 싶어요⋯.

누군가에게⋯."

둘은 웃었다.

그렇게 지하철에 앉아 서로의 취미에 대해 이야기하며 웃고 떠들며 오는 사이 둘은 어느덧 학교 근처 역에 도착해서 개찰구를 빠져나와 출구 쪽 계단을 오르고 있었다.

"저⋯. 예나 씨, 화장실 다녀오세요."

지하철역 화장실 근처에서 준민은 예나에게 말했다.

"아까 지하철 탈 때 다녀왔잖아요. 괜찮아요."

"아니요⋯. 한 번 더 다녀와요."

"왜요? 소변이 내 맘대로 나오는 것도 아니고⋯ 지금 괜찮아요."

"그래요? 그럼 가죠."

식당으로 걸어가며 준민은 또다시 화장실을 떠올렸다. 학생 시절 막걸리를 마시면 금방 오줌보가 가득해져서 수시로 들락날락했던 그 화장실… 몇 개월 전 혼자 이곳에 왔을 때도 화장실은 옛날 모습 그대로였다.

동문회나 동아리 신입생들이 들어오면 그 식당에서 주로 환영식을 했는데 막걸리를 처음 먹어 본 신입생들은 냉면 그릇 사발식이 끝나면 화장실로 달려가 방금 들이켠 막걸리를 뿜어 대서 늘 막걸리 냄새가 진동하던 화장실이었다.

"참! 이 골목에 내 친한 친구들 하숙집들이 많이 있었죠. 나도 술 마시고 늦어서 버스 끊기면 친구들 하숙집에서 신세를 많이 졌어요.

이 근처에서 하숙하던 나랑 죽이 잘 맞았던 친구 놈이랑 저기 보이는 저 '학사호프'라는 생맥주 집에서 둘이 한치 안주에 생맥주를 자주 마셨는데….

그 친구가 하루는 너무 늦었으니 자고 가라고 했는데 전날도 집에 못들어가서 그날은 집에 가서 옷을 갈아 입어야 할 것 같아서 내가 그냥집에 가겠다고 하니까 한치 시키면 나오는 그 고추장을 집게손가락으로폭 뜨더니 갑자기 내 웃옷에 막 바르는 거예요. 흰 티셔츠를 입었었는데막 피 묻은 것 같고 고추장 냄새도 나고 해서 결국은 집에 가는 거 포기하고 그 친구 하숙집에 가서 한 잔 더하고 자다가 새벽 되어서 컴컴할때 첫 버스 타고 집에 갔던 기억도 나네요.

이 골목이 참 재미있는 골목이에요. 이 빌라 건물 자리에 예전에 나무로 된 대문이 있는 오래된 한옥이 있었죠. 그 집은 학생들을 받지 않았어요. 여기서 좀 떨어진 번화가 유흥주점이나 야한 술집 같은 곳에서 일하는 아가씨들이 하숙을 하는 곳이라고 소문이 나서 일부러 그 아가씨들 얼마나 예쁜지 궁금해서 친구들하고 이 문 근처에서 아가씨들 문 열고 나오는 모습 몰래 훔쳐보기도 했었죠. 친구 한 놈이 거기 술집 아가씨 한 명을 좋아하기도 했어요."

골목에서의 추억을 이야기하며 걷다 둘은 어느새 준민의 학생 시절 단골 술집에 도착했다.

오랜만에 본 사장님에게 준민은 반갑게 인사를 하고 식당 안으로 들어섰다. 낮부터 부슬부슬 비가 촉촉이 내리기 시작했다. 둘은 입구 쪽 자리에 앉아 출입문 사이로 비 내리는 모습을 가만히 바라보았다. 준민이 들어오자마자 벽에 붙은 메뉴판을 보는 척 마는 척 대충 보고 큰소리로 주문한 닭 곱창 볶음과 고추전이 나오길 기다리며 예나는 식당 실내를 이리저리 둘러 보았다. 막걸리도 한 주전자 시켰다.

안주가 나오자 예나는 처음 보는 닭 곱창 볶음은 손도 대지 않고 대신 방금 튀겨 바삭바삭한 고추전을 잘게 썬 양파와 청양고추가 들어있는 간장 소스에 찍어 먹으며 준민에게 물었다.

"준민 씨는 지난번에도 낮술 하더니 오늘도 또 막걸리를 시킨 걸 보니 술을 정말 좋아하나 봐요? 요새 자주 가는 술집은 어떤 곳들이에요?"

주점에 들어와서 다른 술집에 대해 묻는 걸 봐선 예나는 이곳이 그리 맘에 들지 않은 것 같다고 준민은 생각했다.

"비번인 날 자주 혼술하러 가는 이자카야가 서교동에 있어요. 해파리 초 절임 안주하고 소라 안주에 히레 사케라는 데운 청주 안에 복어 지느러미 구운 거 넣어주는 술 마시러 자주 가는 술집인데 처음 그 골목을 지나다 '간바레 미나상'이라는 일본말로 쓰여 있는 그 술집 이름이 왠지 모르게 나를 응원해 주는 것 같아서 그냥 들어갔었죠. 우리말로 가게 이름이 '힘내요! 여러분'이라는 뜻이잖아요."

늘 잠이 부족하니까 혹시 술 마시다 졸까 봐 카페인 미리 주입하러 근처 커피숍에 들러서 저녁 시간에 모닝 커피 같은 첫 커피를 마셔요. 참 그 커피숍 이름이 '애프터눈 커피'니까 저녁에 모닝 커피 같은 첫 커피를 '오후의 커피'라는 이름의 가게에서 마시는 거네요.

시원한 아이스 아메리카노 한 잔 마시고 정신이 좀 깨면 바로 취하러 그 이자카야로 향하죠.

혼자 가니까 미안해서 테이블에는 거의 앉지 않고 주방 바로 앞 다찌라 부르는 긴 바 테이블 같은 곳에 주로 앉아서 마시죠. 여사장님이 나이가 어려요. 얼마 전에 답변해줄 거라 기대도 안 하고 술김에 실례를 무릅쓰고 사장님 몸무게를 물어봤는데 대답을 해주더라고요.

체중이 나의 딱 절반이어서 그때 농담으로 내 반쪽이 여기에 있었네… 그렇게 찾고 찾아 헤매던 내 반쪽을 드디어 이곳에서 만났네… 라고 사장님에게 농담했었죠.

그곳에 가면 늘 다찌 자리에 앉다 보니 사장님과 알바생들이 요리하거나 재료 손질하는 모습을 바라볼 때가 많아요. 가끔 알바생들 밥해준다고 사장님이 이 재료 저 재료 섞어서 금방 맛있는 식사를 만들어 주는 모습을 볼 때도 많은데 저렇게 요리 잘하는 여자들 가족이나 친한 친구들은 참 좋겠다 그런 생각을 많이 했어요.

텔레비전 예능 프로그램에 나오는 변호사나 의사나 기자 같은 유명 여성 패널들도 좋지만 난 요리 잘하는 여성이 나와서 음식이나 요리 이야기하면 더 좋더라고요. 그냥 더 여성스러워 보이고 현명해 보여요."

준민이 말했다.

"그 유명 패널들도 덜 바쁘고 시간 내서 요리를 배우면 아마 잘할 거예요."

예나가 말했다.

"네, 그럴 수도 있겠죠. 그런데 난 요리도 미술이나 음악처럼 타고 나는 자질이 많이 있을 거라고 생각해요. 누구나 책 보고 방송 보고 학원 다녀서 요리를 잘할 수 있다면 다들 유명한 셰프가 되었겠죠. 요리에 대한 센스, 자신만의 독특한 미각과 맛에 대한 소신이나 철학, 적합한 재료를 선정해서 적절히 잘 조합해 내는 감각 그리고 더 맛있게 보이는 비주얼로 담아내는 미적인 재능 그런 것들은 어쩌면 화가들의 타고난 재능과 비슷한 것 같아요.

작가가 어떤 재료를 택해서 작품을 만들지… 다양한 오브제를 이용해서 표현할지 아니면 오일이나 아크릴을 써서 캔버스에 회화로 표현할지 아니면 입체적인 조형 작품으로 만들어 낼지 그런 고민들이 음식 만들기에서는 가장 중요한 식재료 선택과 조합의 과정과 비슷한 것 같아요.

구도나 채색에 대한 타고난 재능이 있거나 고민을 더 많이 해본 사람이 미적으로 더 아름다운 디스플레이를 보여주는 플레이팅을 해낼 수도 있겠죠. 그러한 예술적인 창의성이 미술이나 요리에도 똑같이 적용될 수 있을 것 같아요."

"예나 씨는 유명한 셰프가 있는 레스토랑에 가본 적 있어요?"

"아니요. 비싸잖아요. 가보고는 싶은데… 제 형편엔… 아니 만약 여유가 있어도 그런 곳에 가본 적이 없으니까 못 가게 되는 것 같아요. 고기도 먹어 본 사람이 잘 먹는다는 말도 있잖아요. 그냥 한식당에서 여러 가지 반찬이나 찌개 국 맛있게 만들어 주시는 주방 아주머니들이 제게는 최고로 멋지고 고마운 셰프님이라고 생각하며 실아야 할 것 같아요.

그리고 그분들 음식들도 고급스러운 그릇과 접시에 멋지게 담아내면 제 생각엔 유명한 셰프 음식 못지않게 훌륭할 거라 생각해요."

예나가 말했다.

"나도 그렇게 생각해요. 우리 동네 단골 식당 아주머니가 만들어 주시는 그 반찬이나 음식들도 고급스럽고 멋진 접시에 소량씩 신경 써서 예쁘게 담아서 실내 분위기 멋진 레스토랑에서 먹으면 느낌이 완전 다를 것 같아요.

충무로 인현시장에 작은 식당들이 길게 들어서 있는 좁은 골목이 있어요. 예전에 대한극장에서 영화를 보고 그곳으로 식사에 반주할 겸 들른 적이 있었는데 메뉴가 몇 개 안 되는 선술집 같은 작은 식당이었어요.

주인 아주머니가 강화도 분이셨죠. 동태탕, 삼치구이, 된장찌개 뭐 그런 음식들을 파는 식당이었는데, 마침 내가 오징어볶음이 먹고 싶어서 메뉴에도 없는데 한번 말해 봤죠.

'오징어볶음 먹고 싶었는데…, 메뉴에 없네요.'라고 그냥 얘기했는데….

아주머니께서 '오징어볶음 먹고 싶어요? 해주면 되지. 잠깐만 기다려요.' 하시더니 바로 옆 시장 좌판에서 오징어를 사오셔서 바로 만들어 주시는 거예요. 마침 술손님들로 붐비는 저녁 시간 전이어서 손님이 없었거든요.

아주머니가 주방에서 오징어볶음을 만들며 하나하나 물어보시는 거예요. 양파는 많이 넣는 걸 좋아하지? 호박도 썰어 넣어 줄까? 매운 청양고추나 고춧가루 많이 넣어줄까? 마치 내가 만들어 먹는 듯한 느낌이 들 정도였죠. 아주 맛있었어요. 그렇게 내 입맛 식성을 꼼꼼하게 배려해서 요리를 만들어 주신 분은 없었던 것 같아요. 내겐 그분이 가장 기억에 남는 인생 최고의 셰프인 것 같아요."

둘이 이런저런 이야기를 나누며 막걸리에 고추전과 닭 내장 볶음을 먹고 있는데 주방에 계시던 사장님이 나오셨다.

"요새 손님은 많아요? 장사는 어때요?"

준민이 사장님을 보고 물었다.

젊은 손님들이 보통 고모라 부르는 사장님은 이 식당의 2대 사장님이다. 원조 사장님은 연세가 많으셔서 오래전에 일을 관두고 아들 집에서 지내신다고 한다.

"지난번에 들렀는데 초저녁부터 주무시고 계시던데… 내가 깨워도 안 일어나시길래 잠깐 앉아 기다리다가 다른 집 가서 먹었어요. 손님들하고 낮술 드신 것 같던데… 그렇게 곯아떨어질 정도까지 드시면 안 되죠. 그릇들이 입구 쪽에 떨어져 있어서 제가 좀 치우고 갔어요.

나이도 있으신데 건강 생각하셔야죠. 예전에도 지나가다 들여다봤더니 손님이 한 명도 없던데… 요새 장사는 어때요? 우리야 옛날 학창 시절 생각나서 오래된 이 가게 실내 분위기가 좋다고 느끼지만 요새 젊은이들이 이렇게 낡은 분위기의 가게를 별로 좋아하지 않을 수도 있어요.

그리고 화장실도 좀 고쳐봐요. 그리고 요새도 현금만 받아요? 요새 젊은이들이 현금을 잘 안 가지고 다니는데… 그래서 더 안 올 수도 있어요."

준민의 계속되는 걱정 섞인 당부의 말에도 사장님은 잠시 별말이 없었다.

"내 나이가 얼마인데… 얼마나 더 한다고…"라고 한숨 쉬며 말하시더니, 잠깐 주방에 들어가 꼬막무침을 작은 그릇에 담아 내오셨다.

"지난번에 왔었다고? 미안해. 손님들하고 낮술을 많이 마셔서 저녁에 잠들었을 때 왔었나 보네. 이거 좀 먹어 봐. 내가 밥 먹을 때 먹으려고 사온 건데 어서 먹어 봐."

준민이 좋아하는 꼬막무침을 무심하게 내려놓고 다시 주방 쪽으로 사장님이 들어가려는데… 마침, 주방 근처 자리에 앉아 저녁 식사 겸 반주를 하던 단체 손님이 자리에서 일어나며 사장님에게 신용카드를 건넸다. 무뚝뚝한 편인 사장님이 조금은 예를 갖춰 대하는 걸 봐선 단골이나 졸업생이 아닌 처음 온 손님 같았다. 아마도 근처 신축 빌라 공사장에서 온 사람들 같았다.

"혹시 현금 없나요?"

작은 목소리로 미안한 듯 묻는 사장님에게 현장 관리자로 보이는 덩치 큰 나이 든 손님은 "죄송한데 카드로 결제해 주셔야 할 것 같은데요." 라고 대답했다. 한 번 더 현금 결제를 부탁하는 사장님에게 되돌아온 답은 "죄송합니다."였다.

식당 한구석에 위치한 조그만 내실에 들어가서 사장님이 꺼내온 건 잘 사용하지 않는 듯 비닐에 덮여 있는 작은 신용카드 단말기였다. 카드 단말기를 연결하고 영수증 종이를 서랍에서 꺼내어 단말기 안에 끼워 넣는 데만 한참의 시간이 흘렀다. 손님은 기다리다 지쳐 빨리 현장에 가봐야 하니 어서 결제해달라고 재촉을 했다.

그 광경을 지켜보던 준민은 단말기 쪽으로 가서 사장님 대신 영수증 종이를 끼워 넣었고 손님은 카드를 긋고 결제를 했다. 그런데 영수증 종이가 오래돼서 눌러붙었는지 아니면 종이가 발행되는 출구 틈이 막힌 건지 결제는 되었는데 영수증이 출력이 안 되었다. 손님은 비용 처리를 위해 영수증을 제출해야 하니 사장님에게 빨리 다시 영수증을 발행해 달라고 말하고 사장님은 영수증이 안 나왔으니 혹시 결제가 제대로 안 된 거 아니냐고 손님에게 서로 묻는 난처한 상황이 되었다.

준민은 아까부터 혼자 멍하니 밖을 바라보고 있는 예나는 신경도 쓰지 못한 채 사장님과 그 손님 사이에서 결제 문제를 해결해 주느라 진땀을 흘리고 있었다. 다시 용지를 끼워봐도 영수증은 나오지 않았고 새 용지도 없고 해서 그 손님한테 죄송하다고 말씀드리고 바쁘시면 우선 가시고 나중에 다시 한 번 들러서 영수증 받아가시라 하고 보내려는데…. 사장님은 여전히 영수증 안 나왔는데 계산이 제대로 안 된 거 아니냐면서 손님한테 현금으로 다시 계산하고 가시라고 얘기를 꺼내길래 준민은 그 손님 휴대폰 결제 내역 문자 메시지를 확인해서 사장님에게 보여주며 제대로 계산이 된 거니까 걱정 안 해도 된다고 안심시키고 난 후에야 손님들을 보낼 수 있었다. 십여 분에 걸친 카드 결제 실랑이는 그렇게 끝났다.

"요새 장사도 잘 안 되는데 처음 오신 분들이고 또 이것저것 먹고 마신 것도 많아서 금액도 크게 나와서 그랬지. 단골이면 나중에 다시 와서 내라고 했을 텐데….

난 영수증이 발행 안 되길래 카드 결제가 제대로 안 된 건 줄 알았어. 어쨌든 고마워."

사장님이 기운 빠진 목소리로 말했다.

준민은 그렇게 말하는 사장님의 얼굴이 갑자기 더 늙어 보이는 것 같이 느껴졌다.

이 식당 원조 사장님의 카리스마는 대단했다. 낮부터 식당 입구에 의자를 놓고 앉아 쉬시며 학생들이 혹시 그냥 지나쳐 가기라도 하면 다짜고짜 "어디가? 여기 안 오고…?"라고 째려보며 소리치면 맘 약한 학생들은 다른 식당을 가다가도 맘을 바꿔 이곳에 들러 한잔하고 가기도 했었다. 준민 역시 초저녁부터 친구들과 고등어구이니 생선 찌개 안주 하나에 막걸리 몇 주전자를 들이키고 기절해서 내실에서 잠깐 잠을 자다 간 적도 몇 번 있었다. 원조 사장님이 그만두시고 약 이십 년 전 이곳을 물려받으신 지금 사장님은 그때만 해도 젊었는데… 돈 없어 외상한다고 학생들이 맡기고 간 수백 개의 학생증도 외상값 특별사면을 선언하고 학교에 다 돌려보내주시고, 어려운 학생들에게 장학금도 기부하곤 했는데…그때의 사장님도 이제는 세월이 흘러 원조 사장님의 모습을 닮아가고 장사도 예전 같지 않은지 얼마 되지 않는 결제 문제 때문에 그렇게까지 손님을 붙잡았을까라는 생각을 하니 준민은 갑자기 맘이 짠해져서 예나의 만류에도 막걸리를 한 통 더 가져와 벌컥벌컥 마시고 식당을 나왔다.

예나는 그런 준민의 모습에 화가 난 듯 보였다.

"예나 씨, 이런 오래된 가게를 보면 그런 생각이 들어요. 한때 잘 나갔던 우리 아버지들의 늙어버린 모습 같다는 생각이요. 쇠락한 고택처럼 세월에 묻혀 쓸쓸하고 조용히 우리 기억 속에서 사라져가는 많은 어른들과 추억들처럼… 그래서 가끔은 이런 오래된 식당들이 사람처럼 생각될 때가 있어요. 더 늦기 전에, 더 늙기 전에, 떠나기 전에 한 번 더 들러봐야 할 것 같은 그런 어른들처럼요…"

준민이 한숨을 쉬며 말했다.

술에 취해 버스를 타고 예나와 함께 동네로 돌아오며 준민은 막걸리 냄새를 예나에게 풍기기 싫어 예나가 앉은 자리 맞은편 창가 자리에 떨어져 앉아 창밖의 풍경을 멍하니 바라보며 학창 시절 그 식당에서의 즐거웠던 추억들을 떠올려 보았다. 그러다 문득 창문에 비친 예나의 옆모습이 보였다. 지난번 남산에서도 예나가 그다지 즐거워하지 않았던 것 같은데… 오늘도 예나는 준민이 좋아하는 닭 곱창볶음 안주는 손도 대지 않고 고추전도 먹는 둥 마는 둥 조금만 먹고, 사장님과 손님 간에 벌어진 실랑이 때문에 한동안 혼자 테이블에 남겨져서 즐겁지 않았을 것이란 생각이 들었다. 미안한 마음에 준민은 갑자기 그런 생각이 들었다.

'그냥 동네에서 계속 함께 점심을 먹을걸… 괜히 힘들게 서울까지 나오자고 해서 예나를 불편하게 하고 있는 건 아닌지…. 적어도 지난번과 오늘 두 번의 서울 데이트는 모두 성공적이지 않았던 것 같다.'라고 준민은 생각했다. 나름 예나에게 좋은 점수를 따기 위해 고민고민하고 사전 답사도 다녀오고 신경을 많이 썼는데 예나가 좋아하는 것 같지 않다는 생각이 들자 준민은 갑자기 피로감이 몰려왔다.

오후 다섯 시면 준민도 일하러 동네로 돌아가야 하는데 서울까지 나와서 점심을 먹고 서둘러 되돌아오는 것도 부담스러웠다. 그렇다고 서울 점심 투어를 제안한 준민이 2주 만에 그만두자고 먼저 얘기하기도 뭐하고 해서 그냥 다음번 식사는 아예 작정하고 예나가 싫어할 만한 메뉴로 골라서 "우리 서울 맛집 투어는 그만하는 게 어떨까요?"라는 얘기가 예나 입에서 나오게 하든가 아니면 예나가 실망스러운 표정을 또 지으면 준민이 알아서 "예나 씨가 서울 나오는 것 좀 힘들어 하고 불편해 하는 것 같은데…, 우리 그냥 서울 나들이는 관두고 그냥 예전처럼 동네에서 만나요"라고 얘기해야겠다고 준민은 생각을 했다.

그럼 과연 예나가 싫어할 만한 음식은 뭘까?

희한한 고민거리를 놓고 준민은 며칠 동안 심사숙고를 해야만 했다.

이번 주 목요일은 충무로 대한극장 앞에서 만나기로 했다. 지난 한 주 고민 끝에 준민이 살아오며 가장 맛없다고 느꼈던 음식 하나를 고를 수 있었다. 아직 평생 세 번밖에 먹어 보지 않아서 제대로 그 음식의 진가를 알아보지 못했을 수도 있다. 하지만 처음 먹었던 십 년 전, 이모가 맛있다고 해서 데려간 어느 유명한 식당에서 그 음식의 국물을 한 숟갈 떠 먹고 이모에게 했던 말이 준민의 기억에 아직도 생생하다.

"이모, 내 거 뭐가 이상한데요. 그냥 맹물이에요. 간을 안 하고 준 것 같은데요. 주방에서 실수한 것 같아요."

그러자 이모는 손을 뻗어 준민 그릇의 국물을 한 숟갈 맛보시더니…

"원래 맛이 이래. 한 번도 안 먹어 봤니? 이 맛에 먹는 건데… 이 심심하고 은은한 육수 맛에…"

그로부터 4년 후인가…. 오랜만에 친구를 만나러 준민이 졸업한 중학교 앞에 갔다가 그 음식을 파는 식당이 있길래 한 번 들렀었다. 혹시나 그때 처음이라 그 음식 맛을 제대로 못 느낀 건 아닌가 해서… 그러나 역시나였다. 그냥 소면과 고기 몇 점을 넣고 삶은 듯한 밍밍한 육수에

면을 얹어 나온 듯한 그 음식은 두 번째에도 준민에게 좋은 느낌으로 다가오지 못했다.

그 후로도 한 번 더 단체 모임에 갔다가 그 음식을 먹은 적이 있는데 역시 밍밍해서 식초와 겨자를 조금 더 넣어서 그냥 먹었던 적이 있었다. 그 후로 준민은 그 음식은 자기와는 궁합이 안 맞는 음식으로 생각해서 더 이상 먹는 걸 시도조차 하지 않았다. 준민은 그때 생각했다. 음식도 사람처럼 첫 느낌이 중요하고 사람의 관계처럼 노력한다고 크게 좋아지는 건 아닐 거라고….

오늘 준민은 예나가 오면 대한극장 근처에서 아주 오랫동안 그 메뉴를 팔아 왔다는 식당에 갈 생각이었다. 그럼 지난번 버스에서 계획했던 것처럼 둘의 서울 맛집 투어도 오늘로 끝날 것이라 생각했다.

이십 분 먼저 대한극장 앞에 도착해서 예나가 나타나기를 기다리며 준민은 힘들게 자기를 보러 충무로까지 오고 있을 예나를 생각하니 갑자기 미안한 생각이 들었다. 오십 분 넘게 지하철을 타고 이곳에 오고 있을 텐데… 맛없는 그 음식을 억지로 먹는 예나의 모습을 상상해 보았다.

상상만으로도 미안하고 불편했다. 그래서 예나를 기다리는 그 잠깐 사이에 준민은 맘을 고쳐먹고 그녀가 오면 대한극장 건너편 인현시장 골목으로 데려가 지난번에 인생 최고의 셰프라고 얘기했던 강화도 출신 아주머니가 계신 식당으로 가기로 마음먹었다. 그곳에 있는 삼치구이나 해물 찌개 같은 메뉴는 분명 예나도 좋아할 것이라 생각했다.

마침 예나가 지하철 입구 계단에서 천천히 걸어 올리왔다. 늘 외롭고 쓸쓸한 표정의 예나가 준민을 보더니 어색하게 웃는다. 준민은 생각했다. '몇 번을 더 만나야… 아니 앞으로 둘이 얼마나 더 친해져야 예나가 환한 미소를 띠며 인사하는 걸 볼 수 있을까?'라고….

예나는 지하철을 타고 오며 생각을 했다.

'왜 준민 씨는 나에게 뭐가 먹고 싶은지 미리 물어보지 않는 걸까? 지난번에 못 먹는 음식이 뭐냐고 물어본 적은 있는데 이상하게 내가 뭘 좋아하는지는 왜 궁금하지 않을까? 그리고 동네도 아니고 멀리 서울까지 식사를 하러 오는 거면 왜 미리 뭘 먹으러 간다는 얘길 해주지 않을까?'

준민 씨가 사람도 좋고 성실하고 매너도 좋은데… 그런 면은 참 이해하기 어렵다고 예나는 생각했다. 나름의 깜짝 이벤트라고 생각해서 그러는 건지 아니면 유명한 서울 맛집들이라 예약을 하기 어려워 그러는 건지… 우리가 먹는 시간이 점심 피크시간도 아니어서 그런 것 같지도 않은데… 하여튼 이번에도 내 입맛에 맞지 않는 음식을 먹자고 하면 지난번처럼 내가 편하지 않은 분위기의 식당으로 또 가면 미안하지만 이런저런 핑계를 대서라도 서울 투어는 당분간 그만두자고 먼저 얘기를 해야겠다고 예나는 생각을 했다.

그냥 이렇게 참다간 괜히 준민 씨마저 싫어질 것 같다는 생각이 들었다. 왜 내가 먹고 싶은 음식이 준민 씨는 궁금하지 않은 걸까? 그래, 준민 씨가 연애 경험이 없어서 그런 배려에 서툴지도 모르지… 사람은 참 따뜻하고 좋은데…. 그렇지만 입맛이나 취향은 서로 좀 많이 다른 것 같다고 예나는 생각을 했다.

'준민 씨는 평양냉면 같은 건 안 좋아할까?'

"무슨 음악을 그렇게 열심히 듣고 와요? 뭐 공부해요?"

이어폰을 끼고 있는 예나에게 준민은 물었다.

"공부는요…. 음악 들으며 왔어요."

"무슨 음악이요? 나도 좀 들려줘 봐요."

예나는 이어폰 한쪽을 준민의 귀에 끼워 줬다.

"아니… 이거 지금 뭐라고 말하는 거예요? 불어 같은데…"

"샹송이에요. 프랑소와즈 아르디의 '내 청춘이 떠나가네'란 노래예요."

"무슨 가사인지 알아요? 난 가사를 모르면 멜로디가 좋아도 느끼는 감동이 덜 하던데…"

준민이 말했다.

"불어는 모르지만. 이 가수의 노래들을 너무 좋아해서 예전에 인터넷에서 우리말 가사를 검색해 봤었죠. 가사는 대충 이래요.

내 청춘이 떠나가네

한 편의 시를 따라…

어느 운율에서 또 다른 운율로…

내 청춘은 가네

두 팔을 흔들며

내 청춘이 떠나가네

말라버린 샘물가로

그리고 버들가지 치는 사람들이

내 젊음을 거두어들이네…

뭐 이런 내용이에요."

예나가 말했다.

"가사가 슬프고 쓸쓸하네요. 당나라 두보의 시가 떠오르는걸요."

준민이 생각에 잠긴 듯한 표정으로 말했다.

"참… 독특해요. 샹송을 들려줬는데 당시로 화답을 하네요."

웃으며 예나가 말했다.

"불어는 참 아름다운 언어인 것 같아요. 글자나 언어의 구조 뭐 그런 건 모르겠지만, 귀에 들려오는 불어 발음들이 너무 멋진 것 같아요. 예전 파리에서 서울로 오기 위해 드골 공항에서 티켓팅하려고 줄을 서있었는데 목에 스카프를 두른 현지 항공사 여직원이 너무 멋진 거예요.

백인과 흑인의 혼혈 여성이거나 알제리 쪽 여인 같았는데 붉은 립스틱을 짙게 바르고 머리를 위로 땋아 올렸는데 까무잡잡한 피부와 건강미 넘치는 몸매 그리고 지적이고 자신감 넘치는 매력적인 눈빛… 아마도 보들레르의 연인 잔느 뒤발이 저렇게 생기지 않았을까 생각하며 나도 모르게 계속 뚫어지게 쳐다봤어요.

그러자 그녀도 자기를 쳐다보는 걸 의식했는지 갑자기 나에게 웃으며 윙크를 하는 거예요. 깜짝 놀라서 시선을 피하지도 못하고 잠깐 눈이 마주쳤는데, 얼마나 설레고 놀랐던지… 티켓팅하고 짐을 부치면서 그녀가 영어로 뭐라고 말을 하다 마지막에 불어로 또 뭐라 내게 잠깐 얘기했는데… 무슨 말인지는 알 수 없었지만, 그 불어가 너무 멋지게 들려서 그냥 뭔 뜻인지 몰라도 좋으니 그냥 그녀가 내 옆에서 불어로 아무 말이나 좀 더 얘기해줬으면 좋겠다고 생각했죠.

비행기 안에서 그녀의 윙크가 생각나 기분이 좋아져서 종이와 펜을 꺼내 그녀의 얼굴을 떠올리며 그림을 그렸어요. 샹송이 좋은 데에는 불어의 뭔지 모르게 세련되고, 고상하고, 아름답게 들리는 그 발음도 한 몫 톡톡히 하는 것 같아요."

준민이 말했다.

"그래요. 샹송을 들으면 혀와 입술 사이로 휘파람 소리처럼 새어 나오는 그 부드러운 발음이 정말 좋아요. 불어를 쓰는 사람들은 화나도 소리도 지르지 않고 짜증 내지도 않을 것 같다는 생각이 들 정도니까요.

그 부드럽고 감미로운 언어로 어떻게 그러겠어요? 제가 처음 들은 샹송은 아다모의 '눈이 내리네'란 곡이에요. 초등학교 6학년 때 우리 반 친구가 학예회 때 피아노를 치며 그 노래를 불렀어요. 불어를 알고 불렀을 리는 없고 아마도 부모님이 그 샹송을 들으며 소리 나는 대로 우리말로 받아 적은 걸 그대로 연습해서 따라 불렀던 것 같아요. 그래도 정말 멋졌어요."

예나가 말했다.

"네, 우리 어릴 때 외국 노래 들리는 대로 받아쓰기해서 많이 따라 부르곤 했죠. 저는 올리비아 뉴튼 존의 그 '피지컬' 노래 기억나요…. '웬일이니 파리똥~' … 알죠? 우리 학생 때 많이 불렀었잖아요."

준민이 노래를 흥얼거리며 말했다.

"예나 씨, 우리 지난번 내가 얘기했던 그 식당 갈까요? 내 인생 최고의 셰프라고 얘기했던 그 강화도 출신 아주머니가 하시는 식당이요. 이 근처에 있어요."

"네, 좋아요."

준민과 예나는 횡단보도를 건너 진양상가 옆 골목길을 따라 걷다 인현시장이 나오는 작은 골목으로 들어섰다. 하필 가는 날이 장날이라고… 두 시가 다 된 늦은 시간임에도 그 식당 안은 막걸리에 생선구이 안주를 놓고 이야기 삼매경에 빠진 나이 드신 손님들로 가득했다. 가게도 협소하고 골목도 어수선해서 가게 안이나 골목에서 잠깐 대기할 분위기도 아니어서 둘은 시장 밖으로 빠져나와 다시 큰길 쪽으로 향했다. 길을 걸으며 준민은 미안하지만 어쩔 수 없다는 생각을 하며 원래 계획했던 식당으로 예나를 데려가기로 마음먹었다. 잠시 망설이다 준민은 헛걸음하게 해서 미안하다는 듯한 표정을 지으며 예나에게 말을 건넸다.

"저기… 예나 씨… 우리 평양냉면 먹으러 갈래요? 이 골목으로 쭈욱 조금만 더 가면 유명한 냉면집이 있어요. 평양냉면 괜찮겠어요?"

"네!"

예나가 환하게 웃으며 답했다.

혼자 있거나 멍하니 생각에 잠길 때면 다소 어둡고 무거운 표정인 예나의 얼굴도 아주 가끔 웃을 땐 아기처럼 입꼬리가 크게 올라갈 정도로 환하고 밝게 웃곤 했다. 비록 그 웃음을 자주 볼 수는 없었지만… 준민은 예나를 알게 된 후 오늘 그녀의 가장 환한 웃음을 볼 수 있었다.

그렇게 둘의 서울 데이트는 계속될 수 있었다.

평양냉면과 만두가 나왔다. 준민은 평양냉면보다는 따끈한 만두부터 먼저 젓가락으로 집어 입속에 넣었다. 예나는 수저로 먼저 평양냉면의 육수를 천천히 몇 모금 음미하더니 젓가락으로 면을 조금씩 집어 조심스럽게 먹기 시작했다.

준민은 냉면 그릇을 손으로 들어 입에 갖다 대고 냉면 국물을 몇 모금 마셨다. 역시 밍밍하고 간이 덜 된 듯한 알 수 없는 이 오묘한 맛에 대해 아직 준민은 뭐라 평가를 할 수 있는 단계는 아니라고 생각을 했다.

가끔 SNS에서 친구들이 냉면 먹은 사진을 올리곤 하는데 모두 다 평양냉면 사진들만 올리는 걸 보고 희한하다고 생각했던 적도 있었다. 준민 입맛에는 그나마 함흥냉면이 더 맛있고 사람들도 그걸 자주 먹으러 가고 고깃집에서 나오는 후식도 보통은 함흥냉면인데 SNS에 함흥냉면 먹었다고 올리는 사람은 못 봤어도 평양냉면 먹은 사진은 간간이 올라오는 걸 볼 수 있었다.

가끔 이 맛이 진짜 냉면 맛이라고 얘기하거나 평양냉면을 먹을 줄 알아야 진짜 냉면 마니아라는 글을 올리는 사람들을 볼 때마다 사람 입맛이 다 제각각 다른데 자기 입맛에 맞는 게 맛있는 냉면이지… 왜 자기 입맛을 남에게 강요하려 하나 하고 혼자 생각했던 적도 있었다.

준민은 예나가 맛있게 평양냉면을 먹는 모습을 쳐다보며 자기도 맛있는 척 후루룩후루룩 냉면을 금방 비웠다. 맛있게 먹는 예나의 모습을 보고 있자니 그 모습에 최면에 걸려 평양냉면이 생각보다 아주 맛있게 느껴졌다.

"준민 씨!"

"네."

"한 가지 물어볼 게 있어요. 지하철 타고 오면서 궁금했던 건데요. 왜 준민 씨는 내가 뭘 좋아하는 지 물어보지 않죠? 지난번 뭘 못 먹는지는 물어봐 놓고 내가 뭘 즐겨 먹는지는 궁금하지 않나요? 뭐라고 하는 건 아니고 그냥 궁금했어요."

"네…"

준민은 조금 당황한 듯 머뭇거리다 답을 했다.

"나중에 알려 줄게요."

"네?"

예나는 의외의 답변에 시큰둥해 하면서도 더는 묻지 않았다.

준민은 속으로 생각했다.

'서서히 알아가고 싶어서요….

이렇게 늦은 나이에 찾아온 사랑, 아마도 내 인생에 마지막일 것 같은 사랑, 예나 씨에 대해 설렘 속에 알아가는 과정 그 하나하나가 내게는 너무 소중하니까요….'

"준민 씨는 예전에 여행사 다녔으면 해외 출장이나 여행도 많이 가봤 겠어요? 그렇죠?"

"네…."

"그럼… 여행 다니면서 즐거웠던 곳이나 재미있었던 일들에 대해서 저한테 가끔 얘기해주세요. 여기 이 여행 빈곤자를 위해서요."

그녀의 눈이 빛났다.

"네. 어느 나라부터 얘기를 할까요? 먼저 미국 얘기를 해볼까요?

나도 꼭 가보고 싶은 뉴욕은 아직 못 가봤어요. 예전 40년대, 50년대 유명한 흑백 멜로 영화 속에 등장하는 엠파이어 스테이트 빌딩 꼭대기에서 뉴욕 마천루 야경을 내려다보고 싶은데… 뉴욕은 나중을 위해서 아껴 두었다고 생각하고 있어요. 그곳은 사랑하는 사람과 가야 제대로 그 기분을 느낄 수 있을 테니까요."

준민은 잠깐 예나의 눈을 들여다보았다. 예나는 부끄러운 듯 고개를 숙이고 웃었다.

"내가 가장 감명 깊게 본 외화가 '바람과 함께 사라지다'인데 조지아 주를 지나며 그 영화 속 타라의 농장과 같은 풍경들이 쫙악 펼쳐지는데 영화 속 명장면들이 생각나서 엄청 감동을 받았죠. 아…. 그 소설을 쓴 작가 미첼이 조지아 출신이에요. 그 영화 속 배경도 조지아고요. 물론, 샌프란시스코의 골든 게이트나 골든 게이트 파크 그리고 태평양 연안의 그 길고 광활한 비치들도 너무 좋았어요. 비치들 이름도 예뻤고… 샌프란시스코 트램 길을 따라 이어지는 다양하고 예쁜 색깔들의 오래된 유럽풍 주택들도 멋져요. 골든게이트 파크를 걷다 보면 시민들이 기증한 벤치들이 있는데 거기에 문구들이 하나씩 쓰여 있었어요. 주로 아버지, 어머니를 추억하며 쓴 글들인데… 너무 좋았어요. 자기가 사랑하는 사람을 추억하며 공원에 의자를 기증한다는 것이…

유콘이라는 큰 차를 몰고 요세미티를 가는 길에 거대한 삼나무 숲을

지났는데 그 큰 나무들을 올려다보던 기억은 정말 잊을 수 없죠. 정말 나무들이 어마어마하게 컸어요. 참 유콘은 알래스카에 있는 강줄기 이름이래요. 유콘 너무 어감이 멋지지 않아요? 유니콘도 연상되고… 그 이름이 멋져서 그 차를 렌트했어요. 빙하 녹은 차가운 물이 흐르는 유콘 강처럼 멋지게 운전할 수 있을 것 같았어요….

그 차에 지도도 없이 화살표와 안내 음성만 나오는 작은 내비게이션이 달려 있었는데… 우리나라하고 다르게 자세한 설명을 해주지 않아서 처음에는 길 찾느라 많이 고생했죠. 한 번은 역주행한 적도 있었어요.

호주에서는 골드코스트라는 엄청 긴 해변에 갔었는데 해변이 얼마나 긴지 신경 안 쓰고 정처 없이 계속 걷다 보면 해변이 끝이 없이 이어져서 햇살에 얼굴이 반쪽만 타서 얼굴이 반만 까맣게 될 수도 있어요. 호주에서 운동하다 캥거루하고 시비가 붙어서 장난쳤던 기억도 있어요. 캥거루들은 정말 짓궂고 개구진 사람들 같았어요. 혹등고래를 보러 요트를 타고 바다에 나갔었는데 고래가 물 뿜는 모습도 정말 장관이었죠.

쿠바 옆에 있는 바하마에도 갔었는데 바다에서 요트를 타고 뜨거운 태양 빛에 데워져 피어오르던 거대한 구름 꽃 무리들을 갑판 위에 누워서 바라보던 기억이 나요. 바하마에서 마지막 밤잠을 설쳐서 새벽 일찍 아무도 없는 해변을 혼자 걸었는데… 모래사장을 나가 보니 새들 발자국들이 길게 늘어 서 있는 거예요. 아주 많은 새들이 나보다 앞서 해변을 산책하고 간 거죠. 새들은 참 부지런하다는 생각을 했어요.

바하마 리조트가 있는 섬을 연결히는 디리 밑에 비니이판 같은 자재로 허술하게 만든 선술집이 몇 곳 있었는데 가끔 생각하면 그 풍경이 너무 바하마스럽게 느껴져서 다시 놀러 가고 싶은 생각이 들기도 해요. 꼭 들러서 한잔 하고 싶었는데 결국 가진 못했지만, 다시 바하마에 가게 되면 그곳에 들러서 비치 송 들으며 럼주 한잔 하고 싶네요. 여행을 가도 나중에 다시 와서 볼거리나 할 일들은 좀 남겨두고 오는 것도 좋은 것 같아요. 그래야 아쉬워서 또 생각나고 다시 가고 싶고 그렇겠죠. 사람 사이의 관계도 그런 것 같아요. 너무 많이 빨리 모든 걸 알게 되면 금방 싫증이 날 수도 있는 거처럼요.

스웨덴 스톡홀름에서 핀란드 헬싱키로 가는 크루즈 꼭대기 갑판에서 바라본 백야의 풍경도 잊을 수가 없어요. 거긴 꼭 사랑하는 사람과 함께 죽기 전에 다시 가보고 싶어요… 두 나라 사이의 바다가 다도해여서 그 뱃길을 따라 아주 작은 섬들이 드문드문 계속 나타나는 거예요. 아주 작은 섬인데 섬마다 예쁜 오두막 같은 통나무 집들이 한두 채 씩 있고 섬 선착장에는 예쁜 색깔의 배들이 정박해 있었어요. 그 모습이 너무 아름다워서 크루즈 갑판 위에서 한참을 내려다봤어요. 정말 꿈만 같았어요. 동화 속에서 나올 것 같은 그런 예쁜 풍경이었어요.

헬싱키의 수오멘리나 섬에도 갔었는데… 바람이 얼마나 세게 불던지 내가 절벽 쪽으로 힘껏 달려가서 바다로 점핑을 했는데… 다시 뒤로 튕겨 돌아올 정도였어요.”

“에이…. 바람이 그렇게 세다고요?”

“에이…. 당연히 농담이죠.”

준민은 예나의 말투를 흉내 내며 말했다.

“그런 장난이라도 쳐보게 그 섬에 가보고 싶네요.”

예나가 부러운 듯 말했다.

“덴마크에선 어느 일본 여인이 아주 커다란 가방 두 개를 낑낑대며 끌고 길을 걸어가고 있길래 내가 도와주겠다고 말하고 숙소인 어느 호텔 로비까지 들어다 준 적이 있는데 그 일본 여자분이 너무 감사하다고 몇 번을 고개를 숙여 인사하더니 내게 명함을 주며 일본에 오면 꼭 연락을 하란 거예요. 명함 뒷면의 영어 이름을 읽어 보니 이름이 가오리였어요. 가오리 상. 명함 받고 그 이름을 읽다가 나도 모르게 웃고 말았었죠. 가오리 상이 왜 웃냐고 묻더라고요. 정말 일본 가게 되면 연락을 한 번 해볼까 생각했는데… 명함을 잃어버렸어요."

"저도 재미있는 이름 가진 일본 친구들 많이 알아요."

예나가 말했다.

"어떤 이름인데요?"

"무라까와 쓰지마, 비사이로 마까, 간데 또까…."

예나가 웃으며 말했다.

"에이… 그거 우리 초등학교 때 유행하던 농담이잖아요."

준민이 웃으며 말했다.

"독일에선 책이나 잡지에서 본 멋진 고성에 가서 내려다본 마을 풍경과 예쁜 다리들이 기억에 남아요. 쾰른에서 올려다봤던 어마어마한 높이의 고딕풍 성당은 무섭기까지 했어요.

뮌헨에선 우리 고등학교 때 읽었던 전혜린의 수필 「회색빛 포도와 레몬빛 가스등」에 나오는 슈바빙이란 곳이 떠올랐죠.

오스트리아에선 '사운드 오브 뮤직' 영화가 생각났어요. 내가 본 영화 중 가장 아름다운 첫 장면으로 그 영화의 시작 부분을 꼽는데 그 배경이 오스트리아의 알프스 지역이었으니까요. 'Hills are alive'란 노래로 시작하는 그 멋진 장면 알죠?

스위스에선 4,000미터 고지에 올라가서 빙하를 봤죠. 거기서 컵라면을 먹었는데 그 맛을 잊을 수 없네요. 그러고 보니 제가 4,000미터 이상에도 올라본 적이 있었네요. 여태까지 한라산 1,950미터가 내가 올라본 가장 높았던 곳이라 생각했는데… 스위스를 잊고 있었네요. 기차 타고 산악 트램 타고 금방 쉽게 올라가서 높은 곳에 갔었단 생각이 안 들었나 봐요. 아래는 여름이었는데 빙하가 있는 곳은 완전 겨울 날씨였어요. 그리고, 긴 폭포가 떨어지는 스위스의 목가적인 풍경은 정말 영화 '알프스의 소녀 하이디'에 나오는 그런 동화 같은 풍경 그대로였어요.

그리고 유럽은 이탈리아가 도시나 사람들이 가장 인상적이었던 것 같아요. 특히 베네치아에서 수백 년 된 골목길을 혼자 한참을 걸었었는데 골목길 벽에 수백 년 된 낙서들이 많이 있는 거예요. 연도가 씌어 있었으니까 알았죠. 남녀 간의 사랑의 서약 같은 그런 내용의 낙서들도 많았죠.

그 골목과 낙서는 수백 년이 지나도 그대로인데 그 남녀의 사랑은 어떤 결말을 맺었을까? 그리고 그들은 지금 어디에 있는 걸까? 그런 생각을 했어요. 그들이 믿는 천국에 갔을까? 죽으면 다시 만나기로 약속했을 곳에서 다시 만나 사랑을 하고 있을까? 그런 생각을 하며 한참을 헤맸었죠.

로마에서 묵었던 숙소가 정말 오래된 건물이었는데 내 방의 창이 정말 컸어요. 창밖으로 몸을 내밀어서 좌측을 바라보면 콜로세움이 보였죠. 정말 신기했어요. 어둠 속에서 로마의 콜로세움을 보고 있자니 내가 정말 로마 시대의 백성이 되어서 연인을 기다리며 창가에 서 있는 로마인이 된 듯한 기분이 들었어요. 밤에 더워서 창을 열어놓고 잠이 들었는데 그 건물 바로 앞 작은 돌들이 촘촘히 깔린 도로 건너편에 청과시장이 있었어요.

새벽에 공기 중에 사과와 오렌지 같은 과일 향들이 실려오는 거예요. 정말 그 향기가 바람을 타고 창가로 넘어와 내 코를 자극하는 거예요. 그래서 잠에서 깨어보니…. 인도에서 온 일꾼들 같아 보였는데, 그 이른 아침에 쌀밥에 카레를 얹은 종이 도시락을 길거리에서 여럿이 모여 손으로 먹고 있더라고요. 서서히 해가 뜨고 옅은 어둠 속에서 그 과일 향과 바로 창 밑 길가에서 올라오는 그 카레 냄새가 뒤섞여 창문을 통해 들어와서 보통 때보다 시장기를 빨리 느껴 아침 식사를 조금 일찍 하러 나갔던 기억이 나요. 로마는 참 남자들이 건물들만큼이나 다들 잘생겼어요. 그러니 예나 씨도 꼭 한 번 가보세요."

예나의 눈빛이 반짝였다.

"가장 좋았던 곳, 다시 가고 싶은 곳은 어디예요?"

"아… 런던이요. 런던 이야기를 안 했네요. 런던 이야기는 나중에 다시 자세히 얘기해 줄게요. 다이애나 비가 살았던 켄싱턴 궁 바로 옆 호수에서 백조들을 바라보고 있었는데 백조들이 아주 많았어요. 그런데… 내가 카메라를 들고 자세를 잡고 백조들을 찍으려고 하니까 갑자기 다른 백조들은 다 날아가고 한 마리만 내 앞에서 맴돌며 멋진 포즈를 취해주는 거예요. 계속 내 주위를 맴돌면서요. 그때 너무 신기해서 나는 다이애나 비가 백조로 환생해서 이 켄싱턴 궁 호수에 놀러 온 거 아니냐고 일행에게 이야기했던 기억이 나요."

"거기 유럽 가는 비행기 티켓은 비싸겠죠?"

예나가 물었다.

"아니요. 비싼 티켓도 있지만 할인 행사 할 때 아주 싸게 구해서 여행 가는 학생들도 많아요."

"그래도 비행기 값만 백만 원 넘고 그런 거 아니에요?"

"예나 씨 건강해지면 열심히 일하고 돈 모아서 여행 가면 되죠. 내가 말했던 서유럽이나 북유럽 말고 동유럽부터 시작해서 여행 중간중간 아르바이트해서 돈 벌며 여행하면… 그곳은 물가가 덜 비싸서 그렇게 돈이 많이 들지 않을 거예요. 그렇게 돈 벌며 길게 몇 달씩 여행 가는 사람들도 있어요. 아니면 가까운 홍콩, 상하이, 베이징이나 일본의 교토, 오사카, 도쿄 아니면 싱가포르나 태국 도시 여행은 패키지로 가면 그렇게 비싸지 않으니까 그 나라들 먼저 가보는 것도 좋죠. 뭐든 긍정적으로 생각해요."

"네… 그래야죠. 유럽 특히 프랑스는 꼭 가보고 싶었어요. 사는 게 바빠 그런 거 잊고 지낸 지 오래됐지만, 제가 좋아하는 프랑스 영화 속 멋진 배경으로 나왔던 곳들을 직접 눈으로 볼 수 있으면… 파리의 멋진 거리에 있는 노천카페 테이블에 앉아 커피나 와인 마시며 샹송을 들으면 얼마나 좋을까요?

그냥 준민 씨의 이야기만 듣고 있어도 이렇게 좋고 설레는데 실제 그곳에 가서 내가 꿈꿔왔던 도시와 골목들 그리고 그곳에 사는 사람들의 일상을 볼 수 있다면 얼마나 좋을까요?

유럽에는 어떤 새들이 사는지도 궁금해요. 아침에 어떤 새들이 지저귀며 나를 깨워 줄지… 새들은 참 좋겠어요. 이곳저곳 원하는 곳으로 날아가서 얼마든 보고, 얼마든 머물 수 있으니까요. 저도 꼭 언젠가 몽마르트르 언덕에 올라서 파리 시내를 내려다보고 싶어요."

"네, 꼭 갈 수 있을 거예요.

예나 씨 우리 언제 꼭 함께 가요."

"네. 좋아요. 그런데….

지난번 군대 얘기는 그렇게 하나하나 자세하고 길게 얘기하더니 오늘 여행 이야기는 왜 그렇게 한꺼번에 다 대충대충 얘기해 버리는 거죠? 시장에서 떨이 제품 한꺼번에 팔 듯이요….

나중에 또 나라별로, 도시별로 자세히 얘기해 줄 거죠?"

예나가 웃으며 말했다.

"내가 군대 얘기를 그렇게 자세히 얘기하나요? 난 그런 줄 몰랐어요. 남자들은 군대 얘기할 때 가장 신이 나나 봐요. 사실 예전에 짝사랑했던 직장 동료가 있었는데… 그 친구도 그런 비슷한 말 한 적이 있었죠. 내가 좋은데, 나랑 같이 있기는 싫다고….

내가 여자들이 지루해 하는 군대 이야기만 주로 하니까… 그리고 맨날 정취고 멋이고 그런 말 하면서 허름한 술집이나 오래된 식당에만 데려가곤 해서 그랬던 것 같아요. 사람은 생긴 대로 논다고 했잖아요. 나역시도 그게 잘 고쳐지지 않는 것 같아요.

스톡홀름 신드롬이라고 들어봤죠? 좋아해선 안 될 나쁜 사람을 동정하고 호감을 느끼고 기억하는 그런 알 수 없는 감정이요. 내게 아니 남자들에게 군대에서의 기억들이 그런 것 같아요. 힘들고 잊고 싶은 기억들조차 시간이 지나면 그렇게 잊지 못할 기억들로 바뀌는 것 같아요.

나뿐만 아니라 우리 남자들이 군 시절이라는 기억에게 인질로 잡힌 스톡홀름 신드롬의 피해자일지도 모른다는 생각도 했었어요."

사실 준민에겐 아무에게도 말하지 못한, 아니 평생 입 밖으로 꺼내지 못할 군대에서의 악몽과도 같은 기억이 있다. 여러 명의 가해자 고참들이 하마터면 한꺼번에 저세상으로 갈 뻔했던… 결국은 한 명의 피해자가 자신의 턱에 총구를 겨누며 끝나게 되었던 그 사건….

그 사건의 시초를 제공했던 것이 어쩌면 준민의 사소한 부탁이었을지도 모를 테니까….

그렇게 잊으려 애썼던 군 시절의 기억에서 벗어나지 못하고 가끔 들어가지도 못할 부대 근처까지 일부러 찾아가서 그날 탄약 창고 안에서의 일을 회상하며 다시 시계를 거꾸로 되돌릴 수 없음을 한탄하고 돌아온 적도 여러 번 있었다.

그렇게 벗어나고 싶고 도망가고 싶은 군에서의 기억들과 트라우마에서 아직도 붙잡혀 살고 있는 자기 자신이 한심하고 불쌍해서 자신에게 욕을 한 적도 여러 번 있었다.

"그리고 내가 여행사를 다녀서 그런지… 아니면 사랑하는 사람과 갔던 여행이 아니라서 그런지 외국 다닌 여행 이야기를 하는 게 사람들 흔히 하는 속된 말로 내겐 공장 이야기같이 생각돼서요. 그래서 조금 대충 얘기했나 봐요. 그렇게 느꼈다면 미안해요."

잠시 생각에 잠겼던 준민이 말했다.

"참… 군 시절에도 멋진 곳을 많이 가봤죠. 민간인들이 접하기 어려운 곳도 많이 갔었죠. 민간인 통제구역인 민통선 안은 수십 년 넘게 사람의 발길이 닿지 않는 곳이라 멋진 곳이 많아요. 펀치볼이라고 강원도 인제에 해안마을이라고 있어요. 옛날에 커다란 운석이 떨어졌던 곳이라고 하는데 마치 그 모양이 한라산 꼭대기 백록담 같은 분지 모양인데 정상에서 그 마을을 내려다보면 아주 묘하고 신비로워요. 아주 오래전에 거기에 커다란 운석이 떨어졌다니… 그 옛날 우주를 헤매던 커다란 운석이 그곳에 떨어지는 장면을 저절로 떠올리게 되죠. 대단했겠죠. 그런 곳 위에 시간이 흘러 마을이 형성되고 그 땅 위에 사람들이 살고 있다는 것도 신기하고요…

휴전선 풍경도 재미있어요. 휴전선에서 북한 군인들 생활을 자세히 본 적 있었는데 북한 병사들도 쉴 때는 탁구대에서 웃으며 탁구도 치고, 한쪽에선 고참이 신병 군기 잡는 모습도 보이고 초소에선 고참은 벽에 기대앉아 담배를 피우고 있고 졸병은 군기가 칼같이 들어서 반듯하게 서 있더라고요.

화천 휴전선 근처로 혹한기 훈련 갔을 때 야간에 수색하다가 아주 희한한 고라니 사체를 본 적이 있어요. 머리와 앞다리만 남기고 누가 나머지 몸통 대부분을 뜯어 먹었는지, 아니면 물어 갔는지 보기에 아주 끔찍한 광경이었죠.

그때 막 텔레비전에서 남한에 호랑이가 아직 살고 있다는 다큐멘터리가 나올 때여서 혹시… 그 근방에 그 호랑이가 살고 있는 건 아닌지…. 아니면 멸종되었다던 다른 한국 표범이나 늑대가 아직도 그 근처에 살고 있는 건 아닌지 그런 생각도 들었죠."

"어머 무서워요."

"뭐가 무서워요? 호랑이나 표범이 나타나도 군인들은 총을 들고 있는 걸요. 무서우면 탕 하고 총을 쏘면 호랑이가 도망가겠죠."

"그래도요. 막상 맞닥뜨리면 굉장히 놀라서 저 같으면 얼어버릴 것 같아요. 총을 들고 있어도…."

"그럴지도 모르죠. 더 무서운 이야기들 좀 해주려고 했는데 예나 씨가 무서워하니까 군대 이야기는 그만해야겠네요. 야간 침투 훈련하다 귀신 본 이야기도 아주 무섭고 재미있는데… ."

"아니에요. 됐어요. 그런 이야기는 준민 씨 친구들한테 많이 들려주세요."

"네… 이미 귀에 못이 박이도록 많이 해줬죠. 또 군대 이야기를 했네요. 정말 불치병 맞나 봐요….

예나 씨는 비행기 타는 건 무섭거나 싫지 않아요? 나는 나이 들어가니까 비행기 타는 게 점점 무섭고 꺼려지더라고요. 제일 두려운 것 중 하나가 되었어요. 기차가 있으면 시간이 조금 더 걸리더라도 창밖의 풍경을 보며 천천히 기차 타고 가는 건 더 좋아해요. 참, 기차가 더 빠른 경우도 있죠.

런던에서 파리 갈 때 해저 터널 통해서 기차 타고 간 적이 있었는데 비행기보다 빨랐던 것 같아요. 요금도 비행기보다 비쌌고요."

준민이 말했다.

"태어나서 딱 한 번 비행기 타고 제주도 가봤어요. 그 이후론 먼 거리 여행을 가본 적이 없어요. 뭐 비행기를 자주 타 봤어야 무섭거나 싫다거나 그런 생각도 들 텐데…"

예나가 말했다.

"그래도 가끔은 여행 가면 좋을 텐데요. 굳이 해외가 아니더라도… 우리나라에도 좋은 곳이 너무 많잖아요. 나중에 같이 가요. 앞으로 천천히요. 예나 씨 무섭거나 외롭지 않게 내가 항상 옆에 있어 줄게요."

"네, 고마워요. 그런데 비행기 타는 게 무섭다는 건 혹시 사고 나서 죽게 될까 봐 그렇다는 얘기죠? 비행기 타는 것 자체는 신나고 즐겁잖아요? 만에 하나 무슨 일 생겨서 죽게 되는 것이… 죽게 되는 것도 크게 두렵지는 않은데 준비 못 하고 갑자기 죽게 된다면 그건 두려울 것 같아요."

예나가 말했다.

"예나 씨도 죽는 게 무서울 때가 있어요? 가끔 죽음에 대해 생각해요?"

"죽는 게 가장 무섭죠. 방금 말한 것처럼 예고 없이 찾아오는 그런 죽음은…"

"우리 아직 젊은데… 예나 씨나 나나 죽음을 생각하며 삶을 살고 있는 건 마찬가지군요.

예나 씨는 종교는 안 믿어요?"

"엄마가 교회를 다니셨죠. 저는 거의 안 나가고 있지만…"

"그럼 예나 씨도 교회를 다녀 봐요.

엄마가 천국에 계시다고 생각하고 저 하늘 위 천국에서 엄마가 예나 씨를 늘 내려다보고 있다고 생각하고 기도 열심히 하고 교회를 다녀 봐요.

엄마 생각하며 열심히 인생 잘 살면 나중에 천국 가서 엄마를 다시 만날 수 있을 거잖아요. 예나 씨나 나처럼 혼자인 사람들에겐 종교가 더 필요한 것 같아요."

"준민 씨는 종교를 믿나요?"

"나는 그런 건 아니지만… 어머니가 절에 다니시는데… 엄마 건강하시라고, 그리고 하늘에 계신 아버지 잘 지내시라고 산에 가면 꼭 절에 들러 시주하고 부처님한테 절을 올리죠. 꼭 신을 믿거나 극락이나 천당을 믿는 건 아니지만, 그냥 모든 종교를 긍정적으로 바라보려고 노력해요.

물론 나처럼 무신론자나 무교인 사람들도 존중하고요. 그냥 서로 다름을 인정하는 것, 남의 생각도 존중해 보려고 노력하는 게 인생을 살아가는 기본적이고 올바른 태도라고 생각해서요. 우리가 태어날 때는 내 의지와 상관없이 의식 없는 상태에서 기억에도 흔적을 남기지 않고 태어났지만… 죽는 거는 다르잖아요. 우리가 평생 살며 생각해야 하는 게 죽음이고 죽음으로 우리 인생이 완전해지는 거고 마지막 순간까지 우리는 사후 세계에 대해 두려워하고 궁금해 하고 신을 찾고 또 생각하고, 자기 최면을 걸고 남겨질 사람들을 걱정하다가 가잖아요. 그렇게 어쩌면 가장 많은 생각을 하게 되는 게 죽음이잖아요.

그러니까 종교는 사람들에게 필요한 것 같아요. 교회든 다른 곳이든 예나 씨가 가장 맘이 편안한 곳을 찾아가서 가끔 의지하고 휴식의 시간을 갖고 오고 그러세요. 엄마가 교회를 다니셨으면 교회에 가서 기도하는 게 좋겠네요. 그래야 나중에 천국 가면 엄마를 만날 수 있을 거잖아요."

"그런데 준민 씨는 왜 종교를 안 믿죠?"

"안 믿는 게 아니라 못 믿는 거예요."

예나는 말없이 준민을 바라보았다.

"우리 머리도 식힐 겸 다음 주에 소래포구 놀러 갈래요? 가서 수산시장 구경하고 차이나타운 가서 맛있는 중국 음식도 먹어요."

준민이 화제를 돌릴 겸 예나에게 불쑥 가까운 바닷가로 놀러 가자고 제안했다.

예나는 웃으며 고개를 끄덕인다.

준민은 인천에 놀러 갈 생각을 하니 기분이 좋아져서 집으로 돌아가며 어릴 적 자주 따라 불렀던 가요를 흥얼거렸다.

"찡하는 마음이야 뭐라고 말 못해도 찡하는 마음이야 괜시리 설레는 것…."

저 멀리 갈매기들이 포구로 들어오는 배들을 따라오며 꺼억꺼억 울어
댄다. 오랜만에 느껴보는 시원한 바닷바람을 즐기며 준민과 예나는 소래
포구 철길을 산책하고 시끌벅적한 수산시장 안을 구경했다.

"삶에 지치고 힘들 때 가끔 이렇게 포구에 와서 배들이 들어오고 나가
는 것을 쳐다보고 수산시장 안에서 열심히 일하는 상인들의 모습을 보
면 다시금 삶의 활력을 느끼게 되는 것 같아요. 그래서 아주 가끔 혼자
인천에 놀러 오곤 해요. 삼척이나 주문진도 가고 싶은데 왔다 갔다 시
간이 너무 걸려서 자주 가지는 못하고요. 그래서 나는 이곳 소래포구가
참 좋아요.

산도 설악산이 가장 멋지고 좋지만 자주 갈 수 없으니… 북한산이 더
좋고요. 살다 보니 만만한 게 가장 편하고 좋은 것 같아요.

물론 더 멀리 내가 손이 닿지 않는 곳에 더 좋고 멋진 것이 많겠지
만… 내가 자주 보고 만나고 느낄 수 있는 그런 만만하다고 생각되는
것들이 나이 들어갈수록 더 좋아지고 고맙게 느껴지는 것 같아요.

에베레스트, 안나 푸르나, 몽블랑, 매터호른, 내가 오르고 싶고 가보고

싶은 멋진 산들이 많지만 내가 살며 그곳 근처나 정상에 올라 볼 일이 있을까요? 그런 생각을 하면 그냥 가끔 주말에 동창들과 함께 편하게 올랐다가 내려와서 내가 좋아하는 도토리묵에 시원한 막걸리 한 잔 즐길 수 있는 그런 북한산같이 편한 산이 나이 들수록 점점 좋아지는 것 같아요.

정말 만만한 게 어쩌면 우리가 가장 감사함을 느껴야 할 대상인지도 몰라요.

우리 저 아주머니 가게에서 광어 골라 볼까요?"

준민과 예나는 횟감을 골라 근처 식당으로 들어갔다. 시장 안에는 돈을 조금 내면 그 시장에서 고른 물고기를 회 떠주고, 야채와 쌈장을 내주며 매운탕까지 끓여 주는 식당들이 많았다.

"내가 가장 좋아하는 회가 광어예요. 예전엔 연어나 참치도 참 좋아했는데 회사 생활하며 회식이나 접대로 참치와 연어를 자주 먹다 보니 물려버려서 어느 순간부터 참치나 연어는 그리 좋아하지 않게 됐어요.

그래도 광어회는 변함없이 좋은 것 같아요. 요 뱃살 부위에 고추냉이 조금 올리고 생강 슬라이스 얹어서 간장 찍어 천천히 음미하며 씹어 먹으면 이렇게 맛있는 회가 또 있을까 그런 생각도 들어요. 고소하고 쫄깃하고 맛도 식감도 나는 광어가 최고인 것 같아요.

물론 예전 제주도 행사 가서 비싼 다금바리 회 먹어 본 적이 있었는데… 아까 말한 것처럼 그 이후론 먹어본 일도 없고 워낙 귀하고 비싸 자주 먹을 수 없는 회니까… 그냥 만만한 광어회를 다금바리라고 생각하고 가끔 먹어요. 광어도 자주 먹으면 혹시 물려 버릴까 걱정돼서 자주 먹지는 않아요."

광어회가 물리게 될까 걱정이라던 준민은 방금 내뱉은 그 말을 무색하게 할 정도로 광어회를 맛있게 잘 먹었다. 예나는 천천히 회를 몇 점 먹다 조금 후에 휴대용 가스레인지와 함께 나온 매운탕에 남은 깻잎과 마늘을 넣고 더 끓여 국물에 밥을 말아 식사를 했다.

식당을 나와 둘은 차이나타운으로 가기 위해 근처 지하철역을 향해 걸었다. 인파로 붐비는 인도를 피해 잠깐 차도로 걷던 예나 뒤에서 슈퍼카를 탄 젊은 커플이 비키라고 빵빵 경적을 울려 댔다. 선글라스 낀 조수석 여인의 긴 머리칼이 짙은 향수와 함께 바람에 휘날렸다. 경적 소리에 놀란 예나가 얼른 인도로 뛰어올랐다.

"미안해요. 예나 씨… 내가 차가 있었으면 이런 고생 안 해도 되는 건데…. 오늘 여기 온다고 버스 타고 지하철 타고 고생했는데 차이나타운 가려면 또 지하철 타고 버스 타야 해요…."

"뭘요. 저는 저런 외제차 하나도 안 부러워요. 한 번도 타본 적도 없고요… 그냥 저와 무관한 세상의 물건들이라 생각해요. 이렇게 버스, 지하철 갈아타고 이동하는 게 전혀 불편하지 않아요. 그냥 제가 늘 타는 거니까요. 이렇게 좀 걸어야 조금 전에 먹은 맛있는 음식들도 소화가 잘되겠죠…."

"그렇게 생각해 주면 고맙죠.

그래도 우리가 타고 다니는 버스나 지하철이 아까 그 슈퍼카보다 훨씬 비싼 차잖아요. 그 차는 비싸 봐야 1억 정도 할 것 아녜요? 버스는 2억에서 3억 한다고 하던데… 지하철은 최소 몇십억은 나갈 것 같지 않아요? 그러니까 우리 기죽을 필요 없겠죠?"

준민이 말했다.

"호호호… 준민 씨는 군대에서 혹시 전차 몰아 봤어요?"

"네? 아니요. 일빵빵 보병이었어요. 왜요?"

"내 사촌 동생이 기갑부대에서 전차를 몰았는데 월급 몇만 원 받으면서 70억 넘는 차 몰았다고 자랑하곤 했어요. 자기가 최저 연봉 받으면서 강남 오렌지족보다 몇십 배 비싼 차를 몰고 다닌다고요."

"아하, 그렇군요. 전차가 정말 비싸죠."

둘은 웃었다.

"준민 씨는 머리가 좋은 건지 아니면 순발력이 좋은 건지… 가끔 놀랄 때가 있어요. 남의 슈퍼카 보고 전철이나 전동차가 훨씬 비싼 차라고 얘기하는 사람이 어디 있겠어요?"

"월급 몇만 원 받고 칠십 억짜리 전차 모는 군인 얘기가 더 재미있었어요. 예나 씨.

내가 머리는 좋을지도 몰라요. 중학교 때 학교에서 아이큐 테스트 시험 보잖아요. 그때 내가 시험 성적이 아주 높게 나왔어요. 아직도 그 시험 문제들이 생각나는데… 암기하거나 문제를 풀어 답을 고르는 방식이 아니고 그냥 상식 있고 상상력 좋으면 풀 수 있는 재미있는 문제들이었어요.

그런데 나하고 그 아이큐 시험에서 1등 한 친구 때문에 다른 학생들이 그 아이큐 시험 결과를 믿지 못하겠다고 우기는 소동이 있었어요.

나는 중학교 때 운동한다고 수업도 잘 안 듣고 공부는 뒷전이었는데 그 아이큐 시험에서 결과가 2등으로 나왔고 그 시험에서 1등 한 친구는 약간 자기만의 세계에 갇혀 사는 조용한 성격의 친구였는데 그 친구가 원래 반에서 성적이 맨 뒤에서 몇 번째 하던 친구라서 반 친구들이 아이큐 테스트 결과 나왔을 때 다들 아이큐 시험이 엉터리라고 오히려 아이큐 시험 점수가 높게 나온 그 친구랑 나를 놀렸죠. 애들이 그 친구한테 그런 농담도 했어요.

'야… 오리지날이란 말이 괜히 있는 게 아니구나. 니가 정말 오리지날이야…'"

"네? 오리지날이 뭐예요?"

예나가 물었다.

"우리 중학교 때 유행했던 농담 기억 안 나요?"

"'오리도 지랄하면 날 수 있다'라는 말 있었잖아요. 천재는 천하의 재수 없는 놈이었고…

우리 반에 다른 반 일진 꼬붕 노릇 하는 덩치 큰 놈이 있었는데 그 친구가 아이큐 시험 1등 한 그 친구 머리를 계속 세게 툭툭 치면서 놀리길래 내가 쉬는 시간에 그놈한테 다가가서 조용히 말했죠. 수업 끝나고 한 시간 후에 운동장 철봉 앞으로 나오라고… 누구 데려오지 말고 너만 나오라고…"

"그래서 어떻게 됐어요? 막 코피 터지고 눈에 멍이 들도록 막 싸운 거예요?"

예나가 흥분해서 물었다.

"아니요. 내일 선생님한테 걸려서 마대 자루로 엉덩이 으스러지도록 맞을지도 모르니까 서로 얼굴은 때리지 않기로 하고 싸웠어요. 겨울이어서 금방 어두워졌는데 철봉 밑 모래밭에서 한참 싸우다가 지쳐서 앉아서 쉬다가 배고파서 얘기 좀 나누고 집에 갔어요. 그놈한테 친구들 괴롭히지 말라고 내가 한마디 했죠.

그런데 내가 고등학교 때 부상으로 운동 그만두고 벼락치기로 공부해서 대학 간 걸 보면 머리가 나쁘지는 않았던 것 같아요."

준민은 말했다.

둘은 이런저런 이야기를 나누며 지하철을 타고 인천역에서 내려 오래된 식당과 주점들이 차도 양옆으로 길게 늘어선 거리를 따라 차이나타운을 향해 천천히 걸어 올라갔다.

차이나타운 입구임을 알려주는 중국풍의 커다랗고 높은 문을 지나 조금 더 걷다 준민은 오른쪽 골목으로 발길을 돌려 밴댕이 횟집들이 있는 골목으로 예나를 안내했다.

"아주 오래전부터 이곳에 밴댕이 횟집들이 있었죠. 자유공원에 가끔 들르면 맥아더 동상을 한 번 보고 야외 공연장 앞에서 인천항에 커다란 배들이 들고 나는 것을 내려다보다 인천역 쪽으로 천천히 내려가다 보면 이 밴댕이 횟집 골목에서 어르신들이 막걸리에 밴댕이 회를 맛있게 드시고 있는 모습을 흔히 볼 수 있었는데 가게마다 손님들로 꽉 차서 빈자리가 없을 정도였죠.

그때는 밴댕이가 뭔지도 몰랐고 먹고 싶다는 생각도 별로 안 들었었는데 몇 년 전 일요일 날 늦은 오후에 자유공원 들렀다가 어두워지고 배가 출출해서 이 골목으로 서둘러 내려오는데 다른 집은 다 불이 꺼져 있고 한 집 만 영업을 하고 있었어요. 가게 안에도 손님이 한 분도 없었어요. 그래서 그때 밴댕이 회가 어떤 맛일까 궁금해서 문을 열고 들어가서 난생처음 먹어봤죠. 꼭꼭 씹어 먹으니까 고소했어요. 광어회처럼 깔끔하진 않고 약간 비릿한 맛도 느껴졌지만….

그 이후로 가끔 그 집에 들러서 밴댕이 회에 막걸리를 먹곤 했죠. 늘 혼자서 갔었기 때문에 기본 밴댕이 회를 시켜도 너무 많이 나와서 아주머니께 원래 양의 반만 달라고 말을 했죠. 대신 쌈하고 마늘을 조금 더 달라고 하고….

조금만 걸어 올라가면 그 집이 나올 거예요."

준민이 조금 앞서 걷다가 불 꺼진 어느 가게 앞에서 걸음을 멈춘다.

"오늘 영업을 안 하나?"

준민이 작은 목소리로 중얼거리며 가게 안을 들여다봤다. 그리곤 휴대폰을 꺼내 조명 앱을 켜서 먼지가 뿌옇게 덮인 유리문을 통해 가게 안을 좀 더 자세히 들여다봤다. 유리문 바로 안쪽에 각종 광고지와 대출 전단지 그리고 고지서가 흩어져 있고 먼지가 뿌옇게 쌓인 테이블이 가게가 영업을 안 한 지 꽤 오래되었다는 걸 말해 주었다.

"아쉽네요… 가게 문을 닫은 것 같네요. 주인 아주머니가 연세가 많으셨고 아저씨는 더 힘에 부쳐 보였는데… 문을 닫았나 봐요. 일 년 전까지만 해도 가게를 하셨는데…"

준민은 아쉬운 듯 씁쓸한 표정을 지으며 발길을 돌렸다.

으리으리한 신식 중국식당 건물들과 중국풍의 오래된 낮은 목조 건물들이 혼재해 있는 화려한 차이나타운 거리를 천천히 구경하며 걸으며 준민은 예나에게 말했다.

"아까 그 밴댕이 횟집 주인 아주머니께서 지난번 들렀을 때 그런 말을 했었어요. 바깥양반이 요새 기력이 많이 약해져서 가게를 얼마나 더 할 수 있을지 모르겠다고…. 팔순이 넘으신 아저씨께서 포구에 가서 밴댕이를 떼어 오면 그걸 주인 아주머니가 손질해 파는 건데 아저씨가 많이 늙어서 요새 거동도 불편하고 이 장사도 오래 못 할 것 같다고 그때도 그랬는데….

처음 그 식당 갔을 땐 손님이 나밖에 없어서 아주머니하고 이런저런 얘길 많이 나눴어요. 이십 년 전까지만 해도 너무 장사가 잘돼서 자기 전 그날 번 돈 세기도 바빴다고… 그래서 주변에 작은 건물도 사고 돈도 많이 벌었다고… 그래서 이젠 소일거리 할 겸 같이 나이 들어가는 단골들 얼굴도 볼 겸 장사하는 건데 요샌 장사가 안 돼 한가한 편이라고….

그러시더니 갑자기 선반에서 시집을 하나 꺼내어 내게 보여주시는 거예요. 오래전에 여기 자주 오시던 시인 분이 주시고 간 시집인데 그 시인이 나처럼 키도 크고 잘생겼다고… 젊은 손님 보니까 그 시인 생각난다고…. 그런데 그 시집을 얼마나 자주 펼쳐 보셨는지 정말 표지는 닳아서 거의 없어지고 페이지들도 다 너덜너덜거릴 정도로 시집이 닳았더라고요.

아주머니 연세가 칠십 대 후반 정도 되셨는데 그 시인 얘기하실 땐 여전히 소녀처럼 부끄러워도 하시고 얼굴에 생기가 넘쳤어요. 그 시인을 좋아하셨던 것 같아요. 매일같이 오시던 그 시인 분을 가게에서 마지막으로 본 지도 십 년이 넘었다고 하셨어요. 그 시집을 보여주시고 선반 위 구석에 잘 안 보이는 곳에 다시 올려놓으시더라고요. 아마 아저씨 몰래 그 시집을 간직해 오신 듯했어요. 그때 그런 생각이 들었죠. 세상에 정말 자기가 사랑하는 사람과 살아가는 사람들이 얼마나 될까…?

원래 차이나타운 오면 짜장면이나 짬뽕을 먹어야 하는데 오늘은 그거 말고 내가 아는 다른 단골집에 한 번 가 볼래요? 가서 맛있는 안주에 시원한 막걸리 한잔 해요. 짜장면, 짬뽕 오늘 못 먹으면 다음에 또 한 번 더 여기 오고 싶어질 거 아녜요? 그 핑계로 예나 씨와 이곳에 다시 오고 싶어요."

준민은 예나와 함께 우리나라 최초의 서구식 호텔인 대불호텔이 있던 터와 옛날 일본은행이 있던 건물들이 서있는 거리를 지나 신포시장 쪽으로 예쁜 조명들과 작은 상가들이 길 양옆으로 길게 늘어선 거리를 따라 걸었다. 영업한 지 오십 년이 되었다는 오래된 불고기 집을 지나며 준민은 말했다.

"우리나라 음식 중에 외국인들도 가장 부담 없이 즐길 수 있는 음식이 불고기라고 생각해요. 정말 불고기 양념은 세계 어디에 내놔도 손색없는 우리나라 최고의 양념 소스인 것 같아요."

"네, 불고기에 들어 있는 당면도 너무 맛있죠."

예나는 혹시 준민이 비싼 한우 불고기를 먹자고 하는 건 아닐까 하고 잠시 기대를 했지만, 준민은 그 식당 앞에서 잠깐 멈춰 가게 안을 들여다봤을 뿐 이내 시장 쪽으로 걸음을 재촉했다.

"내가 들었던 불고기 먹은 이야기 중 가장 맛있게 들었던 이야기 하나 해줄까요?"

한우 불고기에 대한 기대가 깨져서인지 예나는 아무 반응 없이 준민의 말을 흘려 듣는 듯 주변을 둘러보며 길을 걸었다.

"군대 있을 때 친했던 고참이 있었어요. 조실부모하고 충청도 깊은 산골에서 할머니와 함께 자란 분인데… 군 시절 내내 그 고참 면회를 온 사람이 없었어요. 그런데 어느 날 중학교 친구가 면회를 온 거예요. 그런데 그 친구도 형편이 넉지 않았는지 점심은 짜장면에 군만두를 사 먹고 저녁이 돼서 그 고참이 부대 복귀한다고 헤어지는데 그 친구가 고향 돌아갈 버스표 사고 남은 돈 몇천 원을 고참한테 쥐어 주며 가진 돈이 이것밖에 없는데 뭐라도 사 먹고 부대 들어가라고 말했대요.

부대까지 타고 올 버스 요금 제하고 나니 국밥 하나 제대로 사 먹기 어려운 돈이어서 그 고참은 버스 정류장 근처 가게에서 보름달 빵하고 우유를 사 먹고 버스를 탔대요. 복귀 마감 시간 삼십 분을 남기고 천천히 부대 위병소로 걸어가는데 위병소 옆 주차장 나무 그늘 아래서 아들 면회 온 가족이 돗자리를 깔고 휴대용 가스버너로 커다란 프라이팬에 집에서 만들어 온 불고기를 익혀서 먹고 있었대요.

그 냄새가 얼마나 맛있게 느껴졌던지… 그 선배는 그 불고기를 얻어 먹고 싶어서 위병소 앞까지 갔다가 다시 걸음을 돌려서 그 주차장 쪽을 어슬렁어슬렁 배회했대요… 그런데 가족들이 눈치를 못 채는 것 같아서 여러 번 더 그 근처를 왔다 갔다 했대요. 그때야 면회객 중 아버지가 그 고참을 손짓해서 불러 같이 먹자고 말했나 봐요. 고참은 체면이고 염치고 불구하고 바로 그 가족들 식사하는 곳으로 가서 불고기를 맛있게 얻어먹고 복귀했대요. 그 선배 말로는 태어나서 먹어 본 불고기 중 최고였다고 해요…."

준민의 얘기에 예나는 별 반응 없이 주변 오래된 식당들의 메뉴를 살펴보며 길을 걸었다. 준민은 앞장서 조금 더 걷더니 아주 작은 골목으로 들어서서 오래되어 보이는 작은 주점 앞에 섰다. 준민은 길가 쪽으로 난 가게의 작은 유리창으로 안을 살피더니 빈자리가 보였는지 문을 열고 들어가 구석 테이블에 자리를 잡았다.

가게는 대폿집에서 흔히 볼 수 있는 원형 철제 식탁 다섯 개가 놓여 있는 아주 작은 주점이었다. 벽에는 오래된 낙서들이 빼곡하게 쓰여 있었고, 군데군데에 그림 액자와 서예 표구 그리고 달력들이 막 걸린 듯 그렇지만 나름 조화를 이루며 걸려 있었다. 준민은 예전에 인터넷에서 가난한 화가 또는 문인 취객들이 외상값 대신 그림이나 글을 이곳 주인 아주머니께 술값 대신 주고 갔었다는 글을 읽었던 적이 있었다. 여인 누드화도 한 점 걸려 있었는데 그 그림은 야해서 주인 아주머니가 받지 않으려고 했다고 한다.

준민은 주인 아주머니에게 인사를 건네며 박대구이와 고추장찌개를 주문했다. 음식이 나오길 기다리며 준민은 차이나타운 이야기를 예나에게 들려줬다.

"예나 씨 커피 좋아하죠? 아까 공사 중인 건물이 우리나라 최초의 서

양식 호텔이었던 대불호텔을 복원하는 거래요. 얼마 전까지 공터였는데 다시 예전 호텔 모습의 전시관으로 멋지게 복원되나 봐요. 완공되면 우리 한 번 같이 와 봐요. 서울의 손탁호텔에서 고종 황제가 처음으로 커피를 마셨다고 알려져 있잖아요. 그런데 이 호텔이 손탁호텔보다 먼저 지어졌고 이곳에서 아마도 최초의 커피가 판매되었을 거란 이야기도 있대요. 우리나라에서 최초로 짜장면이 만들어지고 커피가 판매된 곳이 이 근처라는 얘기인데… 가끔 이곳을 지나면 오래전 당시의 모습을 상상해 보곤 해요. 우리 조상들이 커피나 짜장면을 처음 맛보고 얼마나 신기해 하고 좋아했을지…. 아니 다소 놀라거나 별로 좋아하지 않았던 사람들도 있었겠죠. 나도 아직 커피 맛을 잘 모르겠으니까요."

준민이 말했다.

"저는 준민 씨가 참 신기해요. 커피도 별로 좋아하지 않는 것 같은데… 그런 커피와 관련된 역사를 잘 알고 있다는 사실이… 가끔 보면 준민 씨는 다양한 지식들을 많이 알고 있는 것 같아요."

"아니 별말씀을요. 심심해서 그래요. 잡다한 지식을 많이 알고 있는 게…. 남들 놀러 다니고 운동하거나 연애할 때 나는 주로 혼자이다 보니 서점에서 다양한 책들을 읽거나 텔레비전에서 다큐멘터리도 많이 보고 인터넷으로 뭔가를 검색하다 보면 계속 궁금한 것들이 생겨 꼬리에 꼬리를 물고 찾게 되고… 뭐 그런 거죠….

남들은 열심히 일한다고 바쁘고 시간 쪼개 연애도 하고 쉬기도 하고 그러느라 시간이 모자라겠지만 나는 남들보다는 한가한 편인 깃 같아요. 남들이 박식한 건 바쁜 와중에도 열심히 더 배우고 노력해서 그런 걸 테고 내가 잡다한 지식들 얇게 아는 건 그냥 심심한데 만날 사람도 없고 그래서 그렇게 된 거라고 생각하면 돼요."

"준민 씨는 책도 많이 읽겠어요?"

"네, 한때는 많이 읽었었죠. 속독이 가능해서… 서점에서 웬만한 책한 권은 한두 시간 내로 읽곤 했어요."

"와… 그래요. 부러운데요. 난 그게 안 되던데요… 재미있다고 추천받은 소설도 조금 읽다 보면 딴생각 들고, 뭐 단 거 사 먹고 싶고, 드라마보고 싶고, 그러다 보면 읽다 말거나 아니면 간신히 몇 주 만에 책 한 권간신히 끝낼 때가 많아요. 준민 씨만의 속독 비결이라도 있나요?"

"있죠…"

"뭔데요? 저한테도 알려주세요."

"뭐, 대단한 건 아니고…"

"뭔데요?"

"그냥 대충 읽어요. 대충…"

"아니, 뭐 답이 그래요. 난 정말 궁금해서 물은 건데…"

예나는 약간 화가 난 듯 정색을 하며 말했다.

"가끔 준민 씨 말을 듣다 보면 농담인지 진담인지 헷갈릴 때가 있어요. 제가 아니 누군가가 진지하게 물을 땐 장난스럽게 답하지 말았으면좋겠어요. 나중에 혹시 준민 씨에게 정말 진지한 답을 듣고 싶은 사람또는 순간이 있을 수도 있잖아요.

사람을 만나며 가장 힘든 것 중의 하나가 뭔가 신호를 보내면 도무지감을 잡을 수 없게 헷갈리는 반응을 보내오는 사람들이 있다는 거예요. 간을 보는 건지 요샛말로 밀당을 하는 건지 도통 알 수 없는, 사람을 지치게 하는 그런 진지하지 못하고 애매한 반응을 보이는 사람들 있잖아요.

나중에 누군가가 아주 중요하다고 생각하는 순간에 상대방이 그런 반응을 보인다면 그 관계가 어떻게 되겠어요? 상대방은 얼마나 힘들겠냐고요?"

"예나 씨….

나이 들어가며 그런 생각이 든 적이 있어요. 살며 맞닥뜨리는 골치 아
픈 문제들을 너무 진지하게 받아들이지 말자고… 너무 심각하게 생각하
지 말자고… 그냥 때론 대충대충 생각하고 넘어가는 것도 좋은 방법일
수 있다고…."

"…."

"그리고 아까 대충 읽는다는 말은 농담이 아니었어요…."

예나는 갑자기 화를 낸 게 미안했는지 준민에게서 시선을 돌려 벽에
쓰여 있는 오래된 낙서들을 천천히 읽기 시작했다. 그리곤 작게 소리를
내며 글자들을 한 자 한 자 따라 읽었다.

"술이 쓰지 않은 건…
인생이 조금 더 쓰기 때문이지…."

"신포주점에서 막걸리에 얼큰히 취한 나,
신포주점을 나서며
혹시 그녀가 따라오지 않을까 자꾸 뒤돌아본다…."

"내가 죽거든 술집 술독 밑에 묻어 주오.
운이 좋으면 밑동이 샐지도 모르니까…."

"낙서들이 너무 좋은데요. 준민 씨도 봤죠? 취객들이 술에 취해 이런
멋진 말들을 남겼네요."

"네… 예전에 와서 다 읽어 봤죠. 좋은 문구는 휴대폰에 사진으로 담아 가기도 했으니까요… 취객이 쓴 글도 있는 것 같고, 어느 글은 예전에 책에서 읽은 것 같기도 해요.

예나 씨도 시 한 수 적어 볼래요? 펜 하나 가져올까요?"

"아니요…"

예나는 손사래 치며 웃었다.

"준민 씨 좋아하는 글귀나 시구 있으면 한 번 벽에 써보세요."

"그럴까요? 오늘 말고 나중에요. 지난번 예나 씨 동화를 이곳 벽에 쓰고 싶은데… 며칠 걸리겠죠? 정말 그 동화 너무 좋았어요. 예나 씨… 글 잘 쓰는 재주가 있는 것 같아요. 부러워요."

"아이… 뭘요. 과찬의 말이에요. 보내고 나서 별말이 없길래… 별로라고 생각한 줄 알았죠."

"아니요… 그 동화를 읽고 감동 속에서 헤어날 수가 없었어요. 이제야 정신을 차려서 말하는 거예요."

준민이 웃으며 말했다.

"사실 여기 말고 강릉 바닷가 실내 포차에 가면 벽에 내가 쓴 글이 있어요. 예전에 친구랑 강릉 놀러 가서 술집 벽에다 내가 오래전에 지하철에서 썼던 즉흥시를 써놓고 왔어요. 주인장 누님한테 시를 들려줬는데 시가 좋다며 벽에 적어 놓고 가라고 하서서…"

"어떤 시인데요? 한 번 보여줘 봐요."

준민은 휴대폰을 꺼내서 예나에게 주점 벽면을 찍은 오래된 사진을 보여줬다. 사진 속 벽에는 준민이 매직 펜으로 쓴 준민의 자작시 '오이도'가 적혀 있었다.

오이도

막걸리 두 통을 마시고

간만에 선릉역에서 전철에 오른다.

생선구이 냄새 진동하는 진양상가

허름한 골목에서의 소주 한잔을 위해

충무로로 터벅터벅 발길을 향하는 나…

복잡한 사당역에서 방향을 잃은 나는

반대편 방향의 기차를 타고

따뜻한 히터 열기에 잠이 든다…

꿈을 꾼다…

꿈속에서 이대로 계속 가다

종착역 오이도에 내리게 되면,

생각지도 못하게 그리운 바다 내음을 맡게 되어

기쁠 것 같다는 생각을 하며,

난 그럼 원래 이곳을 오려 했던 사람처럼

바닷가로 향해 멍게나 뱅댕이 회에

시원한 막걸리 한 잔 들이켤 것 같다…

늘 이곳을 그리워했던 사람처럼…

"와… 준민 씨가 직접 쓴 거예요? 너무 좋아요."

한참을 휴대폰 화면을 들여다보던 예나가 말했다.

"고마워요. 예나 씨…"

바싹 구워 식감이 더 쫄깃해진 박대구이와 얼큰한 고추장찌개에 막걸리까지 마셔 취기가 오른 준민과 예나는 금방 배가 불러 즐거운 마음으로 식당 문을 나섰다.

"예나 씨, 시간이 되면 월미도 가서 대관람차 같이 타보고 싶었는데… 이미 날씨가 많이 어두워졌네요."

"대관람차요? 우리 어릴 때 어린이대공원 가면 있던 그 커다랗고 둥근 관람차가 월미도에도 있나요?"

"네. 생긴 지 조금 됐죠. 가끔 월미도 구경 오면 다른 건 타보고 싶은 게 없는데… 그 대관람차는 꼭 한번 타보고 싶었어요. 그런데… 그걸 혼자서 타는 사람이 없을 것 같아서…"

"네… 다음에 꼭 다시 와요. 오늘은 이미 너무 많은 걸 보고 많은 걸 느낀 것 같아요. 술도 한잔 했고….

준민 씨 말처럼 아쉬움을 조금 남기고 가야 여길 또 같이 오게 되겠죠…"

지난번 학교 앞 주점 때와 달리 예나도 이젠 노포에서의 식사를 불편해 하거나 어색해 하지 않을 정도로 준민 취향의 오래되고 허름한 분위기의 술집에 잘 적응해 가는 것 같아 보였다.

준민은 인천역으로 가기 위해 택시가 많이 서 있는 곳으로 앞서 걸었다. 예나는 종일 걸어 힘이 들었는지 조금씩 뒤처졌다. 준민은 예나가 뒤처져 걷는 것에 아랑곳하지 않고 더 어두워지기 전에 빨리 예나와 동네로 돌아가야겠다는 조급한 맘에 택시를 잡기 위해 더 빠른 걸음으로 앞서 걸었다.

"준민 씨."

예나가 부른다.

"우리 조금만 천천히 가요. 준민 씨는 옛날 사람 같아요. 어떻게 뒤도 한 번 안 돌아보고 그렇게 앞만 보고 혼자 걸어요?"

"미안해요. 어두워지는 것 같아서 그리고 혹시 기차 막차 놓칠까 봐 맘이 좀 급해져서 그랬나 봐요."

준민이 예나 옆으로 다가와 나란히 걸으며 말했다.

"그런데 옛날 사람 같다는 그 말 최근에만 두 번째 들은 것 같아요. 얼마 전에 단골 이자카야 술집에 갔었는데 처음 보는 알바생이 있길래 근처 대학교에 다니냐고 물어봤는데 그렇다고 하길래… 그럼 하숙하냐?고 물어봤더니 그 학생이 답은 안 하고 잠깐 나를 쳐다보더니… 웃으며 그러는 거예요. 하숙이란 말 예전 영화나 드라마에서 들어본 말인데 아저씨가 얘기해서 오랜만에 들어본다고….

우리 학생 때는 늘 쓰던 말인데 요새 하숙이란 말을 잘 안 쓰냐고 다시 한 번 그 학생한테 물었더니… 하숙이란 말은 안 쓰고 원룸, 자취, 셰어하우스 이런 말들을 하던데… 취해서 잘 기억은 안 나요."

"그래요? 하숙이란 단어를 요새 젊은 친구들이 잘 안 쓴다니 신기하네요."

예나가 말했다.

"그리고 그 술집 사장님이 그 학생에게 그렇게 말하더라고요.

여기 안주 나왔으니까 저기 저 옛날에서 오신 분한테 갖다드리라고….

그때는 말 한마디 때문에 졸지에 옛날 사람이 되었었는데… 오늘 또 예나 씨한테 옛날 사람이란 소리를 듣네요.

우리 여기 잠깐 앉아서 쉬었다 가요."

둘은 버스 정류장 근처의 벤치에 앉았다. 무릎이 아픈지 다리를 쭈욱 펴보는 예나를 바라보다가 피로 살짝 물든 예나의 발뒤꿈치가 준민의 눈에 들어왔다. 예나는 빨간 하이힐 구두를 신고 있었다.

"예나 씨? 오늘 구두 신고 왔어요? 오늘 소래포구하고 차이나타운 놀러 오면 많이 걸을 거라 생각했을 텐데… 편한 신발 신고 오지 그랬어요? 많이 걸어서 뒤꿈치가 조금 까졌나 봐요… 어떻게 해요? 많이 아파요?"

"준민 씨… 내 발꿈치가 아픈 건 둘째치고, 제가 오늘 구두 신은 걸 지금 알았어요?"

"…"

"처음 멀리 나온 데이트인데… 신경 좀 쓰고 싶었어요. 그렇게 아프지는 않으니까 신경 쓰지 않아도 돼요. 집에 가서 밴드 붙이면 될 것 같아요….

역시 준민 씨는 옛날 사람 맞네요…."

"미안해요… 예나 씨."

　이번 주 목요일 준민과 예나는 신촌에 있는 유명한 분식집에 왔다. 튀김과 만두, 떡볶이가 맛있다고 소문난 집이었다. 떡볶이를 좋아한다고 했던 예나를 위해 얼마 전 텔레비전에서 봤던 맛집을 찾아온 것이다.

　"어릴 적 우리 동네 중국집이 망하고 한동안 그 가게가 비어 있었어요. 그런데 동네 어느 새댁 아주머니가 간판도 안 달고 그 빈 가게에서 잠깐 튀김을 만들어서 팔았었어요. 오징어, 고구마, 야채 튀김을 팔았는데… 야채 튀김이 정말 맛있었어요. 장사가 잘 돼서 애들이 줄을 서서 사 먹었죠. 미리 튀겨 놓은 걸 쌓아 놓고 파는 게 아니라 즉석에서 반죽하고 튀겨서 주셨는데 야채 튀김의 그 고소한 맛은 지금도 잊을 수가 없어요.

　장사가 잘되니까 떡볶이와 만두도 파셨고 나중에 돈을 버셨는지 가게 인테리어도 하시고 간판 달고 맛집이 되었죠."

　예나가 말했다.

　"네, 장사를 그런 순서로 할 수 있으면 좋을 텐데요. 나는 튀김이나 떡볶이보다는 만두를 좋아해요. 어릴 때 중국 무술 영화들을 많이 봤는데… 항상 중간에 식당에서 국수나 만두를 먹는 장면이 나오잖아요. 그럼 국수는 별로 먹고 싶은 생각이 안 들었는데… 그 영화 속 주인공들이 만두를 맛있게 먹는 장면이 나오면 너무 먹고 싶어서 분식집 가서 만두를 포장해 와서 먹곤 했어요.

요새도 가끔 만두 생각나면 편의점 가서 냉동 만두 사서 전자레인지에 몇 분 돌려 시원한 캔 맥주와 함께 먹곤 해요."

준민은 주문한 만두가 나오기를 기다리며 중국 영화 속 만두 이야기를 예나에게 들려주었다. 그리고는 가게에 걸린 분식집 메뉴판의 가격들을 찬찬히 바라보다 문득 예나에게 물었다

"집에 일 원짜리 동전 갖고 있는 거 있어요?"

"네…. 서랍에 몇 개 있을 거예요. 쓸 일은 없지만 새 동전 나오면 기념으로 한두 개 정도는 갖고 있죠." 예나가 말했다.

"일 원짜리 동전 칠천 개 있으면 여기서 제일 비싼 저 칠천 원짜리 새우튀김 우동을 사 먹을 수 있겠네요. 새우를 몇 개나 얹어 줄지 궁금하네요.

예나 씨, 일 원이 큰돈인가요? 아니 칠천 원이 큰돈이라고 생각돼요?

자주 가는 국밥집에서 국밥을 먹다가 그런 생각을 한 적이 있어요. 그 식당 메뉴판에 여러 국밥들의 가격이 모두 칠천 원인데 아주 크게 가격을 써놓았어요. 그걸 보다가 내 인생을… 정확히는 나의 남은 인생을 생각해 본 적이 있어요.

내 나이가 벌써 사십 대 중반이잖아요… 얼마까지 더 살 것 같아요? 호흡이 끊기는 순간 말고요. 맑은 의식으로 건강한 육체로 지금처럼 사람 구실 제대로 하는 사회 구성원으로 말이죠. 난 육십 대 중반 정도까지라고 생각했어요. 그때까지는 내가 뭘 하고 싶은 것도 많고 열심히 살

수 있을 것 같은데… 육십 대 후반부터는 내 의지와 상관없이 내 인생에 뭔 일이 생기고 내가 아플 수도 있고 그렇게 내 생각과 다르게 인생이 흘러갈 수 있다고 생각해요. 정신이 흐려질 수도 있는 거고…

그런데 어느 날 집에서 가위를 찾다가 서랍에 있는 일 원짜리 동전들을 봤어요. 우체국에서 예전에 잔돈으로 받은 건데 동전이 작고 가볍고 귀여워서 예나 씨처럼 기념으로 보관하려고 가지고 온 거죠.

그런데 내 인생을, 내 남은 인생의 하루를 일 원으로 치면, 육십오 세까지의 일 수가 365 곱하기 20 해서 7,300인데 대략 7,000이라고 해서 하루를 일 원으로 계산하면 그 칠천 원어치쯤 내가 더 살면 인생이 끝나는 거란 생각이 문득 들었어요.

깜짝 놀랐죠. 우리 하루가 어떤 때는 일 초처럼 눈 깜박하면 사라지는 찰나같이 생각될 때도 있잖아요. 그런데 '그 일 원이 쌓이고 쌓여 칠천 원어치 정도의 시간이 지나면, 하루 한 개씩 일 원짜리 동전을 쌓아서 칠천 개의 동전 탑을 쌓아서 해장국을 먹을 수 있는 날이 오면, 그 정도의 시간만 지나면 내 인생은… 인생다운 인생은 끝나는구나.' 그런 생각이 들었죠. 너무 놀랐어요. 겁도 나고… 내게 남은 시간이 너무 적은 것 같아서요."

준민이 말했다.

"그 얘기를 듣고 보니 정말 그러네요. 우리 남은 인생이 너무 짧은 것 같아요. 일 원짜리 동전으로 칠천 원어치 탑을 쌓아봐야 해장국 사 먹을 돈 정도밖에 안 되는데… 그 돈이 정말 얼마 안 되는 돈인데… 그 정도 시간이 흐르면 우리 인생은 준민 씨 말대로 휙 끝나버릴 수도 있다는 얘기네요.

아… 슬퍼요. 저는 오래 살고 싶다는 생각은 별로 해보지 않았지만…

남에게 의지 안 하고 그나마 지금의 나처럼 나답게 살 수 있는 시간이
좀 더 길었으면 좋겠어요."

예나가 슬픈 표정을 지으며 말했다.

"미안해요. 괜히 내가 또 이상한 얘길 했네요."

준민이 예나의 손등에 살짝 손을 얹으며 말했다.

"아니에요. 준민 씨는 참 독특해요. 늘 느끼는 거지만… 국밥집 가격
표를 보고 인생을 생각하다니… 정말 독특해요."

예나가 말했다.

"그럼 이번엔 예쁜 이야기 하나 들려줄게요."

준민이 화제를 바꿔 이야기했다.

"예전에 늦은 밤에 출출해서 아까 그 국밥집에서 선지 해장국에 소주
한 병을 시켜 놓고 텔레비전을 보고 있었는데 내 옆자리에 어느 여학생
으로 보이는 손님이 들어와서 앉는 거예요. 일행이 있어 보였어요. 밤
열 시가 넘었을 때였으니까 이 학생도 어디서 알바를 하고 온 듯했어요.

일행을 기다리는 동안 이 여학생이 손거울을 꺼내 계속 얼굴을 보고
화장을 고치고 웃으면서 너무 즐거운 표정으로 누군가를 기다렸죠. 물
론 그녀의 표정을 봐선 사랑하는 남자란 건 금방 알 수 있었죠.

십여 분 후 남자가 들어왔어요. 모자를 쓰고 땀에 젖은 티셔츠를 입
고 들어 왔는데… 손에 꽃 한 송이가 들려 있었어요. 조금 후에 그 커플
의 테이블에 선지 해장국 두 그릇이 나왔죠. 소주 한 병을 시키더니 둘
이 건배를 하고 맛있게 먹더라고요… 서로의 눈을 계속 쳐다보며 웃으며
식사를 했어요. 사랑 가득 담긴 눈빛으로….

식사가 끝나고 여학생이 계산을 하는데 주인 아주머니가 무슨 날이냐
고 그 여학생 손에 든 꽃을 보고 물으니까 남자는 쑥스러워 아무 말 못

하고 있는데… 그 여학생이 아주 기쁜 얼굴로 '오늘 우리 백 일이에요!'라고 남자 팔짱을 끼며 자랑스럽게 웃는 거예요. 그 모습이 얼마나 사랑스러웠는지… 부럽기도 하고….

고급스러운 카페나 레스토랑이 아닌 이런 식당에서 따끈한 선지 해장국에 소주 한 잔 나누며 이렇게 행복하게 백일 파티를 기념하는 젊은 친구들이 아직도 있구나라는 생각이 들어 그 둘의 앞길에 많은 행복이 있기를 기원해 줬죠."

"어머 예쁜 이야기에요. 그 커플이 오래오래 행복했으면 좋겠어요."

예나가 웃으며 말했다.

그리고 '우리도요….'라고 예나는 맘속으로 중얼거렸다.

분식집에서 나와 준민과 예나는 아현역 쪽으로 산책 삼아 천천히 거리를 걸었다.

"예전에 친구가 이 근처 옥탑방에 살았죠. 겨울이었는데, 신촌에서 술 마시다 그 친구네 집으로 소주 몇 병 사 들고 자러 갔는데… 친구 방 냉장고를 여니까 안주거리는 하나도 없고 냉동실에 퍼먹는 아이스크림 한 통만 있었어요.

추운 겨울날 따뜻한 방에 앉아 이불을 무릎에 덮고 차갑고 달콤한 아이스크림을 밥숟가락으로 퍼먹으며 소주를 마셨죠. 그 친구네 집이 4층 건물 옥탑방이라 전망이 좋았죠. 밖에 잠깐 나가 옥상에서 겨울밤 맑게 빛나는 밤하늘의 별들을 바라보니 거짓말같이 술이 깨는 것 같았어요. 그땐 참 꿈이 많았죠. 하고 싶은 것도 많았고, 가고 싶은 곳도, 먹고 싶은 것도 많았고….

다음 날 아침 일어나서 출근하려고 아현역 쪽으로 걸어오는데 갑자기 눈이 날리는 거예요. 비처럼 내리는 눈 말고 아주 예쁘게 소복소복 느리게 쌓이는 눈이… 그런데 친구가 아침 먹고 가자며 역 근처에 있던 작은 분식집으로 데려갔어요. 아까 그 분식집처럼 만두, 떡볶이도 팔고 국수와 우동도 팔았는데 그 친구가 이 집은 수제비가 맛있다고 추천해서 수제비를 주문했어요.

유리 창문이 있는 창가 쪽 자리에 앉아서 아주머니가 손으로 반죽에서 수제비를 뜨는 모습을 지켜봤어요. 다시마와 멸치로 육수를 우려낸 고소하고 시원한 국물에 호박, 김 가루 고명과 참기름이 들어간 수제비를 먹으며 창밖의 예쁘게 눈 내리는 풍경을 바라보았는데… 밤새 술 마시며 제대로 먹은 게 없어서 그런지 친구와 함께 먹어서 그런지 아니면 밖에 눈 내리는 풍경을 바라보며 뜨끈한 음식을 먹어서 그랬는지… 너무 맛있는 거예요. 지금도 그 수제비 맛을 잊을 수가 없어요.

지금은 이 동네가 재개발이 되어서 그 하숙집 많던 골목도 사라지고 그 분식집도 없어졌어요… 이제 이곳은 제가 알던 아현동은 더 이상 아닌 것 같아요. 그냥 신도시의 어느 동네에 온 듯한 느낌이 들어요. 옛날 제가 알던 모습의 아현동이 그립네요.

군대에서 읽었던 책에 들어 있던 구절인데… 어느 유명 시인이 한 말이죠…. '내가 감사해야 할 것이 있다면 그것은 이 땅의 모든 거리다'라는 글이 있었는데 그 말이 생각나네요. 내가 어린 시절 놀았던 골목이나 내가 술을 마시며 즐겨 찾던 골목들이나 동네가 점점 사라지는 것 같아요. 그래서인지 요새 그 시인의 말이 점점 더 마음에 와닿아요…"

준민은 추억에 잠긴 듯 잠시 아현역 주변에 새로 들어선 고층 아파트들을 말없이 둘러 보았다.

　오늘은 오랜만에 준민의 고등학교 동기 모임이 있는 날이었다. 준민은 기독교계 남녀공학을 졸업해서 동창회에는 남자와 여자 동기가 비슷한 성비로 모였다. 고등학교 다닐 때 매주 예배를 보고 성경을 부르는 시간이 있었는데… 준민은 종교를 믿지 않기 때문에 예배시간에 주로 부족한 잠을 보충하기 위해 졸았고 친구들이 거룩하게 찬송가를 합창해서 졸 수 없을 때도 노래를 따라 부른 적은 없었다.

　가끔 담임 선생님과 눈이 마주칠 때면 고개를 숙이거나 성경책을 들어 얼굴을 가리곤 했다. 그래도 하나님의 좋은 말씀을 들어서 그런지 동기들은 다 착하고 말썽을 피우거나 불량한 학생들은 없었던 것 같다고 준민은 생각했다.

　남자애들은 아직도 결혼을 안 한 총각들이 몇 명 있지만, 여자 동기들은 거의 시집을 가서 중학교나 고등학교에 다니는 학생을 둔 학부모인 경우가 많았다. 남자들은 한창 직장에서 인정받고 가장 열심히 일할 때이고 자영업을 하는 친구들 중에선 사업이 잘돼 경제적으로 시간적으로 여유가 있는 친구들만 주로 나왔다.

모임 장소는 고등학교 근처 번화한 거리에서 단체 회식을 전문으로 하는 2층 규모의 커다란 고깃집이었다. 메뉴는 삼겹살이었다. 준민은 밀폐된 공간에서 뜨거운 불판에 지방 가득한 살코기를 구워 맵고 푸른 연기 가득한 식당에서 땀 삐질삐질 흘려가며 입고 온 옷들도 그 고기 타는 연기로 훈제를 해가며 삼겹살을 먹어야 할 때면 흡사 군 시절 많은 신병들을 힘들게 했던 화생방 가스실이 연상돼서 식당에서 삼겹살을 구워 먹는 걸 좋아하지 않았다. 공기 좋은 강가나 계곡 근처 탁 트인 야외에서 불판에 고기 구워 먹는 건 다른 얘기지만 이렇게 사방이 막혀 산소 공급도 원활치 않은 곳에선 삼겹살을 구워 먹는 것보다는 된장과 생강 조금 넣고 푹 끓여 익힌 돼지 수육에 겉절이를 얹어 먹는 게 훨씬 더 좋을 것 같다고 생각했는데, 그동안 동기 모임을 수육 파는 집에서 한 적은 한 번도 없었다. 삶은 고기보다는 불판에 구운 고기를 좋아하는 동기들이 훨씬 더 많기 때문일 것이라고 준민은 생각했다.

이번 동기 모임은 참석 인원이 오십 명이 넘어서 이 층 전체를 빌렸다. 빨리 간다고 나갔는데도 늘 준민보다 먼저 오는 동기들이 예닐곱 명은 꼭 있었다. 총무나 부회장을 빼고도 멀리 떨어진 곳에서 오기 때문에 왕복 소요 시간 예측이 어렵거나 그냥 동기들 빨리 보고 싶어서 일찍 오거나 좀 좋은 자리를 잡고 싶어서 일찍 오는 친구들이었다.

오늘은 여자 동기들 신경을 쓰느라 어떤 옷을 입고 나갈까 고민하다 준민은 약속 시간보다 약 이십 분 정도 늦게 도착했다. 이미 이 층 테이블은 거의 만석이었고 준민은 총무에게 회비를 내고 동기들이 앉기 싫어하는 가장 안쪽 구석진 자리로 동기들 등짝을 무릎으로 스치듯 때려가며 간신히 몸을 던져 착석하고 오랜만에 보는 친구들과 반가운 인사를 나눴다.

언제나 그랬듯 처음에는 다들 고기로 출출한 배를 채우기 위해 열심히 먹느라 정신없었다. 대화도 별로 없이 계속 고기 추가를 외치고 술을 달라고 여기저기서 소리를 질렀다. 식당 이 층은 이십여 개의 불판에서 쉼 없이 올라오는 돼지 살 타는 연기로 스모그가 낀 것처럼 뿌옇게 변해가고 있었고 동기들의 시끄러운 대화 소리에 고기 주문 소리는 묻히기 일쑤였다.

마치 전쟁터 같은 그 식당 이 층에서 열심히 마시고 먹고 떠드는 우리 동기들과 섞이지 않는 단 한 명의 소녀가 준민의 눈에 들어 왔다. 넓은 이 층 매장에 서빙을 하고 있는 직원이라곤 여자 알바생 한 명뿐이었다. 목이 마르다고 배가 아직 고프다고 그리고 불판이 더러워져 고기를 구울 수 없다고 소리치는 우리 동기들을 향해 그 연기와 소음을 뚫고 시원한 맥주와 소주 그리고 삼겹살과 김치 때론 양파, 버섯, 마늘까지 가져다주고 헌 불판을 새 불판으로 바꿔주기까지 하며 흰색 티셔츠 유니폼을 입어 어쩌면 나이팅게일처럼까지 보이는 그 어린 소녀는 도와 달라 아우성치는 우리 먹방 전사들을 한 테이블 한 테이블 돌아다니며 헌신적으로 간호하고 있었다.

참석한 동기들 중 유일하게 요식업계에 종사하는 사람으로 같은 업종의 현장에 근무하고 있는 그 알바 소녀가 준민의 눈에 들어온 건 어쩌면 당연한 일이었다. 준민이 일하는 레스토랑에도 아주 가끔 손님들이 갑자기 밀려와서 메뉴 주문이 주방으로 폭주할 때, 그 전쟁터처럼 바쁜 주방과 그리고 혼자 홀에서 그 많은 음식을 나르고 손님을 응대하는 홀 시빙 알바의 고된 업무를 너무 잘 알기에 준민은 친구들과 고기를 먹으며 이야기를 나누는 와중에도 가끔 그 소녀를 쳐다보지 않을 수 없었다.

가끔 이 층의 전황이 궁금한 주인 아주머니가 계단을 올라와 이 층에서 고군분투하고 있는 소녀를 도와주기도 했지만, 우리 모임 세 시간 내내 대부분 시간을 그 여자 알바생 혼자서 고기와 술을 가져다주고 불판을 갈고 빈 그릇 빈 병을 치우고, 늦게 나온다고, 주문한 거 왜 안 나오냐고 계속 소리치는 동기들의 비위도 적절히 맞춰가며 유니폼이 땀에다 젖을 정도로 혼자 열심히 일하고 있었다.

식사가 끝나가고 배가 채워질 무렵 서서히 친구들 간의 대화가 시작되었다. 요새 친구들 간 대화의 주된 화제는 자녀 교육이다. 어떤 중학교, 고등학교를 다니고 있는지 아니면 어떤 학교를 가는 게 좋은 대학 가는 데 유리한지 그러기 위해선 어떤 학원에 다녀야 하는지… 아니면 아파트 얘기나 재테크 또는 승진이나 정년에 대한 이야기들이 화제로 올랐다. 남자들 사이에서는 골프와 등산 이야기 그리고 어느 동네 아파트가 몇 억이 올랐다는 이야기나 누가 바이오 주식을 사서 대박이 났다는 이야기, 동기 중에 누가 어느 회사 임원으로 승진했고, 그리고 자기가 다니는 회사의 정년이 몇 살로 늘어나서 잘하면 애들 학자금 지원까지 다 받고 회사를 나올 수 있을 것 같다는 얘기 등등….

어느 이야기도 준민의 관심을 끄는 이야기는 없었다. 준민은 대신 아까부터 혼자 일하고 있는 알바생의 모습을 가끔 훔쳐보았다. 덜 어렸다면… 일하는 모습이 덜 능숙해 보였다면… 좀 힘든 표정이나 짜증스러운 표정도 짓거나 그랬다면… 어쩌면 덜 맘이 가고 덜 신경 쓰였을 텐데… 그 알바 소녀는 처음 한동안 너무 많은 주문이 동시에 몰려 어쩔 줄 몰라 당황하는 표정으로 잠시 일한 걸 빼곤 시종일관 묵묵히 약간은 상기된 얼굴로 무표정하게 땀을 뻘뻘 흘리며 나이에 어울리지 않는 능숙한 모습으로 일을 하고 있었다.

그런 모습이 준민의 맘을 아프게 했다.

고기를 먹고도 아직 배가 덜 채워진 친구들은 냉면을 시키거나 잔치 국수 또는 된장찌개에 누룽지를 시켜서 먹기 시작했다. 대화에도 끼지 못하고 멍하니 친구들 식사하는 모습과 알바생 일하는 모습을 번갈아 바라보고 있던 준민에게 여자 동기 한 명이 큰 소리로 말했다.

"얘! 너 그렇게 멍 때리고 있을 거면 저기에 있는 저 식초, 겨자 통하고 가위 좀 가져다줄래? 아까 알바생한테 말했는데 아직도 안 갖다 주네… 도대체 몇 번을 말해야 가져다주는 건지…."

앞으로 동기 모임에 나오려면 친구들 간의 대화에 낄 수 있도록 평소 별 관심 없었던 대화 주제들에 대해서도 공부도 좀 하고 생각도 좀 미리 하고 나와야 하나… 아니면 그냥 동기 모임에 당분간 나오지 말까 고민 하던 준민은 그 말을 듣곤 벌떡 자리에서 일어서며 그 동기에게 큰 소리 로 대답했다.

"바쁜 네가 가져다 먹어! 나도 멍 때리느라 바쁘거든…."

그렇게 퉁명스럽게 얘기하곤 친구들에게 간다는 말도 없이 집으로 가 기 위해 벽과 친구 등 사이의 좁은 틈을 비집고 나와 운동화를 신고 계 단으로 내려가다 불판들을 정리하고 있던 그 알바생 소녀와 눈이 마주 쳤다. 준민은 지갑에서 오천 원짜리 한 장을 꺼내어 소녀에게 건네주며 "학생 수고 많았어요. 오늘 고생했는데 이따 집에 가다 부라보 콘 하나 사 먹어요"라고 말하곤 빠른 걸음으로 그 식당을 빠져나왔다.

준민은 시원한 바깥 공기를 마시며 소화도 시키고 머리도 식힐 겸 오 랜만에 고등학교 주변의 거리를 걸었다. 학생 시절 자주 다녔던 분식집 그리고 중국식당이 여전히 그곳에 있는지 예전 친했던 친구 집이 있던 골목들을 둘러 보았다. 그렇게 옛 생각에 젖어 길을 걷다가 준민은 허름 한 실내포차 앞에 잠시 멈춰 섰다.

그리고 갑자기 눈물을 흘렸다.

주점 유리 창문에 붙여진 안주 메뉴 종이에 커다랗게 쓰인 '이면수 구이'란 다섯 글자를 보고 준민은 갑자기 아버지 생각이 났다. 이면수 구이 안주에 소주를 즐겨 드시던 아버지 생각에 갑자기 눈물이 난 준민은 이제 자기도 나이가 들어 예전의 아버지처럼 눈물이 많아진 것 같아 서글펐고 아까 별것도 아닌 일에 동기한테 짜증을 내고 나온 것 같아 그 친구한테도 미안한 맘이 들었다. 이제 나이가 더 들수록 그런 감정의 기복에도 익숙해져야 하고 지금처럼 눈물이 갑자기 터져 나오는 것도 부끄럽다고만 생각 말고 담담해져야 할 거라고 생각했다. 그렇게 한참을 거리를 배회하다 준민은 이왕 걸은 김에 몇 정거장 안 남은 집까지 더 걸어가 볼까 생각을 하다 갑자기 취기와 피곤함을 느껴 더 걷는 대신 근처 지하철역으로 터벅터벅 발길을 돌렸다.

퇴근하는 사람들로 붐비는 전동차에 올라 준민은 옷에 밴 삼겹살 냄새가 신경 쓰여 그나마 승객이 덜 붐비는 전동차 간 이동 통로가 있는 자동문 유리창에 등을 대고 기대어 서서 휴대폰으로 음악을 듣기 위해 주머니 속에서 이어폰을 찾았다.

그때 바로 우측 노약자석 앞에 서있던 어린 여학생의 옆 모습을 보고는… 비록 아까 땀에 젖은 유니폼을 갈아입었지만 가방을 메고 서 있는 소녀가 아까 식당에서 본 그 알바생이란 걸 눈썰미 좋은 준민은 바로 알아봤다. 작은 키 위로 한팔을 쭉 뻗어 올려 작은 손으로 힘겹게 전동차 손잡이에 매달려 있는 그 소녀는 가느다란 팔에 머리를 기대어 서서 앞으로도 여러 역을 한참은 더 가야 할 것처럼 눈을 감고 서 있었다.

전동차 안에는 빈자리가 없었지만 마침 그 학생 앞의 노약자석만은 비어 있었다. 그 여학생은 너무 피곤했는지 잠시 주변을 둘러보더니 그 노약자석에 엉덩이의 반만 살짝 걸친 상태로 주변 눈치를 보며 앉았다. 마치 노약자가 나타나면 번개와 같은 속도로 일어나겠다는 자세로…

순간 준민은 생각했다. 저 자리에 맘 편히 앉을 수 있는… 우리 사회가 정한 노약자들은 과연 누구누구인지를… 그리고 취업난과 불확실한 미래에도 열심히 일하며 공부하는 저런 학생들도 그 범주에 들어갈 수는 없을까 생각을 하다가… 다음 역에 내려야 해서 준민은 출입문 쪽으로 자리를 옮기다 마침 그 학생과 눈이 마주쳐 다시 인사를 건넸다.

"아까 그 학생 맞죠? 오늘 정말 수고 많았어요. 많이 힘들었죠?

오늘 고생 많았는데 남 신경 쓰지 말고 잠깐이라도 편하게 앉아서 가요. 오늘만이라도요."

준민이 말하며 기차에서 내리려는데….

그 학생도 준민을 금방 알아보곤 말을 했다.

"아까 감사했어요. 너무 피곤해서 저도 모르게 잠깐 앉은 것 같아요. 원래는 안 그러는데… 네. 아저씨 말대로 오늘은 잠깐만 앉아서 가야겠어요. 그리고 아까 주신 돈 감사해요. 부라보 콘은 못 사 먹었어요. 지금 엄마 있는 병원에 가는 길인데 대신 엄마가 좋아하는 호떡 사 갖고 가려고요. 엄마가 좋아할 거예요."

그 여학생이 미소를 띠며 말했다.

준민은 집으로 걸어가는 길에 그 소녀가 했던 말들 중에 '병원'이란 단어와 그리고 '엄마가 좋아할 거예요!'라고 그 소녀가 오늘 처음 웃으며 한 말이 계속 떠올라 가던 길을 멈추고 잠시 공원 벤치에 앉아서 하늘을 바라보았다.

갑자기 또 눈물이 흘렀다.

주변에 사람들이 지나가고 있는 것도 신경 쓰지 않고 준민은 그냥 하늘을 바라보며 눈물을 흘렸다. 이젠 이런 것에 익숙해지자고 다짐했던 것처럼….

준민과 예나는 오랜만에 동네 단골식당에서 제육볶음과 오징어볶음을 먹기 위해 만났다.

"어제 동기 모임 잘 다녀왔어요? 오랜만에 친구들 만나서 좋았겠어요?"

예나가 물었다.

"네…. 그렇지만… 내가 여행사 그만두고 몇 년간 사람들을 잘 안 만나고 거의 혼자 지내서 그런지 친구들 대화 속에 잘 끼질 못하겠더라고요. 친구들 이야기가 내겐 별 관심 없는 주제들이 많았어요. 애들 키우는 이야기, 애들 자랑이나 애들 걱정, 아파트 가격 오른 이야기, 누구는 대출 갚느라 힘들다… 요새 주식 투자로 재미 봤다. 그리고 정년이 늘어나서 60대 중반까지도 회사를 다닐 수 있게 됐다. 그래서 회사에 뼈를 묻겠다는 자세로 일을 열심히 하겠다… 뭐 그렇고 그런 이야기들이죠.

그 정년 연장 이야기하며 회사에 뼈를 묻을 각오로 앞으로 더 열심히 일하겠다는 이야기를 친구들 앞에서 말하는 그 친구의 용기가 가상하기는 했지만….

우리 한평생 인생을 한 회사에서만 충성하며 뼈 빠지게 일하다 그것도 백발이 다 될 때까지 그래야 한다면 그게 가족 입장에선 최고일지 모르겠지만, 그 친구 인생을 생각해 보면 정말 행복한 인생일까 하는 생각을 했어요. 평생을 그렇게 열심히 회사와 가족을 위해 살다가 나이 들어 갑자기 회사를 나오면 얼마나 허무하고 허탈할까 그런 생각이요. 회사 생활만이 거의 삶의 전부였을 테니까요… 그 친구도 회사에서의 일 말고 분명 하고 싶었던 게 있었을 거 아녜요?

　내가 여행사를 다닐 때는 물론 받는 돈 이상으로 최선을 다해 열심히 일했지만… 이 회사가 내 인생의 전부는 아니다, 내 개인 생활과 행복을 위해서도 난 내 시간을 쓰겠다, 난 언제든 회사를 그만두거나 해고될 수 있다, 그러니까 언제든 내가 하고 싶은 일을 하기 위해 떠날 용기가 있어야 하고 준비가 되어 있어야 한다는 자세로 살았던 것 같아요.

　그렇지만, 대부분의 사람은 본인 의지와 상관없이 부양가족에 대한 생각이 먼저라 어쩔 수 없이 지금 자기가 하고 있는 일이 전부라고 생각하며 살고 혹시라도 갑자기 회사에서 나가게 되면 마치 큰일 날 것처럼 평생을 회사에서만 자기의 인생을 찾으며 살아가는 것 같아요.

　그냥 가끔 난 그런 생각을 해요. 우리 인생이 뭐 거창하고 뭐 그리 대단한 건 아니라고 생각하는 게 때론 좋을 것 같다는… 즐겁게 열심히 행복하게 살다 그렇게 즐기다 가면 되는 거지… 이런 태도로 사는 게 조바심내며 내 삶이, 내 건강이 잘못되면 어쩌나? 안 좋은 일이 내게 닥쳐오면 어쩌나? 그런 걱정 속에 살지 말고, 그냥 인생이 뭐 그런 거지…. 뭐 별거 있어? 내 이럴 줄 알았다니까… 그러면서 쿨하고 시크하게… 좀 나쁘게 말해 아주 가끔은 인생을 냉소적으로 바라봐도 좋을 것 같아요. 그래야… 세상을 떠날 때도 미련 없이 좀 편히 갈 수 있지 않겠어요?

회사를 오래 다니는 것도 좋은 거고… 회사에서 갑자기 잘리게 되어
도 인생이 내게 이제 새로운 일을 한 번 해보라고 하는 거구나… 이렇게
생각하고. 인생에 즐거운 일만 있으면 좋겠지만 매일 즐거운 일만 있으
면 그게 어디 마냥 즐겁겠어요? 그냥 일상이 되는 거지… 힘든 일도 있
어야 그걸 지나면 즐거움을 더 느낄 수 있겠죠. 그렇게 잘살다 또 인생
떠나는 날엔… 열심히 즐기며 때론 고생하며 사느라고 정말 수고했으니
이제 부족했던 잠 좀 푹 자야겠다… 그렇게 쿨하게 가는 거예요….

중학교 때 늘 단벌 회색 양복만 입으셨던 윤리 선생님이 계셨는데 그
백발의 노선생이 정년 퇴임 직전 마지막 수업을 하며 말씀하셨던 이야기
가 아직도 기억에 남아요. 그때는 정말 선생님이 왜 저런 이야기를 할까
생각했는데… 지금 생각해 보면 많은 공감이 돼요. 그분도 몇십 년 교직
생활을 그만두며 좀 울컥하고 감성적이 되어서 그런 말을 했던 것 같지
만요."

"뭐라고 하셨는데요?"

예나가 물었다.

"지난번에 한 번 얘기했던 것 같은데요.

'인생은 고해야… 고해….

넓고 깊은 고통의 바다라고…. 불가에 그런 말이 있어… 인생은 고해
란 말이….

잘 생각해봐… 앞으로 살아가며….'

그때는 왜 나이 드신 분이 자라나는 어린 학생들 앞에서 저런 부정적
이고 허무주의적인 말을 할까 하는 생각이 들었는데… 나도 나이 들어

가다 보니, 선생님 말처럼 나도 모르게 그 말에 대해 가끔 생각하게 되더라고요.

그 말을 맘 속 한구석에 담고 살아가니까 오히려 살아가면서 만나는 모든 희로애락들에 대해 더 기뻐하고 더 즐기고 덜 아파하고 덜 슬퍼할 수 있게 되는 것 같았어요. 심지어 고통스러운 이별과 죽음까지도 쿨하게 받아들일 수 있게 도와주는 멋진 말이라는 생각도 했었죠. 정말 우리네 인생은 모두 다 고해일지도 몰라요.

권력 있는 사람도 부를 가진 사람도 늘 행복하지만은 않겠죠. 늘 행복한 사람도 늘 행복하면 행복함을 제대로 느끼지 못할 거예요. 또 언젠간 그 행복한 삶을 끝내야 한다고 생각하면 얼마나 불행하다고 느끼겠어요.

재벌집 사모님이라고 명품 구두를 한꺼번에 두세 개씩 신고 다닐 수는 없잖아요. 아무리 돈이 많다고 하루에 네 끼, 다섯 끼 식사하는 건 아니잖아요."

예나는 말없이 들으며 지난번 동기 모임에서 준민이 느낀 게 많았던 것 같다고 생각을 했다. 이렇게 자기 생각을 거침없이 장황하게 예나에게 얘기한 것은 처음인 것 같았다. 예나는 속으로 생각했다. 가끔 이런 식으로 상대방 기분 고려하지 않고 아무렇지 않게 툭툭 던지듯 얘기하는 준민의 말들이 처음에는 무례하게 느껴지고 때론 루저의 변명같이 들리기도 했지만… 준민이 가끔 말하는 '인생 별거 아니다. 인생은 고해다.'라는 다소 냉소적으로 내뱉듯 던지는 말들에 자신도 은연중에 물들어 가고 있다는 생각이 들었다.

그런 준민의 말에 자기도 모르게 어느새 중독되고 물들어서 엄마가 떠난 이후 그간 예나를 무겁게 억눌러 왔던 깊이도 근원도 알 수 없는 그 막연한 슬픔과 죄의식에 갇혀 살아왔던 예나의 닫힌 마음을 준민이 조금씩 열어 주고 있다는 생각도 했다. 갑자기 준민에게 고맙다는 생각이 들어 예나는 준민의 얼굴을 찬찬히 바라보았다.

"왜요? 왜 갑자기… 그런 눈빛으로…"

준민이 부담스럽다는 듯 웃으며 말했다. 준민은 계속해서 자기를 쳐다보는 예나에게 말했다.

"요새 점점 살이 빠지는 것 같아요….

예나 씨, 요새 다이어트해요? 살 빼는 건 아니죠? 예나 씨야 충분히 날씬한데 살 빼려 하지 말고 많이 먹어요. 볼살이 좀 있어야 어려 보이고 건강해 보이고 생기 있어 보여요. 요새 말을 안 했지만 조금씩 살이 빠지는 것 같아요.

가끔 몸무게는 재요? 난 마른 여자보단 좀 통통한 스타일이 더 좋던데…"

"살이 빠져 보여요?"

예나가 웃으며 말했다.

"살 빼는 게 아니라 그냥 조금씩 빠지는 것 같아요. 요새 맛집 투어 다니면서 많이 걸어서 그런가 봐요. 걱정 마세요. 곧 다시 좋아질 거예요."

사실 예나는 큰 수술 후 오래 병원에 있었고 엄마가 세상을 떠나시고 수선 일마저 그만둔 이후 지금까지 일을 하지 않고 회복을 위해 오랜 기간 쉬고 있었다. 부담스러운 병원비와 약값 때문에 병원으로 가는 발길을 끊은 지도 오래되었다. 다시 일을 시작할까? 하는 생각도 여러 번 했었는데 충분한 휴식이 필요하다는 의사 선생님의 당부와 그리고 엄마가 떠난 후 심해진 마음의 병 때문에 일을 할 수 없었다.

예나가 모아 둔 돈과 엄마가 남기고 간 얼마간의 돈을 아껴 쓰며 지내다 준민을 만났고 예전에 경험해 보지 못했던 행복한 감정에 우울했던 과거도 점차 잊고 이젠 준민과의 만남과 준민이 주는 관심과 사랑에 점점 기대어 살아가는 소박한 사랑꾼이 되어 가고 있었다. 그렇게 점점 병원과 거리를 두게 되며 예나는 자신의 건강 상태에 대해서도 한동안 잊고 지내왔다. 어쩌면 준민 눈이 정확할지도 모를 것이다. 예나는 조만간 병원에 가봐야겠다는 생각을 했다.

"예나 씨는 꿈이 뭐예요?"

준민이 느닷없이 예나의 꿈을 물었다.

"아니 조금 전엔 다이어트 하냐고 묻더니… 갑자기 꿈은 또 왜 물어요? 꼭 면접 보는 것 같네요. 면접관들이 아무 질문이나 막 던진다고 하잖아요. 노래도 시키고, 취미는 뭐냐? 꿈은 뭐냐? …. 정신 없게 막 질문한대잖아요.

저요? 면접관님이 물으시면 답을 해야죠.

저는 뭐 남들처럼 내세울 만한 학벌이나 직장 경력도 없고, 가진 돈도 없으니 맘이야 근사한 내 옷 가게를 하나 갖고 싶은데… 서울이나 수도권에서 가게 하나 얻으려면 보증금하고 권리금만 몇천만 원에서 억대의 자금이 필요하다고 하니까 그건 어려울 것 같고….

강릉이나 속초 같은 바다에서 가까운 도시에 작은 옷 가게를 얻어서 가끔 서울 동대문 들러 내 감성이나 트렌드에 맞는 옷들을 골라서 가져다가 내가 정착할 그 동네 젊은 아가씨나 아줌마들이 입으면 좋아할 옷들을 팔며 살고 싶어요. 옷이 안 맞거나 수선이 필요하면 내가 직접 수선도 무료로 해주고요. 아무래도 강원도 쪽이 서울보다 가게 얻는 비용이 훨씬 적게 들겠죠? 얼른 예전에 하던 수선 일 열심히 해서 돈 벌어야죠. 몸이 좋아지면 알바도 더 해서 저축도 많이 해서 내 가게를 하나 열고 싶어요.

나중에 가게를 열고 장사가 잘 안 돼도 괜찮을 것 같아요. 입구는 커다란 유리창으로 된 미닫이문으로 만들고 도로 쪽 벽면에도 아주 커다란 유리 창문들을 만들고 싶어요.

손님이 없어 한가할 때에는 커피를 내려 마시며 밖의 풍경과 거리를 오가는 사람들을 바라보며 여유도 즐기고 어릴 적 좋아했던 그림도 그리면 좋을 것 같아요. 장사가 안 될 땐 취미 활동을 하는 시간으로 생각하면 장사가 안 돼도 너무 조바심 들고 그러진 않을 것 같아요. 손님 많을 땐 가게라고 생각하고… 한가할 때 내 작업실이라고 생각하고… 그럴 수 있으면 좋겠죠? 그러려면 월세가 부담되지 않는 좀 한적한 거리의 작은 가게를 얻어야겠죠? 너무 장사가 안 돼서 얼마 못 가 망하면 안 되니까요."

"네, 좋은 꿈이에요! 나도 열심히 응원할게요."

준민이 말했다.

"좋은 꿈이요?"

"네…. 너무 거창하거나 허황돼 보이지 않고 분명 예나 씨가 이룰 수 있을 것 같은 현실적인 꿈이면서도 예나 씨가 행복해 할 것 같은 꿈이란 뜻이었어요. 미래의 꿈을 말하면서 현실적이란 표현이 적절치 않을 수도 있겠지만요….

꿈이 있는 사람은 눈빛부터가 달라요. 삶의 태도도 다르고요. 나도 꿈이 많지만 정말 내가 살아가며 이룰 수 있는 건 몇 가지나 될까 그런 생각도 해요. 그렇지만 꿈이 있다면, 꿈이 있는 삶이라면 꿈을 이루나 못 이루냐는 크게 중요하지 않은 것 같아요.

꿈을 이루는 결과도 중요하지만… 내가 꿈을 갖고 있다면 그 꿈을 위해 열심히 살며 노력하는 그 과정이 결과만큼 소중한 행복을 주니까요.

꿈이 있는 사람은 그 꿈을 이루든 못 이루든 분명 더 행복한 사람이에요."

준민은 예나가 꿈을 이야기하고 미래를 진지하게 얘기하는 모습을 보며 겉으로는 응원의 눈빛을 보냈지만, 한편으론 그냥 그런 돈 걱정 없이 미래에 대한 불안 없이 예나가 하루하루 하고 싶은 일들만 하며 행복하게 살아갈 수는 없을까? 하는 생각도 했다.

"예나 씨, 삼척 가봤어요? 삼척항 정라항길에 있는 횟집 골목 가봤어요? 삼척항이 호수처럼 바로 앞에 보이는 그 정라항길 횟집 골목으로 우리 언제 한 번 회 먹으러 같이 가요. 예나 씨가 강원도 이야기를 하니까 갑자기 삼척항이나 주문진항에 가고 싶네요. 예나 씨도 나처럼 강원도를 좋아하나 봐요. 물론 제주도도 좋지만, 제주도는 비행기를 타야 갈 수 있어서 좀 그렇고 강원도가 참 좋은 것 같아요. 동해로 가는 길도 옛 군 시절 추억들이 많이 생각나서 좋고요.

동해 바닷가 식당 야외 테이블에 앉아 도루묵구이나 조개구이 안주 먹으며 파도치는 소리 들으며 술 한잔 같이하면 얼마나 좋을까요? 추운 겨울이 오면 꼭 한 번은 도루묵구이와 찌개 먹으러 강릉이나 삼척을 가요. 도루묵 알 구워 입에 넣고 톡 톡 터뜨려 씹어 먹으면 정말 쫄깃하고 맛있잖아요. 정말 도루묵 알은 겨울철 별미인 것 같아요. 우리 이번 겨울엔 꼭 함께 겨울 바다 보러 그리고 도루묵구이 먹으러 동해에 같이 가는 거예요."

"네…"

예나가 작은 목소리로 답했다.

"왜 이렇게 힘이 없어요? 예나 씨가 그렇게 힘없게 답하면 선거 나온 정치인들처럼 그냥 못 지킬 약속 남발하는 것처럼 들려요."

"아니요… 저도 우리 동네나 서울 말고 조금 더 멀리 여행 가서 준민 씨랑 함께 맛있는 거 먹으러 가면 좋을 것 같아요. 서울 주변을 벗어나 여행을 가본 지도 오래됐고요."

"그래요… 우리 꼭 같이 여행가요. 차는 없지만, 기차나 고속버스 타고 같이 떠나요. 창밖의 풍경 감상도 하고 기차에서 파는 아니면 휴게소에 파는 호두과자나 오징어 버터구이 같은 간식들도 사 먹고… 어려운 일 아니잖아요? 맘만 먹으면…."

대답 대신 예나는 조용히 미소를 지으며 웃었다.

"강원도 여행이 너무 멀어서 부담스러우면 지난번 소래포구 갔던 것처럼 근처 강화도나 양수리 이런 곳에 먼저 놀러 가는 것도 좋고요… 아니면 가까운 도봉산이나 북한산 유원지 같은 곳에 가서 좋은 공기 마시며 쉬다가 냇가에 있는 식당에 가서 발도 담그고 백숙이나 도토리묵에 막걸리 먹는 것도 좋고요."

"…."

"별로 맘에 안 들어요?

난 예나 씨 볼 때마다 같이 어디 놀러 가고 싶고 그런데… 예나 씨는 안 그래요? 우리 둘 다 이 나이 먹도록 혼자 지내 왔는데 흘려보내온 시간들이 아깝지 않아요? 그냥 쓸쓸하게 흘려보낸 것 같은 우리 청춘이? … 더 나이 먹기 전에… 우리 좋은 곳으로 함께 여행도 다니고 같이 웃고 즐기고 맛있는 것도 같이 먹고 그랬으면 좋겠어요."

"…."

"예나 씨는 나 보면 뭐 같이하고 싶다는 생각 안 들어요? 그냥 내가 만나자고 하니까 뭐 먹으러 가자고 하니까 그냥 나오는 거예요? 별로 만나고 싶지도 않은데?"

예나가 답이 없자 준민이 약간 소리를 높여 말했다.

"준민 씨는 왜 저를 볼 때마다 자꾸 이렇게 뭘 하자 아니면 어디를 함께 가자고 그러는 거예요? 어떨 때는 그런 생각이 들기도 해요. 어쩌다 그런 얘기를 하면 모르겠는데… 만날 때마다 매번 뭐 하자, 어디 가자, 자꾸 습관처럼 그러니까… 정말 진심인 건지 아니면 그냥 살아오며 연애 한 번 제대로 못 해 본 불쌍한 여자에게 호의 베풀 듯 그런 말들을 내게 던지는 건 아닌지. 그렇게 느껴질 때도 있어요. 어떻게 제가 준민 씨가 말하는 그 많은 것들을 함께하고 그 많은 곳에 다 같이 갈 수 있겠어요?"

예나가 말했다.

"그냥… 예나 씨가 좋으니까 그렇죠. 늘 보고 싶고 함께 있고 싶고….

예전엔 혼자서도 충분히 좋았을 여행이 이젠 안 그럴 것 같고… 그런 말 있잖아요. 자꾸 하고 싶은 걸 말하다 보면, 정말 그 말처럼 된다는 말이요. 이렇게 계속 말하다 보면 그 많은 것 중에 적어도 한두 개라도 함께 하게 되는 날이 올 거라 생각했어요.

예나 씨도 늘 대답 없이 고개만 끄덕이지만 내가 그런 말 할 때마다 맘속으론 조금은 미안하고 부담을 느낄 거 아녜요? 그러다 보면 언제 한 번은 예나 씨가 억지로라도 응할 거라 생각했어요. 그리고 다른 이유가 어디 있겠어요? 그냥 예나 씨가 좋으니까 그렇지…."

"네… 미안해요. 준민 씨 마음 잘 알죠….

오늘 좀 피곤해서 예민했었나 봐요."

예나가 미안한 듯 살짝 웃으며 말했다.

예나는 늘 그랬다. 항상 수동적이고 주로 듣는 편이었고 준민이 뭘 하자고 신나서 얘기하면 조용히 웃는 정도의 소극적인 반응으로 준민이 대화를 길게 끌고 나가지 못하게 하는… 그렇다고 싫은 기색을 보이는 것도 아니면서….

그럴 때마다 준민은 예나가 자신을 어떻게 생각하고 있는지 궁금했다. 자기 혼자만 아니 자기가 더 예나를 너무 좋아해서 둘 사이가 힘들게 되는 건 아닌지… 그런 생각도 했다. 그런 예나의 태도를 보며 조금씩 쌓여왔던 준민의 아쉬움과 불만이 오늘 한꺼번에 터져 나온 것 같았다.

잠깐의 어색한 침묵이 흘렀다. 둘은 각자 휴대폰을 보기 시작했다.

그때 식당 구석 테이블 자리에서 식사 중이던 손님 중 한 명이 예나 쪽으로 몇 차례 고개를 돌려 쳐다보더니 자리에서 일어나 걸어왔다.

"예나 아냐? 너 점심이 늦었네!"

"현주야! 오랜만이네! 무슨 일이야? 낮에 우리 동네에 무슨 일로 왔어?"

"아니… 오늘 이 근처에 볼일이 있어서 들렀다가… 지금 거래처 분들하고 점심 먹으러 온 거야."

현주가 준민을 보고 웃으면 인사를 건넨다.

"아…. 혹시 준민 씨 맞아요?"

"네…. 제가 준민입니다. 안녕하세요!"

준민은 엉거주춤 일어나 고개를 숙이며 예나의 친구에게 인사를 했다.

"그런데… 어떻게 저를?"

"왜 몰라요? 요새 예나 말할 때마다 온통 준민 씨 이야기뿐일걸요. 입에 준민이란 단어를 달고 사는 것 같아요."

예나의 친구가 웃으며 말했다.

옆에서 가만히 듣고 있던 예나가 화들짝 놀란 듯 현주의 팔을 잡아 자기 옆으로 끌며 친구를 준민에게 소개한다.

"준민 씨… 지난번에 얘기했던 어릴 적부터 단짝 친구 현주예요.

현주야. 어서 인사해.

그리고 너 바쁠 텐데 어서 자리로 가봐. 손님들 기다리겠다…."

둘이 인사를 나누자마자 예나는 애써 현주를 일행이 있는 자리로 서둘러 돌려보냈다. 현주는 예나와 다르게 아주 활달한 성격에 키도 크고 날씬하고 옷도 센스 있게 잘 입는 누구에게나 인기 많을 것 같은 여성이었다.

예나의 얼굴이 벌게졌다.

잠시 둘 사이에 또 어색한 침묵이 흘렀다.

준민이 웃으며 잠깐의 침묵을 깨고 묻는다.

"예나 씨, 얼굴이 왜 이렇게 벌게요? 술 마신 것도 아니고 여기 별로 덥지도 않은데…."

"오늘 제육볶음이 보통 때보다 매웠던 것 같아요."

예나는 갑자기 맵다는 듯 입을 동그랗게 모으고 숨을 빠르게 들이마시고 내쉬기를 반복했다.

준민은 아무 말 없이 예나를 바라보며 웃었다.

"그리고 우리 언제 한 번 저녁에도 만나서 가볍게 맥주나 소주 한잔해요. 우리 매번 낮에만 만났잖아요. 저녁에 만나서 좀 여유롭게 시간 보내요. 내가 주방 비번인 날 저녁에 만나서 식사 말고 고기나 생선회 같은 안주에 술 한잔 하며 대화 나누면 좋을 것 같아요."

예나 친구의 말에 기분이 좋아진 준민은 그렇게 예나에게 한 걸음 더 다가가려 했다.

"저… 잠깐 화장실 다녀올게요."

예나는 벌게진 얼굴 때문인 듯 자리에서 일어나 빠른 걸음으로 화장실로 향했다. 마침 현주씨 일행이 식사를 마치고 계산을 하러 걸어 나오며 준민이 있는 테이블 앞을 지나갔다. 현주가 다가와 준민에게 말을 건넸다.

"예나한테 먼저 갔다고 전해 주세요. 그리고… 예나가 준민 씨 많이 좋아하는 것 같아요."

"네?"

쑥스러운 듯 준민은 웃었다.

"제가 학생 때부터 예나보고 치아 교정하면 더 예뻐질 거라고 그렇게 얘기해도 아플 것 같다… 돈이 없다… 그런 핑계로 한 번도 치아 교정에 관심 보인 적이 없는데… 지난번 저랑 식사를 하는데 예나가 갑자기 물어보더라고요. 치열 교정하는 데 비용이 얼마나 드는지, 시간은 얼마나 걸리는지…"

갑자기 화장실 문이 열리며 예나가 자리로 걸어 왔다. 현주의 얼굴을 빤히 쳐다보는 준민의 모습이 예나의 눈에 들어왔다.

현주는 예나를 의식한 듯 준민에게 인사를 하고 빠른 걸음으로 식당 밖으로 나서며 예나에게 "나중에 봐! 데이트 잘해!"라고 웃으며 말하고 나가 버렸다.

"현주씨 좋은 친구인 것 같아요. 언제 한 번 셋이서 저녁에 시원한 맥주 같이해요."

준민이 말했다. 예나는 부끄러움과 질투심이 섞인 표정을 지으며 말했다.

"네, 그래요. 나중에요….

남자들은 다 똑같아요. 그저 예쁜 여자만 보면…"

"…"

준민은 식당을 나와 평소 다니지 않던 반대쪽 길로 조금 걸어 공원 산책로로 향했다. 예나도 나무 그림자가 길게 늘어선 공원 산책로를 따라 천천히 걸으며 화단의 꽃들을 구경했다.

"예나 씨, 내가 이 동네 살며 아쉬운 게 딱 하나 있는데 가끔 저녁에 함께 술 마실 친구가 없다는 거예요. 혼밥도 서러운데 몇 년 동안 저녁에 혼술하며 보냈죠. 아까 말했던 것처럼 예나 씨가 가끔 술친구가 되어주면 좋겠어요.

아… 저기 저 공영주차장 건너편에 있는 커다란 편의점 있죠? 편의점 앞 파라솔 중 맨 구석 자리가 내 전용 테이블이에요. 내가 일 끝나는 새벽에는 파라솔 자리가 한가해져서 나 혼자 앉아 있을 때가 많아요.

가끔 출출할 때는 냉동 만두 사다가 전자레인지에 돌려서 소맥 마시며 먹어요. 시원한 캔 맥주 뚜껑 따서 거기에 소주 조금 부어 천천히 혼들어서 소맥 만들어 마시죠. 날씨가 쌀쌀할 때면 그냥 컵라면에 소주 한잔 할 때도 많고요.

그렇게 인스턴트 안주만 먹으면 가끔 식당 반찬이나 제대로 된 안주 생각나곤 하는데… 그러면 편의점 도시락 사서 전자레인지에 살짝 데워서 그 반찬을 안주 삼아 술 마실 때도 있어요. 편의점 도시락을 식사로 먹는 사람들도 많겠지만… 나한테는 정말 가성비 최고의 술안주죠. 그렇지만 요새는 살찔까 봐 보통 새우깡 같은 스낵이나 어묵 바 같은 거 데워서 간단히 술안주로 먹죠. 가끔 술이 부족하다고 생각되면 편의점에서 파는 양주 미니어처 한두 병 사 마시기도 하고 아니면 근처에 위스키나 럼, 보드카를 잔으로 파는 칵테일 바 같은 곳에 가서 음악 들으며 천천히 마실 때도 있고요.

그런데 내가 가장 좋아하는 안주가 광어회인데 늘 혼자이다 보니 횟집 들어가서 광어회를 시키기도 애매하고, 그렇다고 친구 불러 같이 먹을 수도 없고 삼겹살이나 소고기 뭐 이런 거 구워 먹는 건 별로 생각이 안 나는데 정말 광어회는 아주 가끔 눈에 아른거릴 정도로 생각날 때가 있어요. 초고추장보다는 광어회에 고추냉이와 생강 살짝 곁들여서 간장 찍어 먹는 걸 좋아해요. 고소하고 쫄깃한 광어회의 맛과 식감은 정말 최고죠. 저기 이 건물 구석에 있는 저기 횟집 광어가 싱싱하고 맛이 좋대요. 우리 조만간에 광어회 먹으러 가는 거예요? 알았죠? 예나 씨?"

준민이 지금이라도 당장 광어회를 먹으러 가고 싶다는 간절한 표정을 지으며 예나에게 말했다.

"지난번 소래포구에 가서 광어회 먹었잖아요."

예나가 웃으며 말했다.

"아니… 그건 점심에 식사 겸해서 밥으로 먹은 거고요. 저녁에 술 곁들여서 안주로 먹는 광어회의 참맛하고 비교하면 안 되죠."

"그 이야기하려고 오늘 일부러 이쪽으로 돌아서 걸어온 거예요? 다음에 광어회에 술 마시러 가자는 말 꺼내려고…?"

예나는 준민의 그런 행동이 귀엽다는 듯 계속 웃었다.

또 '예', '아니오' 대답 없이 웃기만 하는 알 수 없는 예나의 반응에 준민은 조금 앞서 걸으며 동네 아이들이 연을 날리는 모습을 멍하니 바라봤다.

"예나 씨… 저기 연 날리는 아이 봐요. 요새 애들이 드론 날리는 모습은 자주 봤어도 연 날리는 아이는 정말 오랜만에 보네요… 우리 어릴 때 연 많이 날렸었죠? 그리고 문구점에서 팔던 그 프로펠러에 연결된 고무줄 감아서 날리던 고무줄 동력 모형 비행기도 생각나네요."

"네… 그러네요. 저도 오랜만에 연 날리는 모습 봐요… 어릴 때 아버지가 연 만들어 주시고 함께 날리던 기억 나요…. 어릴 때 연 날리는 걸 보면 그런 생각을 했었어요. 날고 싶은데 날 수 없는 가여운 새 같다고…
하늘 멀리 날아가고 싶다고 몸부림치는데… 줄에 묶여 날아갈 수 없는
불쌍한 새 같다는 생각이요…"

예나가 하늘 높이 떠있는 연을 바라보며 말했다.

아침부터 예나는 부산을 떨었다. 이번 주 서울 데이트는 종로 랜드마크 건물에서 만나기로 했는데 그 건물 꼭대기 층에 탑클라우드라는 전망 좋은 고급 레스토랑이 있기 때문이다. 예전에 준민이 그 건물 최상층에 멋진 레스토랑이 있다고 얘기하며 예전에 딱 한 번 자기도 거래처 고객들과 함께 간 적이 있었는데 너무 좋았다고 얘기하며 다음에 종로에 가게 되면 꼭 함께 가보고 싶은 곳이라고 얘기했던 기억이 났기 때문이다.

지금껏 준민과 늦은 점심을 먹으며 오늘처럼 예나가 화장과 옷차림에 신경을 쓴 적이 없었다. 아침부터 일어나서 머리를 감고 말리고 고데기로 머리 모양을 내고 화장을 하고 고치고 다시 하고 가장 아끼는 몇 벌 안 되는 옷들을 꺼내어 몇 번이나 입었다 벗었다 고민하며 오전 시간을 다 보냈다.

예나는 들뜬 마음에 약속 시간보다 20분이나 먼저 종로에 와서 그 레스토랑이 있는 건물 1층 로비에 들어와서 꼭대기 층 레스토랑으로 연결되는 엘리베이터 앞에서 준민을 기다렸다. 준민이 오늘 자신의 모습을 보고 조금은 놀라주길 기대하며… 로비에서 멋진 양복과 정장을 차려

입은 젊은 남녀들이 쉴 새 없이 오고 가는 모습을 바라봤다. 일부는 식사를 하러 왔는지 엘리베이터 앞에 서있다가 문이 열리면 탑클라우드로 향하는 엘리베이터를 타고 올라갔다.

예나는 그들의 모습을 바라보며 갑자기 조금 부럽다는 생각이 들었다. 좋은 부모 만났거나 좋은 학교를 나와 좋은 직장을 다니니까 저런 고급스러운 옷과 가방을 걸치고 멋진 구두를 신고 이런 곳에서의 식사도 별 부담을 느끼지 않고 먹을 수 있겠지… 하는 생각을 했다. 예나는 한 번도 명품 구두나 가방을 가져본 적 없는… 아니 사 볼 생각조차 해 본 적 없었던 자신의 처지가 초라하게 느껴졌다.

그리고, 이곳에서 식사하며 와인이라도 곁들이면 이십만 원이 넘는 비용이 나올 텐데… 그걸 나눠서 내자고 해야 할지 아니면 눈 딱 감고 오늘 이곳에서 만나자고 한 준민이 계산하게 놔둬야 할지 그런 고민을 하는 자신이 더 초라하게 느껴졌다.

평소 같으면 둘이 먹어 봐야 만원 조금 넘게 나오는 식당에선 서로 번갈아 내거나 조금 많이 나왔다 싶으면 둘이 나눠 내기도 했는데… 그래도 준민 씨가 혼자 낼 때가 더 많았지만… 지난번에도 조금 많이 나왔는데 준민 씨가 혼자 계산했었는데 그럼 이번에 내가 계산해야 할 차례인 건 아닌지… 하지만 오늘 비싼 레스토랑에 오자고 한 건 준민 씨였으니까 준민 씨가 내게 그냥 내버려 둬야지… 그런 전혀 로맨틱하지 않은 생각들을 하고 있을 무렵, 출입구 쪽 회전문이 천천히 돌아가며 준민이 나타났다. 늘 한결같은 그 복장에 매번 똑같은 검정 운동화에 보통 때와 다름없는 전혀 꾸미지 않은 듯한, 방금 잠에서 깨어나 비누칠도 안하고 대충 세수하고 나온 것 같은 모습이었다.

예나는 실망했다. 그래도 이런 곳에 오면 머리에 기름도 좀 바르고, 빗

질도 하고, 재킷이라도 하나 걸치고, 저런 후줄근한 면바지 말고 타이트한 청바지 같은 거 입고 오면 준민 씨도 조금 더 젊어 보이고 좋을 텐데… 라고 생각했다.

"준민 씨! 여기에요…."

조금 풀이 죽은 목소리로 예나는 준민을 부르곤 탑클라우드로 올라가는 엘리베이터 쪽으로 걸어가 버튼을 누르려고 했다

"어… 예나 씨 맞아요? 내가 아는 예나 씨가 맞나요? 왜 이렇게 멋지게 꾸미고 왔어요?

요새 여자친구한테 '예쁘게 하고 나와!'라고 말하면 집 밖으로 못 나오는 여자들이 있다는 우스갯소리가 있어서 장난으로라도 예나 씨한테 그런 말할 엄두도 못 냈는데… 오늘 왜 이렇게 멋지게 차려입고 왔어요? 이따 저녁에 어디 결혼식이라도 가요?"

준민이 말했다.

"네… 좀 신경 썼어요. 그래도 이런 곳에 왔는데….

여자들은 은근 이런 거 신경 많이 쓰거든요."

"이런 곳이라뇨?"

"오늘 여기 꼭대기 거기 가는 거 아니에요?"

"아… 탑클라우드 레스토랑이요? 아니요. 거긴 너무 비싸요. 그리고 최소 한 달 전에는 예약해야 식사할 수 있는 곳이래요. 여기서 조금만 걸어가면 탑골공원 뒤로 낙원상가 건물이 있는데 거기 순댓국집 골목에 있는 단골 국밥집에 가려고요. 거기 주변이 하도 좁고 돼지 꼬린 내가 심하게 나서 좀 떨어져 있지만 예나 씨 혹시 일찍 오면 이곳 로비에서 편하게 기다리고 있으라고 여기서 보자고 한 거예요. 자, 가죠."

"…."

준민은 예나가 조금 전까지 느끼고 있었던 기대나 설렘 그리고 방금 준민의 말에 예나가 보인 실망 같은 감정의 변화는 전혀 눈치채지 못했다는 듯 등을 돌려 큰 걸음으로 성큼성큼 밖으로 걸어나갔다.

아까 엘리베이터를 타고 올라가던 그 사람들처럼 우리도 그 레스토랑에 그냥 가면 안 될까? 왜 우린 남들이 편하게 웃으며 올라가는 그곳에 가는 걸 부담스러워 해야 하는 걸까? 왜 또 준민은 지난번에 종로에 오면 그곳에 가보자는 얘기를 해서 날 헷갈리게 했을까? 그런 얘기를 하지를 말든가… 그리고 또 지금 어딘지 알 수 없는 곳으로 자기를 데려가는 준민의 무심한 뒷모습을 따라가야 하는 현실에 예나는 조금 서글퍼지기까지 했다.

예나는 낙원상가 쪽으로 준민을 따라 걸으며 예전 서울역이나 을지로입구역을 지날 때면 가끔 봤던 노숙자들이 이곳 종로에도 많이 있는 걸봤다. 거리에는 무거운 배낭이나 커다란 쇼핑백 같은 것에 자신의 전 재산과도 같은 지저분한 옷가지와 이불을 꽉꽉 눌러 담아 그것을 쿠션 삼아 여기저기 담벼락에 기대어 꿈쩍도 하지 않고 햇볕을 쬐며 식물처럼 광합성을 즐기고 있는 노숙자들이 많이 있었다. 새우깡 같은 과자 안주에 점심때부터 소주로 낮술을 홀로 즐기는 사람들도 몇몇 보였다.

인상적이었던 장면은 어느 지하 중식당으로 내려가는 입구 옆 계단에 앉아서 낮술을 즐기던 50대로 보이는 남녀 커플 노숙자였다. 남자는 간이 안 좋은지 마른 얼굴과는 달리 배가 엄청 부풀어 올라 있었다. 마치 곧 땅에 묻히면 자기를 따뜻하게 덮어 줄 봉분처럼 어마어마하게 부풀어 오른 배 때문에 남자는 웃옷을 위로 말아 올려 벽에 기대어 앉아서 가쁜 숨을 몰아쉬며 과자 안주에 소주를 마시고 있었다. 그 남자 어깨에 기대어 여자는 계속해서 남자의 얼굴을 사랑스러운 눈길로 바라보며 과자를 남자의 입에 넣어 주고 있었다. 둘의 표정으로 봐선 서로 알게 된 지 얼마 안 돼 보이는 커플처럼 보였다.

바로 몇백 미터를 사이에 두고 멋진 정장과 예쁜 드레스를 입은 커플들이 고급스러운 향수와 자신감을 뽐내며 고급 식당에서 멋진 식사를 하기 위해 엘리베이터를 오르고 이곳 오래된 거리 낡은 건물 계단에는 기력이 없어 배를 까고 벽에 기대 누운 남자와 과자 부스러기를 연신 입에 넣어주는 그의 사랑스러운 여자가 있었다. 복장과 장소는 달라도 이곳에도 사랑은 있었다.

예나는 이런 곳을 지날 때면 으레 고개를 숙이고 빠르게 지나치던 보통 때와는 달리 준민이 곁에 있다고 생각해서인지 노숙자들의 다양한 모습들을 천천히 바라보며 걸었다.

예나는 나이 들고 아파 보이는 노숙자들의 얼굴을 바라보며 그런 생각을 했다. 저들도 어린 시절이 있었을 텐데… 태어나 한 살이 되었다고 예쁜 옷 입고 돌 사진도 찍고 그랬을 텐데… 그리고 젊은 엄마, 아빠의 귀엽고 소중한 아가였을 텐데… 그런 생각을 하며 노숙자들을 바라보니 그들이 조금 다르게 보이는 것 같았다.

준민의 말대로 젊은 사람들은 거의 보이지 않는 탑골공원 주변 보도를 지나 돼지 꼬린내가 코를 찌르는 오래된 순댓국집 골목을 지나 나이든 아저씨와 할아버지들만 바글바글 가득한 순댓국집에 둘은 자리를 잡고 국밥과 돼지 머리 고기를 시켰다.

오늘따라 신경 써서 가장 이끼는 옷을 입고 온 예나는 손님들이 마시다 흘린 막걸리로 지저분해진 바닥에 행여나 옷자락이 끌릴까 신경이 쓰였고 다닥다닥 붙어있는 테이블 바로 옆자리 할아버지 한 분이 술에 취해 졸며 고개를 꾸벅꾸벅 예나 쪽으로 자꾸 떨구며 어깨를 툭툭 치는 바람에 순댓국을 입으로 먹는지 코로 먹는지 알 수 없을 정도로 신경이 예민해져 있었다.

눈치 없는 준민은 이런 옛날 분위기의 노포에서 식사를 하니까 좋지 않냐며 예나에게 자꾸 물었고 자기는 늘 이곳에 혼자 와서 먹었는데 이렇게 함께 먹으니 국밥과 머리 고기가 오늘따라 더 맛있다고 큰 소리로 떠들며 연신 막걸리를 마셔댔다.

예나는 자리도 불편하고 입고 온 옷도 신경 쓰여서 반쯤 먹다 그만 숟가락을 내려놓고 준민이 식사를 끝내기를 기다렸다. 예나의 표정이 좋지 않은 걸 느낀 준민은 막걸리를 조금 남기고 일어나 계산을 하고 가게를 나왔다. 둘은 아무 말 없이 낙원상가 아래 횡단보도를 건너 인사동 쪽으로 향했다.

"미안해요. 오늘 좀 불편했죠? 식당에 손님들이 많아서 너무 시끄럽고 정신없었던 것 같아요…. 나도 가끔 정신없다고 느낄 때도 있지만 그래도 종로에 오게 되면 가끔 그 골목을 들르게 돼요. 종로의 오래된 먹자골목들이 최근 몇 년 사이에 재개발되어서 다 사라지고 있잖아요.

예전에 종로구청 가는 길에 있던 낙지볶음 골목이나, 그 유명한 청진동 해장국집도 자리를 옮겼고 아까 우리 만났던 그 건물 바로 뒤에 있던 백 년 넘은 원조 설렁탕 가게도 다른 곳으로 이전했죠. 머지않아 낙원동 이곳도 헐리고 재개발되는 날이 오겠죠. 그래서 그 전에 한 번이라도 더 들러서 옛 정취를 느끼고 싶은 맘이 생기곤 해요. 그리고, 제 아버지, 할아버지가 종로 이 근처에서 태어나고 사셔서 그런지 종로의 오래된 식당에서 식사를 할 때면 아주 오래전 우리 아버지, 할아버지도 이곳에서 식사를 하셨겠구나… 그런 생각이 드니까 아무래도 정이 더 가는 것 같아요. 어쨌든 미안해요.

예나 씨에겐 그런 정취나 정감이 잘 느껴지지 않을 텐데… 그리고 국밥도 예나 씨 입맛에 맞는 것 같아 보이지 않았고요."

준민이 미안한 표정으로 말했다.

여전히 예나의 표정은 밝지 않았다.

"아직도 기분 안 풀렸어요? 오늘 이렇게 멋지게 입고 왔는데 어디 좋은 곳 가서 기념사진이라도 남겨야 하는 거 아니에요? 이렇게 입고 올 줄 알았으면… 암표라도 사서 아까 그 레스토랑에 갈 걸 그랬어요."

암표라는 말에 예나는 어이없다는 듯 웃었다. 그렇게라도 웃으니 화가 조금 풀리는 것 같았다.

"아니… 뭐 거기 레스토랑이 야구장이라도 돼요? 암표가 있게? 그냥 우리 인사동 한옥 카페 같은 곳에 가서 전통차 마실래요?"

인사동 골목을 걷다 준민은 갑자기 하늘을 올려 보며 말했다.

"오늘 날씨가 좀 흐리네요. 밤에 비가 오려나?"

"그러고 보니 아까 공원에서 개미들이 열심히 개미집 입구 주변에 흙을 물고 와서 둑을 쌓고 있더라고요. 그런 거 보이면 비 내린다고 우리 어릴 때 어른들이 얘기했었잖아요."

예나가 말했다.

"네, 정말 신기하죠? 그 작은 개미가… 아니 그 개미의 머리 아니 그 머릿속의 뇌는 얼마나 작겠어요. 코도 그렇고 입도 그렇고… 그런데 어떻게 비가 오는 줄 알고 그렇게 자기 집을 지키겠다고 작은 나뭇가지나 흙을 날라다가 입구 앞에 둑을 쌓을까요? 우리야 아침에 뉴스를 보고 오늘 저녁 비가 오는구나 알게 되지만, 그 개미들이 귀가 좋아서 그리고 인간의 언어를 이해해서 텔레비전 방송이나 라디오 뉴스를 엿듣고 '애들아! 밤에 비 들이닥칠지도 모르니 빨리 나가서 입구에 둑을 쌓자!' 뭐 이런 대화를 나누는 건 아닐 테고, 정말 어떻게 비가 오는 줄 미리 알까요? 정말 어릴 때부터 궁금했어요.

그 작은 개미들이 그 작은 몸의 촉감으로 대기의 기압 차나 공기의 무겁고 가벼운 차이를 느끼는 걸까요? 아니면 그 작은 개미의 코나 입으로 공기 중에 떠다니는 물방울의 농도가 다른 걸 감지해 내는 걸까요? 그 비싼 슈퍼 컴퓨터를 갖고도 기상청 일기 예보가 틀리는 경우가 많은데… 정말 개미들은 대단한 것 같아요. 그 작은 몸으로 정확히 날씨를 예측하는 걸 보면 정말 개미가 최고의 기상 예보관인 것 같다는 생각이 들어요.

난 하늘을 자주 올려다봐요. 낮이고 밤이고 하늘을 바라보며 구름 떠가는 걸 보기도 하고 밤엔 계절마다 바뀌는 별들도 바라봐요. 우리 어릴 땐 은하수 찾는다고 밤에 하늘을 많이 올려다보고 그랬잖아요. 군복무 할 때 강원도에선 은하수도 흔하게 보고 그랬는데… 우주를 생각하며 그 크기나 끝을 생각하면 정말 쇼펜하우어 철학만큼이나 위험하고 복잡한 생각들이 많이 떠올라서 가끔은 하늘을 그만 올려 봐야겠다고 다짐도 하고 그랬는데 정말 하늘도 마약처럼 중독성이 있는 건지 나도 모르게 거의 매일 밤하늘을 올려다보게 돼요.”

밤하늘의 별을 바라보며 준민이 말했다.

“우주는 얼마나 나이를 먹었을까요?”

예나가 물었다.

“허블 상수로 계산 가능하잖아요. 우주 질량에 따라 오차가 있어 정확한 예측은 어렵지만 120~170억 년 정도 되었을 거예요.”

준민이 말했다.

“네? 무슨 말인지…”

예나가 이해 안 된다는 표정으로 말했다.

"아… 너무 설명이 부족했나요? 은하의 후퇴 속도로 이동 거리를 나눠서 시간을 재는 거죠. 이해돼죠?"

"네…."

손톱을 물어뜯으며 아주 작은 목소리로 예나가 답했다.

"우주의 크기는 어떨까요? 우주의 끝에 대해 생각해 본 적 있어요? 우리가 속한 작은 은하수의 크기가 십만 광년 정도 된다고 하잖아요. 그럼 우주의 끝에는 무엇이 있을까요?"

준민이 물었다.

"그런 생각 자꾸 하다 보면 정말 머리가 너무 복잡해지고 이런저런 생각들로 꽉 차서 정말 머리가 터져버릴지도 모르겠어요. 그래서 아까 우주를 생각하는 게 위험한 거라고 얘기한 건가요? 우주선 타고 끝없이 가다 보면 정말 끝이 나올까요? 벽이 나오거나 아니면 낭떠러지 같은 곳으로 떨어지거나 하는 걸까요?"

예나가 말했다.

"초등학교 때 형이 해 준 얘기가 생각나요. 우리 어릴 땐 등화관제 훈련이란 게 있었잖아요. 요새야 레이더나 내비게이션이 발달해서 그런 훈련이 거의 필요 없어졌지만… 등화관제 훈련이 있던 날 우리 형이 창문으로 밖을 내다보았는데… 마을은 온통 시커먼데 밤하늘에 은하수가 예쁘게 보이더래요. 그래서 그때 우주 끝에는 뭐가 있을까 생각을 하며 우주선을 타고 우주를 날아가는 상상을 하는데 그런 생각이 들었대요.

우주선을 운전해서 우주 끝에 도착했는데 하얀 벽면이 나타나더라는 거예요. 그래서 비명을 지르며 멈추려다 그 거대한 벽에 충돌해서 아래로 끝없이 추락했는데… 그 벽면이 사실은 푸른 잔디밭에서 한 소녀가 가지고 놀고 있던 작은 축구공 안의 흰 가죽 껍질이었던 거죠.

나는 고등학생 때 그런 생각을 했었어요. 그때는 정말 물리, 수학 과목을 좋아해서 시험과 상관없는 내용의 책도 구해서 읽곤 했는데 우리 우주의 끝이 얼마나 될까 그리고 우주는 무엇에 둘러싸여 있는 걸까? 그게 정말 궁금했어요. 현재 관측 가능한 우주의 크기는 약 400억 광년 정도 된다고 해요. 우주의 끝보다도 우주 밖에는 뭐가 있을지 그 밖에는 또 뭐가 있을지 그런 게 정말 궁금했죠. 정말 미칠 정도로 궁금했었어요.

그래서 그때 그런 생각도 했었어요. 이 거대한 우주가 어느 거대 생명체의 혈관 속을 흐르는 작은 적혈구 하나에 불과할지도 모른다는 생각을요. 적혈구가 은하계와 비슷한 원반 모양이잖아요. 그리고 그 작은 적혈구 하나 안에도 철 성분을 포함한 별이나 운석과도 같은 3억 개 정도의 헤모글로빈이 존재하잖아요. 정말 신비롭지 않아요?

얼마 전에는 밤에 동네 공원을 산책하다 벤치에 앉아 밤하늘의 별들을 보다가 지구에서 가까운 금성 같은 곳에 내가 비행기를 타고 가면 얼마나 걸릴까 계산해 본 적도 있어요. 비행기로 금성을 간다고 하면, 아주 단순 계산해 보면, 비행기 속도가 시속 900㎞ 정도 되니까 금성까지의 거리를 그 속도로 나눠 보면 약 6년의 세월이 걸리더라고요."

준민이 말했다.

"그렇게나 오래 걸려요? 저녁에 가장 밝고 가깝게 보이는 금성에 가는데 6년을 비행기 타고 가야 한다면, 그럼 6년 치 식량을 비행기에 싣고 가야 하니까 사람도 많이 못 태우겠네요. 식량은 꼭 실어야 할 것 같고, 지루할 수도 있으니 책이나 영화 DVD도 많이 가져가야겠어요."

"예나 씨는 6년을 기다릴 수 있겠어요? 아무리 금성에 가고 싶다고 해도…"

예나는 대답이 없었다.

"나는요… 예나 씨가 금성에 있다면 지구에 있는 모든 거 정리하고 준비해서 6년을 날아서라도 예나 씨 보러 갈 거예요."

"정말요?"

예나가 웃으며 말했다.

"그런데…. 우리가 아는 그런 비행기로는 금성에 가지 못할 거예요."

"왜요?"

"지구 대기층을 뚫고 나가려면… 시속 45,000㎞ 이상 속도를 내야 통과할 수 있는데, 그 비행기로 그 속도가 나올지 모르겠어요. 그 속도가 나오는 건 우주 로켓인데, 비행기 티켓 값은 어떻게 마련할 수 있을 것 같지만… 로켓은 도저히 마련할 수 없을 것 같으니… 예나 씨 보러 가고는 싶지만 여건상 안 될 것 같으니 그냥 안 갈게요."

"에이… 그게 뭐예요? 보러 온다고 했다가 안 온다고 하고… 좋다가 말았잖아요. 준민 씨 얘기는 끝까지 들어야겠어요. 마지막 얘긴 안 해도 됐는데… 어쨌든 재미있었어요. 막 머릿속으로 '샛별의 어린 공주' 동화 한 편 쓰고 있었는데, 준민 씨가 확 깨버렸잖아요. 담에는 그냥 가고 싶은 곳을 생각하고 눈 감았다가 뜨면 어느 별이든 이동 가능한 그런 요술 램프가 있다고 얘기해 줘요."

"있죠. 마음속에선 어딜 못 가겠어요? 우리 마음이 우주선이고 타임 머신이죠. 그런 것 같아요. 새로운 세계, 어떤 새로운 단계의 세상으로 나가기 위해선 아까 말한 것처럼 그런 대기권을 뚫고 나갈 수 있는, 그런 특별하고 힘든 인내의 과정과 같은 통과 의례를 거쳐야 할지도 몰라요. 그래도 일단 그걸 뚫고 나가면 우주선들은 아주 평온하게 우주를 순항하며 떠다니게 되잖아요."

준민이 말했다.

'우리 관계가 더 앞으로 나아가는 데 있어서도 때론 그런 높고 힘든 장애물들이 있을지도 몰라요.'

준민은 속으로 생각했다.

인사동 길을 천천히 걸으며 예나의 옆모습을 쳐다보던 준민이 말했다.

"예나 씨 사실 아까 그 탑클라우드 건물 로비에서 처음 본 순간 너무 아름다웠어요… 그곳의 다른 멋진 남자들이 예나 씨를 낚아채갈까 봐 내가 예나 씨를 데리고 서둘러 그곳을 벗어났는지도 몰라요. 그런데 나는 좋지만, 예나 씨 외출 준비한다고 너무 신경 많이 쓰면 힘들 테니까 다음부터는 혹시라도 그런 좋은 곳에 정말 우리가 가게 되더라도 너무 옷이나 화장에 신경 쓰지 말아요. 지난번에도 얘기했던 것처럼 우리 늘 평소처럼 편하게 지내요."

"준민 씨가 몰라서 그래요. 여자들은 어디를 가느냐 누구를 함께 만나느냐에 따라 옷차림에 신경이 많이 쓰여요. 나 때문에 그렇기도 하지만 같이 가는 남자 기도 살려주고 싶고 그러니까요. 준민 씨는 그런 거 잘 안 따지는 것 같지만… 함께 온 여자친구가 멋져 보이면 남자가 얼마나 기가 살겠어요…."

"내가 어떻게 알겠어요. 연애를 해봤어야죠…."

준민은 멋쩍게 웃는다.

"이런 말 안 하려고 했는데… 준민 씨가 옷도 좀 세련되게 입고 국밥집이나 대폿집 말고 요새 유행하는 거리에 있는 핫한 브런치 카페 같은 곳에도 좀 자주 가고, 그리고 특히 군대 얘기만 안 하면 아마 여자들한테 인기 많았을 수도 있을 것 같아요. 그냥 제 생각이에요….

그런데 만약 그랬다면 제가 이렇게 준민 씨를 만날 기회가 없었을 수도 있겠죠."

예나가 웃으며 말했다.

"그리고 준민 씨는 감정 표현에도 조금 서툰 것 같아요. 여자들한텐 그런 것도 중요해요. 여자 기분이나 분위기 맞춰서 좀 대화나 표정 이런 거에 반응도 적당히 보이고 맞장구도 쳐 주고… 그런 거요. 저처럼 준민 씨도 좀 무뚝뚝한 것 같아요. 둘 중 하나는 좀 살갑고 다정스럽고 그래야 하는데… 저부터 그게 잘 안 되니…. 우린 둘 다 너무 감정 표현을 잘 안 하는 것 같아요. 그냥 그렇다고요.

아까 엘리베이터 앞에서도 내가 되게 무안했었는데 준민 씨는 아무일 없다는 듯 그냥 휙 돌아서 나가 버렸잖아요. 그럴 땐 미안해하는 표정이라도 짓거나 아니면 기분 좀 풀어지라고 걸어가며 기분 좋은 말이나 농담도 걸어 주고 그러면 좋잖아요."

"미안해요…. 내가 좀 그런 거에 서툴러서… 좀 다른 얘기지만, 난 어려서부터 그런 걸 믿었어요. 사람의 수명은 육체적인 수명도 있지만, 감정적인, 정서적인 수명도 있을 거라고… 감정을 이른 나이에 너무 빨리 많이 써버리면 자기 몸을 혹사하면 건강이 나빠지는 것처럼 오래 못 살거라는 생각을 했어요. 많이 슬퍼하고 많이 아파하고 많이 누군가를 사랑하고 그리워하고 외로워하고 그런 감정을 보통 사람보다 많이 쓰는 사람들은 일찍 하늘나라로 갈 것 같다는 생각이요.

화가들이나 음악가나 작가들이 예전에 그래서 짧은 인생을 불꽃같이 살다 간 걸 아닐까 하는 생각두 했어요. 섬세하고 예민하고 열정적인 그런 아티스트들이 뜨겁게 여러 감정들을 몰입해서 인생을 불꽃처럼 살다가 그렇게 빨리 가는 것 같다고….

육체적 수명도 마찬가지라고 생각했어요. 미국 어느 대통령이 사람의 수명은 배터리 같은 거라고 했다잖아요. 많이 몸을 사용하면 배터리가 빨리 닳아서 수명이 단축된다고. 그래서 그 대통령은 운동을 안 한대요. 인위적인 운동을… 그런데 정말 희한하게 아주 건강하다네요…. 예전에 그런 기사를 본 적도 있어요. 과격한 훈련을 어려서부터 집중적으로 해왔던 운동선수들의 평균 수명이 짧은 편이래요.

그런데 운동과는 거리가 멀다고 느껴지는 스님들이 가장 오래 산다고 나오더라고요… 하여튼 감정도 그런 것 같아요. 더 슬퍼하고 더 사랑을 갈구하고 더 외로움 타고 더 뜨겁게 감정을 표현하는 사람들이 그런 감정의 배터리도 빨리 닳아서 일찍 죽거나 일찍 정신을 놓게 되는 건 아닌가 하는 생각을 했어요."

준민이 말했다.

"무슨 말인지 모르겠네요. 하여튼 독특해요.

그래요, 무뚝뚝한 준민 씨. 그렇게 계속 무뚝뚝하게 지내서 내 몫까지 오래오래 만수무강하세요."

예나는 다소 황당하게 들리는 준민의 변명 섞인 답변에 웃으며 말했다.

예나는 오랜만에 의류 수선실에 들렀다. 작은 의류회사에서 짧지 않은 직장 생활을 하다 실력 있고 간판 좋은 후배들에 떠밀려 나다시피 회사를 나와 엄마 친구 소개로 일하게 된 네 평도 안 되는 작은 공간인 이곳에서 예나는 사장 언니와 함께 둘이서 열심히 옷을 손질하고 재단하고 재봉틀질하며 몇 년의 시간을 보냈었다.

수십 명의 동료 선후배들이 있는 분주한 사무실에서 근무하다 처음 이곳에서 말수 적은 언니와 단둘이 일하게 되었을 땐 가끔 찾아와서 이렇게 고쳐달라 아니면 왜 이렇게 고쳐 놨느냐와 같은 손님들의 주문이나 불평 외에는 대부분 시간을 고요한 침묵 속에서 일해야 하는 이 수선실의 분위기에 예나는 쉽게 적응이 되지 않았다.

그러나 예나는 엄마와 살아가기 위해서 돈을 벌어야 했기에 일에 더욱더 집중해야 했고 서서히 야간 잔업도 마다치 않고 열심히 일하며 금세 이 수선실의 무료하고 조용한 분위기에도 적응해 나갔었다.

그러다 예나가 아프고 병원에 입원하며 일을 잠시 그만뒀었고, 회복 후 잠깐 다시 일했으나 갑작스러운 엄마의 발병과 병간호로 또 일을 그

만두게 되었고, 엄마가 세상을 떠난 후 한참이 지난 지금까지 예나는 이곳에 돌아오지 않았다. 엄마의 병원비를 대기 위해 엄마와 살던 집도 팔고 작은 원룸으로 옮겼고 은행에 남아 있던 얼마간의 돈도 거의 다 떨어져 가기 때문에 예전의 예나 같았으면 진작에 일을 다시 시작했겠지만… 예나는 일을 다시 한다는 게 두려웠고 일을 해야 하는 목적을 상실한 사람처럼 그동안 지내왔다.

엄마가 없는 예나의 삶 속에서 더 이상 돈을 번다는 것이 그리 중요하고 절실하게 느껴지지 않았다. 열심히 일해 엄마에게 번 돈을 드리던 그 즐거웠던 과거로 다시 돌아갈 수 없기 때문이기도 했다. 그런 예나의 무기력한 삶 속에 준민이 나타났고 서서히 예나의 삶도 바뀌어 갔다. 예나도 이젠 일을 다시 하고 싶었다.

"언니, 너무 오래 제가 쉬었죠? 저 대신 일하던 아주머니가 안 보인 지도 꽤 오래된 것 같은데… 저 다시 여기서 일할 수 있을까요?"

"그럼… 언제든지…."

친구가 별로 없던 예나 엄마에게 몇 안 되는 말동무가 되어 주었던 사장 언니는 마치 예나의 엄마가 예나를 대하듯 따뜻하게 예나의 두 손을 잡아 주며 말을 했다.

"안 그래도… 그 언니 나가고 일감들이 더 늘어나서 혼자 하기 벅찼었거든. 예나랑 함께 일하면 나도 좀 쉴 시간도 생겨서 좋고, 심심하지도 않을 거고 난 너무 좋지."

"네, 고마워요. 저도 다시 일 열심히 할게요. 일감도 많이 들어 왔으면 좋겠어요."

예나는 오랜만에 수선실에 들른 김에 오래된 재봉틀이 놓여 있는 자기가 일했던 작은 탁자 위를 물끄러미 바라보다 갑자기 가방에서 물티

슈를 몇 장 뽑아 그 탁자를 깨끗이 닦기 시작했다. 그리고 가방에서 뭔가를 꺼내어 탁자 위에 조심스럽게 올려놓았다.

예나가 고등학생 때 알바를 하던 패스트푸드 점에 엄마가 깜짝 놀러 와서 함께 찍었던 사진이었다. 사진 속 예나와 엄마의 얼굴은 한없이 밝고 행복해 보였다. 엄마가 갑작스럽게 떠나고 나서 예나는 사진 속 엄마의 얼굴을 더 이상 웃으며 바라볼 자신이 없었다. 오늘 아침, 예나는 용기를 내어 가방 속에 사진을 챙겨 나왔었다. 액자 속의 웃는 엄마 얼굴을 처다보며 예나는 준민과의 미래를 새롭게 꿈꿔 봤다. 엄마가 곁에서 웃으며 항상 자기를 지켜 봐줄 거라고 생각했다.

오랜만에 밝은 얼굴로 수선실에서 흘러나오는 라디오 음악 소리에 맞춰 콧노래를 흥얼거리며 예나는 들뜬 마음으로 그날 오후를 사장 언니와 함께 보냈다. 의류 회사의 세련되고 현대적인 사무실에서 일하다 사람 왕래도 뜸한 시장 구석진 이곳 작은 수선실에서 처음 일하게 됐을 때 한동안 느꼈던 그 위축된 감정도 이젠 다 잊은 지 오래다. 일할 수 있는 공간이, 작은 재봉틀이 놓여 있는 탁자가 아직도 이곳에 예나를 위해 존재한다는 사실이 예나에게 큰 위안으로 다가왔다. 얼마 전까지도 전혀 기대하지 못했던 아니 완전히 잃어버린 줄 알았던 설레는 미래가 마치 봄 제비가 날아온 것처럼 다시금 예나 가슴 속에 멀리서 찾아온 것 같은 느낌이 드는 그런 기분 좋은 오후였다.

'미안해요, 준민 씨, 오늘 점심은 안 될 것 같아요…'

오전 11시가 조금 넘어서 예나에게 메시지가 왔다. 사실 아직 둘은 서로의 전화번호도 교환하지 않았다. 아니, 예나가 아직 전화번호를 주고받는 걸 원치 않았다. 서로 말을 놓자는 준민의 제안에도 예나는 좀 더 편한 사이가 되면 그때 말을 놓고 그때 전화번호도 서로 알려주면 좋겠다고 했다. 대신 카톡 아이디 교환을 통해 서로 메시지를 통해서만 연락을 해왔었다. 가끔 술 취한 밤이면 준민은 예나의 목소리가 듣고 싶어 보이스톡 버튼을 눌러 볼까 생각도 했었지만 한 번도 그런 적은 없었다.

'왜요? 무슨 일 있어요?'

둘의 늦은 점심 데이트를 시작한 이후 처음 있는 일이라 조금 당황스럽기도 하고 예나의 안부가 걱정돼 준민은 물었다.

'아니요…. 그냥 오늘 컨디션이 조금 안 좋아서요. 병원에 좀 다녀와야 할 것 같아요.'

'그래요? 그럼 오늘 점심은 안 되겠네요. 그래도 좀 쉬어보고 괜찮아지면 이따 우리 저녁에 만나요. 나 오늘 비번이거든요. 지난번 말한 그 광

어회 맛있다는 식당에 가서 광어회에 맥주 딱 한 잔 어때요?'

'네…. 이따 상황보고 연락드릴게요. 준민 씨….'

　오후 늦게 예상치 못했던 예나의 문자가 왔다. 저녁에 나올 수 있을 것 같다면서 지난번 알려 준 식당에서 만나자는 문자였다.

　그렇게 둘은 저녁에 동네 횟집에서 만나기로 했고 준민은 약속 시간보다 약 30분 정도 먼저 와서 오징어회에 시원한 생맥주 한 잔을 마시고 있었다. 소주 한 병도 시켜서 생맥주 잔에 소주를 넉넉히 부어 맥주와 섞어 마시는 준민만의 소맥을 즐기고 있었다.

　늘 낮에만 만났던 예나를 드디어 오늘 처음으로 저녁 시간에 여유롭게 만난다는 생각에 준민은 맘이 들떠 있었다.

　"미안해요. 조금 늦었네요."

　예나가 약간 상기된 얼굴로 식당에 들어와 앉았다.

　알코올 기운에 기분이 좋아진 준민은 반갑게 큰 목소리로 인사하며 예나를 반겼다.

　"다른 때보다 5시간이나 늦게 보니까 기다리는 게 너무 힘들었어요. 몸은 괜찮아요? 내가 그렇게 보고 싶어서 아픈데도 나온 거에요?

병원은 다녀왔어요? 어디 아픈 곳은 없는 거죠?"

"네…. 죽을 정도로 아픈 데 나온 거 맞아요.

준민 씨 보고 싶어서가 아니고 광어회가 너무 먹고 싶어서요…"

예나가 장난스럽게 웃으며 말했다.

"검사 결과는 며칠 더 있어야 알 수 있을 것 같아요. 저 배고파요. 빨리 광어회 먹어요."

예나의 등장과 함께 주문한 광어회가 나왔다. 준민은 마시던 맥주잔을 옆으로 치우고 소주잔에 소주를 따랐다. 예나는 크림이 가득 얹어져 나온 시원한 생맥주를 한 모금 마시며 광어회를 한 점 맛 보았다.

"어때요? 광어가 신선하죠? 고추냉이하고 무 순, 생강 얹어서 간장 소스에 찍어서 먹어 봐요. 아니면 마늘 넣고 깻잎에 싸서 된장 찍어서 먹어도 좋고요. 내가 하나 싸줄까요?"

준민이 말했다.

"아니요. 제가 싸서 먹을게요."

그러더니 예나는 준민이 말한 대로 쌈을 싸고는 그 쌈을 준민의 입을 향해 내밀며 말했다.

"자, 아~ 해요. 내가 쌈 싸주는 거 맛이 어떤지 한 번 평가해 줘요."

"아니, 괜찮아요. 예나 씨 먼저 먹어요."

"아니요. 자, 얼른요."

준민은 입을 벌려 예나의 쌈을 입속에 받아 넣고 눈을 감고 천천히 광어회를 음미하며 밀했다.

"처음이에요. 누가 이렇게 쌈을 싸 준 게….

고마워요. 혼자 싸먹는 것보다 맛이 훨씬 좋은 것 같아요."

준민이 웃으며 말했다.

오랜만에 맥주 몇 모금을 마신 예나의 얼굴이 금방 벌게졌다. 예나도 광어회를 아주 맛있게 잘 먹었다. 소주잔과 생맥주잔이 둘의 건배 외침 소리와 함께 그 후로도 여러 차례 더 부딪혔다. 취기가 오른 예나는 갑자기 준민에게 예전 여행사 다니던 시절에 사막에 가본 적은 없었냐고 물었다. 그리고 준민이 대답도 하기 전에 말을 이어 갔다.

"준민 씨, 저는 어릴 때부터 제 인생이 사막을 외롭게 혼자 거니는 한 마리 낙타 같다는 생각을 했었어요. 무거운 짐을 짊어 메고 사막 위를 쉼 없이 걷는, 대화를 나눌 친구도 없는 한 마리의 쓸쓸한 낙타 같다는 생각을요.

어릴 적 아버지가 알코올 중독에 걸리고 중학생 때부터 식당, 카페 아르바이트를 해왔고 남들 가는 대학은 꿈도 못 꾸고 직업 학교에서 기술 배워서 어려서부터 계속 일을 해왔어요.

언제부턴가 제가 집에서 돈을 벌 수 있는 유일한 사람이 되었죠. 아버지는 지방에 있는 알코올 중독자 요양원에 계셨고 엄마는 사회생활을 할 수 있을 만큼 강한 분이 아니셨죠. 그렇게 무거운 짐을 짊어지고 지금껏 모래바람 부는 사막을 앞만 보고 달려온 것 같아요. 가끔 돌아보면 내 인생이 너무 불쌍했어요. 나는 왜 태어나서 이렇게 살아야 하나 하는 생각이 들었어요.

내 인생이 낙타 등에 난 혹 같다는 생각도 했었죠. 두 개의 혹이요.

태어나서 아무것도 모르고 부모님 보살핌 받으며 자랄 때까지는 그래도 행복했던 것 같아요. 그땐 아버지도 술에 그렇게 의존하진 않으셨으니까요. 낙타의 혹이 두 개의 봉우리 같은 포물선 모양이잖아요. 아버지가 알코올 요양원에 입원하시기 전까진 그래도 잘 살았던 것 같은데 내가 중학생이 되고 아버지가 그렇게 되며 첫 번째 변곡점을 맞았던 것 같아요. 그때부터 아래로 꺾였죠. 그리곤 끝없이 추락했죠.

아버지가 돌아가시고 어머니의 우울증과 대인 기피증은 더 심해졌고, 저는 뜨거운 사막을 쉼 없이 걷는 낙타처럼 회사에서 그리고 수선실에서 재봉틀 앞에 앉아 밤늦게까지 일을 해야만 했죠. 그러던 어느 날 내가 큰 병에 걸리고 수술을 해야 했고 엄마도 갑작스러운 병으로 돌아가시고 그렇게 내 삶은 나락으로 떨어졌죠.

그렇지만 준민 씨를 만나고 나서 내 인생도 변곡점을 거쳐 다시 상승 곡선을 그려 오고 있는 것 같아요. 행복의 상승 곡선이요. 병에 대한 두려움, 죽음에 대한 공포에서 벗어나 처음으로 누군가를 그리워하고 목요일이 기다려지고 설레는 감정을 느껴 보고….

그래서 이 행복이, 이 상승 곡선이 꺾이지 말게 해달라고 늘 기도하며 잠을 청해요. 내 인생이 낙타의 두 개의 혹 같은 궤적을 지날 것이라 생각하기 때문에, 이번이 마지막 행복의 상승 곡선이라 생각돼요. 그래서 이 흐름이 길게 이어지길 기도해요.

그래서 소중해요. 준민 씨와 이렇게 만나는 거, 매주 목요일 만나서 얼굴 바라보고 이야기 나눌 수 있는 거, 내가 평생 해보지 않았던 아니 해보려 생각조차 못 했던 걸 이렇게 하고 있다는 것에 대해 늘 감사하며 지내고 있어요.

지금 저는 너무 행복하지만, 한편으론 또 너무 두려워요. 이 세상엔 영원한 게 없잖아요. 우리 둘이 이렇게 만나고 있어도 언젠가 우리 둘 중 누군가 먼지 사랑이 식거나 아니면 우리의 사랑이 식지 않더라도 우리 둘 중 누군가는 한 사람을 남겨 두고 먼저 떠나게 되잖아요.

너무 사랑해서 같이 죽거나, 연인을 따라 죽는 연인들, 모딜리아니 부인처럼… 예전엔 그런 이야기를 들으면 어리고 아직 세상을 몰라서 그런 거라 생각했는데… 내가 준민 씨를 만나고 나서 그 맘을 이해하겠더라고요. 요새는 그런 생각에 잠 못 들 때도 많고, 머리도 복잡하지만 그래도 이 순간 준민 씨의 눈을 바라보고 있으면 나의 이 시답지 않은 이야기에도 귀를 기울여 주고 웃어 주는 준민 씨를 바라보고 있으면 그런 고민이나 불안은 금방 사라져요.

준민 씨, 우리 오래 만나요. 그리고 서로 건강해요."

갑작스러운 예나의 고백에 준민은 놀랐다.

알코올 기운 때문에 예나의 맘 속에 깊게 자리 잡고 있던 경계 심리가 해제된 것일까? 묻지도 않은 개인사를 먼저 들려주며 행복과 사랑 그리고 불안을 말하는 예나의 모습이 사랑스럽지만 안쓰럽게도 보였다. 준민은 그런 예나를 조용히 바라보며 그녀를 변함없이 사랑하고 그리고 끝까지 예나의 곁을 지켜주리라 다짐을 했다.

예나가 취한 것 같다며 머리가 어지러워 가야겠다고 일어설 때까지 준민은 소주 두 병을 마셨다. 적당히 취기가 올라 전에 없던 용기까지 생긴 준민은 자주 오지 않을 오늘 저녁 같은 기회에 진도를 조금 더 나가고 싶은 생각이 들었다. 마음속에 품어 왔던 말도 기회를 봐서 하고 싶었다.

"예나 씨, 우리 조금만 더 같이 있다 가요. 내가 혼자 가끔 가는 칵테일 바가 근처에 있는데 예나 씨는 술은 그만 마시고 주스 마시면서 노래 신청해서 음악 감상해요. 나는 위스키 몇 잔 만 더 마실게요. 어때요? 괜찮죠?"

예나는 고개를 끄덕이며 따라나섰다.

옛날 팝송과 가요 그리고 재즈 음악들이 흘러나오는 어두운 실내의 칵테일 바 한쪽 벽면에 있는 장식장은 LP판으로 가득 차 있었다. 준민은 예나가 노래를 신청할 수 있게 볼펜과 종이를 가져와 건넸다.

"이곳 손님들은 주로 50대나 60대 나이 드신 남자 손님들이 많은데, 주로 혼자 오는 단골 분들이 많아요. 저기 저 주인장 누님 보러 오는 거죠. 가끔 젊은 손님이 가요 신곡이나 클래식 같은 거 신청하면 그 노래 신청한 손님 들으라고 큰 소리로 주인장한테 뭐 이런 노래를 틀고 있냐고 소리치고 그래요. 그냥 대놓고 무안 주고 그리죠.

지난번에도 내 애창곡 변진섭의 '그대에게'란 노래를 신청해서 그 곡이 나왔는데 내 바로 옆자리 나이 든 손님이 주인장 누님한테 그러더라고요. 분위기 처지는 노래 좀 틀지 말라고… 그래서 그 곡만 듣고 나왔었죠. 그 이후로 처음 오네요. 오늘은 그 나이 많은 단골 분들 없는 것 같으니까 신경 쓰지 말고 아무 노래나 신청해 봐요. 샹송 들을래요?"

준민이 물었다.

"샹송은 저 혼자 있을 때 주로 들어요. 오늘은 이곳 분위기에 어울리는 옛날 곡 하나 신청해 볼게요."

예나는 메모지에 예쁜 글씨로 신청곡을 적었다. 예나의 신청곡은 박인희의 '끝이 없는 길' 그리고 '그리운 사람끼리' 두 곡이었다. '두 곡 중 한 곡만 틀어주시면 돼요!'라고 밑에 쓰여 있었다.

"아니… 이런 옛날 노래도 알아요?

박인희 하면 우리 어릴 적 봄이 되면 라디오에서 자주 흘러나왔던 그 '봄이 오는 길'이란 노래 부른 가수잖아요?

'산 넘어 조붓한 오솔길에 봄이 찾아온다네.

들 넘어 고향 논밭에도 온다네…'"

준민이 노래를 흥얼거렸다.

"네, 우리 중학교 때 1박 2일로 학생 수련회 가서 밤에 다들 모여 캠프 파이어 하면 '모닥불'이란 노래도 꼭 불렀던 기억이 나요."

예나가 말했다.

"생각나요. 중학생 때 수련회나 대학생들 엠티 가면 꼭 불렀었죠. 그 노래 가사가 참 좋죠.

'모닥불 피워 놓고

마주 앉아서

우리들의 이야기는 끝이 없어라

인생은 연기 속에 재를 남기고

말없이 사라지는 모닥불 같은 것

…'"

준민은 또 노래를 흥얼거리기 시작했다.

"특히, 인생은 연기 속에 재를 남기고 말없이 사라지는 모닥불 같다는 가사는 정말 너무 시적이면서 철학적인 것 같아요. 그런데 이 옛날 노래들을 아는 걸 보면 예나 씨도 나이를 많이 먹긴 했나 봐요. 내가 얼마전에 레스토랑 알바생이 동아리 엠티를 간다고 하길래 요새도 캠프 파이어 하면서 '모닥불' 노래 부르냐고 했더니… 캠프 파이어 그런 거 잘 안한다고 하더라고요. '모닥불'이란 제목의 노래도 처음 들어 봤대요."

준민이 말했다.

"신청곡은 엄마가 좋아하던 곡이에요. 엄마가 집안일 하면서 박인희 노래를 주로 들으셨어요. 옆에서 하도 들어서 저도 가사를 거의 외워요. 그리고 보니 엄마 떠나신 후 한 번도 못 들었네요."

몇 곡의 노래가 더 흐른 후 예나가 신청한 박인희의 노래가 흘러나왔다.

그리운 사람끼리

두 손을 잡고

마주 보고 웃음 지며

함께 가는 길

두 손엔 풍선을 들고

두 눈엔 사랑 담고

가슴엔 하나 가득

그리움이래

…:

노래가 나오자 아직 취기가 남아있는지 예나는 노래에 맞춰 몸을 살짝 좌우로 흔들며 그 노래를 작은 소리로 따라 불렀다.

"가사가 너무 예쁘지 않아요?

우리 엄마 세대의 노래들은 가사가 정확히 들려서 좋은 것 같아요. 그리고 가사가 너무 낭만적이고 예뻐요.

마주 보고 두 손을 잡고 걸어간다고 하잖아요? 그림을 떠올려 보세요. 얼마나 예뻐요. 얼마나 좋고 사랑스러우면 두 손을 마주 잡고 걸어간다고 가사를 썼을까요? 두 손엔 풍선을 들고 두 눈에 사랑 담고…. 정말 이 가사는 너무 달콤하고 멋져요. 가슴엔 하나 가득 그리움이래… 이 부분은 좀 짠하죠. 어쩌면 우리 같아요… 자주 만나고 늘 함께 있고, 이렇게 마주 보며 영원히 함께할 수 있다면 얼마나 좋겠어요. 그래도 좋아요. 지금도 좋다고요. 비록 일주일에 한 번 만나지만, 나머지 날들은 만남의 여운 속에서 그리고 다음 만남을 기대하는 설렘 속에서 보내잖아요."

예나가 말했다.

평소와 다른 예나의 사랑 표현에 놀란 준민은 역시 알코올의 힘은 대단한 것 같다고 생각했다. 그리고 역시 여자들은 이런 어두운 실내 예쁜 조명들이 가득한 로맨틱한 분위기에도 잘 취하는 것 같다고 생각을 했다. 지난번 낙원상가 순댓국 집 같은 곳이었다면 예나가 오늘 같진 않았을 거라 생각했다. 분위기를 틈타 준민은 예나에게 오래전부터 하고 싶었던 여행 이야기를 꺼냈다

"예나 씨, 우리 다음 주 삼척 갈래요? 아침 일찍 버스 타고 삼척 가서 바다 보다 마지막 버스 타고 돌아와요…. 어때요?"

"네! 좋아요. 좋다고요. 우리 같이 가요. 좋죠. 바다도 실컷 보고 준민 씨 좋아하는 광어회하고 도루묵도 먹고…"

예나는 졸린 듯 고개를 꾸벅이며 말했다.

준민은 또 헷갈렸다. 정말 좋아서 같이 가자고 한 걸까? 다음 주에 정말 함께 삼척에 갈 수 있는 걸까? 그냥 술김에 기억도 못 할 말을 한 건 아닐까?

예나는 술을 많이 마셔서 그런지 갑자기 고개를 떨구고 아무 말 없이 졸기 시작했다. 준민은 얼른 남은 술을 들이켜고 밖으로 예나를 부축해 나왔다.

예나를 부축해 함께 길을 걸으며 취기가 완전히 오른 준민은 오늘 밤 그녀와 함께 더 시간을 보내고 싶었다. 조금 걷다가 예나의 걸음걸이가 너무 비틀거려서 둘은 길가 벤치에 앉아 잠깐 쉬었다. 예나는 준민의 어깨에 기대어 졸기 시작했다.

준민은 그동안 망설여 왔던 사랑 고백을 오늘 그녀에게 하고 싶었다. 당장은 아니더라도 언젠가는 둘이 함께 살자는 말도 할 생각이었다.

프랑스를 좋아해서 프랑스 영화와 샹송을 좋아하는 예나와 함께 편안한 소파에 앉아 어릴 적 감명 깊게 봤던 프랑스 영화 '금지된 장난'을 같이 보면 좋을 것 같았다. 예전에 동네를 산책하다 우연히 봐 두었던 DVD방이 갑자기 떠오른 것도 오늘 밤을 위해서였는지도 모른다. DVD방은 근처에 있었다. 그녀와 술도 깰 겸 음료수를 마시며 '금지된 장난' 영화를 보다가 로망스 기타 연주가 흘러나올 때쯤 그녀에게 키스를 하고 사랑의 고백을 하고 싶었다.

"예나 씨…

예나 씨…."

준민이 예나를 흔들어 깨웠다.

"네?"

예나는 졸린 눈을 비비며 고개를 들었다.

"넷플릭스 앤드 칠(Netflix and Chill)?"

준민이 영어로 예나에게 말했다.

"네? 무슨 말이에요?"

예나가 일어서며 준민에게 물었다.

"'라면 먹고 갈래요?'의 미국식 표현이에요…. '소파에 편하게 누워 영화한 편 같이 볼래?'라는 뜻이죠. 우리 편하게 쉬면서 프랑스 영화 한 편같이 보고 갈래요?"

준민이 예나의 손을 잡고 DVD방이 있는 골목으로 가려고 하자 예나는 비틀거리며 일어서는 척하나 다시 사리에 앉았다. 준민은 어떨 땐 남자가 좀 과감해야 남녀 사이의 관계에 진전이 있다는 얘기를 친구나 후배들한테 여러 차례 들어왔기 때문에 술김에 용기를 내어 근처 모텔 골목 끝에 있는 DVD방으로 그녀를 데려가려고 했다.

"예나 씨, 우리 조금만 더 있다 가요. 너무 피곤해 보여요. 걸음걸이도 불안하고…. 내가 지금 집까지 바래다준다고 하면 예나 씨 또 싫다고 그럴 거잖아요. 난 예나 씨 혼자 보내기 불안한데…. 그러고 보니 집은 도대체 언제 알려 줄 거예요? 예나 씨 전화번호도 모르고 어디 사는지 집도 모르고…. 내가 예나 씨에 대해 너무 아는 게 없는 것 같아요. 우리 조금 더 가까워지면 안 돼요? 아직도 내가 예나 씨에게 그만한 신뢰를 못 줬나요?"

준민은 예나의 손을 세게 잡고 그녀를 골목 쪽으로 이끌었다. 예나는 준민이 이끄는 방향의 골목 양쪽으로 길게 늘어선 번쩍이는 모텔 네온 사인 간판들을 보고 놀라 준민의 손을 뿌리치고 뒷걸음쳤다.

예나도 몇 개월간 준민을 만나며 준민에 대한 신뢰감이 충분히 쌓여 왔고 준민에 대해 더 알고 싶은 마음도 컸다. 그리고 한 번도 느껴 보지 못한 남자의 넓고 따뜻한 품에도 안겨도 보고 싶었다. 만약 그럴 수 있다면 그래야 하는 상황이라면 그 남자가 준민이었으면 좋겠다고… 아니 준민뿐일 거라고 생각을 했었다.

예전 큰 수술을 앞두고 예나는 혹시 수술이 잘못돼서 한 번도 남자 품에 안겨보지도 못하고 이렇게 인생이 끝나는 건 아닌가 하는 두렵고 허무한 생각도 했었다.

하지만 아직은 그럴 수 없었다. 위암 수술의 흉터는 예나의 복부에 이천여 년 전 남미 페루 사막 지역에 만들어졌다는 그 거대 지형화, 커다란 날개와 깃털들이 그려져 있는 그 나스카 문양과도 같은 커다랗고 선명한 자국을 남겨 놓았다. 수술 이후 예나는 한 번도 누군가에게 흉터가 있는 그런 자기의 몸을 보여준 적이 없었다.

특히 사랑하는 준민에게라면….

준민은 놀란 표정으로 뒷걸음치는 예나의 팔을 세게 붙잡고 자기 쪽으로 다시 한 번 더 힘껏 끌어당겼다. 오랫동안 억눌러 왔던 예나에 대한 감정을 오늘만큼은 숨김없이 표출하고 싶었다. 온 힘을 다해 예나를 꼭 끌어안아 주고 싶었다. 예나가 거부할수록 준민은 완력을 더해 예나를 자기 쪽으로 힘껏 끌어당겼다. 먼저 예나의 입술에 키스를 하고 싶었다. 숨김에 억눌려 왔던 준민의 감정이 터져 나오는 듯했다. 준민은 예나의 얼굴을 두 손으로 잡고 자기의 얼굴을 향해 힘껏 끌어당겼다.

예나는 준민의 손을 뿌리치고 고통스러운 표정을 지으며 땅바닥에 주저앉았다.

준민은 놀라서 예나를 일으켜 세우며 말했다.

"미안해요. 예나 씨…

그냥 아무 일 없이 편하게 영화 보며 좀 쉬었다 가려 했어요. 예나 씨 혼자 집에 보내는 게 불안해서… 술이 좀 깨면 보내려고 했던 거예요… 미안해요."

"제가 좀 아파요."

예나가 말했다.

"네? 어디가요?"

"어디가 아픈 게 아니라… 그냥 요새… 아니 오늘 좀 아프다고요. 갑자기 몸이 좀 안 좋아요. 집에 가서 쉬어야겠어요."

"네, 그러면 어서 택시 타고 가요. 짧은 거리지만 그냥 택시 타요. 내릴 때까지 졸지 말고요."

준민은 근처에 일렬로 세워져 있는 택시 중 맨 앞 택시의 기사 얼굴을 한 번 보고, 그리고 차 번호를 확인하고 나서 예나를 태워 보냈다.

그렇게 둘은 헤어졌다.

어색하고도 급작스럽게….

예나의 과거 이야기로 시작해서 사랑에 대한 고백과 그리고 이렇게 갑작스럽게 둘이 헤어지기까지 오늘 밤은 준민에겐 마치 다양한 감정의 경사와 굴곡을 통과하는 롤러코스터를 탄 것처럼 잊지 못할 기나긴 밤이었다.

　스키를 타봤던 사람은 알 것이다. 스키를 처음 배우러 스키장에 가서 슬로프를 타다가 차츰 욕심이 생겨서 아니면 잘 타는 친구의 꼬드김에 넘어가 멋모르고 상급자 코스에 올랐다가 전혀 예상치 못한 빠른 활강 속도에 놀라 통제가 안 되는 두려움과 죽음의 공포를 느껴 봤던 경험 말이다. 도저히 통제가 안 될 것 같은 아주 빠른 속도로 추락하는 공포. 설마 이 정도일 거라곤 전혀 예상할 수 없었던, 어둡고 깊은 블랙홀과도 같은 수렁 속으로 무지막지한 속도로 빨려 들어가는 듯한 그런 불안함, 그렇게 상황이 빠르게 악화되는 느낌…

　예나는 그날 밤 그런 꿈을 꿨다.

　예나는 스키복 대신 환자복을 입은 채로 그렇게 제어할 수 없을 정도로 무서운 속도로 슬로프를 타고 내려오다 깊은 수렁 속으로 빨려 들어가는 그런 기괴한 꿈을 꿨다. 그 깊은 수렁 속에서 예나를 맞이한 건 하얀 가운을 입은 의사 선생님이었다. 의사 선생님이 걱정스러운 시선으로 예나를 측은하게 바라보는 모습이 눈에 들어오는 순간 예나는 놀라서 꿈에서 깨어났다.

무서운 암세포가 빠른 속도로 간과 대장까지 전이되어서 더 이상 손을 쓸 수 없다는 검사 결과지가 의사 손에 쥐어져 있었다.

벌써 3주째다.

준민의 문자에 예나의 답이 오지 않은 지가….

한 번도 거른 적 없었던 목요일 둘의 늦은 점심이 중단된 지도 그렇게 3주가 흘렀다. 혹시나 하고 처음 둘이 만났던 동네 식당 안을 들여다보기 위해 그 식당 근처를 준민은 틈날 때마다 수없이 지나쳤다. 그녀를 처음 만났을 때 은연중에 준민에게 얘기해 주었던 옷 수선 가게가 있을 만한 곳도 이곳저곳 찾아보았으나 예나의 흔적을 찾을 수는 없었다.

준민은 여러 차례 예나에게 사과 문자를 보냈다.

미안하다고… 술에 취해서 그날 좀 지나친 행동을 했던 것 같다고… 그리고 오해도 조금 있는 것 같고 무엇보다 자기가 무조건 잘못했으니 용서하고 어서 연락을 달라는 내용이었다.

그러나 예나의 답은 없었다.

그렇게 몇 주의 시간이 더 흐르고, 준민은 오랜만에 그 단골 식당에 앉아 예나와의 첫 만남을 생각하며 메뉴판을 바라봤다. 그렇게 맛있게 느껴졌던, 아무리 자주 먹어도 질리지 않을 것만 같았던 오징어볶음도 그녀가 없는 지금은 더 이상 맛있을 것 같지 않았다.

늘 예나와 함께 먹던 그 오징어볶음 대신 한 번도 먹어본 적 없는 선지해장국을 시켰다. 오랜만에 이곳에서의 혼밥은 너무 쓸쓸하고 외로웠다. 옆자리에서 혼자 식사를 하던 근처 화장품 가게 유니폼을 입은 여자가 일어나며 그 식탁 위에 놓인 제육볶음 그릇이 준민의 눈에 들어왔다. 예나는 이곳에서 늘 제육볶음을 먹었었다. 그릇에 남은 몇 점의 제육볶음이 마치 예나의 얼굴이라도 되는 것처럼 준민은 한참을 물끄러미 그것을 바라봤다.

갑자기 눈물이 흘렀다.

예나는 요새 어떻게 지내는지, 어떻게 식사를 하고 사는지… 혹시 어디 아픈 건 아닌지… 얼마나 예나가 실망을 했을지… 이대로 영원히 헤어지게 되는 건 아닌지… 그런 걱정과 불안한 생각들에 휩싸여 준민은 구석 자리에 홀로 앉아 식어버린 선지해장국을 먹다 그만 혀를 크게 깨물고 말았다. 피가 입안 가득 고이는 것 같았다. 준민은 그만 자리에서 일어나 카운터로 향했다. 준민의 모습을 가만히 바라보고 있던 주인 아주머니가 물었다.

"둘이 뭔 일 있었어? 항상 같이 오던 그 여자친구는 왜 같이 안 온 거야?"

준민은 대답 없이 돈을 지불하고 들릴 듯 말 듯한 작은 목소리로 "잘 먹었습니다."라고 인사하고 빠른 걸음으로 식당 문을 빠져나왔다. 얼마 전까지 둘이 함께 걷던 길을 혼자서 걷다 보니 예나가 너무 그립고, 보고 싶었다. 예나에 대한 생각을 한 시도 떨쳐 버릴 수 없어 너무 고통스럽고 힘이 들어 가로수에 머리를 세게 받고 잠시라도 의식을 잃고 싶다는 생각까지 했다.

요 며칠 사이 준민은 가끔 그런 생각도 했다. 예전에 여행사 다닐 때 열 시간 넘게 걸리는 미국행 비행기를 탈 때면 장시간 비행이 지루하고, 가끔 찾아오는 폐쇄공포증을 피해 보려고 비행기가 이륙하자마자 와인 여러 잔, 시원한 캔 맥주 그리고 위스키를 주문해서 빠른 속도로 마시고 취해 깊은 잠에 빠지면 마치 금방 목적지에 도착한 것처럼 얼마 안 가 비행기 착륙할 때의 그 진동과 소음에 깨어나곤 했다. 그게 준민의 비행 모드였다.

예나와 연락이 안 되고 최근 힘든 시기를 보내며 준민은 그 기억이 떠올라 지난밤엔 술에 취해 공원을 걷다가 하늘에 대고 소리를 친 적도 있었다.

"여기, 땅콩하고 와인, 캔맥주 그리고 위스키 좀 갖다 주세요.

취해서 푹 곯아떨어져 잠 잘 수 있게 해주세요…. 잠들어 이 힘든 시간들이 금방 지나가게… 아무 고통 못 느끼고 지나가게 해주세요…. 그리고 예나 문자 메시지 소리에 잠에서 깨어날 수 있게 해 주세요."

그렇게 아무도 없는 공원에서 준민은 하늘을 향해 소리를 질렀다.

그렇게 준민은 지난 몇 주를 술에 의지해서 이 술집, 저 술집을 전전하며 알코올로 고통과 외로움을 마취시켜 가며 자신만의 비행 모드 버튼을 켜고 지냈는지도 모른다. 언제 꺼짐 버튼을 누르게 될지 알 수 없는… 그 목적지도 경로도 알 수 없는… 아니 준민의 비행 모드 꺼짐 버튼을 누를 수 있는 유일한 존재는 준민이 그토록 기다리고 있는 예나의 문자 메시지뿐이었다.

준민은 머리도 식힐 겸 조만간 비번인 날을 골라 아침 일찍 삼척으로 혼자 여행을 떠나기로 마음먹었다. 예나와 함께 가기로 약속했던 그곳으로…

잠시라도 이 동네를 벗어나는 것이 좋을 것 같았다. 예나와 늘 함께 다니던 식당들 그리고 커피를 마시던 카페와 공원 벤치 그리고 그녀의 목소리와 숨소리가 아직도 곳곳에 떠돌고 있는 것 같은 이 동네에서 잠깐이라도 벗어나 조용히 쉬다 와야겠다고 생각을 했다.

예나의 건강은 급속히 악화되었다.

불과 얼마 전까지 준민과 미래를 꿈꿨던 사람이 맞나 싶을 정도로 예나는 빠르게 무너져 내리고 있었다. 준민과 꿈꾸던 미래도 신기루처럼 사라져 가고 있었다.

며칠 전에는 가장 친한 친구 현주를 불러서 정말 하기 힘든 말들, 자기에게 무슨 일이 생기면… 현주가 해주었으면 하는 것들을 부탁해야겠다는 생각을 했다.

엄마가 그렇게 갑작스럽게 떠나가는 걸 지켜봐야만 했던 예나는 생각보다 빨리 닥칠지도 모르는 자신의 마지막을 잘 정리하고 준비하고 싶었다. 그렇게 한 사람의 삶이 쉽게 정리될 수 없다는 걸 너무 잘 알면서도… 가장 힘든 일, 누구에게 부탁할 수도 없고 마지막 순간까지 예나 혼사 감내해 내야 하는 그 이별의 고통… 아마 허공 속에서 아른거리며 잡히지 않을 준민의 얼굴을 마지막으로 한 번 더 잡아보려 허우적대다가 그의 이름을 불러 보지도 못하고 결국엔 조용히 눈을 감게 될 거란 걸 너무 잘 알면서도… 할 수 있는 한 최선을 다해 인생을 잘 마무리하고 싶었다.

누워 있으며 예나는 엄마의 마지막 모습들을 많이 떠올렸다.

엄마는 과연 행복했을까? 엄마의 인생에서 행복했던 순간들은 얼마나 있었을까? 적어도 예나가 철이 들고 나이가 들어가며 엄마가 행복해 보인다고 느꼈던 적은 거의 없었다. 아니다. 예나가 태어나기 전, 예나가 너무 어려 알 수 없거나 기억하지 못하는 엄마의 행복했던 순간들이 분명 있었을 것이다. 그렇지만 예나가 기억하는 엄마는 늘 말이 없고 기운 없고 어쩌다 가끔 억지로 웃는 듯한 모습만 떠오르는 어둡고 우울한 중년 아줌마의 모습뿐이었다. 그런 기억들 속에서 엄마가 과연 행복했을까? 하는 생각을 하는 것조차 억지처럼 느껴졌다. 엄마의 상태가 절망적이란 소식을 전해 들은 후 예나는 그 정신없고 절망적인 상황에서도 엄마의 얼굴을 볼 때마다 그 질문이 계속 떠올랐다.

'그래, 엄마의 인생은 행복했을까?'

그리고, 시간이 흘러 지금 종일 누워 그때의 엄마를 생각하고 있는 자신을 생각하니 그 질문이 결국은 예나 스스로에 대한 질문이었다는 걸 깨달을 수 있었다.

'나는 행복했던 적이 있었을까?

내 인생은 행복한가? 아니면 앞으로 행복해질 수 있을까?'

엄마가 아프지 않던 때에도 예나는 행복을 생각할 겨를도 없이 바쁘고 힘들게 살았다. 내가 지금 행복한지, 아니 나도 행복해야 된다는 생각을 해 본 적이 없다는 사실이 예나를 더 슬프게 했다.

아버지가 돌아가시고 아르바이트로 고된 학생 시절을 보낼 때에도 의지하고 기댈 엄마가 있어 예나는 힘을 낼 수 있었다. 엄마가 가망이 없다는 그 이야기를 전해 들었던 날… 예나는 집에 돌아오는 길에 엄마의 절망스러운 소식이 곧 앞으로 닥칠 자신의 절망임을 깨닫고 아무도 없는 길에 털썩 주저앉아 한없이 울었었다.

엄마를 보낼 자신이 없었기에…

행복이라는 단어를 잊고 살아온 예나에게 그나마 남은 행복의 유일한 불씨였던 엄마를 떠나 보내야 한다니… 엄마의 부재가 가져올 암담한 미래를 생각하지 않을 수 없었던 그날이 아마도 예나 인생에서 가장 슬프고 고통스럽고 아렸던 순간이었는지 모른다.

그래도 산사람은 어떻게든 산다는 어른들 말처럼 예나는 그렇게 엄마 없는 계절들을 보내며 그럭저럭 살아왔고 그리고 준민을 만나 한 번도 꿈꿔본 적 없는 행복을 잠시 느꼈었다. 그러나 다시 자신 앞에 갑작스럽게 닥친 시련을 마주하며 결국 준민과의 인연도 자신에게 주어진 모질고 기구하고 절망적인 비극적 인생의 간주곡과도 같은 짧은 인연으로 생각됐다. 결국 예나 자신은 행복과는 관계없는 운명을 타고 난 거라 체념하며 받아들이기로 했다. 아니 그렇게 생각해야 했다. 앞으로 남은 시간을 정리하기 위해서는… 예나는 그렇게 맘을 굳게 다져 가고 있었다.

예나는 오랜만에 현주에게 문자를 보냈다.

'현주야, 뭐 해?'

'예나, 오랜만이네! 잘 지내고 있지? 준민 씨도 잘 있어?'

바로 현주에게 답신이 왔다.

'어… 그래.'

'요새 연애한다고 너 나한테 뜸했던 거 알지? 이 계집애야.'

'미안… 요새 좀 바쁘고 몸이 안 좋아서… 현주야 이번 주 시간 되면 주말에 여기 놀러 올래?'

'그래… 이번 주는 준민 씨가 바쁜 거야? 꿩 대신 닭인 거야?'

'아니… 너 본 지도 오래됐고 같이 저녁도 먹을 겸 해서… 너한테 할 말도 있고… 바쁜 일 없으면 와 줘…'

'그래, 알았어… 주말에 봐.'

예나는 계속 집에 누워만 있었다. 병원에 한 번 다녀온 것 빼고는 기력이 너무 없어 소파에 누워 내리 잠을 자다 어쩌다 깨면 생각에 잠기고 생각에 지쳐 잠들기를 반복했다. 몸도 많이 마르고 얼굴도 수척해졌다.

준민과 함께했던 봄, 여름은 가고 이제 어느덧 가을의 끝자락이다.

기력이 있을 때마다 일어나서 가진 것도 별로 없는 짐들과 옷가지들을 꺼내어 정리하고 버렸다. 하루는 부엌 조리대 밑 서랍에서 가위를 찾다가 여러 번 접혀 있는 보건소 서류를 우연히 찾아 읽곤 눈물을 흘렸던 적도 있었다.

엄마가 치매 초기라는 의사 소견서였다. 엄마는 예나에게 그 사실을 말한 적도 없었고 치매약을 처방받아 복용한 적도 없었다. 아픈 예나에게 부담을 주기 싫었을 수도 있다는 생각이 들었다. 갑자기 엄마의 암이 말기에 발견되어서 손을 쓸 수 없었던 게 아니라 엄마가 말기까지 참고 기다려서 예나가 손을 쓸 수 없게 했던 건 아닐까 하는 극단적인 생각까지 들었다.

그럴 리야 없겠지만…

그런 슬픈 생각이 날 때마다 예나는 엄마와의 즐거웠던 추억들을 애써 떠올렸고 엄마가 하늘에서는 다시 예쁘고 행복했던 젊은 시절로 돌아가 아빠와 다시 만나 두 분이 행복하게 잘 지내고 계실 거라 생각을 했다.

그렇게 지내고 계실 거라 믿으며 자주 기도를 드렸다.

가끔 배가 고플 때면 찬장을 뒤져 오래전 사다 쟁여놓은 라면을 꺼내어 씻지 않은 냄비에 그냥 끓여 먹었다. 몇 종류의 라면 중에서 유통기한을 일일이 확인하며 기간이 덜 남은 순서대로 라면을 골라 끓여 먹는 자신의 모습을 보곤 어이가 없어 혼자 웃은 적도 있었다.

난 내 삶의 유통기한을 생각하며 살았던 적이 있던가?

내 인생의 유통기한은 얼마나 남았다고….

그리고 라면 조금 더 오래되고 덜된 게… 그게 무엇이 그리 중요하다고….

그리고 어릴 적 사진들로 대부분 채워진 사진 앨범을 넘기며 가끔 어릴 적 행복했던 시절과 엄마와의 추억을 떠올렸다. 엄마와 둘이 찍은 사진은 많았어도 아버지와 둘이서만 찍은 사진은 몇 장 없었다. 아버지가 웃으며 예나를 목마 태워 주는 사진 한 장이 예나의 눈에 들어왔다. 몇 살 때였을까? 세 살이나 네 살 때였던 것 같다. 예나가 어렸을 땐 아버지도 엄마처럼 다정하고 잘 웃으시고 예나와 잘 놀아주던 자상한 분이셨다. 예나는 어릴 적 아버지한테 자주 불러 드렸던 동요가 갑자기 생각났다. 그리고 사진을 보며 나지막한 소리로 흥얼거리기 시작했다.

"어제 밤 꿈속에 나는 나는 날개 달고

구름보다 더 높이 올라 올라갔지요

무지개 동산에서 놀고 있을 때

이리저리 나를 찾는 ….

　…."

예나는 갑자기 울컥해져 부르던 노래를 그만 멈추고 말았다. 그리고
생각했다.

아버지는 표현을 안 해서 그렇지… 어린 예나뿐만 아니라, 서로 말을
안 하기 시작한 무렵인 사춘기 중학생 때의 자기도, 그리고 고등학생 때
의 자기도 변함없이 사랑하셨을 거라고… 알코올 요양원에 계실 때 자
주 찾아뵙지 못했던 사실이 맘에 걸려 가슴이 아파 왔다.

예나는 기운을 내서 다시 노래를 부르기 시작했다.

"무지개 동산에서 놀고 있을 때

이리저리 나를 찾는 아빠의 얼굴

무지개 동산에서 놀고 있을 때

이리저리 나를 찾는 아빠의 얼굴

　…."

'그래….'

예나는 생각했다. 어릴 적 놀이터나 공원에서 조금이라도 아빠 곁에
서 멀리 벗어날 것 같으면 놀란 얼굴로 나를 찾으시다가 내가 눈에 띄면
달려와 안아 주시던 그때의 아빠 모습… 그 모습 그대로 아버지는 변함
없이 평생 나를 그렇게 애타게 찾으셨을지도 모른다고….

예나는 흐르는 눈물을 닦고 커피 믹스를 하나 꺼내 뜯어 뜨거운 물에
붓고 다시 자리로 와서 사진을 보았다.

그러고 보니 최근 몇 년간은 휴대폰으로만 사진을 찍어서 따로 현상
을 해둔 사진이 없었다. 엄마와 찍었던 최근 사진들은 휴대폰에 있는 게
전부였다. 엄마가 잘 나온 사진들을 현상해서 작은 액자에 담아 두고

볼 생각을 왜 못 했을까라는 생각도 했다.

예나가 커서 혼자 찍은 사진은 거의 없었다. 그래도, 예전 의류 회사에 입사한다고 사진관에 가서 찍어 현상해 두었던 증명사진이 몇 장 서랍에 남아 있었다. 십몇 년 전의 모습인데… 오히려 최근 얼굴이 더 어리고 세련돼 보일 정도로 신입사원 시절의 예나는 커다란 안경테를 쓴 촌티 나고 조금은 경직된 모습의 나이 들어 보이는 얼굴이었다. 그땐 맘에 들지 않아 버릴까도 생각했는데… 그러지 않길 잘했다는 생각이 들었다.

작은 의류회사에 들어가서 일을 처음 배웠던 신입사원 시절은 가족 부양의 짐을 짊어지고 있었어도 새로운 일을 배운다는 것에 대한 설렘, 어린 후배에 대한 선배들의 따뜻한 배려 그리고 열심히 일해서 선배들처럼 능력 있고 멋진 커리어우먼이 되어야겠다는 꿈이 있어 연애도 사치라고 생각하고 오로지 회사가 세상의 전부인 양 일에 빠져 지냈다. 그러나 회사가 커지고 석사나 유학파 등 가방 끈 길고 업계에서 알아주는 경력 사원들이 들어오며 점점 나이 들고 변변한 학력이나 경력도 없이 오로지 열정과 낮은 임금도 감사하게 생각하는 성실한 이미지로 버텨왔던 예나의 설 자리는 점점 좁아졌다.

그리고 어느 날, 부족한 사무 공간을 이유로 사무실 좌석이 공유 좌석제로 바뀌며 개인 짐을 보관할 수 있는 개인사물함이 복도에 들어왔다.

자리에 수북이 쌓여 있던, 도저히 그 작은 사물함 속으로 옮겨질 수 없을 것만 같았던, 그 많던 원단과 잡지, 각종 재단 도구, 서류, 서적 들을 정리해서 사과 상자보다 작은 개인 사물함으로 차례차례 옮기며, 입사 이후 처음으로 예나는 자기도 언젠간 이 회사에서 해고되어 자리가 없어지고 거리로 내몰릴 수도 있겠다는 불안한 생각이 들었다. 그러나 며칠 동안 틈틈이 짐을 정리해서 사물함 속으로 옮기며 예나의 생각은 달라졌다. 책상 위에 있던 짐들의 대부분은 없어도 되거나 아니면 당장 쓸모가 있는 물건들이 아니었다. 그렇게 나눠 주고, 집에 가져가고, 버리고 하니 정말 그 개인 사물함 크기만큼의 짐만 남았다. 아니 공간이 크게 느껴질 정도로 그 작은 사물함은 크고 넉넉한 공간이었다.

　회사만 바라보고 열심히 일했고 자기 자리와 일을 뺏기지 않기 위해 그것에 견고한 시건 장치를 달겠다는 듯 열심히 경쟁하며 살아온 지난날들이 부질없는 욕심처럼 느껴졌다. 반면에 그 상실감과 옅어진 소속감이 묘하게도 그동안 예나를 옭아매고 있던 커다란 족쇄가 풀려 버린 것처럼 예나에게 동시에 해방감도 느끼게 해주었다.

　언제든 회사에서 잘릴 수 있을 거란 불안감과 언제든 저 개인 사물함 속의 짐들만 작은 상자에 담아 들고 나가면 난 이 회사를 떠날 수 있겠다는 자유를 동시에 느꼈다. 개인 사물함을 정리하며 얻은 경험을 통해 예나는 자신의 인간관계도 어쩌면 그렇게 가끔 정리하고 비우며 살아가는 것이 좀 더 행복하고 자유로운 삶을 위해 필요하다는 생각도 했다. 비록 남들에 비해 보잘것없는 인간관계겠지만… 예나에게도 꼭 필요한 사람과 있으면 좋은 사람 그리고 만나지 말아야 할 인연들은 분명 있을 테니까….

　예나의 삶의 유일한 목적이자 노동의 동기이자 어떤 어려움과 수모들도 극복하게 해주었던 엄마가 갑작스럽게 떠나면서 예나는 약해지고 삶의 목적을 상실하고 무너져 그렇게 병이 급속히 악화됐는지도 모른다.

　예나는 최근 오래 누워 있으면서 엄마는 떠나기 전 병원에 누워서 어떤 생각들을 했을까? 내 생각에 많이 마음이 쓰리고 힘들진 않았을까? 그런 생각들을 했다. 엄마는 가끔 의식이 또렷하게 돌아올 때면 항상 예나를 불러 이렇게 말했었다. 꼭 누군가를 사귀라고…. 늦었다 생각 말고, 뭔가 준비가 되어 있어야 누굴 만날 수 있다는 생각 말고, 누구든 좋으니 의지할 수 있는 사람을 찾아보라고… 꼭 결혼하란 것도 아니고 네 주위에 항상 누군가 있었으면 좋겠다고….

그리고, 미안하다고… 많이 사랑한다고….

토요일 오후에 초인종이 울렸다.

현주였다. 문을 열고 환한 얼굴로 들어온 현주는 예나의 수척해진 얼굴을 보고 놀라 물었다.

"예나야, 왜 그래? 왜 이렇게 살이 빠졌어? 어디 아픈 거야?"

"…"

"왜 나한테 연락을 안 했어? 병원은 갔었어? 밥은?"

"몸이 좀 안 좋았어. 그냥 며칠 동안 집에 누워 잠만 자서 그래… 뭐 좀 먹었으면 좋겠어."

"그래 같이 뭐 좀 먹자. 우리 나가서 먹을래?"

"아니…. 그냥 집에 있고 싶어. 기운이 없어…"

"그래? 뭐 먹고 싶은데? 내가 만들어 줄게…"

"…

짠지…"

잠시 아무 말 없이 생각에 잠겼던 예나의 입에서 짠지라는 단어가 힘없이 흘러나왔다.

"짠지?"

"어… 어릴 적 엄마가 가끔 반찬으로 해주시던 그 짠지가 먹고 싶었어. 며칠 누워 있으면서 라면을 끓여 먹는데, 마침 집에 사다 놓은 포장 김치가 떨어져서 그냥 라면만 먹었거든… 그런데 갑자기 어릴 때 엄마가 만들어 주시던 그 짠지가 생각이 났어. 그걸 요새도 만들어 파는 곳이 있나 궁금하기도 했고…."

"있겠지… 김치도 좀 사올게…."

현주가 부엌을 둘러 보고 나갈 준비를 하며 말했다.

"그리고 너한테 할 말도 있고 해서…."

예나가 작은 목소리로 말했다.

"참, 짠지를 어떻게 해서 주셨는데…?"

예나가 배고플 것 같다는 생각이 든 현주는 급한 마음에 예나의 다음 말을 신경 써 듣지 못하고 물었다. 배고픈 예나에게 뭔가 빨리 차려 줘야겠다는 생각에 현주는 서둘렀다.

"네모 모양으로 얇게 썰어서 물에 담가 두었다가 얼음 넣은 찬물에 담가서 파하고 고추 조금 썰어 넣고 참깨 뿌려서 먹는 그 짠지? 아니면 물에 담가 소금기 좀 빼서 물기 짜고 채 썰기 해서 양념해서 무쳐 먹는 거? 어떤 거? 우리 엄마도 어려서 많이 해주셔서 잘 알지…. 계집애, 진작에 전화로 말해주지 그랬어…. 오는 길에 마트나 시장 들러서 사 왔을 텐데…."

"어… 미안해."

"둘 다 좋은데 지금 먹고 싶은 건 먼저 말한 거… 얼음물에 담가서 먹는 짠지가 더 먹고 싶어…. 밥에 물 말아서 그 짠지랑 먹으면 맛있을 것 같아."

"그래. 알았어. 조금만 기다려⋯ 시장 다녀올게⋯ 그리고 또 뭐 먹고 싶은 건 없어? 그런데⋯ 이게 무슨 냄새니? 물감 냄새야? 이 캔버스 그림 속의 남자는 누구야?"

예나 책장 가운데 칸에 기대어 서 있는 작은 캔버스를 보고 현주가 물었다.

"냄새가 심하지? 유화물감으로 그릴 때 들어가는 보조제 냄새야⋯"

예나가 말했다.

"그런데, 이 남자는 누구야? 아버지?"

"⋯"

"아니면 준민 씨?"

"⋯"

예나는 말이 없었다.

"왜 말 안 해? 아직 완성 못 했는데 내가 너무 일찍 봐버렸구나. 알았어. 나중에 완성되면 보여줘. 나 금방 다녀올게."

무덤 아래 관 속처럼 고요하고 어두운 정적에 눌려 있는 것 같았던 예나의 작은 원룸 속 공기는 현주의 활기찬 등장과 함께 어느덧 현주 몸에 가득 묻혀 들어온 사람 냄새 나는 따뜻하고 밝은 공기와 소음으로 서서히 채워지고 있었다. 비 맞은 강아지가 집에 돌아와 몸을 흔들어 물기를 털어내듯 현주는 그렇게 삶의 냄새와 활기를 잠시나마 예나의 방에 잔뜩 털어놓고 나갔다.

예나에게 현주는 늘 그랬다. 예나가 힘들 때마다 곁에서 용기를 주고 삶의 기운을 북돋우어 준 유일한 친구였다. 부모의 이혼으로 어릴 때부터 엄마와 함께 살아온 현주는 어려서부터 예나와 함께 아르바이트를 같이했던 단짝 친구이자 동료였다. 수줍은 많은 예나가 혼날 일이 있으면 대신 잘못을 뒤집어쓰고 혼나기도 여러 번 했고 일 잘 못한다고 예나가 아르바이트에서 잘리면 현주는 같이 일을 그만두고 새로운 일자리를 함께 찾곤 했었다. 엄마가 돌아가셨을 땐 서울에 있는 자취방 대신 예나 집에서 이 주가량을 함께 먹고 자며 회사까지 먼 거리를 출퇴근하며 예나를 챙겨주던 자상한 친구였다. 예나의 소심하고 수줍음 많은 성격과 달리 활달하고 유머 감각 많았던 현주는 그렇게 변함없이 예나의 유일한 친구가 되어주었다.

현주가 나가고 다시 혼자 된 예나는 소파에 누워 엄마가 해준 음식들을 생각하다 엄마 생각이 나서 조용히 눈물을 흘렸다.

엄마가 돌아가시기 얼마 전 아직 예나가 엄마의 병을 제대로 알지 못했을 때… 하루는 엄마가 예나에게 갑자기 고향에 가고 싶다는 말을 한 적이 있었다.

"예나야… 엄마가 진주에 한 번 내려가고 싶은데… 언제 한 번 같이 갈까?"

"어… 가면 좋지… 그런데 진주는 갑자기 왜? 이제 이모들도 다 돌아가시고 엄마 반겨 줄 어른들도 안 계시잖아…. 친구들 만나려고?"

"아니… 엄마가 보고 싶어서….'

엄마가 말했다.

"아… 할머니 산소 가고 싶은 거야?"

"그래….'

예나는 너무도 오랜만에 입 밖으로 내어 보는 할머니란 단어에 그동안 너무 외할머니를 잊고 지낸 건 아닌지 미안한 마음이 들어서 엄마의 손을 꼬옥 잡아 드렸다.

예나가 어릴 적엔 명절이면 예나 가족은 오산에 있는 큰 집에 갔다. 엄마는 제사 음식을 만들고 남자들은 차례를 올린 후 근처 선산에 절을 하러 갔는데⋯ 생각해 보니 명절날이면 엄마는 아버지, 형제, 가족들을 만나 한 번도 뵌 적 없는 돌아가신 할아버지, 할머니를 위한 음식을 만들고 산소에 갔어도, 정작 엄마가 시집을 온 후 명절날 우리 가족이 외할머니 산소에 내려갔던 적은 없었던 것 같다.

그리고 아버지가 술에 의존하게 되면서부턴 명절뿐만 아니라 일 년 내내 엄마의 고향에 내려간 적이 거의 없었다. 왜 일 년에 몇 번밖에 없는 명절 때⋯ 아니 외할머니의 기일이라도 챙겨서 엄마를 모시고 내려갈 생각을 한 번도 못 했을까? 엄마는 엄마의 엄마가 얼마나 보고 싶었을까? 많은 시댁 제사와 명절을 챙기면서도 아무런 말 한마디 하지 못했던 엄마의 맘을 헤아려 주는 사람이 아무도 없었다니⋯ 엄마는 얼마나 서운했을까? 아버지와 나는 너무 무심했다. 하나밖에 없는 딸인 나라도 가끔 엄마를 모시고 할머니가 있는 산소에 내려갈 생각을 왜 못했을까? 얼마나 사는 게 바쁘다고⋯. 아니 누굴 위해 그렇게 바쁘게 살았는데⋯. 엄마가 원하는 것이 뭔지 헤아리지도 못하며 살았을까? 예나는 그렇게 늦은 후회를 했다.

엄마가 고향에 가고 싶단 말을 꺼내고 몇 주 후에 엄마와 함께 고속버스를 타고 진주에 내려갔다. 버스터미널에 내려 엄마와 냉면을 먹고 택시를 타고 공원묘지 입구에 내려 외할머니 산소를 찾아 걸어 올라갔다.

"이 근처였는데⋯.

분명 여기 어디였는데⋯. 이쪽이 아닌가?

맞는 거 같은데⋯ 저 큰 소나무 세 그루 근처였는데⋯."

비슷한 모양의 봉분들로 가득한 묘지 안 이곳저곳을 천천히 둘러보며 엄마는 할머니 산소를 한참 동안 찾아 헤맸다. 그렇게 이십 분을 넘게 찾아 헤매다 지쳐버린 엄마는 금방이라도 울 것 같은 얼굴로 계속 혼자 뭐라 중얼거리며 주변 산소들의 비석을 하나하나 둘러보았다.

"엄마, 나 왔어요⋯.

내가 왔다고⋯ 어디 있는 거야?

엄마가 그렇게 보고 싶어했던 막내딸이 왔다고요⋯.

도대체 어디 있는 거야?

미안해⋯.

엄마 미안해요⋯ 엄마가 어디 있는지 못 찾겠어⋯ 좀 어서 나와 봐요⋯."

거의 이십 년 만에 처음 공원묘지를 찾아온 엄마는 결국 외할머니 산소를 찾지 못했다. 계단에 앉아 잠깐 쉬며 하늘에 떠다니는 구름을 바라보다 엄마가 말했다.

"할머니가 구름을 참 좋아하셨지. 저 구름처럼 자유롭게 떠돌아다녔으면 좋겠다고 자주 말하셨어. 할머니는 이곳에 태어나서 한 번도 고향을 벗어났던 적이 없었지. 엄마는 산소 주변에 핀 이름 모를 작은 보랏빛 풀꽃을 어루만지며, 할머니가 이 꽃들을 아주 좋아했지⋯. 몇 포기 뜯어서 집 마당 가장자리에 옮겨 심으시기도 했어⋯."

예나는 진주에 자주 놀러 오지 못했기 때문에 외할머니에 대한 추억이 많지 않았다.

외할머니댁 뒷마당에 포도나무가 몇 그루 있었는데 포도가 익기 전 어린 예나는 사촌들과 그걸 따다가 껍질을 벗겨 모래로 반죽해서 눈깔사탕이라며 장난치고 놀다가 크게 혼난 적이 있었다. 사촌 오빠들이 밖에서 흙장난하고 지저분해져서 들어오면 할머니는 "야, 이놈들아! 까마

귀가 니들 보면 형님 형님 하겠다" 하고 혼을 내곤 하셨다.

한번은 할머니와 둘이서 방에서 텔레비전을 보고 있는데… 옛날 한국전을 배경으로 군인들이 전투하는 장면이 나오고 어느 민가에 배고픈 군인이 나타나 아주머니에게 밥을 얻어먹는데 그 장면에서 그 군인이 하도 허겁지겁 밥을 빨리 맛있게 먹길래 "할머니, 저 아저씨가 먹는 음식이 뭐예요? 맛있는 거예요?"라고 물었던 기억이 났다. 흙으로 지은 초가의 안주인은 그 군인에게 커다란 바가지로 만든 밥그릇에 밥을 퍼서 거기에 물을 조금 부어서 내어 줬다. 그리고 반찬은 딱 한 가지였는데 오이지를 잘게 썰어서 고추장인지 고춧가루인지에 버무린 것 같은 반찬이었다. 예나의 물음에 "오이지 말이냐, 왜 예나도 오이지 먹고 싶어? 할머니가 만들어 줄까?"라고 할머니가 대답하셨던 기억이 떠올랐다.

"엄마! 잠깐만 여기서 쉬고 있어… 그런데 외할머니 이름이 뭐였더라? 내가 관리사무실에 가서 물어보고 올게."

"그래…. 그 생각을 못 했네. 외할머니 이름은…."

친절한 관리사무실 아저씨는 예나를 따라 엄마가 있는 곳까지 먼 길을 힘들게 올라오셔서 한 삼십 미터 정도 더 위쪽 길로 우리를 안내하더니 외할머니 산소가 있는 자리를 손으로 일러 주셨다. 엄마는 무안하고 아저씨한테 미안했는지 연신 "죄송합니다. 죄송합니다. 감사합니다." 하며 돌아내려가시는 아저씨 등 뒤에 고개 숙여 인사를 했다. 아직도 엄마의 그 모습이 예나의 눈에 선했다.

엄마가 돌아가시기 전까지 예나는 엄마가 어떻게 집에서 하루를 보낼까 어떻게 식사를 챙겨 먹을까 생각해 본 적이 없었다. 아마도 엄마는 늘 집에서 혼자 식사를 했을 것이다. 아무런 대화도 없이… 멀리 놓여 있는 텔레비전 드라마 속 주인공들의 대화를 듣거나 아니면 라디오에서 흘러나오는 진행자의 이야기에 귀를 기울이며 음악을 들었을 것이다. 주말에 예나가 엄마와 함께 식사할 때면 엄마는 드라마 주인공들의 대사나 라디오 진행자가 들려준 사연을 가끔 예나에게 들려줬다.

현주가 돌아오기를 기다리며 예나는 소파에 누워 천장을 바라보았다. 갑자기 천장 한가운데 환한 조명이 밝게 비치더니 예전에 엄마가 부엌 싱크대 앞에 서서 예나를 위해 음식을 만들어 주던 그 모습이 보이는 것 같았다. 너무도 그립고 익숙한 엄마의 뒷모습이….

얼마 후 두 손 가득 장을 봐 온 현주 덕에 오랜만에 예나는 제대로 된 식사를 했다. 그렇게 며칠 동안 먹고 싶었던 짠지와 함께…. 그리고, 현주가 빵집에 들러 사온 치즈 케익과 시장에서 사온 딸기를 먹으며 저녁을 보냈고 아픈 예나를 위해 설거지까지 마친 현주가 집으로 돌아가기 위해 일어섰을 때 예나는 현주 이름을 다시 불렀다.

"현주야!

나… 할 말이 있어."

"…"

주말이 지나고 며칠을 더 집에서 혼자 누워 고통을 참으며 지냈던 예나는 결국 병세가 급속도로 악화되어 스스로 병원에 전화를 걸어 사설 구급차에 실려 그렇게 다시는 가고 싶지 않았던 그곳으로 돌아갔다.

　냄새조차 다시 맡기 싫었던 그곳의 공기에도 어느덧 익숙해지고 병실 다른 환자들과도 스스럼없이 지낼 정도로 또 시간은 그렇게 흘렀다.

　예나를 찾아와 말동무가 되어 주고 웃게 하고 위로를 해주는 유일한 사람은 친구 현주뿐이었다.

　현주가 집으로 가고 밤이 되면 예나는 늘 창밖 병원 마당에 심어진 외로운 나무 한 그루를 바라보곤 했다. 가을이 가고 이제 겨울이 오려는지 점심부터 바람이 불더니 저녁 무렵부턴 세찬 비가 내리기 시작했다. 잠시나마 뜨겁게 빠지고 사랑했던, 그러나 마음껏 사랑할 수만은 없었던, 떠올리기만 해도, 이름을 불러 보기만 해도, 마음이 아프고 가슴이 저며 오는 준민의 얼굴이 창문에 아른거렸다.

　유리창에 흘러내리는 빗물이 창에 비친 그의 얼굴 눈가에 겹쳐서 눈물처럼 흘러내렸다.

얼마 전부터 예나의 머릿속을 떠나지 않던 고민, 준민에게 마지막 인사를 해야 할지 말아야 할지, 그리고 준민은 어떻게 지내고 있는지 그런 궁금증이 예나의 머릿속을 떠나지 않았다. 식사는 잘하고 있는지, 또다시 혼자 쓸쓸히 식사를 하고 있는 건 아닌지. 예나는 그런 준민의 모습이 자꾸 떠올라 눈물을 흘렸다.

겨울을 알리는 비가 내리고 난 후 날씨는 더욱 더 차가워졌다. 기력이
다해 종일 누워 창밖을 바라보기만 하던 예나는 창밖 차가운 공기를 마
셔보고 싶었다. 겨울이 오면 두꺼운 점퍼를 입고 공원으로 그 시원하고
싸한 겨울 특유의 공기 맛을 느끼러 밤 산책을 나가곤 했던 예나는 지
금은 그럴 수 없었다.

　창밖의 나뭇잎들은 여전히 푸르러 보였다. 밤에 또다시 비가 내렸다.
겨울비답지 않게 세찬 비가 내렸다. 비바람에도 나뭇잎들은 꿋꿋하게
버티며 그녀를 바라보며 힘을 내라고 응원하듯 손을 힘차게 흔들어 주
었다. 밤새 비바람은 더욱 더 거세졌다. 라디오 채널에서 흘러나오는 일
기 예보에선 내일 새벽 이 비바람이 동해 쪽으로 이동할 것이라고 했다.

　밤이 되자 바람은 더 거세게 불기 시작했고 거센 비바람에 지난 몇 주
간 예나의 친구가 되어 주었던 그 나뭇잎들은 속절없이 모두 땅으로 떨
어져 버렸다. 창밖으로 보이던 그 많던 나뭇잎들이 그렇게 모두 꿈처럼
신기루처럼 사라져 버렸다.

삼척의 날씨는 매우 쌀쌀했다. 삼척 항에 정박된 고깃배들의 조명이 거센 바람과 물결에 흔들리는 모습을 한참 바라보다 준민은 정라항길 횟집 골목에 있는 식당에 자리를 잡고 도루묵찌개와 광어회를 시켰다.

함께 오기로 약속했던 예나는 지금 여기에 없다.

문득 예나와 서울 점심 나들이로 천호동을 갔던 때가 떠올랐다. 맛집으로 소문난 아귀찜을 파는 식당에서 맛있는 점심을 먹고 근처 암사동 선사 유적지를 들러 석기시대 사람들이 살던 움집을 구경했다. 예나는 선사시대 집인데도 생각보다 외형이 너무 멋있고, 모든 재료를 자연에서 구해서 지었다는 것에 놀라워했다. 특히, 땅을 파 내려가 쉽게 사방이 황토벽으로 된 공간을 만들고 나무와 짚을 쌓아 올려 만든 멋진 외관의 지붕과 과학적으로 설계된 지붕 위 작은 연기 구멍, 바닥의 노지 등의 시설이 현대를 사는 우리 주택들 못지않게 건강에도 좋을 것 같고 여름엔 시원하고 겨울엔 따뜻해서 살기에도 아주 좋았을 것 같다며 신기해했다. 함께 식사를 할 때 늘 별말이 없던 예나가 그렇게 어떤 대상을 보고 감동해서 장황하게 자기 생각을 말하는 모습은 처음이었다. 그런 예나의 모습이 신선하고 색다르게 느껴졌다.

"저도 언젠가 나이 들면 깊은 산 조용한 숲 속에 작은 터를 마련해 땅을 파고 짚을 엮어 저런 움집을 짓고 살고 싶어요. 저렇게 큰 움집 말고 나 하나 딱 쉬고 잘 수 있는 그런 작은 움집이요. 밖에 텃밭도 만들어 채소도 키우고, 산을 다니며 열매도 따먹고, 낙엽이 떨어지는 가을엔 나뭇가지와 낙엽을 모아 움집 화덕에서 태우면 얼마나 좋은 향이 나겠어요. 겨울에 솔잎과 솔방울, 나뭇가지 들을 주워와 화덕에서 불을 피우고 밭에서 수확해 저장해 둔 고구마나 감자, 밤도 구워 먹을 거예요. 너무 낭만적이지 않아요?"

예나가 말했다.

"네. 그런 상상을 하는 것만으로도 좋죠. 꿈이 있다는 게 얼마나 좋아요. 꿈을 실제로 이루든 이루지 못하든 그 꿈이 우리 삶을 즐겁고 행복하게 해주니까요. 우리가 삶을 살아가는 데 있어 가장 중요한 것 중 하나인 것 같아요. 그런데 의외예요. 예나 씨는 도시 생활을 선호할 거라 생각했는데, 그런 생각하는 줄은 몰랐어요."

준민이 말했다.

"그러다, 나이 들어 기력이 없어지면… 더 이상 살아갈 힘도 없고 더 할 것도 없다고 생각되면 그냥 그 움집 속에서 아무것도 안 하고 먹지도 않고 잠만 자는 거예요. 계속해서 자는 거죠. 그러다 보면 어느 날 엄마가 계신 곳으로 나도 가게 되겠죠. 그렇게 자연 속에서 자연 밖의 먼 세상으로 아무도 모르게 사라지게 되겠죠. 세월이 흐르면 그 움집도 사람처럼 비바람에 늙어 무너져 저와 함께 다시 흙 속으로 사라질 거예요. 그 움집이 저의 생명의 공간이자 영원한 안식의 공간이 되는 거죠.

그러니까 내가 언젠가 아니 어느 날 갑자기 사라진다고 해도… 준민 씨는 나를 찾지 말아 주길 바라요."

예나가 컴컴한 움집 입구 안을 바라보며 말했다.

"예나 씨…."

준민은 조금 화난 듯한 얼굴로 예나를 바라보며 말했다.

"내가 예나 씨 말처럼 예나 씨가 사라졌다고 바로 단념하고 잘 살 수 있을 것 같아요? 새로운 여자 또 만나서 사랑을 하고 그러면서요? 예나 씨가 내 눈앞에서 사라지는 그 순간 세상은 내 눈앞에서 사라질 거예요. 지구 끝까지 예나 씨를 찾아 헤맬 거라고요. 아니 지난번 예나 씨가 쓴 그 동화처럼 우주 끝까지 날아가서 예나 씨를 찾아 헤맬 거예요.

우리 아직 한창때인데 예나 씨가 왜 그런 생각을 하는지 도무지 이해할 수가 없네요. 죽음도 인생의 가장 중요한 한 부분이고 죽음으로 우리 인생이 끝나고 완성된다고 말하지만… 예나 씨는, 아니 예나 씨만큼은 그런 생각에서 가장 멀리 떨어져 사는 사람이기를 바라요. 적어도 나랑 있을 때만이라도요. 누군가에게 전부인 사람이 그렇게 아무렇지도 않게 세상만사 초월한 듯한 표정으로 죽음을 말하면, 본인은 멋있게 보일 거라 생각할지 모르겠지만 그걸 바라보는 상대방은 얼마나 가슴이 아프겠어요? 예나 씨를 알고 나서 예전엔 생각도 해본 적이 없는 미래를 생각하고, 더 열심히 일하고 술도 적게 마시고 그렇게 살려고 하는데… 이렇게 죽음에 대한 이야기를 내게 아무렇지 않게 들려주면 내가 얼마나 맘이 아플지 생각은 안 해봤어요?"

준민이 말했다.

"미안해요. 큰 병으로 아팠을 때부터 죽음에 대한 생각들을 하기 시작했던 것 같아요. 조금 전 얘기는 지금 말고 먼 훗날 그럴 거란 얘기였어요. 기분 안 좋았다면 미안해요.

잠깐만요."

예나는 미안한 듯 근처 매점에 가서 시원한 음료수를 사 왔다. 캔 커피 뚜껑을 따서 마시며 매점을 나온 예나는 준민을 위해 사 온 시원한 꿀물 음료를 건넸다.

"아니 웬 꿀물? 왜 물어보지도 않고 이런 걸 사 왔어요? 나처럼 묻지 않고 막 혼자 결정하고 그러기로 마음먹었어요? 나 닮아가기로…? 좋은 걸 닮아야죠. 안 좋은 거 말고요…."

준민이 웃으며 말했다.

"준민 씨 술 많이 마시니까…. 건강 생각해서 사온 거예요."

"그러니까 앞으로 내 앞에선 다신 인생이 어떻고 죽음은 어떻고 이런 말 안 했으면 좋겠어요. 예나 씨도 건강해야죠. 사실 지난번 예나 씨 꿈 이야기할 때 내가 얘기 안 했지만, 나도 나이 들어 이 지긋한 밥벌이 일상의 굴레로부터 좀 자유로워지면 어디서 뭘 하며 살까? 내 인생의 마지막 집은 어땠으면 좋을까? 그런 생각들 많이 해요. 누구나 그러겠지만요….

그래서 몇 년 전부턴 쉬는 날이면 전국 여행을 많이 다녔어요. 나는 바다를 좋아하고 해산물을 좋아해서 포구가 있고 시골벽적 사람 사는 냄새 나는 그런 곳 근처에 살고 싶어요. 많이 돌아다녔죠. 얼마 전에 갔던 삼척이 제 맘에 딱 드는 그런 곳이었어요. 호수 같은 항구가 있고, 어시장도 있고, 정라항길이란 예쁜 이름의 횟집 골목도 있고, 바로 옆에는 낮은 언덕이 있는 작은 산이 있어 그곳에 집을 지으면 항구도 내려다보이고, 반대편으로는 동해와 일출도 볼 수 있어 너무 좋을 것 같아요. 내가 나중에 바닷가에 집을 구해서 예쁜 식당 겸 작업실을 만들면 예나 씨도 꼭 놀러 와야 해요. 나랑 바닷가에서 놀고 저녁에 항구에 가서 회도 먹고…."

준민이 예나의 눈을 바라보며 말했다.

"모르겠는데요. 저는 그때쯤 내가 차린 의상실이 너무 장사가 잘돼서 아주 바쁠 것 같아요. 내가 한가하게 삼척까지 준민 씨 보러 놀러 갈 시간이 생길지 모르겠어요."

예나가 장난스러운 표정을 지으며 답했다.

"그럼 나 예나 씨 못 봐서 병이 나면 어떡하죠?"

"알았어요. 그때까지도 변함없이 저한테 잘하면 놀러 갈게요…."

"어떻게요?"

준민이 물었다.

"지금처럼만요."

예나가 웃으며 말했다.

그렇게 웃으며 말했던 예나는 지금 이곳 삼척에 없다.

계산을 하고 나오며 취기가 오른 준민은 좁은 횟집 골목을 걸어 나와 근처 바닷가로 향했다. 어두운 해변에 홀로 앉아 먼바다에서 조명을 환하게 밝히고 조업 중인 오징어잡이 어선들을 바라봤다. 바람이 세게 불고 곧 비가 올 것 같은 날씨였다. 한적한 해변에 홀로 앉아 준민은 또 예나 생각을 했다. 예나 생각에서 벗어나려고 멀리 이곳까지 왔건만 준민의 머릿속은 온통 예나 생각뿐이었다. 그리고 예나가 없는 여행은 더 이상 아무런 재미도, 의미도 없게 느껴졌다.

근처 편의점에서 사온 마른안주에 소주를 병째 마시며 예나를 마지막으로 만난 그날을 떠올렸다. 잊으려고 해도 잊을 수 없고, 그날을 생각할 때마다 자책감과 후회가 밀려왔다.

그날 술을 좀 적게 마셨어야 했는데… 소맥 여러 잔과 소주 두 병 그리고 위스키 몇 잔을 마시고 중간중간 기억도 끊겼다. 술이 그렇게 취하지 않았다면 예나에게 DVD방 가자고 그렇게 무리하게 재촉하고 조르지는 않았을 것이다. 그러면 뭐하겠는가? 이미 지난 일인데…

몇 년 전 친했던 대학 친구와 마지막으로 통화했던 대화가 기억났다.

"야, 준민아… 너는 그러다 정말 술 때문에 인생 망쳐… 알았어? 술 좀 작작 마시라고… 왜 술만 마시면 그렇게 자제를 못 해? 너 또 기억 안 나지? 어제 그 술집에 경찰 왔던 거?"

"어제 내 단골 술집에 경찰이 왔었어?"

"네가 술병을 집어 던져서 벽에 있던 큰 거울이 박살 났잖아. 거기 있던 그 남자 손님이 안 맞아서 다행이지 하마터면 큰일 날 뻔했어… 너 대체 왜 그래? 왜 술 먹다가 갑자기 거기다 술병을 집어 던져?"

"아니 그 손님이 여사장을 자리에 불러 앉혀 놓고 추근대고 계속 손 붙잡고 괴롭히길래… 그리고 무엇보다 그 여사장이 그놈을 싫어하는 눈치가 아니어서… 갑자기 그냥 화가 나서 그랬지… 나도 기억이 잘 안 나…"

"하여튼… 너랑은 당분간 술 못 마시겠으니 앞으로 연락하지 마… 알았냐?"

"…"

그게 친했던 친구와의 마지막 통화였다.

거센 바닷바람에 한기를 느낀 준민은 몸도 녹일 겸 근처 국밥집 문을 열고 들어갔다. 식당 안에는 휴가 나온 여군 하사관이 동네 친구들과 감자탕에 소주를 마시며 즐겁게 대화를 나누고 있었다. 그 손님들이 전부였다. 주인 아저씨 혼자 가게를 운영하는 걸 봐선 장사가 그리 잘되는 집은 아닌 것 같았다. 가게 안 벽면에는 아주 많은 유화가 먼지를 뒤집어쓴 채 걸려 있었다. 그리고 그림 전시를 알리는 작은 홍보 인쇄물들이 여기저기 벽에 붙어 있었다. 주방에서 음식을 만들고 있는 맘 좋게 생긴 주인 아저씨는 그림을 그리시는 분 같았다. 식당을 할 것이라곤 전혀 생각이 안 드는 그런 전형적인 예술하는 사람의 얼굴이었다. 화가가 그림만 그리며 살 수 있으면 얼마나 좋을까 하는 생각이 들었지만 그렇지 못한 사람들이 대부분인 게 현실이었다. 문득 준민은 저 아저씨의 모습이 미래의 자기 모습일 수도 있을 거란 생각이 들었다. 바닷가에 작업실 겸 작은 레스토랑을 열고 남은 인생을 그림을 그리며 살아가는….

"소주 한 병하고 해장국 주세요. 공깃밥은 안 주셔도 돼요."

준민이 아저씨에게 주문했다.

잠시 후 소주와 해장국 그리고 공깃밥이 함께 나왔다.

"아니… 밥은 안 먹어도 될 것 같아요. 밥은 가져가셔도 돼요…."

"술만 드시면 건강에 안 좋으니 식사도 하면서 드세요."라고 친절하게 웃으며 말하고 아저씨는 공깃밥을 그냥 테이블에 놔둔 채 주방으로 갔다.

준민은 뜨끈한 국물을 떠마시며 여군 중사의 군대 이야기를 가끔 엿듣다가 창밖으로 보이는 항구의 밤 풍경을 바라보았다. 그러다 결국 다시 예나 생각이 나서 예나와 함께 다니며 먹었던 여러 음식들과 추억들을 떠올리며 천천히 소주를 마셨다. 소주 한 병을 더 시키고 반쯤 마시다 아까 그 친구 놈 전화 통화가 다시 생각이 나서 준민은 술은 그만 마시고 비 쏟아지기 전에 어서 삼척 항으로 가서 오래전 묵었던 모텔을 찾아보기로 했다.

카운터에서 주인 아저씨에게 "그림 잘 감상했습니다. 그리고 국물이 진짜 맛있어요."라고 인사하고 계산을 하고 문을 나서는데 잠시 후 아저씨가 뒤따라 나오더니 "공깃밥을 드시지 않았네요. 천 원 거슬러 드리겠습니다." 하며 천 원짜리 지폐 한 장을 건넸다.

"괜찮습니다. 아까 회를 먹고 와서 배가 좀 불러서 밥은 안 먹었어요."

"그래도 공깃밥 안 드셨으니까 천 원 빼드려야죠…."

"아니요… 밥이 식었을 텐데요…. 됐습니다."

"아니요. 안 받으시면 제 맘이 불편해서요. 자 받으세요…."

준민은 어쩔 수 없이 아저씨로부터 천 원을 건네받고 돌아섰다. 국밥집에서 공깃밥 안 먹었다고 천 원을 돌려받은 건 처음이었다. 이렇게 정직하고 착해서 장사는 잘할 수 있을까 걱정을 하며 준민은 삼척항의 야경을 다시 한 번 둘러 보고 모텔을 찾아 한참을 걸었다. 커피숍 근처에 모텔이 있었다. 모텔 입구 카운터에서 졸고 계시던 아주머니는 준민이 문 여는 소리에 잠에서 깼다.

"안녕하세요? 방 있어요? 얼마예요?"

"있죠. 평일 6만 원이요."

입이 찢어져라 크게 하품을 하며 주인 아주머니가 말했다.

"네? 왜 이렇게 비싸요? 예전엔 한 3만 원 했던 것 같은데…."

"언제요?"

"지난번 왔을 때요. 내일 아침 일찍 일어나야 하는데 모닝콜 돼요?"

"여기가 무슨 호텔이요? 알아서 깨서 나가야지…."

"제가 내일 아침 일찍 시외버스 터미널에서 버스 타고 강릉 중앙시장 가서 삼숙이 매운탕 먹으려고 하는데 사람 붐비는 점심시간 전에 가려면 일찍 출발해야 할 것 같아서요. 지금 두 시니까 한 네 시간만 눈 붙이고 나갈 테니 3만 원에 해요."

"3만 원이요? 아니 부티나게 생겨서 젊은 양반이 왜 그래? 그런데 언제

여길 왔었다는 거요?"

"16년 전인가요…?"

"뭐요? 이 아저씨 정말 재미있는 아저씨네… 16년 전이면 도대체 언제
적 이야기야. 나도 그때 얼마 받았는지 기억도 안 나는구먼… 어쨌든 알
았어요. 오늘 손님도 없으니 그냥 3만 원에 해드릴게…"

"아니 그냥 6만 원 드릴게요."

"아니, 이 양반이 왜 이랬다저랬다 그래? 알았어요. 3만 원이든 6만 원
이든 알아서 줘요."

"그냥 심심해서요.

오늘 종일 말을 안 했더니… 심심해서 그랬어요. 미안해요. 내일 알아
서 일찍 나갈게요…"

너무 심심하거나 쓸쓸할 때면 가끔 농담하는 버릇이 있는 준민은 오
늘만큼은 농담을 해도 기분이 전혀 나아지지 않는 그런 밤이었다.

바람 부는 바닷가에서 너무 오래 앉아 있었던 걸까? 준민은 춥고 피곤
해서 씻지도 않고 침대에 누웠다. 머리에 열이 나고 오한이 난 듯 몸이
부들부들 떨리기 시작했다. 오랫동안 앓아 왔던 귓속의 염증도 갑자기
심하게 아파 왔다. 너무 아파 잠시나마 예나의 생각을 잊을 수 있을 것
같았다.

창밖의 비바람은 거세지고 어느덧 천둥 번개까지 치기 시작했다. 살짝
열어놓은 창문 틈 사이로 거센 비가 들이닥치기 시작했다. 준민은 잠이
들려는 그 순간에도 천둥소리를 들으며 문득 그 벼락이 자기에게 떨어
져서 더 이상 이 고통을 못 느끼게 됐으면 좋겠다는 생각을 했다. 새벽
에 화장실을 가기 위해 깨어나 볼일을 보고 침대에 앉아 어두운 밤바다
에 내리는 비를 가만히 바라보았다.

바다에 내리는 비….

예전 학생 때 좋아했던 일본 여가수의 노래 'Ocean in the rain'이란 곡이 갑자기 생각나서 창밖을 바라보며 흥얼거리기 시작했다. 아무도 없는 망망대해 저 넓고 컴컴한 바다에 아무도 모르게 내리는 쓸쓸한 저 빗방울처럼 준민은 자신이 너무 초라하고 쓸쓸하게 느껴졌다. 그러다 다시 잠이 들었다.

아침에도 거센 비가 내려 준민은 결국 강릉은 가지 못했다. 비가 그치길 기다리며 침대에 누워 바다를 바라보았다. 밤새 열어놓은 창문 틈 사이로 들이닥친 빗물이 방안에 한가득 고여 있었다. 침대를 타고 흘러내린 준민의 눈물인지 바람을 타고 실려 와 창틈 사이로 들이닥친 예나의 눈물인지 알 수 없는 그런 슬픈 눈물 같은 빗물이 모텔 방바닥에 하나가득 고여 있었다.

한참 버스를 타고 준민은 집에 돌아왔다.

술이 덜 깬 소파에 누워 잠깐 더 자려는데 갑자기 카톡 문자가 왔다. 놀라서 얼른 들여다봤는데 역시 예나는 아니었다. 낯선 프로필 사진이 뜨는 아이디였다.

'저 예나 친구 현주인데요…'라고 문자는 시작했다. 시간 되면 동네 공원에서 잠깐 봤으면 좋겠다는 내용이었다. 지난번 예나와 동네 식당에서 점심을 먹다가 우연히 만났던 현주씨 얼굴이 떠올랐다. 어떻게 카톡 아이디를 알았는지 궁금했지만, 준민은 알았다고만 짧게 답하고 약속 시간을 잡고 전화를 끊었다.

"안녕하세요? 현주 씨, 오랜만이네요!"

공원 벤치에서 앉아 기다리고 있던 준민이 현주를 보고 일어나 반갑게 인사를 했다.

"안 그래도 현주 씨에게 연락을 하고 싶었는데… 제가 연락처를 몰라서…"

"네. 준민 씨 오랜만이에요. 그때 식당에서 우연히 뵙고 처음 뵙네요."

"네. 제가 식사에 초대도 하고 그랬어야 했는데…"

"아니요…. 그래도 예나 통해서 준민 씨 이야기 많이 들었어요. 예나하고는 자주 만나서 식사하고 차 마시며 이런 저런 얘기 나누니까요. 준민 씨가 예나에게 들려준 여행 이야기도 아주 재미있게 들었어요. 예나가 그 이야기를 얼마나 관심 깊게 들었으면, 준민 씨가 들려줬다는 그 해외여행 이야기를 제게도 아주 상세하게 다 얘기해줬어요. 다 멋시고 가보고 싶은 곳들이지만 특히 이탈리아하고 북유럽 이야기가 너무 좋아서 예나 이야기를 들으며 저도 언제 꼭 한 번 가보고 싶다는 생각을 했어요.

특히 스톡홀름에서 초여름 백야가 뜨는 밤에 크루즈를 타고 헬싱키로 가는 바닷길 이야기가 너무 좋았어요. 빌딩만 하다는 크루즈도 타보고 싶고 꼭대기 갑판에 올라가서 멋진 백야 아래 수평선 위에 낮게 동시에 떠 있다는 그 어마어마하게 큰 태양과 달도 보고 싶고요."

쾌활한 성격의 현주는 준민 앞에서 일부러 더 밝고 신나게 예나에게 전해 들은 여행 이야기를 쉼 없이 쏟아냈다.

"아? 그래요? 예나 씨가 제 이야기를 친구한테 그렇게 할 줄 몰랐어요. 나랑 있을 땐 별로 말이 없어서 그런 모습이 상상이 안 가요."

"여자끼리 있을 땐 다르죠. 예나도 대화하는 것 좋아하고 잘 웃고 떠들고 그래요. 그래서 더 사랑스런 아이에요."

"네…"

"…"

잠시 침묵이 흘렀다.

둘은 잠시 시선을 피했다가 다시 서로를 쳐다보았다. 준민은 참았던 질문을 현주에게 던졌다.

"예나 씨에게 무슨 일 생긴 건 아니죠?

몇 달 동안 연락이 전혀 안 돼서, 정말 걱정되고 궁금해서 미칠 것 같아요.

어서 아는 대로 다 얘기해 주세요. 예나 씨는 잘 있나요? 지금 어디에 있죠?

어디 아픈 건 아니죠?"

"…"

한참 동안 침묵 속에 준민의 얼굴을 바라보던 현주가 말을 했다.

"아니요. 예나가 얼마 전 크게 아팠던 건 모르시죠? 몸이 다시 안 좋아졌어요. 예나가 여기에는 돌봐줄 형제도 없고 친척도 없고 그래서 엄마 고향 진주에 있는 사촌 언니네 집으로 내려갔어요. 사촌 언니가 그곳에서 버섯 농사를 짓는데 일 도와주며 몸도 회복하겠다고… 겨울이 다가오니까 따뜻한 남쪽에서 지내는 게 좋을 것 같다면서요.

예나 몸이 회복되려면 시간이 좀 걸릴 수도 있으니까 너무 조바심내며 기다리지는 마세요."

"혹시 사촌 언니네 집이 진주 어디쯤인지 아세요? 주소나 아니면 사촌 언니 이름이라도…?"

준민이 물었다.

"아니요. 저도 몰라요.

준민 씨가 갑자기 찾아가면 예나가 불편해할 테니 찾아가지 않는 게 좋을 것 같아요. 요새 메시지 보내도 예나한테 답이 없죠?

예나가 아프고 나서 많이 수척해져서 지금 모습을 준민 씨에게 보여주고 싶지 않을 거예요. 여자들은 그래요. 좋아하는 사람한테는 예쁜 모습만 보여주고 싶어 하죠. 그러니 힘들더라도 조금 더 기다려 주세요."

"네. 그런데 많이 아픈 건 아니죠? 물론 기다려야죠. 언제까지라도요…."

준민이 말했다.

"그래도, 겨울 지나 봄이 오고 좀 따뜻해져야 나아질 것 같아요.

아니면 더 길어질 수도 있고요."

"…"

예나가 없는 겨울은 어느 해 겨울보다 더 길고 춥고 어둡고 쓸쓸했다. 세상의 모든 시간과 살아있는 모든 것들이 그 어둡고 고독한 추위에 꽁꽁 얼어 버린 듯했다.

겨우내내 예나는 하루도 빠지지 않고 계속된 현주의 기도와 가끔 몇 번 자기를 보러 먼 거리를 직접 달려와 진주 그 쓸쓸한 강가를 찾아준 현주 덕분에 외롭지만은 않았다.

현주는 긴 겨울이 가고 봄이 오자 연휴를 끼고 긴 휴가를 얻어 겨우내 기다리던 여행을 떠났다. 예나가 그렇게 가고 싶어했던 나라들이 있는 유럽 먼 곳으로….

이탈리아에 내려 북쪽으로 기차를 타고 스칸디나비아를 여행하는 코스였다. 혼자 떠나지만 혼자가 아닌, 예나와 함께 떠나는 여행이라 생각했기 때문에 현주는 예나가 지난가을 자기에게 주었던 가장 아끼던 작은 곰 인형을 가장 먼저 배낭에 챙겨 넣었다. 예나가 아끼던 곰 인형의 눈과 귀를 빌어 예나가 그리워했던 곳으로 함께 떠나는 여행이라고 생각했으니까….

이탈리아 로마와 베네치아를 여행하고 덴마크를 거쳐 스톡홀름에 도착해 저녁 무렵 헬싱키로 가는 거대한 흰색 크루즈를 탔다. 준민이 예나에게 말했던 대로 자정이 넘을 무렵 현주는 주머니 가벼운 젊은 커플들이 담요를 덮고 밤 하늘 별을 보며 사랑을 고백하며 밤을 보낸다는 크루즈 꼭대기, 커다란 터빈 엔진이 엄청난 소음, 진동과 매연을 뿜어내는 그 꼭대기 갑판 위로 올라가 난간에 기대어 서서 밝게 빛나는 밤하늘의 별을 바라보았다. 그리고 품에 안고 온 곰 인형을 하늘을 향해 높이 들고 자리에서 빙빙 돌며 그 멋진 풍경들을 보여주었다. 수많은 별들 사이로 갑자기 예나 얼굴이 떠올랐다.

현주는 흐르는 눈물을 참을 수 없어 잠시 목 놓아 펑펑 울었다.

현주는 예나 이름을 몇 번이고 크게 부르다 지쳐 결국 자리에 앉아 울고 말았다. 현주의 외침과 절규는 블랙홀과도 같은 그 거대한 터빈 엔진 기둥의 시커먼 구멍 속으로 빨려 들어가듯 사라졌다.

어릴 적 처음 예나를 알고부터 현주가 그렇게 편하게 부르던 그 '예나'라는 이름은 부르거나 떠올리기만 해도 현주에게는 반갑고, 기분 좋고, 행복감을 주는 단순한 이름 그 이상의 무엇이었다. 그 이름만으로도 예나가 항상 곁에 있는 듯한 안정과 위로를 주는 이름이었다. 그 '예나'라는 이름을 이제는 더 이상 부를 수 없고, 떠올리기만 해도 이렇게 진한 아픔으로 다가오게 될 줄은 현주는 꿈에도 생각 못 했다. 지금 이곳의 멋지고 아름다운 풍경도 그런 현실 때문에 한없이 무겁고 슬픈 현주의 마음을 달래줄 수는 없었다.

그런 아름답고도 슬픈 밤이었다.

예나를 갑작스레 떠나 보내고 깊은 슬픔에 잠겨 방황하고 힘들어 하던 현주는 이번 여행을 통해 예나를 맘 속에서 잠시나마 잊어 보려 했다. 예나가 그렇게 가고 싶어했던 유럽 여행을 이렇게라도 함께하면 예나를 잠시라도 맘 속에서 편히 보내줄 수 있을 것만 같았다.

어떻게든 현주도 또 살아가야 했으니까…

예나의 바람대로 예나는 화장돼서 엄마가 뿌려졌던 강물에 뿌려졌다. 예나는 현주에게 준민을 만나볼 것을 권했다. 그런 마음에서 예나는 병원에 입원하기 얼마 전 자기를 불러 예나 자신에게 닥칠 일들을 준민에게 솔직히 전하고, 자기 대신 준민을 만나 함께 식사도 하고 같이 시간을 보내고 그 사람에 대해 한 번 진지하게 생각해 보라고 예나가 말했는지 모르겠다고 현주는 생각했다.

오래 미뤄왔던 예나와의 약속을 지키기 위해 얼마 전 준민에게 연락을 하고 만났을 때 예나가 부탁했던 대로 예나에 대한 사실을 준민에게 솔직히 이야기하지 못했던 것, 그리고 준민과 한 번 진지하게 만나 보라는 예나의 부탁을 지켜주지 못한 것에 대해 현주는 다시 한 번 미안한 마음이 들었다.

아직은 준민이 예나의 현실을 받아들일 수 있을 만큼 감정이 무뎌지지도 그리고 그렇게 마음이 단단해 보이지 않았었다. 그에게 진실을 알리기까진 좀 더 많은 시간이 필요할 것 같다고 현주는 생각했었다. 그리고 어쩌면 준민은 예나가 어딘가 살아있다고 생각하며 영원히 살게 해주는 것이 더 좋을 것 같다는 생각도 들었다.

'준민 씨 참 좋은 사람이야. 정말 좋은 사람이라고…. 그리고 많이 외로웠던 사람이니까 꼭 한 번 만나봐.'

현주는 마지막으로 예나가 남긴 말을 다시 떠올려 보았다.

그리고 흐르는 눈물을 닦으며 밤새 굉음을 울리며 돌아가는 커다란 터빈 엔진 옆에서 불러도 대답 없는 예나의 이름을 끝없이 불러 보았다.

　준민은 겨우내내 예나를 기다리며 언젠가 예나가 돌아오면 예나와 함께 다닐 맛집 투어와 예나를 즐겁게 맞이할 이벤트 같은 것들을 생각하며 겨울을 보냈다. 예나가 몸이 회복돼 다시 이곳에 나타나면 반드시 자기를 찾아올 것이라 믿었다.

　여행사를 관두고 시작했던 사업이 망하고 동네 작은 레스토랑 주방에서 힘들게 일을 시작했던 것도 자기만의 작은 식당을 열고 싶었기 때문이었고 그 계획은 서서히 결실을 맺어가고 있었다. 그렇게 준민이 처음으로 문을 열게 되는 식당은 둘이 처음 만난 그 단골식당 바로 옆 작은 이자카야 주점이 있던 자리다. 몇 달 전부터 비어있던 그 가게를 계약하고 작은 식당을 열기로 했다. 예나가 좋아하는 프랑소와즈 사강의 소설 『슬픔이여 안녕』으로 식당의 이름도 정했다.

　배고프고, 목마르고, 술 고픈 외로운 영혼들이여 이곳으로….

　배고픈, 목마른, 술 고픈, 그리고 외로운 그 모든 슬픔이여 안녕!

　예전에 예나가 사강의 소설에 대해 이야기할 때 그 소설 제목이 맘에 들어 준민은 나중에 자기가 식당을 열면 위와 같은 문구들을 가게 벽면에 써 붙이고 식당 이름도 '슬픔이여 안녕'으로 하고 싶다고 예나에게 말했었다.

가게 벽면은 예나가 좋아하는 마네와 모네, 르느와르 그림들로 채워졌고 그녀가 가끔 준민에게 카톡으로 보내줬던 별 의미 없이 막 찍은 듯한 오래된 건물 귀퉁이, 등 돌린 고양이 사진, 공원의 미끄럼틀과 그네, 달 사진 그리고 일부러 흐릿하게 찍은 듯한 꽃 사진들을 현상해서 작은 액자에 담아 입구 쪽 벽면을 꾸몄다. 그렇게 정신없이 예나를 기쁘게 해줄 기대에 젖어 가끔은 예나가 없다는 생각을 이젠 잊을 정도로 바쁘게 겨울을 보냈다. 마치 작은 마을의 축제를 총지휘하는 리더라도 된 듯… 그렇게 정신없이 바쁘게, 그렇지만 행복한 기대감에 젖어 즐거운 마음으로 예나와의 재회를 위한 작은 축제를 준비해 왔다.

이제 며칠 후면 모든 공사나 구청 관련 서류 일들이 끝나고 가게는 오픈한다. 따뜻한 봄의 시작에 맞춰…

예전 예나나 준민처럼 늦은 점심을 먹는 외로운 혼밥족들을 위한 식당으로 컨셉을 잡았기 때문에 식당의 오픈 시간도 오후 1시 반 이후로 잡았고 테이블도 1~2인용 테이블로 주로 채웠다. 혹시나 이른 점심 손님들이나 단체 손님 때문에 가게가 꽉 차 혼밥 손님들을 위한 자리가 없을 수도 있을 거란 생각에….

메뉴는 예나와의 점심 데이트를 통해 알게 된, 예나가 좋아하는 음식들이 많이 포함되었다. 버섯과 야채, 소시지가 들어간 일본식 카레 덮밥, 양파와 김치를 아주 잘게 썰어 담백하게 볶아 낸 김치볶음밥, 그리고 김치볶음밥과 카레 덮밥엔 예나가 특히 좋아하던 콩나물 냉국이나 오이미역 냉국이 국물로 나갈 예정이다.

언젠가 예나가 다시 이 동네에 돌아오면 분명히 우리 둘이 만났던 그래서 가장 많은 시간을 함께 보냈던 그 식당을 찾을 것이고 그 식당 바로 옆 가게의 간판이 '슬픔이여 안녕'이라면 그녀는 분명히 가게 안을 들여다볼 것이고, 그리고 입구 쪽 벽에 걸린 작은 사진 액자들을 본다면…

그렇다. 사랑하는 사람을 만나는 것보다 더 기쁘고 설레는 것이 있다면 그건 그 사람을 오랜만에 다시 만나는 것일 거다.

그것도 아주 오랜 시간이 흐른 후에라면….

준민은 생각했다.

그녀와의 재회를 기다리며, 그녀를 즐겁게 해 줄 여러 만남들을 준비하며 지낸 겨울은 준민에겐 이젠 행복한 시간들로 기억되고 있었다.

주말이다. 오늘도 준민은 혼자 북한산을 찾았다. 늦은 오후 조용한 산사에 들러 시주를 하고 예나를 위해 기도를 하며 절을 했다. 주말에 산을 찾은 지도 벌써 몇 주가 되었다. 예나가 빨리 나으라고, 빨리 건강해져서 돌아오라고 기도를 했다. 혼자 외롭게 식사하고 있는 건 아닌지 걱정도 하며⋯

산을 찾으며 준민은 그런 생각을 했다. 아무리 머리가 복잡하고 맘이 아파도 조용한 산속에 이렇게 앉아 있으면 잠시나마라도 그런 번뇌와 고통으로부터 벗어날 수 있어 산이 너무 좋다고⋯ 언젠가는 꼭 산에 살아보고 싶다는 생각도 했다. 예나와 함께라면 얼마나 좋을까?란 바람도 곁들여⋯.

예나에게 산과 같은 그런 위안과 휴식을 주는 변함없는 친구가 됐으면 좋겠다는 생각도 했다.

오늘 시간 괜찮아? 미리 물어보지 않아도 언제든 곁에 있어 찾아가 만날 수 있는 편한 친구, 얼마 전 봤는데 또 보자고 말하기 어렵지 않은 그런 편한 친구, 서운하게 했다고, 한동안 연락 못 했다고 삐칠 염려 전혀 안 해도 되는 그런 미더운 친구, 잘못한 일이 있어도 왜 그랬냐는 질책 대신 아무 말 없이 안아 줄 것 같은 그런 산과 같은 너그러운 친구가 되어 줘야겠다고 산에 올 때마다 준민은 다짐했다.

오늘은 북한산에서 내려와서 가게로 바로 가는 대신, 오랜만에 서울 맛집 투어 준비를 위해 이태원행 버스를 탔다. 요새 준민 머릿속에 가장 많이 떠오르는 생각은 예나가 갑자기 나타난다면… 다음번 서울 맛집 투어는 어디로 갈까?였다. 그에 대한 답을 얻기 위해, 예나가 좋아할 만한 식당과 음식을 찾기 위해 준민은 오늘도 이렇게 버스 창밖의 풍경을 바라보며 이태원으로 향했다.

준민은 최근 자신에게 찾아온 변화에 가끔 스스로 놀라기도 했다. 미래를 위해 무언가를 생각하거나 준비해 본 적 없었던 준민은 최근 식당을 차리느라 대출받았던 은행을 찾아 금리를 묻고 비교하고 금융 상품에 가입했고, 얼마 전에는 주택 청약통장도 만들었다. 그리고 곧 오픈할 식당이 잘되어 앞으로 많은 돈을 모을 수 있게 해달라고 가끔 혼자서 기도하기도 했다.

삼각지역에서 좌회전한 버스는 이태원을 향해 커다란 나무들이 양옆으로 늘어선 거리를 천천히 달렸다. 준민은 창문을 열고 창밖의 나무들을 올려다봤다. 아주 오래전 어렸을 때 준민은 이 거리를 지나며 미군부대 담벼락을 따라 길게 늘어선 어마어마한 크기의 나무들을 올려 보며 나뭇가지들 위에 작은 통나무 집을 짓고 살면 얼마나 재미있고 좋을까 생각했던 적이 있었다. 오랜 세월이 흘러 준민은 다시금 그런 보금자리를 꿈꾼다. 동화 속 그림 같은 작고 예쁜 통나무 집이 아닌 사랑하는 예나를 위한 아니 둘을 위한 현실 속의 보금자리를…

주말이라 이태원 골목은 사람들로 붐볐다. 준민이 찾아온 새롭게 뜨고 있는 골목의 맛집 식당에는 대기 인원이 너무 많아 우선 근처 카페에서 잠깐 쉬어 가기로 했다. 주택가 안에 새로 만들어진 카페라서 붉은 벽돌집들이 계단을 따라 이어진 골목에 예쁜 가로등들이 서 있는 모습이 흡사 파리의 어느 골목을 떠오르게 했다. 따뜻한 물이 담긴 컵을 들고 온 알바생에게 커피를 주문했다. 커피도 오랜만이다. 예나는 커피를 무척 좋아했는데… 예나와 함께 식사를 마치면 날씨가 좋은 날에는 공원을 산책했고 비 오거나 쌀쌀한 날이면 동네 카페에 들러 커피를 마시곤 했다.

카페 벽면에는 파리의 도시 풍경을 담은 사진들이 곳곳에 걸려 있었다. 가게 주인도 파리를 사랑하고 파리가 좋아 여러 번 여행을 다녀온 사람 같았다. 파리가 좋아서 죽기 전에 꼭 한 번 파리를 여행해 보고 싶다던 예나의 모습이 떠올랐다. 에펠탑에도 올라 파리를 내려다보고 싶고, 영화를 보고 많이 울었다던 '라스트 콘서트'의 몽생미셸에도 꼭 한 번 가보고 싶다고 말했던 예나… 당장 갈 수 없으니 대신 프랑스 작가들의 소설과 시를 읽고 샹송을 즐기고 프랑스 영화를 즐겨 본다는 예나를 위해 열심히 돈을 모아 함께 파리를 가야겠다고 다짐했던 순간도 떠올랐다.

파리에 도착하자마자 따뜻한 레몬 빛 가로등이 켜 있는 세느 강변을 따라 예나와 함께 손을 잡고 걷다가 소르본 대학 근처 꽃집이 많은 거리에 가서 예나에게 붉은 장미꽃을 선물하고 근처 오래된 교회로 가서 예나가 잠시 혼자 기도할 수 있는 시간을 줄 것이다. 근처 노천카페에서 시원한 맥주를 함께 마시고 다음 날 아침에는 안개 낀 미라보 다리를 팔짱을 끼고 함께 거닐다 오후엔 프랑스식 점심을 먹고 그녀가 좋아하는 마네의 그림의 배경이 되었던 폴리베리제 바와 물랭 루주가 있는 거리를 거닐고 몽마르뜨에서 거리의 화가들을 만나 예나의 초상화를 부탁할 것이고 성심성당에 올라 파리 시내를 내려다볼 것이다.

루브르 박물관에 있는 명화들을 보기 위해 준민 혼자 파리를 몇 번 갔을 때는, 사랑을 몰랐던 그때는 준민에게 파리는 그리 낭만적이거나 멋진 도시로 생각되지 않았다.

그러나 예나와 함께 하는 파리라면….

예나 때문에, 예나를 행복하게 해주기 위해 준민은 더 열심히 일했고, 돈을 모을 것이고, 미래를 꿈꾸고, 그리고 식당을 열었다. 그렇게 알게 모르게 예나는 준민의 삶을 바꿔 놓았다. 카페 안의 파리 사진들을 보자 예나가 더욱 더 그리워졌다.

가게 안에 갑자기 샹송이 흘러나왔다.

준민의 모든 감각과 신경은 흘러나오는 그 노래로 향했다. 잠시 눈을 감고 노래를 듣던 준민은 자리에서 일어나 카운터로 다가가 여주인에게 물었다.

"안녕하세요? 뭐 좀 물어볼게요. 이 노래 혹시 누구 노래죠? 목소리가 귀에 익어서요."

"프랑소와즈 아르디의 샹송이에요. 'Parlez-moi de lui'란 곡이에요.

우리 말로 '그에 대해 말해줘요'라고 하면 되겠네요."

고상해 보이는 얼굴의 여주인이 미소를 띠며 대답했다. 그녀 뒤엔 에펠탑을 배경으로 찍은 그녀의 사진들이 예쁜 액자에 담겨 벽에 걸려 있었다. 여주인에게서 어딘지 모르게 예나의 분위기가 느껴졌다.

"이별 후 사랑했던 연인의 안부를 궁금해 하는 노래죠.

'그에 대해 말해줘요.

당신은 그를 잘 알잖아요.

그는 내 인생의 전부예요.

오 부탁해요.

내게 아무것도 숨기지 말아줘요.

그는 거기서 무엇을 하고 있나요?

나 없이 지루해 하진 않는지?

친구들은 있나요?

그에 대해 말해줘요.

그가 말했던 것들..

그가 나에게 왜 연락을 않는지…'

이런 가사의 노래죠.

남자분들은 이 프랑스 가수를 잘 모르던데… 샹송을 좋아하시나 봐요? 저도 아르디의 노래들은 다 좋아해요.

아… 노래가 끝나 버렸네요… 아르디의 노래 중에 내가 가장 좋아하는 곡 한 곡 더 틀어 드릴게요. '하루의 첫 행복'이란 곡이에요. 한 번 들어보세요."

"네. 감사합니다."

준민은 자리로 돌아와 스마트폰을 꺼내어 방금 사장님이 말한 '하루의 첫 행복'이란 노래의 가사를 검색해 봤다.

마침 노래가 흘러나왔다.

하루의 첫 행복은 당신의 손을 감싸며

내 어깨를 스쳐가는 엷고 가느다란 아침 햇살

그 행복은 무화과나무 위에서 노래하는 새들

하루의 첫 슬픔은 닫히는 현관문

그리고 떠나가는 당신의 자동차

남겨진 고요한 정적

하지만 곧 당신은 돌아올 테고

내 삶은 다시 순조롭게 흘러가겠죠

…:

하지만 곧 당신은 돌아올 테고…

내 삶은 다시 순조롭게 흘러가겠죠…:

그 가사 부분이 눈에 들어와 준민은 샹송의 멜로디에 맞추어 그 가사
를 반복해서 흥얼거렸다. 갑자기 준민의 볼 위로 뜨거운 두 줄기 눈물이
흘러내렸다.

행복하고도 슬픈 눈물이….

작가의 말

가끔 그런 생각을 했다. 글은 써 내려가는 걸까 아니면 떠오르는 걸 기록하는 걸까 하는 생각을. 어떨 땐 내 머릿속에 관계형 데이터베이스 프로그램이 깔려 있어 내가 인지하거나 인지하지 못하고 있는 수많은 기억들이 서로 얽히고설켜 상호 반응한다는 생각이 들 때도 있었다. 설정해 둔 값이나 대상이 포착되면 특정 반응을 연쇄적으로 이어지게 만들어주는 이벤트 프로세싱(Event Processing)이라는 프로그램이 있다. 특정 임계치나 대상에 반응하는 그 프로그램이 언젠가 내 머릿속에 깔리는 꿈을 꾼 적도 있다. 내게 있어 그런 고유한 임계치나 대상은, 밤새워 마신 술이 간에서 분해되어 혈관 속 알코올 농도가 일정 수준에 도달해서 갑자기 세상의 모든 것들이 아름답게 보이는 그 순간이거나 아니면 추억 속의 거리를 거닐 때나 추억의 음악을 들을 때 또는 기차나 버스 여행을 하며 여유롭게 바깥 풍경을 바라보는 순간 등 많은 것들이 있을 수 있다. 그런 대상을 접하거나 특정 감정이나 환경의 임계치에 도달할 때면 나도 모르게, 나와 상관없이, 무의식적으로 마치 이벤트 프로세싱 프로그램이 작동되며 내 머릿속 관계형 데이터베이스에 저장된 무수히 많은 기억들과 장면들이 서로 얽히고설켜 빠른 속도로 저절로 글이 써 내려져 가는 느낌을 받을 때가 있었다. 그런 환경들에 더 자주 노출될 수 있다면 키워드 몇 개로 설정해 놓은 흐름도에 맞춰 글들이 저절로 쓰일 것 같다는 이상한 생각도 가끔 했다.

지난해 몇 개월간 동네 공원에서 밤 산책을 하며 틈틈이 휴대폰으로 썼던 즉흥시들을 모아 시집을 냈었다. 대부분의 시는 퇴고의 과정 없이 한 번에 써 내려간 초고 그대로 시집에 실렸다. 문학을 전공한 사람처럼 멋지고 화려한 문장을 써 내려갈 자신은 애초부터 없었기 때문에 대신 꾸밈없이 진솔하게 나만의 독특한 이야기나 생각들을 빠르게 써 내려가면 읽는 사람들도 그렇게 읽어줄 거라 생각을 했다. 내가 빨리 써 내려간 글이 읽는 사람들에게도 편하고 빠르게 읽힐 거라 생각했다. 시가 아무리 형식에 구애를 받지 않는 자유로운 글이라고 하지만 후보에 올랐던 백 편의 시들 중에서 열 편 정도의 시는 시라고 분류하기엔 너무 스토리가 길고 확장성이 큰 글이라 시집에 싣기 어렵거나 부적합하다고 최종 판단하였다. 그렇게 편집 단계에서 아마도 가장 독특하고 인상적인 시가 될 뻔했던 열 편의 시가 제외됐다.

그게 이 소설의 시작이었다. 올 초 겨울, 눈 내리는 날 공원을 산책하며, 지난해 시집에 실리지 못했던 장편 시들을 단편 소설로 다시 써보면 어떨까 하는 생각을 처음 했다. 그렇게 몇 편의 단편 소설을 묶어 소설집을 내면 좋을 것 같다는 생각이 들자 그때의 아쉬움은 오히려 새로운 기대감으로 바뀌었다.

지난해 시를 쓸 때는 시상과 관련한 키워드들을 머릿속에 기억해 두었다가 틈나는 대로 그 키워드와 관련된 시상을 다시 떠올리거나 그런 시상이 떠오를 만한 환경에 나를 드러내 휴대폰을 들고 한 손으로 타이핑하며 시를 썼다. 대부분의 시가 그렇게 공원이나 술집 또는 지하철에서 쓰였다.

시와 달리 방대한 분량의 소설을 그런 방식으로 쓸 수는 없을 것 같았다. 키워드 대신 영화의 스틸 사진처럼 스토리 전개상의 중요 장면들을 그림으로 떠올려 머릿속에 저장해 두는 방식이 소설을 써보지 못한 내게 더 효율적이고 어울릴 것 같다는 생각이 들었다. 마치 어릴 적 아버지가 방의 불을 끄고 벽에 비추어 보여주시던 그 슬라이드 영사기 속 트레이에 담긴 사진들처럼 그렇게 소설 속 중요 장면들을 이미지화해서 스틸 사진처럼 머릿속에 저장해 두었다가 슬라이드 트레이에 그 이미지들을 적절한 순서로 재배열하여 틀면 마치 영화 같은 한 편의 영상이 흘러나오듯 그렇게 소설도 쓸 수 있을 거라 생각했다. 그리고 정말 그런 방식으로 소설을 썼다.

소설 주인공들의 프로필과 캐릭터를 우선 정하고 소설 속 중요 장면들의 스틸 사진들을 틈틈이 머릿속에 띄워 그 화면상에 등장한 주인공들의 감정을 이입시켜 내가 각각의 등장인물이 되어 보는 방식으로 그 상황 속에서 떠오르는 대사나 몸짓들을 잡아내고 틈나는 대로 정리해 나갔다. 그렇게 쓰인 일곱 편의 줄거리들로 소설을 써서 단편집을 묶을 생각이었다.

4월 초에 드디어 첫 번째 단편 소설을 쓰기 시작했다. 3주 동안 밤잠을 잊고 글을 쓰고 보니 예상과 다르게 거의 200페이지가 넘는 분량이 되고 말았다. 단편으로 묶기엔 적합하지 않은 분량이었다. 첫 작업부터 난관에 부딪히고 말았다. 최근 글을 쓰며, 글을 줄이는 것보다는 늘려 쓰는 것이 내겐 훨씬 수월한 작업이란 걸 느꼈다. 그래서 한 편의 장편 소설로 늘리기로 했다. 그렇게 이 『늦은 점심』이란 소설이 탄생하게 되었다. 한 편의 단편에서 장편으로.

한 달이 넘는 기간 세 차례 퇴고의 과정을 거치며 철자, 맞춤법, 띄어쓰기, 문법 들을 다시 들여다보며 새삼 우리 말의 섬세하고 오묘하고 한

없는 어려움을 다시금 느꼈다. 다만 퇴고가 거듭될수록 심사숙고의 퇴고 과정을 통해 나만의 과감하고 극적인 문구나 내용들을 계속해서 삭제해 가는 나의 용기 없음을 목격하며 이쯤에서 그만 노트북을 덮어야겠다는 생각을 했다.

처음 텔레비전이나 신문에서 혼밥족에 관한 뉴스나 기사를 접하고부터 그들에 관한 글을 써보고 싶었다. 소설 속에 등장하는 다양한 음식과 식당 이야기, 여행 이야기, 친구와 부모에 관한 이야기 그리고 일과 사랑에 대한 이야기 들이 결국은 모두 사랑에 관한 것임을 글을 쓰며 다시금 깨달았다. 이 소설을 읽고 주변의 모든 살아있는 것들과 우리들의 소중한 인연들을 더욱 더 사랑하고 소중히 여길 수 있기를 바란다. 그것이 짧은 우리 인생을 후회 없이 행복하게 잘 살 수 있는 가장 쉬운 길이기 때문에….

마지막으로 술집이나 식당에서 마주쳤던 수많은 주인아주머니들, 고모님들, 아르바이트생들 그리고 나의 예나들에게 감사의 마음을 전하고 싶다. 그들과의 만남과 대화가 없었다면 이 소설 속의 많은 장면들도, 예나도, 나의 이 첫 소설도 없었을 것이다.